本书为国家社会科学基金项目"北美华人自传体写作发展史研究"（项目编号：11BZW113）和山东省研究生创新项目"海外中国文学研究资料库建设及应用研究"（项目编号：SDYY12014）的阶段性成果。

宋晓英 ◎ 著

身份的虚设
与命运的实存

中国社会科学出版社

图书在版编目(CIP)数据

身份的虚设与命运的实存/宋晓英著. —北京：中国社会科学出版社，2016.3
ISBN 978-7-5161-9019-7

Ⅰ.①身… Ⅱ.①宋… Ⅲ.①华人文学—文学研究—世界 Ⅳ.①I106

中国版本图书馆 CIP 数据核字(2016)第 237631 号

出 版 人	赵剑英
选题策划	郭晓鸿
责任编辑	武兴芳
责任校对	韩海超
责任印制	戴　宽

出　　版		中国社会科学出版社
社　　址		北京鼓楼西大街甲 158 号
邮　　编		100720
网　　址		http://www.csspw.cn
发 行 部		010-84083685
门 市 部		010-84029450
经　　销		新华书店及其他书店
印　　刷		北京君升印刷有限公司
装　　订		廊坊市广阳区广增装订厂
版　　次		2016 年 3 月第 1 版
印　　次		2016 年 3 月第 1 次印刷
开　　本		710×1000　1/16
印　　张		19.75
插　　页		2
字　　数		302 千字
定　　价		72.00 元

凡购买中国社会科学出版社图书，如有质量问题请与本社营销中心联系调换
电话：010-84083683
版权所有　侵权必究

目 录

写在前面 ……………………………………………………（1）
序一 ………………………………………………… 张 炯（1）
序二 ………………………………………………… 刘荒田（5）

第一编　女性：命运将把你抛于何处？

中西传记作品中的"凤凰女"形象细分 ……………………（3）
北美华人女性自传体写作谱系研究 ………………………（18）
承继、断裂与成长
　　——"七〇后新移民女作家"散文例析 ………………（29）
论海外华人网文中的感伤情结与忧患意识
　　——以"寒胭"为例 ……………………………………（42）
《纸爱人》多重意义上的存在主义解读 ……………………（50）

第二编　男性：浪迹天涯后的沧桑

"异托邦"还是"乌托邦"？
　　——中国与新加坡作家"家国"与"放逐"主题比较 ……（61）
论阎真小说对精神建构的拆解与对生命价值的还原 ………（78）

2 目录

阙维杭的"大视野"与"新理性"
　　——"新移民写作"之典例一种 …………………………（95）
隐性的遥契
　　——中美"寒门杀手"形象的社会与心理溯源 …………（104）

第三编　对比：文化视野下的深思

论北美英文批评中莫言的女性"镜像" ……………………（117）
欧洲中国现当代文学研究之分析 …………………………（123）
新历史主义视野下中外间谍影片主题建构探析 …………（133）
论几部"传记片"欧美女作家形象塑造中的得与失 ………（141）
英国"愤怒的青年"和中国世纪末城市写实主义小说之异同 …（151）

第四编　声音：世界游走中的感喟

写作需要静思沉淀，更需要阔野远视
　　——融融访谈录 ……………………………………（163）
什么是真正的小说做法？
　　——以《来自美国的遗书》为例 …………………（178）
孤独是生命真实的状态
　　——施玮访谈录 ……………………………………（188）
"现代"语境下"知识分子"的存在状态 ……………………（231）

第五编　印象：蝴蝶裂变后的飞跃

美澳华人女作家创作初探 ………………………………（245）
海外文坛多面手：陈瑞琳印象 ……………………………（262）
邹璐之路 …………………………………………………（277）
论海外华人写作的六个对立与统一 ……………………（288）

后记 ………………………………………………………（299）

写在前面

每个理想主义者均对自我的身份有一个反抗意义上的虚设,即理想自我;但大多数摆脱不了环境的制约,被强迫塑造为"他我"。于是人们不断地与环境抗争,还要抵制"本我",即阻碍我成为"超我",也就是"理想自我"的生理欲望、心理缺陷与族群积习等。对众多的华人作品分析,与中外文学比较过程中,发现文学的蕴蓄与美学的极致将种种挣扎、巨大的矛盾张力打造为丰富的人格,多彩的人生与妙笔生花的文章。人物的结局有无限可能,充满了哲学的神秘与命运的鬼魅,如你以为你灵魂高贵,有胆有识,摆脱"贫贱者"的身份只在旦夕,其实性别、阶层、人种、族群等存在的烙印或早已铸就了你命运的必然;你以为你的出走四方、浪迹天涯是自觉、自为的选择,事实上你已被抛出了既定的轨道,边缘化之际遇或在所难免;你以为你逃离了故乡,就会远离保守,挣脱禁锢,飞翔在广阔的天空,找到财富与知己,"世界很大","天涯何处无芳草",其实未必;你以为归来故乡,投入亲人的怀抱,以经验与历练致力于事业,必融于故土,融于主流,但放逐的生活对你的影响或早已不可磨灭,你被认定为那个"在外的孩子";在外的经历一经出现,你的背弃、被弃的身份或许就会形成,"无家可归"者的形象已被确证。

是欤非欤?孰重孰轻?反抗的意义,存在的必然,哲学的隽永,命运的神秘,美学的张力,让我们徜徉于书海与文字滔滔,逐一深究,挑灯细读,努力辩证。

序 一

张 炯

　　文学批评是作家与读者之间的桥梁，既要面向读者对作家作品作出阐释，肯定其思想与艺术上的成功，也要指摘作家作品存在的不足，反馈读者的意见。批评家既是作家与读者的有益的朋友，但也可能因自己缺乏真知灼见而误导作家与读者。因此，以文学研究与批评为业的人常常吃力不讨好。即使如此，文学批评仍不可或缺，在不断地吸引着新的从业者加入批评家的行列。宋晓英教授就是新世纪以来加入这一行列并崭露头角的学院派文学批评家之一。她曾有专著《精神追寻与生存突围》出版，其论文《欧洲中国现当代文学研究之分析》《英国"愤怒的青年"和中国世纪末城市写实主义小说之异同》《论海外华人女作家的网络写作》与《论北美英文评论对莫言女性形象的误读》曾获奖。如今她将近年的新的研究成果结集出版，自是可庆贺的事！宋教授要我为她的新书写篇序文，我当然难以推辞。

　　海外华文文学在最近三十多年，日益进入我国读者的视野并引起文学研究界的重视。由于改革开放以来，移居海外的中国人越来越多，他们不但把中华文化带到世界各国各地区，而且执笔为文，书写了新一代的诸多文学作品，使经历了数代人的海外华文文学更加欣欣向荣。无论是东南亚和欧美，还是大洋洲和拉美，都涌现了许多新的华文文学作家。特别是北美的新移民作家，成绩尤为引人注目。应该说，海外华文文学是作为世界主要语种的华语文学的重要组成部分。它引起国内许多学者的关注和研究是必然的。这方面已经出版过不少著作，包括世界华文文学史方面的著作。宋晓英新著《身份的虚设与命运的实存》的特点是，它不仅主要研究海外华文文学，而且涉及中国当代文学和欧美文学，不仅研究文学，还研究电影，不仅研究创作，还研究欧美的中国当代文学的学术评介，从而使它的内容具有广阔的涵盖量。宋晓英新著的原副标题是"海外华人写作透析与欧美中国文学研究回望"，这大抵说明全书的基本内容。

摆在读者面前的这部厚重的著作，它以宏阔的视野，独立的视角，多样的形式，兼具畅达、优美与深思的笔墨，对数十位国内外华人作家及其创作，做了深入的探讨和评介。并在国际影响与平行研究、跨学科研究的视角上作出了理论开拓，对欧美研究中国当代文学和若干著名作家的状况做了有意义的评述。我读后，深感得到许多新的知识和信息，也为作者才情横溢，经过多年努力所获得的成就感到由衷的欣喜！

比较文学作为一个学科，在新中国曾一度被舍弃，于20世纪70年代末才得以恢复。几十年来采用比较文学方法的研究者才日益增多。传统的平行研究和影响研究之外，跨学科研究更迅速兴起。这是有助于拓广文学研究的视野，也是有助于从多方面去认识文学本质与规律的好现象。广泛运用比较文学的不同视角和方法，是宋晓英这本新著的突出特色。全书分为五编，分别以"女性：命运将把你抛于何处？""男性：浪迹天涯的沧桑""对比：文化视野下的深思""声音：世界游走中的感喟""印象：蝴蝶裂变后的飞跃"来命题。由此，读者大致可以看出作者的宏阔视野和不同的视角。细读其中各节，读者就会发现，宋晓英虽然也用美学的历史的批评，但许多研究却属于比较文学的范围。如她对中西传记作品里"凤凰女"的比较，对北美华人女性自传谱系的梳理，对中国与新加坡作家"家国"与"放逐"情怀的探讨，对中美"寒门杀手"社会心理的分析，对中国当代女作家与杜拉斯影响的复杂关系的透析，对新历史主义视野下中外间谍影片主题建构的辨别等，都充分体现作者的理论功底与实践勇气。

新一代移民作家的特点是，他们处于中国改革开放的新时代，国内外来去自由。他们到国外或留学，或打工，或两者兼具，本想闯出一片新的天地，却往往处于异域的陌生环境和社会关系中，深感文化的区隔，出现拼搏中的许多艰难与尴尬。从而产生困惑、彷徨，有的终于回归故土，有的在拼搏中终获成功，有的成为"空中飞人"，不断来回于故土与新区之间。这样的作家往往具有双重的生活体验和文化视野，使自己的作品赋有新的特色。宋晓英评论的大部分作家与作品正体现着上述的特色。如其对阎真的《曾在天涯》《沧浪之水》《因为女人》三部曲的评论，对阙维杭《这些年你没看见的美国》的评论，还有对许多男作家的评论，其分析概括均力透纸背，详尽到位。特别是她对女作家的评论与访谈，继承我国文论"知人论世"的传统，如《融融访谈录》《施玮访谈录》等，广泛涉及作家的生平研究，更深及作家的世界观、人生观、文艺观、价值观，包括作家的哲学、宗教、道德信仰等方面的探讨。访谈体现平等对话的特色，各抒己见，又将评论与探讨结合起来，其内涵不但有文艺学，还有哲学、宗教学、社会学、心理学等多个层面。双方皆短锋相对，求同存异，酣畅淋漓，扩展和丰富了文学评论的新形式。我尤为欣赏。

作者在与施玮对话中自称具有哲学上的"存在主义意识"，这使她的文学批评具有探讨人性、人的存在困境与追求的哲理意味。她还对女性主义理论及其文学创作实践做了梳理，并运用到她对现代女性作家作品的评论中。她对许多女性华文作家所创作的女性主义作品与杜拉斯作品所做的比较，她对北美和澳洲华人女作家施雨、吕红、倪立秋、冰清和评论家陈瑞琳的介绍，对张爱玲、陈香梅、於梨华、张辛欣、周励、郑念、杨瑞、严君玲、周采芹、令狐萍等的自传或自传小说的点评，对邹璐、依林、怀宇、引小路等的论述，也都真切透辟，不但让读者如见其文，也如见其人。她的《论海外华人写作的六个对立与统一》一文也具有理论概括的力度与哲理的厚度。

书中有对西方视域下中国当代文学研究的评述，包括海外对莫言等名家研究的阐释，从中国视野中隔岸去看欧美相关中国文学研究，论文对其启示与不足的分析有一定的道理，对中国学术批评具有一定的启迪意义。

宋晓英教授的这部《身份的虚设与命运的实存》是其生涯中游历、

研究的总结，也是其近些年到美国、英国等国外大学访学的新收获。其学术视野的开阔和学术功力的增进均大异于前，其内容与形式的丰富多彩，语言表达的卓具才华，女性婉美中见豪放，理性中不乏闪烁的激情。我想，这样既具深度又饶有韵味的评论集，读者一定会愿意一读！

二〇一五年八月六日于北京

序 二

刘荒田

　　宋晓英教授在海外华人写作者群体，特别是女作家中，拥有很高的知名度，我很多次参加相关活动，如新移民作家笔会，均见其与女作家们亲如姐妹，坦诚交流。这些年来，其围绕"中西文化交融"这一话题，不但发表了"比较"类诸多论文，还推出了众多见解新颖，分析透彻的华人创作评论，并在文学发展、创作形态、流派构成等方面起着评介甚至推动的重要作用，其对欧美中国现当代文学研究也一直关注，不断撰文。在本人看来，宋教授的一系列成果在中西对比与交流、海外中国研究等领域举足轻重，特别是在我较为熟悉的海外华人作家中耳熟能详，见解非凡。

　　这次系统阅读本书，更产生这样的感悟：宋教授作为比较文学、海外中国文学研究与华人文学专家，其工作并非简单的"你写我评"之被动阐释，而是推动与引领。以我本人为例，在美国居住了三十多年，业余从事中文写作，资格不算不老，但短板显而易见：一方面，读书少，限于英文程度，无法大量阅读原文；另一方面，囿于时空，难以全方位接触国内的作品，难免长久处于"两头不通"的状态。宋晓英这一论著，让我重新站到较为合适的位置——中西文化的结合部，踏踏实实地补上了一次比较文学课。

　　宋教授这部专著，在我这个外行看来，有三方面的特色。当然，这里先要声明，"看热闹"的"外行"与"看门道"的"内行"没得比，多为个人体验。但是，一如看电影，绝大多数观众凭"一次性体验"而作出的评价固然粗陋浅薄，但应该说感觉新鲜真切，特别是作家看评论者对自己群体的评估褒贬,应该具有相当的代表性。

厚实广阔的学术根基

考察本书作者,中年学者宋晓英的学历,说她"东西通吃"并非过誉。她的优势是显而易见的,科班出身,多年来心无旁骛做学问。母语漂亮不待言,还拥有英语第二学位,在英国爱丁堡大学、爱尔兰科克大学、美国陶森大学等做过访问学者,目前在济南大学教授本科生比较文学,英汉语言比较,世界广播电视课,研究生专业英语、华人文学、中西传记比较课,还有留学生的汉语口语课等,并有很久的对外汉语教学经验。

当然,所有漂亮的"简历"与"头衔"未必没有水分。那么,且看她的真功夫。"旁征博引"的前提是超大量的阅读。在《中西传记作品中的"凤凰女"形象细分》一文,她列举的中外"凤凰女"有:可可·香奈儿,中国某女博士,法国女作家杜拉斯、英国女作家多丽丝·莱辛以及华人女作家严歌苓、虹影等。和所论述的每个名字相关的,是对有关她们众多著述阅读后的爬梳与归纳,进而条分缕析的比较。比如可可·香奈儿的事迹,宋教授纠正了维基百科上的不准确定位,用了 4 部香奈儿传记,并且到 Franois Baudot(全球《时尚》)杂志中去找《香奈儿年表》,大量的文献爬梳与甄别分析之后,才回答出这些孤身奋斗的女性,是"实际的上升"还是"虚妄的存在"这一论题。为了写作《华人女性自传体写作谱系研究》中陈香梅的部分,她阅读1962年英文原版的《一千个春天》到二十一世纪国内 4 家出版社的《陈香梅自传》与《陈香梅全集》等。

博览也可能使人成为"两脚书橱",还需要评论者有感受力、领悟力,特别是高屋建瓴的能力,博识与慧思固然重要,取精而用宏的决断,也是评论者所必须拥有的。在比较了华人女性的多部传记后,她指出这些作品的弱点:"缺乏卢梭的《忏悔录》之救赎意识,哲学省思与宗教忏悔。某些内容表达不够严谨,影响了'自传'的信度和效度。"进而就"新自传体文本"列出条件:"独立的意识,史论的眼光,人性的细腻,艺术的精致,深挖'我'与世界的关系。"她界定出:需要达致"自传自我""传记自我""事实自我"三者兼具,并融入现代意识与科技创新元素，才算是一种真正意义上的"现代人""自我生命的真实记录"。

贯通中西的人文视野

作为比较研究的学者，若外语功夫不到家，或缺乏海外阅历，论及外国文学，"隔"的障碍难除。本书作者凭自身的优势，中国与西方均剑及履及。我在阅读过程中，不断为她如此广阔的人文视野而惊叹。就我所见，她是为数不多的贯通中西的学者中的一位。

为了论证"家园"与"放逐"的关系，流散者是达到了"乌托邦"理想，还是"异托邦"境遇，宋教授首先将同是 20 世纪 50 年代出生的贾平凹与新加坡的寒川作对比。前者在务农的少年时代发誓离开乡村，成年后却把根深植于厚土；后者 5 岁离开金门，此后 50 年间，却以想象把金门建构为心灵的"原乡"。作者又以新加坡作家希尼尔，谢裕民为例，将评论伸展至第二层次：许多海外出生的华人作家虽然中华根系仍在，其实已经突破了怀乡与寻根的局限，自觉地实现着"中国文学传统"与"新加坡本土文学建设"双轨并行。再其次，作者将同是出身底层的新加坡作家怀鹰与贾平凹再做比较，分析两种社会结构中"底边阶层"的集体认同与个体人格的差异。最后，聚焦于大陆作家南翔的"迁移"题材与自加拿大海归的作家阎真所致力的"放逐之后的回归"等精神。以一个女性评论家的跨性别视野，"灵视"的目光所到之处，将男性作家的文化情结与心理症候淋漓尽致地揭示出来，逐层推进，步步阐发，将主题归结到"现代人的精神放逐成为必然"，其评论纵横捭阖，既放得开视野，也收得回主题，且条分缕析。

《论北美英文批评中莫言的女性"镜像"》，有力地证明了作者学术态度的严谨与立场的客观冷静。此篇以欧美学位、学术论文中的大量英语评论与"中国读者视角"下的解读相对照，论证出这样的结论：在英语评论中，莫言笔下的女性形象，"不仅被看作是个人创作，更被看作一种'东方镜像'，一种文化的言说"，所以，到了英文评论作者眼里，就成了一种"社会集体的想象物"。英美学者对中国当代文学作家作品中"人类普遍性"的阐释，包含着对中国民族性的忽略，对"东方主义"的误读，这是能通过一对一的细读明证出来的。

从某种程度上说,本书作者超越了性别,超越了文化,也超越了语言。按常理,无挂无碍的视野,才能造就恢宏器宇;身居峰顶,才能一览众山小。了然于文学之河的流向,人文思潮的趋势,作者才能够在《论海外华人写作的六个对立统一》中高屋建瓴地开列出具普遍性的规律,那就是海外华人写作中"六个对立统一"的并存:"东方性"与"人类性","感伤"性与"乐感"性,名利性与非功利性,浅白性与深刻性,真挚性与虚伪性,继承性与创新性。我作为海外作者,以为此说命中要害。

温润剀切的个案剖析

我至为激赏的,是宋晓英教授在海外华文文学研究、推介与引导上的巨大贡献。在这本书稿里,读到许多熟悉的名字:陈瑞琳、施玮、吕红、施雨、融融、邹璐、倪立秋、冰清、寒胭、怀宇、吟寒、依林、引小路。海外华文文坛,是一个品类繁杂的植物园,既有参天大树,也有灌木;既有名花,也有小草。志存高远者如本书作者,不吃定早已名满天下的"大款",以驶入成功的快车道,反而以充沛的热情拥抱整个孤独笔耕的群体,关注每个不知名的作者,是何等的襟怀!

本书作者是海外写作的在场者:她有别的同行未必有的优越条件,一是精通英语,二是东西方出入自如。但更加重要的,是她的投入燃烧着求索的激情。她对致力于"灵性文学"写作的洛杉矶作家施玮和被誉为"跟美国风土人情最接近的华人作家"融融进行专访,写出的长篇访谈录与印象记全面、细致、深刻、丰满,绝不是时尚记者来去匆匆,一挥而就的简短报道,而是围炉夜话,月下漫步,历经许多时日才成的全景式刻画。这种慢节奏的精耕细作,蕴含的不只是学院派的周密,而是丰盈的同理心,绵长的姐妹情。

本书作者对施玮、融融两个个案的研究,并不以深度访谈为满足,还对她们的作品作了解剖。施玮的小说《纸爱人》和《放逐伊甸》;融融的小说《来自美国的遗书》,都被她放上温情和理性兼具的"手术台"。施玮的"四种视角",融融的"文化震撼",都发挥得叫人信服。

如果你以为本书作者只凭情感的认同对女性作家关注，那就错了，她会特地跳出女性的狭窄，看一看男性的世界。对阎真、阙维杭的写作独抒新见，特地开掘"新移民写作"的"大视野"与"新理性"。你以为她对情同姐妹的海外女作家们光拣好听的说，那也错了。且看她的告诫："然美国访学后，特别是参加了'海外华文女作家2014双年会'，访谈了作家，阅读了她们的部分作品之后，我认知到海外女作家大多确实是胸襟如海，但说到她们的创作，我不由得有一点替她们担忧。纵观横览其文字，家庭特别是婚恋题材的作品是否太多？烹饪育儿旅游是否写出了深度？回忆与自传是否跳出了'伤痕与反思'的窠臼？我想我们见过大海，却因工作、孩子越来越多地词汇枯竭，与热烈的生活疏远了，像叶子远离了树木。特别是在物质丰腴、生活越来越自由闲散之后，我们超越了贫穷，是否就失却了刻骨铭心？我们满世界旅游，是否已少了新鲜感？我们的视野能否超越了家长里短的方寸空间？我们的文字是否像杜拉斯的武器、波伏瓦的哲思、伍尔夫的意识流、多丽丝·莱辛的生命书写一样会成为人类的精神遗产？女人的后半生何去何从，是聊此一生还是刻下划痕？"这是对海外华人女作家跨中西文化比较视野上的批评，也是希望她们超越女性性别、家庭、族群，向人类视野上的一个引领。

最后，要赞许本书作者温润如春风的笔致。在《海外文坛多面手：陈瑞琳印象》中，有这样一段儿："华人的书写里，更多是移民汗、漂泊泪，流离血，甚至几代仇，真正用虚竹之怀、拥抱之心吸取异域文学精华，且能化古汉语文字于北美生涯，将二者有机结合，漫出一幅幅现代奇景者，能有几人？驱车漫游美国者众，有几人道出了'从南端的大西洋里的岛寻到海明威的故乡，加州的淘金谷里看见了马克·吐温的小镇，新英格兰的秋天漫山是惠特曼歌唱的草叶，西北的荒原上看得见杰克·伦敦笔下狼的战场'？苏格兰高地，'风声顿然鹤唳'；旧金山，'游泳池对着天空波光粼粼，耳畔松涛阵阵，眼前云影浮动'……"以好文字写的学术专著，烟霞氤氲，读之神旺。

二〇一五年五月于美国旧金山

第一编

女性：命运将把你抛于何处？

中西传记作品中的"凤凰女"形象细分

"凤凰女"的概念来源于"山窝窝里飞出了金凤凰",即几乎每一个贫穷的女孩都有一双"隐形的翅膀","化蛹为蝶"的决心与行为。论者拟追踪"传记文学"文类,即人物真实事迹基础上的自传、他传、自传体小说、传记影片中的"凤凰女"形象,进行中西比较与溯源。通过细读,发现对传主及其群体的道德评价、人格鉴证并不重要,探讨其"向父权寻租"或"由底层反抗"是否普遍,其逃离故乡与回归父族文化中的深层心理,其行为或人格所代表的人类学意义,才是最重要的。如:反抗之初,她们自我预设的"真我"或"超我"形象,被历史证实了是一种"实际的上升"还是"虚妄的存在"?如预设达成,事业的成功与情爱的圆满已经实证,其精神的破碎与灵魂的空洞是否仍存在?在何种程度上存在?论者拟选择具有时代特征、文化标识与文学代表性的传主为范例。

一 "寻父"与"逆袭"

"寻父",指利用男性强权为女性自我的成功铺路,"逆袭",指以底层反抗者身份朝权力中心突进。按照福柯的理论,现代社会中,权力已渗入生活的每一个角落,不只控制了人们的肉体,其行为关系,而且内化至灵魂深处,达到了隐性的精神控制。他同时声称,权力关系并非单向度向下，简单体现为统治与被统治的关系。① 而且呈多元纠结的网络结构。人们既可能是被权力控制与支配的对象，也可能借权力扶摇直上，甚至可能成为实施者与帮凶。法国"时尚先锋"可可·香奈儿，与中国《一朝忽觉京梦醒》的作者"女博士"，正是中西权力纠葛中两个具有标识性的人物。作为"传主"，她们与世界文学史上的著名形象如《红与黑》中的"于连·索黑尔"、《名利场》中的利蓓加·夏泼一样，有力地证明了被权力的魔咒所附着的人，其精神的依赖与恐慌如何难以避免，生命的安适怎样地永不再来。在可可·香奈儿那里，体现为风云一世，但终其孤独；在"中国女博士"这里，是曾经昙花一现，但最终遭遇事业和家庭的丧失。分析二位传主形象，需要着重考量的，除了由"边缘"欲进入权力中心时心理的纠结与人格的嬗变，还须从时代、民族等多方位寻本溯源。

有关可可·香奈儿（Coco Chanel）的传记作品很多。美国传记电影《可可·香奈儿》（*Coco Chanel*, 2008）渲染其作为"情人"的魅力；法国影片《时尚先锋香奈儿》（*Coco Avant Chanel*, 2009）再现其事业的辉煌。法国作家撰写的香奈儿传包括保罗·莫朗的《香奈儿的态度》，马赛尔·海德里希的《时尚先锋香奈儿》。②

这些作品立意不同，所再现的香奈儿事迹轨迹相似，褒贬却大相径庭，特别对她与众多"恩主"的关系是"情爱"还是"利用"纠缠不清。但其一路攀缘，以屈求伸的动机与行为是无可辩驳的。

Francois Baudot 的《香奈尔：时尚回忆录系列》③ 与全球《时尚》网站上的《香奈儿年表》④，应该是最不事渲染的版本。应该承认，香奈儿的成功，与其"建功立业"的雄心、"特立独行"的"法国精神"，特别是她的审时度势紧密相关。20 岁她靠卡柏的钱开了小店；22 岁时改

---

① [法] 米歇尔·福柯：《规训与惩罚》，刘北成、杨远婴译，生活·读书·新知三联书店 1998 年版，第 15 页。
② [法] 保罗·莫朗：《香奈儿的态度》，段慧敏译，南京大学出版社 2008 年版；[法] 海德里希：《时尚先锋香奈儿》，治棋译，中信出版社 2009 年版。
③ Francois Baudot, *Chanel: Fashion Memoir Series*, London: Thames and Hudson Ltd, 1996.
④ Voguepedia N. P., *CoCo Chanel*, May 2005. Web. 06 Oct. 2013. http://www.vogue.com/voguepedia/Coco_ Chanel&gt, 2015 年 8 月 27 日。

为服装沙龙；23岁时，她的运动品牌登上了《时尚》杂志。她懂得怎样抓取男人的心，知道事业的成功之道在于"标新立异"，而且是一个迅疾的行动主义者。女性只穿裙装的时代，她穿上马裤骑上马背；鲍伊·卡柏婚后，她不顾世俗的议论继续当他的情妇，直至1919年他不幸早逝。1921年，她结识香水达人 Ernest Beaux，酿出了著名的"香奈儿5号"，从此一步步走向事业的辉煌。关于她的事业与情爱的关系，有许多的回忆录与传记可以参照。香奈儿绝不是感情的奴隶，但她充当了一个又一个男性的 paramour（法语，情人）。"香奈儿人生模式"的重点在于以商业成败代替道德评价，将"你有才华，我有资本"[①]的交换原则发挥到极致。为了成功，她不在乎"暂屈"为一个个男性的"第二夫人"。其"往上爬"的特殊模式本应受到一定的社会批判与道德批判，但大部分关于她的记载，包括维基百科[②]，均弱化了她对男性力量的依仗，突出了她的独立不羁，甚至把其上升到人格独立、人性尊严的高度，甚至把这个独领风骚的机会主义者打造成为爱人早逝而一往情深、终身不嫁的烈女。

应该承认，香奈儿成功的主要原因是"个人奋斗"。她在战争期间让女人穿得简约，在女权主义时代让她们穿得优雅，战后打造奢侈品牌，占领珠宝、化妆品、时装等领域，使自己的名字成为世界著名品牌。某种程度上说，"香奈儿人生模式"在西方屡屡被复制，意在虚饰其平权与自由。从德国女导演的《里芬施塔尔回忆录》，到美国黑人脱口秀女王的《奥普拉·温弗瑞传》，女性传记遍地开花，恰恰旁证了女性的成功为数极少，男女的平等远未能实现。

东方语境中，一个"逆袭"的女人不但不会像香奈儿这样容易成功，还很容易身败名裂，这是《一朝忽觉京梦醒》[③]这部自传体小说作出的结论。按照拉康的镜像理论，这位"中国女博士"是以香奈儿等为自我人

---

① Christian Duguay, *Coco Chanel*, Paris: France 2, 2008.
② 《可可·香奈儿》，https://zh.wikipedia.org/wiki/可可·香奈儿，2015年8月27日。
③ 常艳：《一朝忽觉京梦醒》，http://www.cunet.com.cn/news/HTML/65418.html，2015年8月27日。

生参考的"镜像"的。巴黎与外省、京人与北漂、平民与贵族、男人与女人间的距离是她们共同绕不过去的命运基点。但她们的结局如此不同,一个被万人颂赞,一个为千夫所指。主观上,或许在于其目标、理念还是有所差异。香奈儿生长于《国际歌》诞生的国度,"借势"虽是她的手段,"我的上帝从来不是牧师的上帝","上帝是我自己",才应该是她真正的心声。当然,东方的"女博士"也不一定是天生的女奴,她也有自己的"奋斗"史,一个理科出身的外省青年进入"京都"文科博士后的行列,也有她一路向上的努力与艰辛。但从这本"自传体小说"去看,她主要的目标不是要做"理论女王"(学术界也主要是男性把握),而是攀附"王子",要做"天后"。她试图以 6 万元博取进京名额,失败后索要了 100 万元补偿,仍不依不饶,要获取更多的情爱(权益),不成功就"成仁"。其"寻父"与"寻仇"的意义复杂,除了关系利用,还包含了对权力中心的心理归属、人格归顺以及失败后的极端反叛心理。人们指责"女博士"的手段不当,但对其自述的"受排挤""遭孤立"等尊卑浮沉,却保有了一定的同情,她自塑的"底层反抗"代言人形象也得到了一部分人的认可。这说明她的命运不单纯是一个人的命运,具有很大的代表性,与中国的权力场域紧密相关,源于深厚的传统意识积淀与现实的基础。

应该承认,无论中西,一个性别弱势的人,完全摆脱福柯所言的"渗入到生活的每一个细节"中的权力话语与行为钳制,几乎是不太可能的。但与后文所述的"逃家女""归来女"相比,"逆袭"的"凤凰女"缺乏一定的道德内省与人文反思,其向"权力寻租"的行为肯定会产生一定的不良效应。从传记文类的意义去看,衡量一部自传是客观诚挚,还是主观炫耀,一部传记是商业性成功还是人文精品,除了基本的事实是否符合历史,事例是否真实以外,还要考辨其是否包含了"忏悔意识"与"道德自律",是否提倡了"人文自省"与"社会的良心"等。两位女传主高调张扬,与大众媒体合谋为法国"时尚女魔头"与中国"女博士"形象,若说是"时代精神的标识",也只是一种商业文化的浮泛形象,而非人文精神的典范。

二 "逃家"与"寄居"

若说"时代精神的标识"与"平民英雄",法国女作家杜拉斯是公认的典型,她的自传体小说《抵挡太平洋的堤坝》《情人》等对文学写作影响至深。杜拉斯是一个"逃家女",其作品中,"埋葬"了"父亲"的形象,"射杀"了"情人",是一个"从来就没有什么救世主,全靠我们自己"的"时代先锋"与"文学大纛"。旅美中国女作家严歌苓《一个美国外交官和大陆女子的婚姻》等纪实性文章中,同样包含了真正的社会批判与人文忧思。她论证了女性为生存发展在世界性的迁移过程中,必经怎样的孤零,怎样的漂泊,才能举步维艰地由"丑小鸭"渐变为"凤凰",在远离故土的他乡,须经怎样的身体贫病与灵魂的撕裂,才能最终"反败为王"。

"逃离故乡"与"生活在别处",是存在主义哲学对人的精神追寻之"异托邦"与"乌托邦"意义上的两种阐释。对故乡的逃亡既源于客观上压迫的深重,也源于对"我"所依附的阶级、族群、亲人等自觉的"剥离"。中西传记中的"逃家女"似乎永远走在"逃离"与"追寻"的路上。在故乡,她们是"她者",不被承认,没有归属,"逃离"的"异托邦"(heterotopia)的意义在于,梦想找到自我生命的"补偿性的差异地点",换一方天地,或许有摆脱阶层压迫、精神禁锢的可能。其乌托邦(utopia)的结局在于,事实上,逃家=流浪,"生活在别处"指向虚幻的精神家园,一次次突围等于一次次疏离,达不到"处处无家处处家",却归于永远的精神流浪。杜拉斯说:"我是一个不会再回到故乡去的人了。……我本来就诞生在无所有之地"[①],严歌苓定义自己为"寄居者"[②],在美国"就是那种边缘的,永远也不可能变成主流的感觉","我回到自己的祖国也是一个边缘人"。[③] 与香奈儿、"中国女博士"不同,她们是作家,知识分子,并不因后来的成功忘却过去。个人角度说,

---

① [法]玛·杜拉:《物质生活》,王道乾译,百花文艺出版社1997年版,第100页。
② 严歌苓:《寄居者》,新星出版社2009年版。
③ 郭小寒:《严歌苓:乐观的寄居者》,《北京青年周刊》2009年6月11日第4版。

她们仍"咀嚼贫穷与痛苦";从作家的责任看,她们把目光投向更多的边缘者、畸零人、弱势群体。无论是选择性删除自己的过往,还是对阶层的沟壑视而不见,都意味着容许世界不公、贫富不均的公然存在,这是她们的良心所绝不允许的。

　　散文集《物质生活》与《世界》中,杜拉斯总结自己的命运来源于祖国对其子民的"外弃"。殖民时代开始,资本主义扩张,欧洲各国政府大肆蛊惑自己的国民奔赴殖民地,夸大了亚非拉土地上财富积累的可能。杜拉斯的父亲病死在越南,法国官员卖给母亲的"柬埔寨贡布附近"的土地被河水淹没,家庭破产,"我们一家人都被抛弃了。"那片布满战争、瘟疫的东方土地,成了杜拉斯一生的心结。为什么"厚颜无耻"[①] 成为殖民地穷苦白人家庭的主调?因为他们要夺取财富,以赎回被剥夺了的尊严;少女为什么要出卖自己?因为所有的民族中,美丽的女孩都要成为为家庭换取生存机会的献祭者。"小女孩"要逃离这个家,逃离"印度支那"。《抵挡太平洋的堤坝》中的"苏珊"就在吊脚楼下等啊等,等着期待的一个人,等着出卖自己的机会。《情人》中的少女上了一艘去西贡的船,偶遇一个"中国富人",被他诱惑或诱惑了他,由他把自己连接到外部的世界。"被爱"是一种屈辱的记忆,白人女孩眼中这个"情人"是一个黄种的"下等人",但母亲知道可以用这种方式补贴家用,立即请寄宿学校允许"我"自由外出。"大哥"打骂我,羞辱"情人",但从不拒绝他的馈赠。杜拉斯自传性作品中"无父",亲生父亲很少出现,"代父"的"情人"都是些人格上无法站立的"畸零人",尽管他们不缺乏财富。

　　"女孩"要夺回一切——白人的尊严,殖民者的身份,受教育的权益。杜拉斯回巴黎接受大学教育,在殖民部做公务员,恋爱结婚。但,她没有遇到任何一个可以保护自己的人。她的儿子让·马斯科罗等编撰的家庭影集《杜拉斯:真相与传奇》[②] 中揭出:少年沦为亲人与情人

[①] [法] 杜拉斯:《厚颜无耻的人》,王士元译,春风文艺出版社2000年版。
[②] [法] 阿兰·维尔贡德莱:《杜拉斯:真相与传奇》,胡小跃译,作家出版社2007年版。

贪婪的对象，成年与一个个"情人"建构的"乌托邦"沦为泡影，杜拉斯的爱情观颠覆世俗。其一，越南土地上的"丧失"浸淫了她的灵魂，没有人强大、宽厚到暖透她的生命；其二，她选择"革命"，爱人们却看透了"革命"的虚无；其三，她同样看透了"革命"的虚无，但为了所有的"无产者"，像她的童年一样"孤零"的人们，她"破坏"又"建构"，打碎了又重组，"写作"成了她与世界"握手"的唯一方式。

除了在作品中"弑父"，"弑兄"，"射杀"了情人，杜拉斯在两件事情上完成了由"女孩儿""女人"到"颠覆者""人文作家"的嬗变。其一，入党与退党。1944年巴黎被占时期她加入了共产党，是圣日耳曼代普雷支部的秘书，她的家是革命同志集结聚会的地方。但她发现意识形态不应该过多地介入创作，这与"党"的教条相左。她被组织开除。其二，写作为弱者代言。她认为写作作为武器，比政党的口号更加有力。她的小说对文明的浮泛、人类的欲望深刻阐释；她的电影映现出同族的杀戮与异族的侵略；她的散文在深挖罪案的基础：他人眼中，巴黎是都市繁盛的象征；她的笔下，暴露的是巴黎郊区的罪恶。访谈节目中，她带着一个妓女，《和一个不思悔改的"小流氓"的谈话》，疾呼《两个少数民族聚居区》中《没有死在集中营里》[①] 的人们的命运。她创造了独一无二的"杜拉斯风格"，对绝望的精微洞察中熔铸了生命的破碎与挣扎图存，影响了好几代作家。

"寄居者"是严歌苓的一个意象，[②] 指一个人没了精神归属，即使有了物理上的家，心灵也一直流浪；即使取得了某种成就，也只认定自己是母族文化的一个弃儿，他族文化的一个 outsider。自传性散文中，严歌苓回顾，无论童年在父母的家，还是在美国丈夫的家，感受的都是"孤零"。"母亲爱父亲，不关心我；父亲爱名利与女人，不关心我。他们离婚了，而我必须是他们共同的精神小棉袄。"城市青年必须上山下乡，小

---

① ［法］杜拉斯：《写作》，桂裕芳译，上海译文出版社2005年版，第1页。
② 严歌苓：《寄居者》，新星出版社2009年版。

女孩一个人四处奔波，12岁考上了文工团，"这样我父母就达到了目的，说妹妹走了，哥哥可以留下了"①，儿子留在身边的庆幸远超于对幼女远行的担忧。两辈的悲剧表象上源于性格，实则与政治相关。父亲为强势人物代笔，母亲在剧团受人控制。父母的怀才不遇中，我看透了人性的软弱。那个坚强的"代父"出现，文化部门的主管。对这个父母双重的"恩主"，小女孩又敬又怕又恨，她记住了父母的卑躬，这一笔纠结，她要长大。但缠绕过父母的梦魇追随着自己，强权无处不在。敬爱的"洪常青"无视少女的拳拳之情，"女连长"身为情敌，借"组织"的名义来处分少女②，公报私仇。

严歌苓报名参加自卫反击战，追求英雄主义的"大我"，却陷入了更深的抑郁。炮火连天中面对重伤的战士无助的、期盼的眼睛，她看透了"英雄主义"的男性政治。回归家庭，她希望平稳的婚姻给自己归属。但"我知道我和他之间是有别人介入的，但是这个'别人'常常又不是固定的……到该分手的时候，我们已经结婚七年了"。③再一次逃离，她到美国留学。吃过一个星期花椰菜，因为便宜；同时打好几份工，晨昏颠倒；做保姆，在饭店洗碗，以身心的疲累麻痹心灵，但失眠症如影随形，芝加哥的盗抢者也如影随形。恋爱了，被联邦调查局调查；结婚了，生存与写作不得不仰他族鼻息。终于住进了"好区"的别墅，灰姑娘穿上了水晶鞋，"从此就过上了幸福的生活"了吗？富人区像更加隔绝的"文明的监狱"，这个异族的"王子"，湛蓝的眼睛过于清冽。他怎么能理解一个东方小女人？怎么能知道她欠着父亲一个"作家"的梦，母亲一个"成名"的情结，怎么能知道一个出国前已经知名的作家，她所承载的责任的重负？就像他不知道当年她不得不当掉了他买的订婚礼服，交了房租，那种痛悔与无奈。她忘不了那些深夜高楼上的同醒者，故乡热土上的边缘人，异国漂泊的孤魂，污浊世事中的"密语者"与"赴宴者"，她要为他们代

---

① 凤凰网文化视线主持：对话严歌苓，http://culture.ifeng.com/view/special/yangeling/，2015年8月27日。
② 陈燕妮：《遭遇美国：陈燕妮采访录》，中国社会出版社1997年版，第205页。
③ 同上书，第206页。

笔，替他们画像。

三　"归来"与"放逐"

第一类"凤凰女"形象中，人们看到穷困者如何攀附，人格怎样被扭曲，隐忍与积郁怎样化为仇恨，或化为力量，但这些"逆袭"的"凤凰女"是与"上层"或"主流""双赢"或"共存"的。她们"把男男女女都当作自己的驿马"，在奔向"成功"的途中不加反思。第二类"凤凰女"浸淫的是"精神的孤零"，杜拉斯是永远被祖国欺骗的"十五岁半的少女"，强烈的"犹太情结"；严歌苓是永远的"失眠者"，铭感于"主流"怎样疏离了"边缘"，贫穷怎样磨蚀了精神，"外嫁女"怎样咀嚼着流浪的况味。第三类"凤凰女"多丽丝·莱辛与郭丹，她们的自传体写作纠结的是文化夹缝中的尴尬，"归来"母国后的格格不入。其身份虚设与实存的矛盾在于：你以为你的出走四方、浪迹天涯是一种自为的选择，你是一个天生的旅人，世界与你同在。然，一踏上异乡，你就被抛出了既定的轨道，你归来故乡，以经验与历练致力于事业，试图融合于母国的主流大潮，但放逐的生活已对你产生了不可磨灭的影响，你也被认定了是那个"在外的孩子"。本节以多丽丝·莱辛的自传《在我的皮肤下》《影中漫步》与郭丹的"自传体小说"《别爱苏黎世》论证"凤凰女"的"无家可归"。

杜拉斯认为自己的家族是被法国殖民政府蛊惑与抛弃的人，严歌苓认为自己移民美国是父母政治灾难与个人婚姻不幸的延续，均"不得已而为之"。但不能否定的是，所有的个人漂泊均出于一定的自愿。诺贝尔文学奖得主多丽丝·莱辛的父母与杜拉斯的父母一样被派往殖民地，但《在我的皮肤下》论述父母离国的动机，称"父亲""不得不离开英国，他此时再也受不了英国了"[①]（He had to leave England, for he could not bear England now）郭丹在《别爱苏黎世》中借主人公之口一再强调，是女孩自己"闹着要来欧读书"[②]，父母才筹措学费，遂了"我"愿。细读

[①] Dorssing, *Under My Skin: Volume One of My Autobiography*, to 1949, New York: HarperCollins Publishers, 1994, p.6.

[②] 郭丹：《别爱苏黎世》，华艺出版社2001年版，第44页。

其"自传",发现中西两个"归家女"道破了"故乡在别处"的虚无,也得出了"故土难回"的真相。

《别爱苏黎世》中的女孩流转于世界,因为一种"骄傲而奢靡的坚持"。她对自我预期过高,"非世界名校不上"。然而世事难料,"她报名的学校几年内不招生",只好花巨资去读私立大学。尽管是人人羡慕的名校,但这种"骄傲而奢靡的坚持"与第三世界国家女孩在第一世界的支付能力相称吗?作品揭出的第一层"真相"是:东方家庭教育中的唯心主义虚妄。父母为下一代孤注一掷,"砸锅卖铁",过多地向孩子灌输"世界文明"的理念。尊严、骄傲、所向披靡过多地被作为家训,合适吗?"好学上进"是诗书钟鼎的民族传统,中国人自立于世界的"看家本领",但也很可能引出另一种结局:他们或许正确地评估了孩子的潜能,却未能准确地估算出自家"锅"与"铁"的分量,更未对外部的世界分析调查。留学女孩发现:针对"文明"欧洲的复杂与冷漠,早年中国学校的道理"大而无当",父母传授的多为"屠龙技"。"出国动用了大哥的私蓄,二姐的嫁妆和父母的棺材本"[1],但仍对就学国的学费、就业,包括婚姻市场的压力评估不足。仅凭一股子"不怕吃苦"的精神传承,就把家族唯一的希望寄托在小小少年身体或精神的透支上,失败几乎是难免的。比如,除了一门心思期望孩子做 Top student,父母预测了他们会"水土不服",留够了他们生病或保险的款项了吗?

但,向"世界文明""进发"的道路是不可逆的。"从我离开中国的那一瞬起,我就已经没有家了"[2]。穷孩子念父母不易,不会向家人暴露"真相"。"父亲写信来嘱我多看新闻多读报"[3] 时,异邦的女儿哭了。"父亲"郑重地传承给"我"的"人生词典",只言"坚持",未谈"退缩","我"怎能辜负他的期望?况一个看见了"世界文明之光"的人,怎肯再回到"蒙昧"之中?她坚信自己够聪慧,够努力,善总结,不怕苦,但"文明"的西方是一个冷酷的世界。"我""胖了一点点",马上

---

[1] 郭丹:《别爱苏黎世》,华艺出版社2001年版,第132页。
[2] 同上书,第7页。
[3] 同上书,第34页。

被模特公司辞退，想要在餐馆打工，也找不到空缺。过了三天只吃巧克力，没钱打电话的日子，应聘的通知才来。"那种透彻心肺的凉意，让我的灵魂也害了风湿。"[1]

《别爱苏黎世》以一个发展中国家普通留学女孩的目光揭破了西方"文明"的严酷。留学的岁月是"生命中最冰冷最凄惶最恐惧"的岁月。表面看源于女主人公的"阳春白雪""束之高阁"，实则是源于这贫富不均的世界，地域的、族群的、文化的差异深过裂谷。女孩最骄傲的资本是"功课好"，"所向披靡"，Top student，各类竞赛获大奖。表面上看，她的骄傲有根有据，被欧洲顶级大学录取，靠打工，生活也有所斩获。但女孩，女孩的中国家长忽略了一项全球通则：为了保障本土居民的利益，外来者求学、工作的费用以天价计算。护照上盖了"限制工作"的章，微薄的津贴，怎能够抵平私立大学巨额的学费与富裕国家高昂的生活费？

无奈的女孩暂时归国，在北京找了份工作，然北京已容留了太多的"淘金者"。女孩"幸运"，遇上独资公司的老板，被他赏识，被他求婚，她犹豫了——即使这男人名校毕业，甚至欧美归来，此刻却"满口粗话"，面带骄狂，对下属呼来喝去，与同行"锱铢必较"。"生活是一个机器传送带，前面的日子还没掉下去，后面的已铺天抢地的盖了上来，连呼吸的机会都没有，稍一松息，就会被生活的齿轮活生生地切割粉碎"。[2]她夜以继日工作，不愿亏待自己，不想人格上依附，但她似乎别无选择。

"女孩"的不幸福是否可通俗地阐释为"水土不服""孤芳自赏"？肯定不行，因为任何文化现象都不能简单定论。只能说，经历了另一种文化，人们会形成一种比较的眼光，这种比较的眼光加上重精神，非物质的"童话"的过多熏染，"公主"性自恋或人文式悲悯一旦成为她的立场，就让她放大了对世界不公、贫富悬殊的认识。小姑娘不再能享受简单的幸福，是因为她知道了还有瑞士那样干净、文明、有秩序的国度，她不再可能享受在"好脏好乱好热闹"的公共场所吃包子。不是"包子"不香，

---

[1] 郭丹：《别爱苏黎世》，华艺出版社2001年版，第5页。
[2] 同上书，第36页。

她不饿,而是她认为,一个人还应有更高的趣味追求,更高的文明诉求。家乡在人际关系上不讲距离,也意味着较容易产生友谊爱情或知遇之恩,意味着人们可以轻易侵入你的领地。女孩成了老板"红颜",他大嚷着"你吃我的,用我的,还敢说不爱我?还敢说和我在一起没有安宁感?"①原来老板与打工妹是不可能情感上"相投",地位上"平等"的,即使你会说四国语言,"日也做,夜也做",也非被承认是他事业的"辅佐",而他一直是你的"恩主"。她的坚守有理:寻找一个真正尊重自己的人,"即使没有爱,那种很深很深的安定感也是好的!"② 欧洲"文明"的世界,等级森严,种族隔膜;东方土地上,这些海外归来的"财富精英""知识精英""权力精英",他们"绅士"的面具下也充满了明火执仗的强权与傲慢。尽管欧洲是欧洲人的欧洲,但北京也绝不是"我"的家园。《别爱苏黎世》中的女孩最终还是逃回了苏黎世。

地理与文化上的欧洲真的如"留学女孩"心存幻想的那样,相对代表了"世界文明",特别是"真正爱情"的衍生地吗?血管里流淌着"蓝色的高贵",从非洲归来的多丽丝·莱辛,作为白人女性,"贵族"的后裔,能够在工业与文明的发源地之一,自己的故乡伦敦,找到"那种很深很深的安定感"吗?

《在我的皮肤下》记述了童年至 1949 年的生活;《影中漫步》写的是 1949—1962 年多丽丝·莱辛回到英国后的经历。与杜拉斯在越南的感受一样,在非洲这块不属于自己的土地上,童年的多丽丝·莱辛备感孤立。她父母双全,生活略强于杜拉斯,但还是辍学了,殖民地的生活绝没有英国政府鼓吹的那样富裕。做过许多底层的工作,莱辛感受自己是被母国抛弃的孩子,但她也无法与非洲人民同命运共呼吸。参加左翼组织,嫁给职业革命家,都于现实无力,于己无补。对左翼运动失望,婚姻两次破灭,丢下了一双儿女,她回归强大的英国,寻找母亲教育中那种人道主义启蒙的光辉:"我们将找到雪莱、济慈、霍普金斯的英格兰,狄更斯、哈代、

---

① 郭丹:《别爱苏黎世》,华艺出版社 2001 年版,第 170 页。
② 同上书,第 263 页。

勃朗特、简·奥斯汀的英格兰,我们将呼吸到充足的文学空气,在被放逐的日子里是文字的伟大支撑着我们,很快我们就将踏上向往的土地。"① 她庆幸自己与非洲人不同,"我是自由的。毕竟我还可以完全属于我自己。"② 回归母国,她到底有没有找到自己的"家",作为以写作为业的人,她有没有像她敬仰的作家那样得以创造"人道主义启蒙的光辉"?

她"看到的是一个时代的结束",不列颠古国物质与精神的凋亡。英国在"二战"中损兵 120 万人,政治经济滑坡。她在伦敦的立足是苦苦的挣扎。政府给她与儿子补贴,但杯水车薪。她变卖了母亲的首饰古董,做保姆、打字员、频繁搬家,根本没时间写作。非洲时,"我"已经出版了一本书,小有名气,曾经对英国生活有完美的设计:写作为生,干预社会。但她的梦想揭破了,出版社说"他们可以收录这本书,前提是我把做爱的内容写进去,以迎合大众口味"。③ "1950 年,也就是我来伦敦的 9 年之后",收入仍"很不稳定的","我发现要使我的收支相抵,我一周需要 20 英镑的收入"。④ 趋于精神分裂,她重拾政治信仰。"我进入一个疏离于英国主流社会之外的'共产主义组织'",沉浸于"重建不列颠"的"宏伟蓝图"。⑤ 但当年在非洲,"共产党员的妻子"莱辛未能打破贫穷、暴乱与不公;回到欧洲,人文女作家莱辛再次亲历"革命"队伍中的背叛与溃散,她不得不把生命的重心转变为寻找"爱"的归属。前两次婚姻,年轻的莱辛感到受制、颓丧与隔膜,一度酗酒。回到故乡,她要给儿子找到一个真正的家。

但在母亲家族,与彬彬有礼的姨妈喝完了下午茶,她悟出了自己的"格格不入"。传统的英国人以刻板保守闻名,战后又滋生出拜物风,消弭了维多利亚时代的秩序、理性与文明。传主多丽丝·莱辛与她作品中的"安娜""埃拉"一样,遇见的"同志""战友""爱人"多为流亡者、外

---

① [英]多丽丝·莱辛:《影中漫步》,朱凤余等译,陕西师范大学出版社 2008 年版,第 16 页。
② 同上书,第 1 页。
③ 同上书,第 5 页。
④ 同上书,第 101 页。
⑤ [英]多丽丝·莱辛:《金色笔记》,陈才宇、刘新民译,译林出版社 2000 年版,第 69 页。

国人，他们在信仰的危机中早已解构了婚姻理念。她谈过几次恋爱，试图建立"完美的、真诚的、挚爱的友情"。"我曾经愚蠢地相信我将会和杰克一直生活在那里"，或楼上克兰西"打印机就像台机关枪"。① 然"愉悦的互相认同"刚刚还在，"这样的日子都一去不复返。等我获得了毛姆文学奖"，杰克马上说"一切都完了，真的"。这话"来自他黑暗的男性心灵深处。"② 一个"女作家"冉冉升起，一个"女人"在男人眼中消失，"我"又回到"我"的孤零之中。浪迹天涯在某种程度上是自觉的选择，回归母国后的水土不服也是命运的必然，莱辛感受的是，无论在族群归属、文化身份，还是亲情、爱情，精神层面上，现代人可能永远处于一种无可依托的飘零之中。多年后，她获得了巨大的成就，囊括了欧洲所有重要的文学奖如梅迪西（外国小说）奖（1976年），欧洲文学国家奖（1981年），至2007年获得诺贝尔文学奖，但仍与杜拉斯一样身处孤独。杜拉斯独自在"黑岩"写作，"摧毁"着旧世界，为"犹太民族"代言。多丽丝·莱辛与杜拉斯不同。某种程度上，她超越了女性的、阶层的、种族的偏见，不但是一个"女性经验的史诗作者"，还对美苏争霸、环境污染、科学危机等社会问题有所关涉，成为跨时代的知识分子，文学史上里程碑式的人物。但她与杜拉斯，与以上的女传主们相似的是，她们揭示了"现代人"心无归处的存在主义精神实质。在非洲，母亲对多丽丝·莱辛施行英国贵族教育；在瑞士，中国女孩穿着俗艳的旗袍弹奏古筝。从A国到B国，回归A处时，流浪的女儿已回不到原点，也找不到新的起点。迷惘与反思中，郭丹把个人的际遇扩大至对性别、种族、阶级等概念的深思，多丽丝·莱辛"以怀疑主义、激情和想象力审视一个分裂的文明"，这是瑞典学院对多丽丝·莱辛文学成就的颁奖词。

拉康的心理学理论中对"父亲之名"（le Nom-du-Père）进行过详尽的阐释。"父亲"的概念隐喻着社会权力与宗族秩序，远超于生理学意义上"父亲"的身份。父权社会中，"叔父""兄长""老师""情人""上

---

① ［英］多丽丝·莱辛：《金色笔记》，陈才宇、刘新民译，译林出版社2000年版，第192页。
② 同上书，第108页。

级""丈夫"都可能以"代父"的形象出现，发挥其权力支配与情感保护的双重职能。忽略了中西社会中历史传承的，现代犹存的"父"的背景，把"女"的形象孤立出来，可以有多种道德与文化的阐释，"凤凰女"的个体人格也可以被褒奖或贬抑。但不能忽略的是，"父"所代表的主流与强大是坚不可摧的，在此基础上构成的"逻各斯"社会结构，民族、阶层、性别的隔膜是铜墙铁壁式的。女性作为弱势，一种"受"的对象，不是"施者"，其个人奋斗的拼搏有效，但也必然有限，命运的流转决不随己愿。无论是"逆袭"的，"弑父"的，还是试图以平等的姿态"归来"到父亲家族里的"女儿"，其身世的、精神的、身份的孤零，"弱势者""边缘人""流散一族"的命运似乎都难以避免。只要"父权"的强势与人类的不公存在一天，其自我虚设的"反抗者"与"理想者"身份在很大的数量与程度上就难以实现，必然归之于一种"虚设"。

北美华人女性自传体写作谱系研究

自陈香梅 1962 年出版英文自传《一千个春天》（Anna Chennault and Lin Yutang, *A Thousand Springs: The Biography of a Marriage*, New York: Paul S. Eriksson, 1962）始，经发展与嬗变，北美华人女性自传体写作已自成体系且方兴未艾，因此，对其进行学术总结已成为必要。

半个世纪以来，陈香梅为代表的中国大陆出生的北美华人女性自传体写作已经自成谱系，展示着"边缘人"母题的深度与广度。其传主或书写"寓言"，展示着身为"少数民族"向西方主流社会参与、渗透的历程；或再现"创伤"，从"受难者"向"反思者"视角嬗变；或揭示"文化混杂者""世界人"貌似自由，实则"悬空"或流放的生命真相。其主题嬗变、发展，从"家国"或"寄居"多元角度出发，揭示了"现代人""无根"的必然命运。

此处"自传体"的概念是英文 autobiography 的同义语，涵括自传、自传体散文、自传体小说、回忆录等。判断其是否具"自传性"依据有三：一是菲利普·勒热讷的《自传契约》中所言，作者本人在作品题名、献辞、前言，或其后的访谈录、创作谈中有否声称这是其个人亲历，或"自传"。二是《自传契约》中还强调了"自我""个人""个性化历史"等，认定其文类特点是私人生活的写照，尤其是他"个性的发展历史"。[1]

---

[1] [法]菲利浦·勒热讷：《自传契约》，杨国政译，生活·读书·新知三联书店 2001 年版，第 201 页。

三是美国批评家华莱士·马丁说:"自传是有关个人如何成长或自我如何演变的故事"。① 据此,鉴别某些"回忆"性文字是否"自传体",须强调"自我演变"与"成长"的因素。如"德龄公主"的英文回忆录《清宫二年记》(又译《童年回忆录》)大部分文字介绍的是宫廷生活,重在向欧美读者展示"东方太后"的形象,其"个人""成长"的内容较少,因此不拟纳入"北美华人女性自传体写作"体系。

关于自传体写作中"真"与"隐",即"真实性"与"文学性"的关系,理论家大多同意:"自传性"文字是"以作者自认为是真实的事实写成"②,"自我是不可能完整而精确地再现出来的",即任何回忆都会有偏差,所有生命轨迹的再现都是选择与提炼的产物。因此,论者认为,传主事迹只要与"历史记载""文献证据"等基本相符就可以了。当然,论者在努力辨析:一、不同传主在不同背景与书写目的下对同一事件记载的差异;二、同一个,或同一类传主不同时代回顾视角、语言、技巧的变化;三、除作者主观上"先行"的意图外,客观的意义上,其事迹是否昭示于读者另外的"真实",其形象是否为"少数概率"?因为记忆、情感、商业化等因素,作者在"为尊者讳""为逝者讳"中如何滤掉了"自传事实",简化了"我"的成长中真实复杂的背景?或"我的故事"与"别人的关系",即"传记事实"如何被修改了?还原传主道路上的"历史事实"还需找哪些证据与参照等?

一 寓言:"美国神话"与"东方女神"

边缘人的身份主要由"他决"的阶级压迫、种族隔膜等铸成,但也不排除"自觉"的心理动因。其"自觉"既可能表现为"独立"的旁观者(outsider)立场,如后殖民主义理论家爱德华·萨义德的《格格不入》(Edward W. Said, *Out of Place: a Memoir*, New York: Knopf, 1999),也有可能表现为一种"自处"的闭锁心理,如固守内心的敏感,拒绝与主流

---

① [美]华莱士·马丁:《当代叙事学》,伍晓明译,北京大学出版社2005年版,第67页。
② 徐颖果:《关于自传的真实性》,载郭继德《美国文学研究》(第四辑),山东人民出版社2008年版,第319—330页。

文化交流，住在母语环境的"飞地"（enclave），少用寄居国官方语言等。陈香梅、周励、裔锦声等的自传性文本呼吁少数民族打破固守的"边缘"处境，以参与性、生命力、自强不息的意志深入主流文化的腹地，塑造了打入美国"政坛""商海""职场"的典例。但此一部分中，我们要追究的是，在表层的"东方女英雄"模式下，潜藏了哪些深度酵素，能开掘出哪些更宽宏的意义？

通读了陈香梅所有的自传体文字，特别是1962年的英文版自传《一千个春天》，得知其"美国政坛的东方女英雄"神话后隐含着"孤女情结""边缘感悟"与"为中华发声"三种意义。多部《陈香梅自传》中，读者较多地看到陈香梅在几届共和党总统助选中的呼风唤雨，在中南海与台北间斡旋的成功，仿佛她天生是一个"文化大使"。只有反复细读《陈香梅全集》，考察其背景与经历，才能体察其一路艰辛中的隐忧，其承担"责任"的驱动力。

陈香梅自传陈述客观，较少幽怨，但读者仍能够细察其年少丧母，父亲远离，继母强悍，青年丧夫，被美国航空公司驻台湾分部"扫地出门"[1]等内容。陈纳德亲蒋，她不能留在大陆；陈纳德在国民党民航建设中耗尽了资财，宋美龄等对此"欠款"只承认，不归还。在美国她辛苦抚孤，孀妇弱女，在华府政治中"身份边缘"。晚年在美国与中国事务间斡旋的尴尬无奈、虚与委蛇在自传中清晰可见。"白人父子把一个无辜的中国人活活打死，法官在人证物证俱全之下只判两个杀人者3000美元罚金，无罪释放；假如被杀的是白人，是黑人，或是犹太人，法官绝对不敢如此荒唐"。"可怜的中国人，他们所受的灾难千万倍于犹太人，可是有谁来代他们控诉"，"China-man"根本发不出声。[2] 因此，每一个华人都必须"脚下有根"，有强化"中华民族"在移居国参与政治与提高族群地位的责任与义务。

周励的自传体小说《曼哈顿的中国女人》为中国读者树立了一个

---

[1] 陈香梅：《陈香梅自传》，山东人民出版社2003年版，第453页。
[2] 同上书，第58页。

"美国式成功"的范本,其"美国梦"被"上千万美元的进出口贸易""在曼哈顿中央公园边上拥有自己的寓所""无忧无虑地去欧洲度假"①所明证,但恰如此,却某种程度上掩盖了历史的复杂与传主事迹的深意。从文本所记述的经历中寻找客观的意义,其"深含"与"复杂"应该不只是她所宣扬的"美国精神",而被其本身的事例证实了是一种"不灭的意志与生命的活力"。是"磨难中国"锻造了"我"的意志,"人文中国"给了"我"向上的驱动力,中华民族"尚精神而轻物质",非资本主义"弱肉强食"的法则所比拟,"我"方能比"美国美人"更能在曼哈顿取得成功。

裔锦声是美国重心集团总裁,华尔街之"金牌猎头"。其自传《中国,我心脏跳动的地方》回顾了自己以"成功"回报故乡与祖国的历程。她一岁丧母,"寄居"在舅父的大家庭中,自小"渴望真爱与追求个人成功"②。我敏感,以"寄养孤儿"的眼睛看到更多的家族、民族的多灾多难;"我"警醒着,努力接受了北美社会赋予自己的角色之后,"我"是不是"失去了自己的声音和语言?"太多的疑问与苦思,太多的兴家与报国的重任,华尔街立足后,"我"要把"结交的这么多的成功人士介绍给家乡",她将美国投资商引入中国,向中国读者推介了美国"职场"通则。

二 创伤:"受难者"与"反思者"

中国"文革纪事"是欧美大学"东亚系"的"重要"学习内容,华人女性自传中"伤痕"的部分也成了"重要参考书目"。其将西方"文明"与中国的"野蛮"相对比,所谓的"反思"真的跳出了"东方主义"的窠臼,以"普遍的人性"传达了传主命运的"人类性"意义了吗?

郑念于 1986 年刊发英文版《上海生死劫》。作为"文革叙事"的

---

① 周励:《曼哈顿的中国女人》,北京出版社 2000 年版,第 2 页。
② 裔锦声:《中国:我心脏跳动的地方》,作家出版社 2000 年版,第 3 页。

"范本",其作用为:一、对"浩劫"的描述与分析被中外"现代史"专家反复引证;二、符合西方主流意识的"女英雄"范式;三、以女儿死亡、个人牢狱为据定性中国为"黑暗社会",对其后的华人自传体写作奠定了基调。

以个人经历为线索,《上海生死劫》记述了"一月革命"、军管时期、尼克松访华等事件,对上海政府机构、监狱、街道委员会等做了详细描述,还紧密结合北美的"非虚构"(non-fiction)模式,塑造了一个东方"女英雄"的形象。传主被塑造为反抗"旧世界"的新 Model,其"坚强与理性的力量"均源于欧美的"文明"理念,特别是基督教精神,结局是英国"壳牌公司"为自己曾经的老职工购买了机票,安排她在美国华盛顿安度晚年。阅读了这个悲惨的"东方故事",西方读者无一不对自己生活在"新世界"感到欣慰。它所奠定的华人自传体写作的基调:一为控诉者的诉说,二为反思者的目光,三为苦难中的坚强。作者自觉的西方价值观、宗教意识等成为此类文本写作的基本视点。

巫一毛的自传《暴风雨中一羽毛》从 1961 年自己 3 岁生日去劳改农场见病危的父亲第一面始,写至 1977 年作者考上大学。政治"暴风雨"中个体命运如"一羽毛",是其显明的立意。但她深知对于当代读者,过去的苦难"似乎成了遥远的过去,听上去像是天方夜谭",连她的混血儿子都说"Oh, that's the past, that's China, this is now"("这都是过去的事情,这是中国的事情,现在是现在"——笔者译)。所以,"如果我们再不把它写下来,记住,下一代人就不会记得"。[①]

自传用儿童"天真无邪"的视野反衬时代的"癫狂。"大人在写啊,贴啊,儿童穿梭其间玩闹,安徽大学校园恍若"游乐园"。但"大字报"的内容很快从"表达对毛主席的忠诚"过渡到"横扫一切牛鬼蛇神"。各家被抄家,父母被批斗是小事,受不了侮辱自杀,还会被判决"自绝于党和人民"。自传没有过多地突出"阶级"对立,而是突出了荒谬年代事件的偶发性。有了犯罪的机缘,"伯伯"与"叔叔"会变为"大灰狼",

---

① 巫一毛:《暴风雨中一羽毛》,明报出版社有限公司 2007 年版,前言。

父母下乡后抛下的小女孩当然会成为受害者。但自传没有否定人性的温暖,"革命"的"潘主任"动用"公权力"为"黑五类"小孩治病,就是一例。《一羽毛》超越《生死劫》,还原了非知识阶层的底层民众中被忽略侮辱的"小女孩"的种种悲剧,超出了家庭与个人"受难"的范畴,不仅揭出了"政治"迫害,还开掘了"传统"所造成的愚昧与苦难。

《吃蜘蛛的人》是杨瑞1988年出版的英文自传,作者被公认是在"自传"中痛悔"红卫兵"行为的"第一人"。她记述了自己从叱咤风云的"红卫兵小将"到迷惘者再到觉醒者的心路历程。"时代精神"首先异化了青少年的信仰。从一个受"革命"精神感召的"红卫兵"角度看,"批斗叛徒、特务、走资派和反动学术权威"[①]的行为不能说毫无因由。如,有的老师"用高压手段抑制不同意见",有的老师"偷偷翻看学生日记"。"我"写完"大字报",班里的同学"纷纷签名"。但这些响应号召的单纯的学生们料想不到,把大字报贴在老师家里才只是一个开始,"打老师"行为发生,抄家更不在话下。"我"内心不安,但,万一这老师"真犯了什么弥天大错,因此罪有应得呢?"

多年后,杨瑞对老师的"死于非命"痛心回首。但当时的"我"坚信,不只中国的前途与命运肩负在自己身上,甚至连世界革命的重任自己也在所不辞。客观历史地评价,"红卫兵小将"肯定不是"少年英雄",但,作为成年人的"父亲"们不是也相信,或希望某些"运动""能纯洁党的队伍,挽救中国的革命"?自传没有隐瞒个人的"活思想"与家庭的"伤疤"。"我"愿意成为第一个"吃蜘蛛的人",将自我的教训昭示于后人,"以史为鉴"。

三 浪迹:"文化混杂者"与"新移民"

华人女性自传体写作中有一部分,其传主是西方文化的"养女"。近现代中国商埠中,官商阶层与有西方血统的人联姻,他们的子女在家庭说外语,读教会学校,渐次移居香港或欧美。具有这一类背景的自传体写作

[①] 杨瑞:《吃蜘蛛的人》,叶安宁译,南方日报出版社1999年版,第26页。

者自小存在于"迁徙"的状态。这状态不出于政治原因,不是被迫的漂泊,而是文化"混杂"的结果。她们遵西俗,读世界名校,用"浪迹"的脚步丈量世界,但最终,她们尝到了真正的自由,归化为"世界人"了吗?

严君玲生于天津长于上海求学英国,1964 年移居美国行医。她的英文自传《落叶归根:一个乱世奇女子的真实传奇》在个人心灵史中带出了家族史与近现代中国史,以自我与家人形象暴露了懦弱自保的中华民族的根性,同时揭批了殖民意识下为虎作伥的西方人病态人格。

后母即"娘"的遗嘱公布时,"我"被排除在外,是一个"不被承认"的女儿。"我"在乎这份遗产,不因为生活拮据,而因为"不被承认"是自己一生的心结。其笔下的"严氏大家族"是中国大陆与香港文化的病理切片,是资本主义原始积累的一个样板,也是旧中国半封建半殖民地性质的一份详细的解说。"娘"有一半的法国血统,生下来就是法国公民,祖父、姑妈与"威严"的父亲均对她唯命是从,"我"们兄弟姐妹更是一个个"被催眠一般地木然和顺从"。这种强权下的委曲求全似乎与"我们"个个所读的西方名校的教育恰恰相反,是一种时代传承的"受虐性"或"奴性"。

自传同样深入到西方文化的强权本质与人性的冷漠与隔膜:欧洲人把中国人入读英国大学作为西方高姿态的象征,"我"往美国求存,同样与白种人隔了厚厚的墙。无论她英语多么好,毕业于怎样的名校,是英国皇家医学会院士,到达美国,她同样不能做医生,只能以麻醉师的身份在医院讨生活。

与严君玲相似,周采芹证明不了自己是《上海的女儿》,因为"我"们兄弟姐妹每个人都有一个英文名字,家人以英语交流。"我"质疑自己"到底是谁?"是遗传了母亲——一个苏格兰白人后裔的性格,还是父亲所期望的"中国人"?"我"是第一个在英国舞台做主演的中国演员,第一个出英文唱片的中国歌手,第一个扮演"邦德女郎"的华人女孩。但,舞台上"我""不是东方娃娃,就是东方妓女,要不就是娃娃兼妓女"。这些"娃娃"、妓女,还有后来在美国主演的《江青同志》,都逃不开西方人想要看到的"东方形象"。"我发觉我仿佛一生都是在扮演配角。先是一个京剧泰斗的女儿,然后是一个出色导演的前妻,现在是一个著名剧评人的女朋友"。"我"逃离到美国,做酒店招待、接待员、打字员,"在黑暗中躺了十七天,不记得自己吃过东西"①,直到后来做回了演员,申请到美国塔夫茨大学戏剧系的研究生,特别是回到祖国兼任了中国戏剧学院的教师,我才找回了"上海的女儿"的感觉,感受到"一个人在灵魂深处的自由才是真正的自由。"

令狐萍是一个历史学家,其自传《萍飘美国》记叙了自己旅美生活的18年。她回忆与研究的结论是:留学移民者像"浮萍"般"漂流":不是"逐奖学金而流动",就是像候鸟一样四处打工,身无定处。"从移民到公民",一方面,必须遵从美国"铁律",另一方面,即使你已经入了美国籍、入职多年、嫁给了白人另一半,你能说已经在异国站住了脚跟、被美国社会所接受了吗?

四 寄居:"夹缝人生"与存在主义悲观

於梨华、张爱玲、张辛欣三位女作家的丈夫均为白人知识分子——大学校长、作家、律师,但其文化尴尬与分裂的感觉尤痛。感性上,家中"蓝眼睛"的加入,仿佛给了她们"第三只眼",对东西差异性体察尤为敏锐,其理性与感性兼具的复杂使其自传体写作蕴含丰厚,对"自我"的剖析也同样深入骨髓。三人有一个共同的母题——"寄居":於梨华被公认是"无根的一代"的鼻祖;张爱玲的自传体小说三部曲《小团圆》《雷峰塔》《易经》揭破了"知遇"的假象与"团圆"的荒诞;张辛欣在《我ME》中讲述了"我"的三重身份:"讲故事的人"——思考者;写信的人——精神渴求者;努力逃出"大院文化"的人——自由知识分子。

於梨华自传《人在旅途》中的美国,不是郑念之民主、自由的天堂,也不是周励等实现"美国梦"的乐园,更不是令狐萍"模范少数

---

① 周采芹:《上海的女儿》,广西人民出版社2002年版,第210页。

民族"的立足之地,"投入到美国社会后,就算你学业上多么有成就,你总是有一种没有着落的感觉"。① 美国有"基本的弱肉强食的社会背景,以及在这种社会背景下产生的极端个人主义",少数族裔的科学工作者面临"玻璃天花板","文科生"的过去的不堪回首,未来不敢想象。在美国,"我"被"失根梦魇"缠绕;到中国大陆,她寻根未果;台湾从来就不是家,"三生三世"中,於梨华在世界找不到任何一处"家园"。

这同样是张爱玲自传体写作的主题。她用整个生命欲寻求一个"知遇之人",用一生的勤奋证明一个"尊严的自我",但无论是母亲、姑姑,还是两任丈夫面前,自己始终是那个"欠债"的小女人。被父亲关押,被亲戚可怜,被母亲忽略,敏感易碎的心渴望"懂得"。我寻求"知音一个",结果却是有一天,"我"与护士小周、范秀美、日本姑娘一枝一起成了胡兰成所梦想的"四美""团圆",这真是"人世荒凉""人性冷酷"与"心灵孤绝"。"生命是一袭华美的袍,爬满了蚤子。"这是《雷峰塔》中的天津。妈妈出洋了,爸爸接姨太太来家,姨太太带"我"去妓院"玩耍",教会"我"在大家族"看眼色",小女孩她凄惶胆怯,踌躇不前,有畸形的渴望——被爱与寄托。"大的时代荒凉要来了","我"绝望地看着这洪水猛兽的到来。逃到了香港,逃到了美国,也逃不过人生的荒诞。"那痛苦像火车一样轰隆轰隆一天到晚开着,日夜之间没有一点空隙。"②

张爱玲写的是存在的"寄居",荒坟一样的世界的苍凉。那么,不生在兵荒马乱的时代,"破落"的家族,没有退缩沉落寸步难移的遗传,就能在世界上奔跑与飞翔了吗?张辛欣两卷本"自传小说"中的"me"是一个生于东方文化的中心,京都新政权阶层的一个幸运女孩,后来幸运地成为著名的作家与导演,幸运地在美国找到伴侣,似乎东西方都向"我"敞开了胸怀,提供了舞台。

---

① 於梨华:《人在旅途:於梨华自传》,江苏文艺出版社2000年版,第12页。
② 张爱玲:《易经》,皇冠出版社2010年版,第392页。

《我ME》靠"真实的我"铺底,"展开魔幻",对"me"("我")展开了审视。视角之一为"小战士","小护士",云南边陲的"北京媳妇"当时当地当事人的"历史视角",视角之二与"蓝眼睛"的美国丈夫史蒂夫的"回忆录"视点相对应,是文化跨越后理性比较与分析的"黑眼珠"。"我"借"谷歌地图""维基百科"回顾了自己的生长地——京都,重温当年"政治舞台的前排观众"对"内幕"的了解。"公主府幼儿园"是一个按官衔、等级排列的小社会,儿童世界也充满了刺探与告密,招募与投降。你可以有小情绪,谈恋爱,拍婆子,唱莫斯科歌曲,吃红房子,乱写日记。但结婚、就业的时候,你绝对摆脱不了这"规则",你的配偶、孩子、家人,都摆脱不了这"规则"。"我"喜欢云南的"边陲画家",选择他做婚姻对象,因为他超出了"大院"阶层,其"残存之道"让我看到了"力"与"美"。但这个"往上爬"的"当代英雄"为了利用"我","暗自滑动着年龄的标尺"。一个连自己的准确年龄都对结婚对象撒谎的人,会有什么底线呢?果然,京城的户口一拿到手,我就被他扔出家门。这时代似乎只培养两种人:"级别""铁律"内的"乖乖弱",与"草根""制度外"的"报复侠"。

"我"的世界里的血雨与噩梦,这个"蓝眼睛"似乎看不懂。他有心理咨询师、忏悔牧师、教友、导师一大堆人帮助他"救赎"。"蓝眼睛"是律师。在美国这个"文明"的世界里,他要辩护的不是"偷渡的墨西哥边民",就是吸食着刚刚解禁的"大麻"的美国少年。"蓝眼睛"的家乡是"波士屯儿",就是那个被中文翻译为《城中大盗》的盗匪猖獗之地。张爱玲孤独地死在美国加州的公寓,於梨华的外孙女在欧洲感受外祖母曾经的"寄居","我"与"蓝眼睛"都在写"自传","用文字的大头针,钉住风化的历史"。

每一部北美华人女性自传体文本都不仅"是一个人的自传,也是一代人的写照"。不只在"对自己的清算",有"内在的痛感和深省",也在"不断地张望与跨界",将创伤经验以辩证的方式重构到新的精神体系中。应该承认,大部分作品仍非常"自我",缺乏卢梭的《忏悔录》之忏悔意识,还有哲学省思与精神救赎。某些内容以想象代替回忆,影响了"自传"的信度与效度。我们盼望着以独立的意识、史论的眼光、人性的细腻、艺术的精致、思想家的预见深挖"我"与世界关系的新"自传"的诞生,也期待着融入科技创新元素的文本的出现。唯此,北美华人女性"自传体写作谱系"才完整,能再生,才会代代流传与永垂文学史。

承继、断裂与成长

——"七〇后新移民女作家"散文例析

巴赫金(Mikhail Bakhtln)阐释"成长小说"的类型中有这样两种:一种"成长的是人,而不是世界本身","要求人在一定程度上适应这个世界,认识与服从现存的生活规律";另一种是主人公的成长也反映着一个新的历史时代的形成,成长的人"处于两个时代的交叉点,处于一个时代向另一个时代的转折点上",而"时代的转折点"寄寓于人物身上,通过他来完成。①

"七〇后新移民女作家"指1970年以后出生并受教育于中国大陆,后移民海外的华人女作家。她们拥有明显的代际与身份特征,已经卸脱了郑念、张戎、严歌苓等前辈移民女作家写作中凄风苦雨的沉重,多了"赤足也敢走天下"的快意与勇敢;她们在网络的虚拟世界中的写作似乎更不受"实有且又稳固的世界"的限制,可以跨越学科、国界,可以跳荡着成长。然而,她们用生命书写的文章却在证明着:每个人即使能够成长、发展、变化,也仍"被局限在一定时代内"。生活并没有因为她们家世优良、天生丽质、成绩优异、外语流利、意识现代,甚至不怕折腾就一路扬帆远航。她们终于知道,选择了留学或移民就意味着永远做一个

---

① [俄]巴赫金:《小说理论》(卷三),白春仁、晓河译,河北教育出版社1998年版,第232—234页。

"负重的攀登者"。比较一帆风顺的中国岁月,异国生活的复杂像她们所学的"汇编语言""函数"或"概率论"一样,有蛛网般的复杂,同时又坚硬如芝加哥、纽约林立的钢筋水泥。她们的生命是微不足道的一颗颗沙粒,随着世界的风一次次被裹挟,测不出命运的方向。但,她们又是"与世界一起成长"的。即使作为飘零的个体随历史的车轮一起被碾动,在"被碾动"的过程中,也如种子一般播撒、再生,在种族、时代的夹缝中长成蒲草,长成树,在精神上"不得不成为""前所未有的新人"。通过细读其文本,我们可以多层面解读其作为个体的人、跨"边界"的人,是怎样在多时空坐标上,在历史的必然与生命的偶然间完成自己的精神成长的。

一 时间的"似断实连"

吟寒的散文回顾的是千千万普通移民怎样自中国连根拔起,在异国生命移植,有可能活,也有可能死,从而挣扎图存、发愤图强的家族历程。其所揭示的是:移民的生命是一种空间的隔绝,一种学业与事业的骤然断裂,也是一种精神的生生不息。

现代社会遵循的是"丛林法则",今天入职明天失业是每一个北美人都可能面临的遭遇。但今天的北美已经相对完善,外来者发展的机会极其有限。在一个"资本"社会中,"无资本"者的加入预示着极大的冒险成分,有可能赢,但也很有可能输。在中国奋斗多年,地位、财富的既有者们不得不因移民而挣扎于异族社会的边缘。绝地再生,生命再植的力量源自于哪里呢?从吟寒对全家立志新生但固本难忘的细碎回忆中我们得知:这种断肢再生的信念与意志出自黄沙漠漠的华夏古城,源于多风多雨的中国江南故乡。

冰天雪地的冷,"一切都是金钱"的冷,餐馆老板的脸,聘用人冷漠的表情与堵人的话,多少次步履维艰,父亲的脊梁承载了多少重负?数也数不清。但拯救家族的信念不息,意志就不倒,多低的起点都可以再来。刷房子,修草坪,送报纸,发广告,父亲得了硕士,找到了工作。这种意志是家传的,离乱中的祖父挺住过,罹难中的父亲也挺住过。

移民就意味着前途断裂，从零开始。"我"从中国的大学退学，入加拿大本科再读。"入校时选择计算机专业的学生约 200 多人，最终戴上方帽子的只有不足 50 人，其中女生不到 10 人！"① 父亲在 47 岁时能挣得硕士帽，"我"21 岁，何惧之有？"我"毕业了，同样在职场获得了"立锥之地"。

远离，再次远离，似乎是吟寒永远的记忆，永远是"事业的突变拽着生活偏离了原来的轨道"。父亲远离的时候，母亲是全家精神的火炉。在中国，母亲是优秀教师、人大代表；在加拿大，母亲打最低的工，做最长的工时。母亲的牺牲换来一顶顶学位帽，我们的家，"多年的艰苦后终于又走进了一个收获的金秋"。②

我毕业了，丈夫上学；丈夫毕业，我失业；有了女儿，可新的职业仍让我们远离。黄昏时疲惫的脚步，节日里清冷的月亮，病重时婴儿的啼哭，拂晓时孤零的灯盏，远离的意义何在，移民的价值在哪里呢？隔空对语、劳燕分离会带来情感的陌生与疏远吗？可母亲说："挺一挺坚忍的脊背，身上的重负就轻了几分。"想祖父在祖母的"精神分裂"中坚守，父亲从"反动学生"到"煤矿工人"③，母亲的关怀与等待却始终如一。家族的大树历经了多少次砍伐，每个人经历了多少次生死抉择，家庭的小船并没有倾覆。我们，也能坚持，也会挺住的。

艰苦的岁月是人性的试金石，绝地再生的命运只能使家族的凝聚更加紧密。在异文化冲撞的工作环境中，正是中华族性的严谨亲和，才赢得同事们的尊重，吟寒们得以在新的土地上一点点植根。与西方个性自由、现世享乐的观念不同，从某种意义上说，也许只有古老民族的亲人与爱人才能在分离中不懈相守，精神砥砺，信任如海洋般深沉，这应该是大多数海外中华家庭的特殊体现。

从这种角度去看，吟寒的怀旧文字就不再是细碎的闲笔，而成了一种

---

① 吟寒：《十年辛苦一梦间》，《文心社》，http：//wxs. zhongwenlink. com/home/blog_ read. asp? id = 76&blogid = 1960/031224. htm，2015 年 8 月 27 日。
② 吟寒：《在这样的夜》，《星岛日报》2004 年 1 月 10 日"阳光地带"栏。
③ 吟寒：《来世还要做您的女儿》，《多维日报》2004 年 6 月 25 日美东南版。

对精神的追溯与铭记:若非有家族的韧力、民族的风骨,怎能经得住命运的连续打击,一次次东山再起?

吟寒对职场上华人取胜的原因总结是:"宽容的忍耐与坚强的平和";吟寒对女儿的祝愿期待是:"愿你如蒲草。"淳朴与平凡,坚定与柔韧已经成为一种精神"特质","通过那根细长的生命纽带传入我们的血液,滋养了我们的四肢百骸"。[1] 精神传承的种子一定要以笔铭记,以口相传,以骨血相继。

当一个群体,一个民族虚怀若谷,既具有始终如一的信念战胜险阻,又具有沉寂的耐性与平和的心态忍耐世间孤独与职场孤立、命运的升沉与漫长的等待的时候,这个民族应该是时时进步、步步扎实的。

正是在对家族、民族的精神承继中,吟寒的一代完成了异国岁月里的适应与成长,逐渐汇入西方职业、事业的主流。

二 文化的断裂与重组

怀宇说自己是个"怀旧"的人。"怀旧的人,身子走到前面去了,还总是频频回首来路。"[2] 但移民的人无暇回首,必须"向前"。

记忆的淡化,物非人非,使她对过去一点一滴、一丝一缕的褪色与磨灭都感受到"刻骨铭心的失落"。西方不是"救世主",美国不是天堂,家乡人传说的"明星"表哥是银幕上"天天挨打"的"小角色"。美国大都会是"钢筋水泥的丛林","冷冰冰的现代文明拉开了人与人之间的距离,人在获得自由的同时比从前孤独,不欠人,也不必给予付出。这样的理智与公平,其实令人心寒"。[3] 怀宇在现实的压抑中靠"怀旧"呼吸着,但不断捡拾的"旧事",努力追想的"故人",均在时间的流淌中失了颜色,换了模样。

想象中的故乡非真实的故乡。回到中国,记忆中"诗经里远古的山

---

[1] 吟寒:《看麦娘的春天》,《侨报》2005年9月6日副刊。
[2] 怀宇:《怀旧的人》,《文心社》,http://wxs.zhongwenlink.com/home/news_search.asp?Keyword=怀宇&action=about&page=5.htm,2015年8月27日。
[3] 同上。

川"同样已遍布钢筋水泥,人情世故不再浓郁;故乡的来客,像高大挺拔的树,犹如无花果般儒雅。言语间疑是故人,但记忆的荧屏却浮现出撕裂与暴力:这一株"故乡的树",极可能就是当年"戴红袖章"的人。① 打着"知识越多越反动"的旗帜殴打老师的人们,他们真的能转眼间变为"儒商"么?祖国改革了,开放了,开始与世界接轨,能接得好吗?世界经济合作中互惠互利的各民族能真正正视与承认他族的文明和贡献了吗?

"怀旧的人,不能舍弃的太多,所以前去的路上总是负累重重"。"不能舍弃的太多"是因为任何一种文化都必须有积淀。"忘记就意味着背叛",不只"历史"的教训深刻,而且任何一个新移民都必须靠族裔的精神与身份才能在新的土地上自强自立。但,在很大的程度上,传统有没有成为我们的精神"负累",我们有没有只顾方寸?有吧?!穿西装、吃西餐、说英语的"现代人",理念上却保守着"沙文主义"的"大中国",行为上仍有"小圈子",骨子里带着"千年文明"的倨傲,称非洲裔后人为"黑鬼",白种人为"鬼佬",对韩国人漠视,日本人仇恨。几乎每一颗"中国心"都伴以"中国胃",中国餐馆人满为患。唐人街彰显"中国文化",可为什么那里的中国餐馆里总是呈现出"油腻陈旧和嘈杂"②。怀宇的"怀旧"之思、"怀乡"之念,水墨山水般朦胧与凝重的愁绪,"无处安放,无所寄托",仿佛应验了"失根的一代"精神飘零的必然命运。

在自己的小天地、自己的人群中待得太久了,"到别的地方去看看,如何呢?"③ 工作与婚姻,给予了怀宇以"越界"考辨的契机。从"大中华"立场出发去看他族文化,似能发现"他者"的"新鲜"异质:"他们"也有传统,也很"优秀"。白人工程师"默默无闻",韬光养晦,其定力与沉着正是多少"中国人"自小被谆谆教导却难以拥有的;喀麦隆裔女"强人"精力丰沛,工作与家庭中运筹帷幄,游刃有余;墨西哥籍

---

① 怀宇:《怀旧的人》,《文心社》,http://wxs.zhongwenlink.com/home/news_search.asp?Keyword=怀宇&action=about&page=5.htm,2015年8月27日。
② 同上。
③ 鲁迅:《鲁迅全集》(卷二),人民文学出版社1981年版,第313页。

理发师同时也是抽象派画家；中东裔美国人是"古道热肠"的："一群西装革履的人面红耳赤抢账单"①，这场景仿佛发生在中国的北方。"犹太人后来即使丧失家园、丧失性命，却凭着这本神的契约，把祖先的传统执着地扛在肩上几千年。"谁能说只有中华文化才有古老的传承？在美国的土地上，谁又能说犹太文化一成未变，没有自新？无论是依照犹太风俗还是美国习惯，她这个"媳妇"都应该跟随夫姓。但她坚持自己的中国本姓，犹太婆婆也没有生气，看了"媳妇"用亚裔名字发表的文章，也发自内心的骄傲。谁能说中国大陆的妇女地位仍很低下，现代中国的文化大潮不早就把封建余孽一次次荡涤？女性解放的历程中，中华民族不也曾走在了世界的前沿？这些古老的民族，不都在吸收着新鲜的血液，向世界昭示了其融合性与包容性吗？

即使在故乡，传统也一而再，再而三地断裂了；何况在异乡，时间的风帆一直在勇往直前。岁月不会倒流，家乡与故土渐行渐远。每一个移民最终都会对自己说："我心安处是故乡"，都会找到新的认同。美国参与与见证了怀宇的成长："这里发生了我生命里迄今最惊心动魄的一些事；在这里，我终于独立成人"。中国，永远是海外华人的生身母亲，魂牵梦萦；而异国，也日益成为他们的第二故乡，是他们赖以立足、生存与发展的地方。

虽然依旧是"怀旧的人"，但因为拥有了"左顾右盼"的目光，就可以在世界民族之林中对族裔精神进行多角度的审视与校准。也只有这样，每一个民族才能够做到保留其独立的特性，与世界接轨并行。中国传统与美国文化、犹太血统与非洲风俗、传统与当下、记忆与憧憬，都在时代的更迭与技术的飞速运转中，被重新认识，被一次次打碎与重组了。

三 "叶子"的飘落与空间的逾越

引小路是一个"现代人"，但又是一个"传统人"。

---

① 怀宇：《怀旧的人》，《文心社》，http: //wxs. zhongwenlink. com/home/news_ search. asp? Keyword = 怀宇 &action = about&page =5. htm, 2015 年 8 月 27 日。

说引小路是一个"传统人",在于她珍惜所有的"得到":每一次情爱都试图以婚姻的形式加以固定,每一次迁移都带着全部的家当。

但她又是一个"现代人"。与大多数中国人不同,她四海漂游,行踪不定;与大部分中国女性在"闺房""对镜贴花黄"不同,满街的橱窗与满世界的湖面都可以让她"顾影"。宇宙很大,现代人就应该"潇洒走一回"。

但,要历险就不能责怪"平安"的难得,愿"洗牌"就不能怕被旋进最底层。引小路笔下"飘来飘去"的"留学人"遭遇的往往是痛失。生命痛失:年轻的华人朋友,遇上车祸会丧生,一次普通的滑冰也会丢命,胡波同学刚学成名就永别了人世。情感痛失:7年的恋人分手了;8年的婚姻结束了;属于自己的那个"安全的水库"不见了;"惜妻如命"的"那个人"还在,"妻"却已经不再是自己。人生的路险境重重,跌跌撞撞,紧紧地抓住了爱人的手,才站稳脚跟。可命运无常,"生命中的过客,有各种各样的走法,你不知我和他,还有她,会选择什么样的方式离去"。①

"美国梦"痛失的时候,引小路把美国的房子、汽车、记忆与憧憬全打进了集装箱,回到北京。"飘来飘去"的叶子要"归根"了。引小路希望的是生命的"再植",想把自己的事业与幸福在中国"续接"起来。因为中国是自己的故乡,北京有自己的母校与以前的单位,高朋满座的日子似乎就在眼前,一颗孤寂的沙粒即将融入本土,更重要的是,这里有《中国好男人》们,这是自己珍惜而痛失过的,这一次一定要抓住一个"他"。②

但事实却更符合植物学上叶子归根的原理,结果是"零落成泥碾作尘"。"回北京时间越长,那种漂泊感反而越甚。以为心里的感觉会更加踏实,其实却在走向反面。"③ 引小路这一片"中国叶子",在北京求

---

① 引小路:《单身度假》,《文心社》,http://wxs.zhongwenlink.com/home/news_read.asp?NewsID=36907.html,2015年8月27日。
② 同上。
③ 同上。

过学,在北京求过职,也算是一个"老北京"了,短暂的美国生涯后为什么再也接不到北京的树上了呢?她发现:中国与美国、男人与女人、北京与纽约是阻隔与分裂的,不能说不可逾越,但重重阻隔,谈何容易?

"七〇后"留学者与之前的"文化放逐者"似乎有两种区别。其一在于文化的选择:后者因个人或家族政治受挫而被迫"逃出故国",遭遇放逐;"七〇后"一代人则信仰"处处无家处处家"。"飘来飘去"是引小路们主动的、自为的选择。区别之二表现为"个体的人"的精神趋向不同:后者在文本中建构"理念",坚守"理想";引小路们则更加珍视"生命的真实"。"北京,催人老。"① 人与人之间的关系实在是复杂而难处。引小路再一次"归去",这一次"归去"的属地变成了北美。

婚姻惨败后,引小路发现自己做不了英国著名女作家伍尔夫所说的"假扮的天使";事业的归属中,她终于认知:在传统的积叠与现代的繁复交缠的中国社会,一个受过欧美教育的人很难在职场上入乡随俗,更难说"落叶植根"。引小路网文的启示在于:无论中西,婚姻中也许真正存在着"天使";流落世界的各族移民,有的人或许可以"落叶归根"。但游子的生命一旦漂泊,就极有可能像飘零的叶子一样再也不能与本土的大树对接了。祖国有可能不再是记忆中的祖国,故乡也极有可能变成商业竞争的战场。北京,其资本与能力已不输于美国,但这里的"得不到"与"痛失"也许更多,人际间的纠结与职场的拼杀,其严酷的程度不亚于北美。当然,在全世界,只要是有人群的地方,纠结与拼杀都会是人生的常态。

引小路的文章真挚到透明,其锋利的笔触把欲望中"现代人""缺氧"的状态、文化隔膜、人性分裂等挖了个透彻。她揭示了人的自然属性,发现了每个人的骨子里几乎都蕴含着"飘来飘去"的隐秘欲望;她列举了"假扮的天使"的稀缺与虚伪,昭示了时空的必然断裂与文化的

---

① 引小路:《单身度假》,《文心社》,http://wxs.zhongwenlink.com/home/news_read.asp?NewsID=36907.html,2015年8月27日。

必然割裂。从某种意义上说，引小路的书写是一种最"直面现实"的思想解放与文本实验。

　　终于，在35岁的年纪，引小路有了自己的"家园"："Baby抱在手中是很实在的感觉"。引小路并没有停下脚步，她仍在"飘来飘去"。"宝宝"将随"我们"出航，因为越小出航，越"不会对迥然不同的环境产生惊恐"。在她匆忙的旅途与角色转换中，世界其实已经发生了变化。随着越来越多的海外学人回到故乡，随着更多的人来去自由，美国至北京的穿越已非常自然，中国也有越来越多的学子出国留学，现代人已日渐成为"世界公民"。即使在引小路自己那里，种种的隔膜与断裂也最终以生命的新生与路途的延续而弥合起来。

四　命运的偶然与意志的必然

　　引小路一再在散文中强调"痛失"，美国"9·11"的亲历使她对生命的思考越来越成熟。依林的命运也因伦敦地铁的爆炸而扭转。满世界漂泊的流浪生涯中，生命会瞬间像闪电般流光溢彩，会发生奇迹，会得遇真爱；但命运也会骤然像巨雷般无常。恐怖主义的巨雷炸响时，依林痛失了爱人。对她来说，这是"永失我爱"，因为她的人生坎坎坷坷，跌跌撞撞，这个人她企盼了许久，千万人中觅得，无人可替代。

　　跋涉是依林生命的主调，虽然她一直在寻找"驻脚"的地方，祈盼着"到达"的那一天。"痛失"了爱人就毁掉了女人"到岸"的希望，又回到一个"跋涉"与"泗渡"的"孤女"的状态时，她不得不离开新加坡这个伤心之城，重又出发，借"上路"以疗伤。

　　童年的艰难中，外公教她习楷作画，母亲教她"仰望星空"，但他们都不可能轻易改变小女孩与边地同龄人同样可能有的"早婚"的宿命。要抵抗命运，她只能一次次自己"上路"。县城里中学选拔优秀生，她考中了！但，"没有人看弟弟，没有人打理家务"。爸爸说，"要去，只能一个人去！没有钱送你！"于是，8岁的小姑娘开始了千里的行程。唯有如此，"习楷作画""仰望星空"的梦想也能够延续。两年后，三天三夜，从内蒙古到天津，小姑娘再一次孤身"考到了外公居住的城市"，并最终

38　第一编　女性:命运将把你抛于何处?

进入了天津的大学。①

小小的边地女孩,哪里来的勇气,哪里来的忍耐,哪里来的成功?这是因为她自小就知道:若想离开边地,离开沙漠,唯一的出路,就是不放弃读书,一路向上地升学,升学。依林的文字说明,小女孩肩负的是全家"返城"的"大志",在"挣命"。不是"随遇而安""随波逐流"的命,是一个"人",一个家族应该有的命,是承载着外公、父亲、母亲、弟弟期冀的命,是被四散流放到各地的舅舅、阿姨们,他们曾经拥有又纷纷失却了的"命"。为此,她才一次次"孤身上路"。有了这样的"孤身上路",有了中学里寄食"百家"的经历,有了校办工厂夜晚的劳动,楼道早读时越来越明的曙光,才有了什么样的饭都能吃得好,地球的任何地方都能够"入乡随俗"的"蒲公英"性格。

她一直知道:自己是不怕飘零的,却心向归属,骨子里渴望着"平心静气、随遇而安"的生活。"我不知道多少人愿意坚强,至少我不是坚强的,但不得不为自己撑起一个聊以度日的天地。"② 一个爱厨艺、爱家庭的温婉女子不幸成为"独行女",这肯定是命运的错误安排。但唯其如此,她才知道流浪的道路上充满了机缘,命运会一次次给你带来不幸,也随时会给你带来新生。依林曾经幸运,她得遇"心灵的伴侣";她依然幸运,多才与努力换来新加坡、旧金山文艺园地上的知遇之恩。夜夜孤星晓月中敲出的文字,编出的栏目被长辈、新秀、同行、文友阅读着,称誉着。

生命中的成长是必然的。依林经历了生死,罹患过疾病。她能够"浴火重生",是因为她从来没有忘记冬夜里沙漠中"看星星"而生出的彩色的"梦"。坚守与实现"梦"的源泉是骨子里的那种"韧",那种"咬定青山不放松"的劲头,是5岁时"背着小弟,领着大弟","踩着板凳围着硕大的锅台"练就的;是8岁时"我一个人去,不用人送!不花家里的钱"③ 喊出来的。她能够"浴火重生",还因为她像一根修竹,虚

---

① 依林:《一声呼唤:忆外公》,《文心社》,http://wxs.zhongwenlink.com/home/blog.asp?id=2327&type=0&year=0&month=0&day=0&page=4.html,2015年8月27日。
② 同上。
③ 同上。

怀若谷,时时观察,处处求教,柔弱温婉的文字里有了"得之泰然,失之淡然"的笃定与平直。

依林的生命路径代表了千千万移民女性的历程。作为长女、"弱者",李光耀所褒扬的"贫苦农工大众后裔"①的东南亚移民,后来又作为中美文化夹缝中的漂泊者,自强、忍辱、融入、发愤必定是其"生命交响曲"的主调。正如其文章的标题《人性如草》一样,她是"心力交瘁的一根草","顶着一块石头冒出地面来,又要再顶着另一块石头生长"。② 生活的粗粝并没有磨掉她观察的敏锐,她的文字中少有牢骚与抱怨,更多的是"多情而迤逦"的故事,凝结着"最结实,最浓厚,最饱满"的意蕴;她带着自己的"蒲公英"精神,真心地去拥抱每一片土地,每一种文化,无论在何地,总是把中国的音诗书画一路播撒。

五 历史的追溯与创造

每一个女性都渴望人生有一个宁静的港湾,但她们中的有些人即使倾情一生,却难免知音弦断,难觅佳偶,于是成为"失婚的女人"。邹璐的解读是:女人"失婚"又怎么啦?仍可用整个的生命演奏多声部的命运交响曲,而不必一尾"洞箫悲歌"。作为跨越文化与地域,在黄河、红河、湄公河、伊洛瓦底江寻访中国族裔的"机工之路",追寻马来亚革命党人谜一样的踪迹,探究"最真实的历史","接近最基本,最本质的生活"的一个人,邹璐知道并且坚信:并不是每一个"智识分子",都会在时代的沉落中必然幻灭;并不是每一个女人,都会像伍尔夫那样把自己的肉身"投入江河"。江河,既可以被看作是"历史的源流",也可以被看作是"思想的归处"。幼年时,邹璐的父亲曾教她在大山里"看星星"。海外华人走得那样远,都是因为有了如此的"星空"所隐喻的"梦想"

---

① Lee Kuan Yew, *Address at the Official Opening of the World Chinese Entrepreneurs Convention 10 August 1991*: *On China and Chinese Overseas*, That Vital Empathy, http://www.wcec-secretariat.org/en/index.php/event/144-event1.html, 2015 年 8 月 27 日。
② 依林:《一声呼唤:忆外公》,《文心社》, http://wxs.zhongwenlink.com/home/blog.asp?id=2327&type=0&year=0&month=0&day=0&page=4.html, 2015 年 8 月 27 日。

40　第一编　女性:命运将把你抛于何处?

在烛照。恰恰因为有了这种烛照,邹璐能够"行万里路",几乎每一个春节都孤身在中南半岛寻踪探史,进行文化考察;正是因为这种烛照,邹璐常"读万卷书",在新加坡图书馆找寻历史与现实、宗教与艺术的种种关联;正是因为这种烛照,邹璐以新加坡先贤馆为阵地传播中华文化,在东南亚文化论坛上大胆发言,不让须眉。

　　经过新加坡华人先贤与文学前辈的栽培,经过近十载东南亚四处调研与采访的奔波,经过《联合早报》经年练笔的多少个不眠之夜,心里装着陈嘉庚基金会赋予的学术任务,邹璐知晓并坚信着一个与时俱进的现代人,一个有坚厚的土地可立的人,一个心怀历史但目向未来的人尽可以没有物理的归属,比如邹璐从病困的医院走出来,回到家还是"我一个人":"我没有孩子,孑然一身,我像一棵长满苍翠叶子的树,风来了,自己哗哗地大声歌唱……生命轻到随时可以放弃"。但正因为如此,"我的心"可以安放在"任意就可以抵达的远方"。陌生的风景,陌生的街道,陌生的人群,"从辽东湾到南中国海,从四季变幻的大陆到常年是夏的岛屿","在另一个国家的另一个地方,城市高楼的某个门牌号码成了我的另一个归处和牵挂"。①

　　在传统的意义上,女性成长中的突围与重建是壁垒重重的。"好男儿志在四方",中国男子下西洋,闯四海;无论中西,好女孩左冲右突,似乎也只有出轨、出世、外嫁等几条路。英国贵族"智识"女性在伍尔夫虚构的笔下尽可以《出航》与出国,甚至穿越性别,但她们纵横古今的最终仍只以婚姻或爱情为终点。在中国大陆,受教育的女性《因为女人》,天地似乎越来越狭小,男作家以"回归家庭的温暖"来开出唯一的药方。②但邹璐确实杀出了一条独身女子的"血路"。她代表着海外"七〇后"女作家,代表着"失婚"的人,证明了一个美丽而多愁的女子,只要植根于自己民族深厚的土壤,以传扬中华文化为己任,就可以忘记

---

① 邹璐:《午后》,《文心社》,http://wenxinshe.zhongwenlink.com/home/blog_read.asp?id=4299&blogid=59184.htm,2015年8月27日。
② 中国作家阎真在其小说《因为女人》与多次访谈中指出中国世纪之交的"知识女性"精神"无出路","回归家庭的温暖"是其被救赎的主要途径。

"小我"，抛弃"旧我"，而以独立的形象，"新人"的形象昭示于人。邹璐的生命里没有孩子，也许无法完成种族的延续，但她所创造的诗歌意象的鲜活，她追溯历史所留下的哲思，她生命所演绎出来的"突围"的意义，要比一个生命的诞生重要得多，久远得多。

每一个中华海外女性的际遇，其行走的历程不尽相同，却都让我们看到华夏民族意志的坚硬，蒲草般的韧性。依林的相思里有这样的信念：尽管我们已"永失我爱"，尽管我们仍"一路独行"，但我们所眷念的，不仅仅是沙滩上银色的月光，也不仅仅是海上的星光，还有中华文化灿烂的阳光，使我们有事可做，有事业可担当。怀宇的生活里有旧衣、故人，也有典籍，更有新的波斯、犹太、非裔等各民族人民与之分享的文字、菜单、职场的经验，她的目光里有比较，有参照，超越了语言、性别、族裔与文化。有邹璐游牧民族的骨血在流动，有引小路带着小小婴儿"飘来飘去"的胆识与勇气，有吟寒的祖父、父亲对抗所有南方的潮热、北方的朔风、加拿大冰天雪地的坚挺的脊梁，有华人女作家在网际的繁复空间里的探索与构建，有每一个中国人的"勤为径""苦作舟"，什么样的历史不能够穿越，什么样的海洋不能够跋涉？"七〇后新移民女作家"网文中"民族精神的海外承继"，"以个性融入多元文化"，"走世界，以脚步丈量历史"等主题丰富了"中华文化"的色彩，深化了"中国文学海外新生"的意义，特别是其"女性以行走促进成长，造就新我"，从而"完成历史"的意义弥足珍贵。

论海外华人网文中的感伤情结与忧患意识

——以"寒胭"为例

  旅居海外的理工科华人网络写作理应引起文学批评的注意，因为有些网文不但呈现出非功利与非意识形态的"性灵性写作"特点，而且在文化反思、解构与建构，艺术创新与审美追求等方面不亚于专业文学写作。网名"寒胭"者受到关注，就是因为其文字中既纠缠着浓重的"家国情怀"与历史追思，又有着对全球化背景下现代"漂泊者"形象的塑造，代表了与她同类的海外华文网络写者共同的创作题材，论者拟从哀国、殇城、感人、忧世四个方面对此加以总结。以下分而述之。

  哀国，指其以历史性、世界性眼光对中国地位之反思。"寒胭"的网文中，除了以《爱的方式》等哀悼中华传统道德的逐渐消弭外，还以一个随时准备从发达国家归国的海外学人角度对故国的"现代化"状况进行审视。从世界历史发展规律与中西比较的立场出发，作者解释了两种强权——外敌浸淫的文化强权与本土政治强权对国人"趋时化"意识影响的历史渊源：是文明屡遭破坏积淀而成的精神与物质双重贫困造成移民热、外嫁潮、西方意识与生活方式盲目引进、物质发展对自然人文形成灾难性毁灭等。从上海半殖民地历史出发，作者归结当代城市人病态心理的根源，用了一个似乎不恰当的比喻："譬如当年我们年老体弱的外公，没有能力保护好自己的孩子，有一个如花似玉的女儿，被洋人拉去强占了。如今留下几个混血儿……因为他们生得美，教养也好，众亲戚们用异样的眼光打量起这几个混血的孩子来","当年的耻辱竟是一笔带过,甚至于淡忘了"。① 这令作者格外痛心,因为至今仍在海外受西方强权压迫的她绝不能忘记"外滩、圣约翰、洋行和其他的种种"是"洋人当年横行霸道而来,掠夺之后留下的遗迹"。如果忘记了,就"是我们这个弱势文化里让人痛入骨髓的悲哀。"作者的譬喻表面上有绝对化与夸大之嫌,但如果读者联想到1993年"纪然冰案",回顾1948年8月7日汉口20多名陈纳德部下集体强奸中国名媛的"景明大楼事件",目睹国人对如此种种淡漠甚至遗忘,就会发现作者的"哀国"殇既不矫情,也不夸张,而是正中时弊:21世纪的时空下,某些国人具有一切向西方看齐的心理倾向,跟风与攀比中消弭了自尊,丧失了独立思考与创造性。

当然,作为一个自觉追随西方文化的海外华人,作者并未单纯从"民族主义"视野狭义阐释"爱国"的含义,而是从全球化过程中不同文化生存与失落的历史与现状回顾中,从弱势文化必然挨打,自然向强势文化看齐甚至被取而代之的角度来分析当代中国问题的。

殇城,指其感怀政治强权与外倭入侵对中国城市的双重侵蚀。近年来,出版界对上海昨日"辉煌"与"名媛"轶事的追捧与对新上海"领军"形象的炒作甚嚣尘上,"寒胭"却以海外作家特有的清醒剥开了"从来就是如此风流典雅浪漫"的"东方巴黎"大上海表象下"历史的斑驳"。② 作者的"故园"情结、"怀旧"文章有着"祭奠"般的沉重。

上海的过去是否真的曾经辉煌?也许。但作者幼年居住的名为"Marks Terrace"的洋房里容纳的是大大小小5户人家,不但写着"H"的热水管从未使用过,连凉水也得购"买"。俄罗斯风格的豪宅被后来的"权贵"住进去,"办公桌边上坐着一个光着膀子穿军裤"的人。③ 旧日工厂主"毛弟姆妈"被夺去了财产,本来是从"老吴伯伯"等工人阶级

---

① 寒胭:《上海的马桶》,新浪博客,http://blog.sina.com.cn/s/blog_73d0f21b0100oqle.html, 2015年8月27日。
② 同上。
③ 寒胭:《与官小姐同学》,新浪博客,http://blog.sina.com.cn/s/blog_73d0f21b0100op2s.html, 2015年8月27日。

利益出发的，可历史的车轮隆隆碾过，却将"老吴伯伯"与"毛弟姆妈"一起甩在"这一路洋风洋调的边上"，那些"一脚踩进门"，一家人"吃喝拉撒的大概便尽收眼底"的逼仄的旧弄堂里。百姓被鼓励购买私房，却只有新兴"资产阶级"炒房团与具有"海外关系"的人才支付得起。"革命"的道理"从来都是硬的"①，限制别人思想甚至行为的强权一直存在。哥哥的艺术梦想在"很大的机关里""党支部书记"姨妈的"严厉审查"下破灭了②，其他无论怎样的"梦想"，不是被贫困与逼仄挤压而死，就是被某种名义的意识一棍子打死，要不就在"现代化"催逼下同样短命而猝死了。人文与艺术被枪毙，代表"东方巴黎"式辉煌的，是张艺谋的"小金宝"们：她们戴着"满城""像地主瓜皮帽一样的胸罩在世界舞台上弘扬国粹"。③ 在此，作者不但揭出了中国城市"繁华"表象的虚假，还道破其"文明"背后的虚妄。

当代上海的发展是否真的达到了"国际领军"地位？在《回家的故事》系列中作者反复算着这一笔账：照在美国拿到"刀客脱"之后"玻璃房子"里年均8万美元的"泥饭碗"与澳洲3万5千美元"铁饭碗"标准，要在上海保持相应的劳动报酬，特别是对子女进行良好教育，未来能够支付他们在世界一流大学受教育的费用，仍会是一个很难达到的水准。上海的房地产与消费价格直追甚至超过一些发达国家都市，但其经济发展远远没能像其房价与物价一般"强势"。"她"在《逛人才市场》中，用的是"我可以告他性别歧视""年龄歧视"等"外国话"思维，说明不只故乡人盲目追随"外国的月亮"，留学生即使"海归"了，仍会按西方价值观与物质标准衡量一切。中国是不是真正到了"说不"的时候，或者要等到人民币成为国际货币与普通话成为世界语言后尚能定论。作者在文化对比中回顾了西方国家由弱到强的历史，归结出每个民族都须

---

① 寒腮：《昨日的蔷薇》，新浪博客，http://blog.sina.com.cn/s/blog_73d0f21b0100otgk.html，2015年8月27日。
② 寒腮：《憋掉的梦想》，新浪博客，http://blog.sina.com.cn/s/blog_73d0f21b0100p9cx.html，2015年8月27日。
③ 同上。

先经发展强大才能获得在世界要求公平的话语权的结论。

　　作者细化了西方文化包围中的"海外"华人对"现代化"上海的陌生感：《看牙》时，"她"对"国有"医院的官僚化残留与民营、合资医疗机构的商业模式同样不适应；西餐馆里普通话听不懂、不认识信用卡的侍者 Robert 让"她"对城市扭曲的"国际化"深恶痛绝。失落感强烈的"她"只能在中国"他"的安慰下孕育民族身份的"自我"认同："等到那些霓虹灯不再乱爬，马路上的树看上去像真的，车和人都认得清他们的路，我们大家大概就不会要用英文名字把自己假装成另外一个人了。"①"车和人都认不清他们的路"说明在经济发展与文化建设中无论是国家、城市还是个人都有一个自我定位的问题——每一个发展中国家也许都经历过城市盲目发展到找回"自我"的过程，"白天不断地开会开会开会，晚上不断地应酬应酬应酬"②的人们也许在自我真正"崛起"之后才会有时间重拾年少时"瘪掉"的人文与艺术"梦想"。

　　感人，指作者对人文精神泯灭与现代人信仰失衡的哀叹。在"寒胭"的网文中，无论是寥寥几笔的美国"老板多肉的鼻子，师兄放肆的目光"③还是自诩为小资而实质为小市民的父母形象都刻画得入木三分。最栩栩如生的是那个唯唯怯怯向亲人、爱人要求与表达爱，后在异国拳拳思乡的孤独女孩形象。与其他海外女作家的"成长"主题，如虹影《饥饿的女儿》中在伦理与性爱中反叛的少女，马兰在"精神病家族"中以诗歌与流浪为抗拒方式的女诗人不同，"寒胭"笔下是一个中国城市的普通少女，其成长与性无关而与爱相连，与"离家"情结无关而常常"近乡情更怯"。在"成长"途中与"回家"之后，她感悟太多"爱"的丧失，追怀中有对中华传统文明的祭奠与对现代人信仰失衡的无限感伤。

　　女孩对"爱"的渴望与表达被母亲无意地忽略了，被深爱的少年有

---

① 寒胭：《回家的故事：罗伯特》，《国风》，http://www.civilwind.com/hanyan/hy041017.htm，2015年8月27日。
② 寒胭：《瘪掉的梦想》，新浪博客，http://blog.sina.com.cn/s/blog_73d0f21b0100p9cx.html，2015年8月27日。
③ 寒胭：《砂之船》，新浪博客，http://blog.sina.com.cn/s/blog_73d0f21b0100p9cx.html，2015年8月27日。

意地拒绝了，被"班主任"主观地否定了，被女同学恶意地亵渎了，可她始终"相信，爱一个人，就应该没有保留全心全意地为对方付出"。① 这种对亲人爱人"没有保留"的爱与商品社会交换式的人际关系有太大的区别，都是源于"奶奶"的、民族的"爱"的传承。在家族文化中"奶奶"是一个典型的牺牲者：幼年丧父，24岁守寡，为了获得补贴养活8个月的儿子选择"一次性退职"，一直做老妈子，到自己的积蓄在补贴家用中耗尽，儿子媳妇谁也不肯给她零用钱。这种种白描式简写中有作者暴露亲情消弭、文化断裂的巨大决心与毫不留情，因为这是对家族"隐私"的公之于众与耿耿于怀。"奶奶"所代表的是自己"吃剩饭"、给亲人吃好饭的"大爱"，是中华民族几千年传承的"爱的方式"，也是"人之初""上帝刚刚忙停当的时候，世界就应该"的"样子"。② 但这种"剩饭里的爱"，这种深情厚德与无私奉献被忽略了，被抛弃了，中华民族"为亲负米"的传统早已在"爸爸"那一代就失去了传承，终于变成作者"身荣亲已没，犹念旧劬劳"式的哀恸。什么时候，一个民族最朴素、最真诚的东西被"弱肉强食"的"现代性"所取代了呢？如果说"殇城"中对城市"现代化"发展的质疑是作者对物质文明反思的话，这里，站在人本主义人间关怀的立场上，作者对"现代化"所带来的"精神文明"加强了拷问。

作为超越意识形态的网络写手，"寒胭"并没有放大人性弱点、夸张民族劣根性的主观故意，以"还原"人的本性或历史"原状"形容她的文章较为合适。"飞飞"的"妈妈"在公文信笺所指代的上级命令下才"去五七干校接受再教育"，之所以为了"几十斤粮票"与"八分钱邮票"抛弃对老人的温情，忽略女儿幼小的心灵，很有可能是因为她自己的尊严早已遭遇"又粗又红的领导"的干预，这是那个时代世间常态。作者要强调的是：幼小的心灵遭受了重创，就不可能再轻易打开心扉，甚

---

① 寒胭：《砂之船》，新浪博客，http://blog.sina.com.cn/s/blog_73d0f21b0100p9cx.html，2015年8月27日。
② 寒胭：《爱的方式》，新浪博客，http://blog.sina.com.cn/s/blog_73d0f21b0100ol5v.html，2015年8月27日。

至会丧失"爱"的勇气。"从此再不"这个句式表明一个稚嫩的生命遭受多少次挫败,就可能有多少次希望的折翅。敏感的心性是天生的,也是教育,或者非教育促成的:"班主任"对升学率负责,不对学生负责;母亲对"奶奶"无情,对"官小姐"歧视,成人的趋炎附势与恃强凌弱被视为当然。一个没有平等意识与基本道德观念的社会会使许多"受伤的心都已不能够痊愈"。尽管作者想表达的是"没有那样的伤痛,我的青春竟是无所依附了",为成长付出代价是不可避免的,但经历了一个个"从此再不",就是关上了一扇扇希望的门,致使"生命原来不过是写在沙上的名字……没有什么宝贵的东西可以留下来"。[1]

"忧世"意识包括两种内涵:一、对世界文明及人类存在的价值质询;二、深重的民族忧患意识。

从世界历史与中西比较的立场出发,作者并未厚古薄今或厚西薄中,她看见不同的意识形态霸权,不同的"硬道理",不同的倾轧、浮躁与虚妄。到西方留学求职等于"背负着来自弱势文化的这个沉沉的十字架"在强势文化下讨生活。美国学术殿堂有着以"大毛手"在女生身上游走并"以学术上的小谋略"积淀而成的白人学霸,有着"因为课题进展不理想而被停了助学金"的生存厮杀,有着"红眼睛"的中国同胞,也有党同伐异的"教徒"同事。"凹国"里不只有打杀少数族裔的 One-Nation Party,还有大学行政部门白种人对东方人的无端歧视。[2]

人的平等意识是作者文化反思与比较的标杆。"海归"们在国内以西方"性别歧视""年龄歧视"等模式衡量中国文化,在西方"健全"的法律与法规环境中,他们就能避免性别与种族屏障吗?作者以"玻璃城"暗喻东方女性求职的"玻璃屋顶",无论东方西方,男性中心文化根深蒂固,职场中"她"不是被异性同事当作可"看",甚至可以把玩的对象,就是被当作"抢饭碗"的劲敌。一旦失去了被作为性爱对象或者被"看"

---

[1] 寒朏:《沙上的名字》,新浪博客,http://blog.sina.com.cn/s/blog_73d0f21b0100ol5r.html,2015年8月27日。

[2] 寒朏:《花落他乡莫奈何》,新浪博客,http://blog.sina.com.cn/s/blog_73d0f21b0100otgy.html,2015年8月27日。

的可能,就很有可能在职场——"男性的天空"被淘汰出局。

两种社会不仅都存在种族与性别不公,阶层与地域屏障也均如铜墙铁壁。"城市人"的"势力"与"媚俗"同样源远流长:吃"臭豆腐、黄泥螺"的容不下"苏北佬"与"吃大蒜"的,傍上了西方"中年矮胖的肚子"的中国少女自觉比国人高一个等级。① 这种以依附强权为荣,以弱肉强食为绝对法则的文化心理既形成于西方文化长期的强势浸濡,又何尝不是源于东方本质的"奴性"与"受虐"传统?无论中西,对"强"权的自觉依附甚至于迎合,可能是所有弱势民族与阶层所共有的,只是每个民族都需要对这种"奴性"与"受虐"保持足够的清醒。在"故国回望"的视角下,"乡愁"情结与"哀国"意识互为纠结,弄堂里的梧桐碎影与人情冷暖是心中最柔软的地方,一碰即碎,而"近乡情更怯"不是因为"物是人非",而是因为"物非人非"。历史的车轮在故园边无情地碾过,人的生命空间被挤压得变了形,故园中"昨日的蔷薇"不再,高楼林立的夹缝里,"下岗"与"退休"的生命走向衰亡。作者所述是一个个普通的写实故事,缺乏惊心动魄的情节与人物冲突,但现代都市人得与失的矛盾无奈,心灵的扭曲与身份异化,历史的不可逆转,存在的虚无与生命的无根,极复杂的内容在极简练的文字中幻化出来。

视角的转换与时空对比是作者"旁观者"或"参与者"身份变幻的主要手法。写作的技巧与"非技巧"在于从孩童的眼睛看成人世界的市侩与严酷,从成人的心理感受有着"玻璃心"的少女盲目的付出与惨败的必然。在"现代化"中感慨"古旧"的感情之凝重、透明与易碎,在钢筋水泥的森林里寻找"昨日的蔷薇",在重度污染的天空寻找"繁星",在一排排健美的"大卫"等城市雕塑后寻找"上海的马桶",其意象是电影黑白与彩色镜头的切换,爵士乐乍响与收音机里老歌的时断时连。生命回放中,"旁观者"与"参与者"身份下理性的忧思与感性的哀伤淋漓尽致。

忧患意识是中国知识分子自古以来的责任自觉,《宋史·胡铨传》中有

---

① 寒朋:《错过了金龟婿》,《国风》网刊,http://www.civilwind.com/guest/liqing76.htm/2003/04/01,2015年8月27日。

"此膝一屈不可复伸，国势陵夷不可复振，可为痛哭流涕长太息矣"，清代左宗棠有"身无半亩，心忧天下"的名句。"寒胭"类海外网络写手属于新一代知识分子，有着"告别家国文化"的生存自觉与"来去自由"甚至在海外"落叶生根"的移民心态，与"忠君""死谏"或者"先天下之忧而忧""身肩道义"的古代知识分子自然不同，他们是以弱势文化出身、在强势文化中讨生活的技术打工者与个体"零余者"身份感受民族与异域文化的。作为"生存的人"与个体"写字的人"，他们无心也无力担负"家国"的沉重，只是从一个远离者与深爱者的角度对故国、故城、故人不自觉地感性伤怀。但"近乡情更怯"的次数愈多，文化对比愈强，这种伤怀愈加成为一种"忧思"，上升到民族危机意识猛醒的程度。

这种民族危机意识猛醒的忧思源于他们对国人麻痹意识的警觉：当一个民族作为"弱国"被侵略的历史未过百年，被强势文化浸濡的现状尚在延续，物质文化发展所付出的道德文明代价过于强大，而大多数人却安于所安，乐于所乐时，作为越是远离而"乡情"越重的海外儿女，他们的责任意识苏醒了。当早年所受教育中古代知识分子"君子安而不忘危，存而不忘亡，治而不忘乱，是以身安而国家可保也"的"家国"忧患回到他们的意识之中，他们就不再是"旁观者"，而一变成为"打更人"与"呼吁者"，以汉语为武器，以网络为平台，在文化对比中对人的存在与"现代化"的真正含义进行质询，在历史回溯中对民族传统与人文精神失落大声惊呼，在现实关怀中对政治强权与西方文化强势对中华文化侵蚀加以警醒。在此种意义上，这些不为名，不图利，身在海外，心念故土的汉语"写者"的网文，对中国本土现时现世与未来精神及物质文明建设，有着弥足轻重的镜鉴意义。

《纸爱人》多重意义上的存在主义解读

北美华人女作家施玮的中篇小说《纸爱人》含义多重：全知全能的视角陈述了一个世俗的故事；主人公的内视视角以意识的流动推动其命运的逆转；批评者冷眼旁观到了"他者就是地狱"；隐含的回望视角预示了大的悲凉。其所揭示的存在意义上的荒谬在于：女主人公以"娜拉"式的行动演练了"秋菊"式的反抗，其知识分子的社会批判以滑稽的闹剧与鲁莽的行为草草收场。最终，孩子与脏水一道泼出，孤行的人会更加"孑然一身"，女主人公行走在虚无的荒漠之中。作品既有世俗的关怀，也有人文的拷问，阅后久久萦怀的回味里既有时光不复，永失我爱的伤逝，也生发出种种存在主义的哲思。

悲剧与荒谬以旁观者的镜头、夫妻的抱怨、伤逝的回忆、哲学理念的透析一层层揭破。具体表现在以下四种视角：一、虽交替以第一人称叙述，但还是可以看到，有一个全知全能的视角在不偏不倚貌似调侃地陈述事件。这个语言是充满了世俗温暖的，轻喜剧似的，家长里短地谈论着一个普通家庭捉奸与离婚的闹剧。二、男女主人公的内视视角，主观性较强，五味杂陈，愤慨、犹疑、依恋与决绝时而暴露，时而隐忍。这种情绪的流动推动着人物的行为、情节的发展甚至命运的逆转，从偶然到必然，又从必然到偶然。"一切事情的发展就像一副多米诺骨牌，只在一眨眼的工夫结果便出来了。并且不等你看清楚，这'结果'又跑出去好远。"① 终于，一出喜剧，一个闹剧发展为悲剧。三、故事隐含的回望视角。悲剧的意义在情节的表面是一个"短痛"，或说这种"短痛"是一件好的事情，戛然而止的结局似乎在预示着女主人公的"新生"。但就人物"质本洁来还洁去"的理想化、"多余的人"的软弱、知识分子的忧患等多重性格去看，这个结局会成为一种"长痛"，不算是永失我爱，但可能"永失我伴"。此种意义上，读者会回味出"伤逝"的悠远。四、批评者即事件评判者所带来的分析立场，或意义视角。这个冷眼旁观者看到了"他者"就是敌人，就是"自我实现"的障碍等存在主义意蕴，看到了人类渴望交流与温暖，却相互间筑起不可跨越的鸿沟。

这样的判定源于现实的基础与性格归因。小说一再强调男女主人公是"一类"人，事件是性格的"必然"，但结局是情绪所引发的"偶然"。男主人公是一个"作家"，虽个人生活上"玩世不恭"，但也有"助人为乐""伸张正义"的职业习惯，此番"出轨"本是"浪子"对貌似放荡实则反抗的生活的一种"告别"，他要投诚了。但时机不合，适逢女主人公"淼"因生活与工作中过多地委曲求全、忍而不发而到了"忍无可忍"的时刻。"多余的人"的委顿积年已久，丈夫制造的这次"外遇"，女友逼迫的这次"捉奸"，强加于她一个"行动"的"事由"。

与许多把情节、关系、情感、生命简化为肥皂剧的写法不同，小说的意识流手法极大地展示了命运的偶然与必然间的张力。通奸者床前，女人对自己必须要扮演的"受害者"角色不堪重负："我在哪里？我在做啥？"其"自省"意识中，无论对眼前的男女双眠图，还是对他们将要共同起身穿上一切的琐碎，自己似乎都是一个局外人，她不在状态！愤怒为什么没有喷涌，甚至积蓄？长久以来，她似乎丧失了对任何事情产生强烈情感的能力。但她性格的悲哀，命运的荒谬似乎不在这里，而在于：她从来不是一个"秦香莲"，此刻却要扮演"怨妇"的角色。这个男人她爱吗？不爱。这个男人爱她吗？为什么此刻他的一举一动，如用手指向身边共眠的

---

① 施玮：《纸爱人》，载施玮《新城路100号·小说卷第一辑》（下），中国广播电视出版社2008年版，第78页。

这个女人,好像对她说:"你看着办!"好像也是一个"忍无可忍","我要抗议!"的姿态?

女人不明就里,扎手扎脚,还想"捉奸"的结果不重要,以什么样的姿态"捉奸"才不只关系到她的形象,还关系到她对历时十年的婚姻的定义。于前者,她是一个"完美主义者",一定要表演"眼里揉不进沙子";与后者,她不想负责,无力行动,尽量地拖延着这个过程。"延迟行动",是存在主义意义上"多余的人""反英雄"形象的典型表现。

小说在两个地方对她"多余的人"的人格做过铺垫:接到女友告知真相,她懊恼:"就像是一种专利被人占了,或是原本我的角色被她抢着演了"。[①] 当然,这是隐含的情节伏笔,但她既不想追究女友对此事过于关注的隐衷,也不愿承担此事所带来的荒谬。"世界的错误不应该由我来承担",是"反英雄"的共有心态。另一个佐证是出差途中她与"女同事"的虚与委蛇。"女同事"只是助手,"机械工程师"与"业务代表"是自己,设备安装与技术培训者都是自己。当这些基本完成,因回家"捉奸"她不得不提前返程,庆功宴送行礼都将归于"女同事","领导的人""女同事"却表演了一连串勇于承担、替她分忧的"慷慨"与"仗义"。"我"司空见惯地应付着,不仅因为她是"领导的人",还在于"我"一贯的行为原则:懒得与人计较,"一任群芳妒"。这些委曲求全一方面出于"延迟行动",另一方面是一种"悲剧性抵御":坚守自己的灵魂禁地,拒绝他人入内。所以,夫妻博弈中,她深知自己是"有错"的:"施虐"的行为大多有"受虐"者参与,自己"一如既往"的"清高"可能早已"犯了众怒",特别是这个男人被自己"冷遇"得够了。此处人物有多重角色:一个在世俗温暖与精神高洁间举棋不定的人,一个内省者,一个冈察洛夫笔下《奥勃洛摩夫》一样猥琐的人。

女人意识到自己的"抗议者"角色应该上场了。她拉开窗帘,让日光之箭刺向这一对男女。男人"将手臂屈着挡在头上,一幅挨打的样子。

[①] 施玮:《纸爱人》,载施玮《新城路100号·小说卷第一辑》(下),中国广播电视出版社2008年版,第68页。

他的手臂苍白，毫无血色，像一截石膏"。女人幻想着"他的身体一截截遇着阳光，并一截截变成石膏。最后这具男性的身体，就成了一尊毫无性感的石膏像"。① 此处，"男人"的形象被"物化"了。在她独处的"象牙塔"中，他本应该占据一席之地；作为一个"作家"，他在"我"看来本不缺乏灵魂，应该是我的同类，但此时，"他"被"物化"了。他本来就是"物化"的，还是自己一直在"参与"这种"物化"？她有点底虚。男人"抗议成功"的姿态既已上演，"我们离婚吧"的"台词"说出去的时候两个人都像演员。男人问："我们今天就去？"语气中报复的欢畅似乎多于惶然，这进一步警醒她，应该把"愤怒者"角色扮演到底。她点了点头，表示同意。

　　这种角色表演感是全知全能的叙述语言所阐释的，也是女主人公"自省者"角色所认知的。一方面，她对自己的一贯清高、冷落他人的本性有所忏悔；另一方面，她的宽容也很茫然，因为对家庭与社会同样积怨已久："我"容易吗？有什么大错？难道不一直在"完成一个做妻子的过程，尽可能地尽善尽美"？② 一个本色的自律者，不藏任何害人之心。家庭里从一而终，洒扫清洁，下得了厨房；单位里忠于职守，兢兢业业，业绩突出，有何不妥？此刻她疲惫与厌倦，但"厌倦"达不到萨特之《恶心》的强度。面对床上的通奸者，精神洁净如她，灵魂高蹈如她，为什么不"恶心"，甚至不"愤怒"？她比萨特的人物要厌倦得多，就像加缪的主人公一样是生活的《局外人》。女友告知她丈夫的"通奸"行为，逼迫她"捉奸"，就好像迫使她成为"局内人"，丈夫用这种行为来"抗议"，都让她"厌倦"。

　　女人的"延迟行动"，不仅在于她的"自省"，还出于现实的考虑，她一向是不惮以最坏的恶意来揣测各种结果的，然而总是不料。这一次，她的"悲观主义防御心理"也同样契合了现实。离婚路上的街景与"机关"建筑的强大都暗示了自己的渺小，两个"小人物"被挤压得很渺小，

---

① 施玮：《纸爱人》，载施玮《新城路100号·小说卷第一辑》（下），中国广播电视出版社2008年版，第73页。

② 同上书，第67页。

"边缘人""厌倦"得有理。"区委""骤富",因为已经与"××房地产公司""强强合作";办事处人的嘴脸冷漠无情、斩钉截铁:"今天不办离婚!"在"自我"中待得太久,两个人果然忽略了外力的强大,忘记了"家",这个小小的巢穴的保护作用。强大的世界一直对他们是"共同的敌人",两个"受害者"交流着"小人物"意会的眼神。他们本来是"同盟",已经习惯了"弱弱联合"地面对强权的"铁律"或世间的"冷漠",用婚姻的方式防范着庸众对个人生活的窥测。但此刻,在离婚办事处的门前,自己已经准备好与这个世界"单打独斗"了吗?他们习惯了两个人相伴,在两个人的卧室里脱掉白天的毛刺,放松身心。也许是因为这种放松,才使得自己对许多事得以放任自然。就是走在离婚的路上,尚懒得思考,期盼有个偶然的因素给双方一个明确的暗示——"离还是不离"?二人对将在这个混沌的世上恢复独身有隐含的畏惧,但又习惯性地顺其自然。

离婚路上的冷暖自知、自我反省说明她除了是一个清高自许的女人,还是一个反思者。但作者又赋予她"窦娥"式的社会批判,"哈姆雷特"式的人性省思,其人文知识分子之"超我"看到了更多世界的灰色:在这个强大的社会里,一个软弱的人无资格谈爱情,无资格谈离婚,甚至无资格"捉奸",又什么时候坚持过原则?世界是按照强权的规则而确立的,"他们创造出这么庞大、精微、环环相扣又妙不可言的所谓文化",[①]还不是为了巩固霸权,管理弱者,比如,婚姻市场上的女人?从这个角度去看,嫁给谁都一样,在哪里工作都一样,作为弱势,自己似乎只有完善自我,训练成为这种文化之"附庸"的义务。叙事中的"冷眼旁观者"借二人的心理展开讽刺:"大肆贪污""物价飞涨""治安混乱"均不是"大事",其他"无可估量的罪恶,肉体与精神侵害"都不算什么,而"丈夫与另一个异性做爱"是"头等大事"!因为于前者,你无力反抗,所以于后者,如果你不抗议,你就算是个"怂人","得过且过者",没有

---

① 施玮:《纸爱人》,载施玮《新城路100号·小说卷第一辑》(下),中国广播电视出版社2008年版,第77页。

为维护婚姻纯洁,社会伦理的秩序作出应有的贡献,所以必须借"捉奸"与"离婚"一改"小人物"形象,将"正义与权益"表演到底。作家犀利地揭示出:在"捍卫"这个无爱婚姻的"神圣"上,自己不过是一个怨偶,一个"娜拉",顶多算是一个"秦香莲",却弄出一种"秋菊"的姿态与"窦娥"的力量,岂不是一种"避重就轻","小题大做"?小说借清高小女人的独白在女主人公的身体里栽种了一个悲观绝望的知识分子形象,与普希金的《叶甫盖尼·奥尼金》,与《围城》中的方鸿渐一样承担着对命运的反思、时代的批判。

像一切悲观厌世的人都必须靠俗世的温暖来呼吸与活着一样,两个孤单的"小人物","人民内部"的队友,在"离婚"的猫鼠游戏中产生了惧怕。情节的一波三折来自于双方都不乏依恋但又都想让对方让步。但第一个"偶然性"的因素出现了:离婚手续难办。两人同时松了一口气,不用负责了,可不是我不反抗!犹疑的男主角刚刚去咨询了那个面目隐藏的"女友",不知因为何种原因再一次下决心坚守在城堡里,浪子回头,不再提离婚。可第二个"偶然性"因素又出现了!"他"随口对自己的读者,一个急于向他"报恩"的人提到离婚难("作家"的牢骚癖与"愤青"态,还是另有所图?)这个"急于报恩的人"竟把这事儿,这离婚手续办成了!他想以一场酣畅淋漓的亲密来证明十年的温存,来抵御手中的"一张纸",女人同意了。但心有洁癖的女人怀着温存的回味、团聚的欢欣收拾着这个家的当口,发现了这个"纸团"——他托人办成的"离婚书"。

他把这"离婚证书"揉成一个团儿,因为他不想离婚了,这"高洁"的女人向他投诚了,而且过后可以再托这个"报恩的人"撤销这离婚手续。但有"洁癖"的女人一定会给男人洗衣服,心怀愧疚,长于"洒扫清洁"的人一定会洗衣服收拾床铺,更何况出差多日,没有收拾房间!表面上看,这个"离婚证书"是一个败笔,很是突然,但实际上,因为有那个"女友",因为有这个"女友"催促"我"来捉奸,还有"捉奸"后"他"接了一个电话失踪了两天与"女友"约谈,所以这个"离婚证书"一点儿不突兀。但女人在看展开"这一团纸"的一瞬间,对这种

"必然"释然了,倔强反抗的"尊严"复苏了。她决绝地走出了家门,一个勇于"翻篇儿",勇于走向新生的"我"诞生了。

"生命中不可承受之轻"是施玮常用的句子。意思是:"现代"社会,人人拒绝责任,规避良知,避免沉重。与"乾坤特重我头轻""无产者只有解放全人类才能解放自己"的"英雄"们相比,他们解构了崇高、价值、忏悔意识与批判精神,"方寸之间的""鼻子底下的"可怜的人生才是真实的人生,"日常生活"一定比"宏大叙事"重要得多。但在这个"真实的人生中",他们既失去了创造与自新的勇气,龟龟缩缩地守着可怜的"巢穴",懒得看外面的世界,又对自己过的"日子"敷衍塞责,苟且偷生,真正的爱与不爱,这婚到底值不值得离,无力去追究了。这里的意象是:失去了"爱"的勇气与能力的人们仿佛没有生命的纸壳儿,晃着轻飘飘的身子继续过着"日子",无穷无尽的,毫无意义的"日子"。

艺术上,作品中的心理结构曲折变化,如太极拳的推手般玄妙多端。人物的言语是克制的,心理是隐含的,情节是流动的,作家的笔一点点揭破事件层层的细纱,文学功底在此,哲学深邃在此,存在主义的荒谬、"多余的人"的无力与"他人即地狱"的含义均在此。逻辑的荒谬在于:男人在试图"洗手不干"的时候被女人的"女友"揭发;女人在离婚的路上意识到外部的世界如铜墙铁壁,自己需要一个"小家"的保护;见证了结婚办事人员所代表的强权,才给家里这个"他者",其实是"同盟"赎罪的机会。男主人公妥协求饶的行为是,共吃一顿女人爱吃的"红房子",而不是他爱吃的路边摊儿。她尚在犹豫不决、欲迎还拒,男人却找到了脱逃的机会。丈夫两天没回家,自己两天没上班,"巢穴"的空虚与社会角色的"失职"使她感到虚空。"浪子"归来,这一次应该是彻底地归来,因为在"逃跑"的路上、"背叛"的路上,他显然疲累了,流浪得够了。"他往那儿一坐,屋里的一切死东西都活了起来,变得柔和了"。[①]

一个揉皱了的,因为当事人没有到场事实上不具备法律效率的纸团唤

---

① 施玮:《纸爱人》,载施玮《新城路100号·小说卷第一辑》(下),中国广播电视出版社2008年版,第87页。

醒了决绝的她,那个不愿意妥协的"新我"。对"你回来时希望我在吗?"的恳求断然拒绝,她走出家门,切断了十年的维系。这一刻,她的心似乎勇敢起来:这个"物化"的、生理的男人给她的"陌生感"太强烈了,无论"皮相的温暖"①存留了多久,他们间的维系也可能像手中的这张纸一样的脆弱。生命的"真我"不应该仅这样被揉皱成一团,她不再允许别人对自己的委屈全不放在心上,她的"浊其源而求其清流",精神尊贵,都是对自己的负责。她走出了家门,"灿烂的星空给了我一种莫名的喜悦,我突然就有了购物的欲望"。②

人物的命名有隐喻的意义:"石"与"淼",混沌如泥清灵如水,就像"白天不懂夜的黑",性别间沟壑林立,人与人隔着保护膜,肌肤相亲的人的关系也孱弱如丝。现代社会的情爱关系已失去了唯一性,人人自以为有了更多的选择,无论是骨肉血亲还是亲密爱人,无论怎样的唇齿相依或狼狈成奸,都在世界性流动中失去了关系的固性。在"文明"与"理性"的外表下,"现代"人逐渐失去了本性、真纯,多了"猫鼠游戏"的权衡。权力与利益,施虐与受虐,劝降与投诚天天在表演:纸片似的偶人游走在舞台,血肉之躯被放逐了,精神灵魂被放逐了。

---

① "皮相的温暖":余华小说《在细雨中的呼喊》(花城出版社 1993 年版)中借少年孙光林的命运定义人生就是在孤独的无依无靠的雨夜里发出求助的呼声。但在空旷的荒漠的世界里找不到真正的温暖,仅有一种"皮相的温暖",而不是刻骨的温暖,或灵魂的温暖,来自于互惠,或者一种利益需要,并不是对你的"呼喊"的回应。
② 施玮:《纸爱人》,载施玮《新城路 100 号·小说卷第一辑》(下),中国广播电视出版社 2008 年版,第 89 页。

第二编

男性:浪迹天涯后的沧桑

"异托邦"还是"乌托邦"?
——中国与新加坡作家"家国"与"放逐"主题比较

无论是新加坡华人的逃离故土植根南洋，还是当代中国人的放逐与回归，都出于一种"生活在别处"式的梦想。其愿望达成，又对新的"此时此地此在"产生幻灭。新加坡华文作家与中国作家均试图以文本重构原乡或家园，借"异托邦"式的"差异性补偿地点"，通过文化想象与民族寻根连接已经断裂了的传承与记忆。但两类作家终于相继"废乡"与"废都"，原点或彼岸均不易到达，"自由"式飞翔与"家国"式归属双双沦为不可实现的"乌托邦"。

一 理论辨析

在论证"家园"与"放逐"之关系时不可避免地关涉到与"此时此地此在"的现实空间相悖的两个概念，乌托邦（utopia）与异托邦（heterotopia）。二者均对既有主体产生对抗，其与此在现实的对比可成为批判现实、离经叛道的种种依据。路易斯·马林（Louis Marin）在其论著 Utopics: A Spatial Play（Contemporary studies in philosophy & the human sciences）中辨析：utopia（乌托邦）是 Thomas More 将 eu-topia（good-place，好地）与 ou-topia（no-place，无地）合起来创建的一个概念，既代表"理想空间"，也有"乌有之乡"的意思，不可实现。[①]法国思想家米歇尔·福柯（Mi-

---

[①] Louis Marin, "Utopics: A Spatial Play", in Robert A. Vollrath, *Contemporary Studies in Philosophy & the Human Sciences*, Basingstoke: Palgrave Macmillan, 1984.

chel Foucault）1967 年 5 月 14 日法兰西建筑研究会演讲中界定了"异类空间"（heterotopias）的概念，指出这是"任何文化中都存在的"，"被设计成社会体制"，能够"将彼此矛盾、相互隔离的空间彼此相容，并置存在"的一种"实际上实现了的乌托邦"，具有真实性、异质性、生成性、可能性等多种属性。① 为了与"乌托邦"相类，heterotopias 常被中译为"异托邦"。福柯说这种异类空间，即"异托邦"与时间的关系密切。一是片段时间可以无限堆叠为一整套知识概念，超越时空成为整体想象，显现历史的连续性；二是可以将连续的时间彻底打破，建构一面"镜子"，一个更为完美的、经过仔细安排的空间，形成与此时此地此在时空的断裂。前一类型代表时间的承继性，构成与历史相符的共同想象；而"后一类型"也并非幻象，是一个"补偿性的差异地点"，并"可以实现"。②

中华民族自我放逐与家园寻找的记忆、经验与想象中，既有流水般切不断的整体性"民族共同想象"，亦有否定各种既成历史与现实，寻找"异托邦"，形成时空断裂、族群混杂的记载与行为。古代之"安土重迁""志在四方"，现代之"走异路，逃异地，去寻求别样的人们"，当代之"落叶生根""他乡即故乡"传达了中华民族与人类共通的意识：主体被"异托邦"即 Other Spaces 镜像所蛊惑，形成对另类空间中个人主体能力的想象，在缺席之处看见自身，以勇往直前的行为或魂牵梦萦般怀想奔赴他乡或皈依故里。

21 世纪的今天，中华海外移民的多向流动已经形成，文化"大中国"概念渐趋明朗，新加坡作为除大陆与港澳台以外唯一华人人口占优势的国家，成为研究同种民族在"异类空间"生存发展的最好的对象。从文本分析看，中国与新加坡 50 年代出身的华人作家虽国籍、文化、身份认同、创作风格、审美形态各不相同，却有着第二次世界大战后共同的历史记忆与家族命运。1965 年新加坡国民语言被设定为英语，华校关闭，与中国关系疏离。作为"末代华校生"的新加坡 50 年代生人被人为与族裔文化

---

① Michel Foucault, "Texts/contexts of Other Spaces", *Diacritics*, Vol. 16, No. 1, Spring, 1986, p. 23.
② Ibid., p. 27.

割裂,唯有以华文写作寻觅精神之"异类空间",应对"连根拔起"的被遗弃感。贾平凹、阎真等50年代出生的中国作家在社会动荡中历经由乡入城,跨域漂泊,世界流浪等,几度建构与放逐"自由"与"家国"梦想。论者以典例法对两类作家作品作对比性考察,探究其精神成长、家族传承与集体记忆中的同与异,为从海外华文写作中触摸中华人文血脉的它处流动,在大中华视野上概括民族文化传承与汉语语言流变提供一种独特的视角。

二 厚土与原乡

从其作品看,贾平凹所代表的中国五十年代出生的作家与寒川所代表的新加坡50年代出生的"末代华校生"都具有身份上"不在场"的体现:前者表现为"城籍农裔",后者为"外籍华裔"。其共同体现为身在"籍",心在"裔",形成福柯所论"异类空间"式自我身份混杂与"精神分裂":少年贾平凹在面朝黄土背朝天的日子里发誓永远离开乡下,作家贾平凹却把自己的根深深植于这片"厚土";寒川的父系选择"背井离乡"式的自我放逐,他5岁起离开金门,但半个世纪里,金门作为"原乡"被他不断在想象中建构。从对两类作家的广泛阅读看,贾平凹植根的"厚土"与寒川所建构的"原乡"不只是两位作家的个体体验与表达,而是具有很强的代表性、普遍性,颇具作为文化考察与文学批评对象的价值与意义。

(一) 贾平凹——"城籍农裔"

在贾平凹身上,有着两种矛盾对立的意识:"我是农民"的城市向往与知识分子"废都"式的乡村认同。这两种意识既源于作家的个体身份认同,也源于其民族文化构建的诉求。前者中,城市是一种"现代化"符码;后者中,乡村是一种道德理想主义的"神禾塬"。从其作品看,乡土意象蕴意深厚,复杂多变,既有审视与批判,也有牧歌式的咏赞。特别是后者,作家把此扩大为对民族文化的归属与对"乡土中国"的建构,不只是"废都"之后对远古、自然乌托邦式的皈依,也是对人类现代文明应有方式的一种异托邦性构建。具体体现在:

乡村忧患与批判。20世纪80年代初,贾平凹对城市所代表的现代文明欢呼认同,对乡民闭锁排他的小农意识暴露批判。1982年短篇小说《山镇夜店》是一个兼容了《陈奂生上城》与《皇帝的新装》式的讽喻故事,对民族根性特别是乡村世界中官本位为代表的崇圣心理、狭私与排他为代表的小农意识均做了批判。《火纸》等则直指旧礼教所代表的当代农村道德伦理中封建愚昧的痼弊。《腊月·正月》《天狗》等描写了改革对中国农村所带来的社会结构震荡与意识形态冲击,但对这种震荡与冲击尚未作出否定的答案。

乡村归属与"废都"。1983年贾平凹开始写《商州初录》。在他看来,寻找中国传统文化之根必然立足于广袤的乡土。穷乡僻壤虽古旧闭塞,蕴含封建迷信等历史积垢,但同时体现出持久的生命活力,求变的勃勃生机,因此被他视为"心灵的根据地"。这种对乡村文化由暴露批判到赞美的转变不但表现了一个农民之子的朴素情感归属,陶渊明式的士大夫情结,更主要的是源于一种清洁——对商业文化大潮下中华悠久文明丧失殆尽的深度忧患。1987年,贾平凹以《浮躁》概括改革开放之初中国社会普遍的精神状态,对"浮躁"的揭示中还暗含着他所期盼的城市化带来的繁茂与新生,1993年出版的《废都》则大幅度暴露了"现代文明"作为一种破坏性力量所带来的社会结构混乱与精神价值失衡,描述了一幅幅"世纪末"场景:繁华表象下的轰然颓败。

乡村殇逝与"异托邦"瓦解。20世纪90年代中国乡村城市化进程加剧,传统农耕模式解体。贾平凹所赞美的土俗民风,那种传统所代表的稳定性,民族历史与族群凝聚力的最好源泉被破坏了。他目睹自己身份归属的,仅存的"心灵的根据地"一点点变了色,一点点被拆毁,一点点消亡。故乡,不再是一个可回归的"异托邦",而沦为与当年由乡入城时理想的文明之都一样,一个不可实现的乌托邦。作家在"废都"之后终于"废乡":1983年的散文《秦腔》对乡村作为"厚土",作为"神禾塬"尚蕴含着希望,2005年的小说《秦腔》则是一曲挽歌,宣告了其"乡土中国"梦想的终结。贾平凹创作的初衷是"为故乡树碑立传"。从盖棺之后才树碑立传的象征意义上说,他所表达的是一个知识分子对"厚土"

文化"无力补天"后"为了告别的纪念"。

贾平凹所歌哭的传统道德的全面崩溃是人类所有民族都已经历或正在面临的一个问题——文明发展的代价。从历史的经验去看,这种代价不可避免,它并不预示人类文明的不可达成,或许只是进程中一个阶段性必然。但人生苦短,个体生命有限,作家看不到最终的结果了。站在全球化视野上审视中国文化进程,贾平凹的"厚土"不单单以"乡土"为对象,他的"殇逝"主要是对"厚土"所代表的中华文化的特征,作为世界文化遗产特征的消失乃至瓦解的一种惋惜与歌哭。其中,感性因素居多,同时也融入了理性意义上的怀疑与批判。他眼中的工业文明对农业文明的冲撞,代表了人类在追求阶段性物质利益下的误区:不但对自然资源竭泽而渔,而且对凝聚与积淀久远的传统文明、精神资源弃之如敝屣。"商州"的失守象征了作家心灵阵地的失守,其精神家园的逐渐丧失。

与贾平凹"厚土"文化建构、解构相似,新加坡作家以中华文化为"异托邦"的"原乡意识"也经历了内涵上的几度变化。

(二)"新籍华裔"

有人说"寒川是南洋的金门籍作家中,作品'原乡'情愫表达最浓烈的一位"。[①] 这里要考辨的是,以寒川为代表的新加坡作家的原乡情结主要是一种对父系情感的传承,是在城市囚禁中将田园作为心灵的栖息地的一种想象,还是失去存在之根的现代人在追求终极意义上的"精神故乡"?

寒川,原名吕纪葆,1950年生于金门,5岁随父定居新加坡。但在文化认同上,在他的创作中,中华民族一脉相承的血缘身份永远是他的根,故乡金门永远是他的精神归宿。以散文集《文学回原乡》、传记《我从金门来》为代表,寒川创作了大量的作品。其主要题旨为:

家族失根之痛。寒川家族几代人的移民史与中国近现代战乱频发、内

[①] 伍木:《离散与回归:解读寒川诗中的原乡情愫和文化乡愁》,豆丁网,http://www.docin.com/p-18621995.html,2015年8月27日。

衰外辱的历史,与其故乡金门据地理特势所处的军事位置紧密相关。其先祖移居金门,后人却未能安居乐业,寒川祖、父辈相继游走印尼、马来亚、新加坡,几代人不能回乡,均因为金门是两岸必争之地,岛民被"夹在历史的缝中",几番流离失所,几代人身份无依:父祖心系大陆;"我"心系"孤岛"金门;生于新加坡,被剥夺了母语,游走于欧美的儿子们已属"无根"。大伯父临终托付的"粗略的族谱"上寻不到根,后难以为继,"我们的家族从此被分割"。父亲的梦想——后代人落叶归根,已成为历史的遗憾,在未来也很难实现。

文化抵制之旅。寒川等挥之不去的失根感还与东南亚各国割裂中华文化的历史相关。新加坡华人人口占3/4,但出于与东南亚他族利益共存的国家意识,政府不但规定英语为国民语言,关闭华校,而且鼓励国民学习工业先进国的语文如日、法、德、西文等,中国被疏远,华族特性被异化,语言的危机与文化的撕裂成为必然。美国加州大学教授童明认为,流散者往往"抵制文化上的同化"[1],即流散者对与母族文化相异的他者文化有着敏锐的抵制意识。身份无根与精神无依感越强,越会努力保持母族文化记忆以获取精神慰藉。寒川不仅在感情上把文化母国作为精神家园,笔下浓郁着中华文化的"黍离之伤",而且是一个自觉在东南亚"偷运中华火种"的使者。较新加坡更甚,印度尼西亚华人长期处于二等公民的地位,华文一度成为法律禁止的语言。寒川的伯父、姑母早年移民印尼,妻子也是印尼华裔,他多次冒牢狱之险从新加坡携带华文书刊给印尼文友,"雪中送炭"地供给他们精神食粮。新世纪,东南亚各国长期排华的历史虽有所改变,但随着全球一体化加剧,华人后代基本认同聚居国文化,寒川子辈对父亲执着于"原乡"虽理解但并不完全认同。中华文化日趋被同化,华文作家更强烈感受到母族文化的悲剧性处境,文化还乡的愿望愈加迫切。

"原乡"梦醒之憾。乡愁中的故乡往往是诗意的故乡,因距离产生的美感。真正的故乡有没有寒川笔下的美呢?半个世纪后,他终于踏上故乡

---

[1] 童明:《家园的跨民族译本:论"后"时代的飞散视角》,《中国比较文学》2005年第3期。

金门的土地,但,怀想中的亲近难阻隔膜,唱和中的情怀似是而非:"屋前没有缓缓的河水流过/屋后也没有山峦依偎/影像终于历历在目/古厝,摇摇欲坠。"① 游子寒川足下的金门军火杂陈,雷区遍布,两岸"忠骨"随处掩埋,蒋中正塑像替代了父亲口中的凤狮爷——百年膜拜的"祈祥求福"神未能守住"祥福",岛屿象征的是"光复大陆"。《故乡的老酒》由"炮弹累累的土地上""炮灰施肥"的高粱酿成:"再也分不出/是高粱,还是/炮火味",以致我"始终没有勇气/喝一口祖父最爱的/老酒,没有勇气/忘掉/战/争"。② 家族文化、中华文化的"断根"之虞加剧了:"究竟这一份感情/还能系得住么?/怕的是就将止于我/再无下一代/背负着血缘的亲情/回——乡"。③ 全球一体化语境下,后代人身份认同危机、精神漂泊之旅已属必然,此时此刻,游子寒川的故乡不再是可实现的"异托邦",而成为一种"乌托邦":是想象出来的"家园",是"时空位移"、记忆、现实与想象错位后的产物。梦想幻灭,诗人自此只能在文学中虚构故乡,一个丧失了的家园所在。寒川精神还乡的意义也据此可归结为二:一是即将断裂的族群传承的集体记忆;二是困守城市的现代人飘零心理下的精神梦想。

三 囚禁与放逐

人的个体人格中,对自由的向往与向家园寻求归属永远是一种两难,永远在离家与返乡中进退维谷,欲拒还迎。寒川的先祖离开生存窘地,漂洋过海寻找异托邦,终于驻足在新加坡,这块他们认为最适宜生息的地方。他们后人的笔下,这里却代表着一种岛屿之囚:物质现代化带来精神异化,城市成为囚禁之地。中国地大物博,大陆作家也许没有大洋中孤岛之囚的局促感,却有着不堪重负的家国之累,故亦以国内迁移与出国移民另觅自由,得到的同样是身份流浪与心灵放逐。

---

① 寒川:《古厝》,《幼狮文艺》2002年第12期。
② 寒川:《故乡的老酒》,新浪博客,http://blog.sina.com.cn/s/blog_5edd46a70100cjih.html, 2015年8月27日。
③ 寒川:《银河系列:寒川诗集》,岛屿文化社1990年版,第80—81页。

(一)"岛屿"之囚

寒川的文字代表了与文化母体撕裂之痛,向族裔文化寻求寄托,强调华文文学的原根性。另一类新加坡作家虽也是在以华文写作,却旨在建构居住国本土文化,体现出较多融入当地,意在当代的现代性思维,其作品亦从"中国情结""文化乡愁"向"现代生活""城市放逐"主旨转移。华人祖先立足的第一步是融入当地。为此,他们不得不改姓,与原驻民通婚,隐藏华人身份,"数典忘祖","卧薪尝胆",忍辱偷生。所以一待发迹,马上对寄居国文化进行抵制,以壮大宗族势力精神返祖,形成新的民族自闭与族群隔绝。1965 年新加坡独立,民众由侨民转为国民,逐渐淡化了民族意识,解构了以血缘姻亲为主要社会关系的传统价值观之后,现代人孤立与被拘的感受不断加重。与寒川同样 50 年代出身的华文作家希尼尔、谢裕民兄弟对此种历史与现实进行了深刻反思,突破了怀乡与寻根的题材,成为具有"中国文学传统"与"新加坡本土文学建设"双轨并进自觉意识的作家典例。

希尼尔,原名谢惠平,1957 年生于新加坡。其不少作品书写的是家族传承、光宗耀祖的重负与城市人追逐现代化脚步之间的多层冲突。《南洋 SIN 氏第四代祖屋出卖草志》中父子对待"祖屋"的态度不同:儿子自得于经济危机、消费成本不断上升中把老屋卖出了高价,认为这单纯是符合一般经济规律的商业行为;父亲则把它放大为对家族之根、民族之情的亵渎,痛心疾首于儿子把"老家"给卖了。《舅公呀呸》中,希尼尔揭示的是以地域、籍贯将博大精深的中华文化凝固化、狭隘化的思维积弊。《让我们一起除去老祖宗》以"会议档案"形式"内部传阅"。宗族商会、乡党社团在现代利益关系前土崩瓦解,但真正的现代性经济关系尚未形成,所以结局必定荒谬,各种建构均成为"四不像"。作家以讽喻之笔寄托了对华人社会非正态发展的种种忧虑。著名微型小说《变迁》以刘氏家族三代 20 年间三则讣告由诵经超度改为基督教祷告为内容,讣告格式由遵从中华传统规范至中西文杂陈至纯粹英语文体而变化,象征了新加坡华族文化由中国传统至新加坡本土化至以全球性多元化为名义的全面西化的转变过程。如批评家所指,希尼尔作品代表了出发于新加坡岛屿而终极于世界性的艺术视野,蕴含有对中华伦理道德、思想文化的重新审视与发掘。①

寻根意识向本土意识转变,终于意识到这个岛国就是自己的归属之后,城市等于囚禁,岛屿等于流放的感受更为强烈。新加坡面积狭小,资源有限,曾沦为多国殖民地,国人自强意识建构在危机意识之上。小岛一跃成为新兴工业国家,世界最大的城市花园,国际金融中心后,新加坡居民享受世界上最多国家的免签证服务,可自由移居、移民,但置身于新加坡城,仿佛置身于现代化的铜墙铁壁之中,闷热的空气使置身于玻璃屋顶之下的感觉不断加剧,更何况祖先死里逃生、异境挣扎的历史与家族传承、光宗耀祖的重负仍很沉重。因此,祖先的被流放意识犹在,现代人挣扎与异化的感受亦不断增强。希尼尔笔下的新加坡被命名为"浮城",象征的是新加坡现代人无根的漂泊意象。希尼尔的弟弟谢裕民作品关注更多的是新加坡社会急速都市化、现代化过程中传统流失与人性异化的必然。

谢裕民,1959年生于新加坡。其创作触及新加坡传统到现代方方面面,但"城市与囚禁"主题阐发最多。他笔下的新加坡人不再有"原乡""净土"式的幻想,对"现代化"也不抱太大希望,感受更多的是社会空间扩大后精神空间的萎缩,物质愈加丰富后人际关系的隔膜。如"C岛"是一个"现代井然岛",长期受殖民统治,带着传统民族性格的重负,同时又受地域限制,能力难以发挥。岛国人个性中有较多因袭的惰性,怕输的性格,创造能力匮乏,不是把"现代化",就是把"传统"当作可资骄傲的对象。《北京唐人街》中的老板决定在北京建一个"唐人街";《御膳房传人》中"我"不学无术,单以"清朝御膳房主管第五代孙子"的身份,或以"麻将文化餐厅"的幌子吸引顾客。这些作品都揭示出创业者家族后代生命力的退化与精神气质的弱化。

与其内容选择、主题建构逐渐脱离中国大陆、台湾文学的源流,更多吸收世界文学的元素同步的是,谢裕民兄弟也在形式上锐意创新,寻找与实验着适合"岛国居民"与现代人放逐心态的艺术形式,成为新加坡华

---

① 黄万华:《从华族文化到华人文化的文学转换》,《华侨大学学报》1996年第1期。

文文学内容与形式的锐意创新者。希尼尔习惯将现代大众传媒如新闻、广告、公文、网络语汇融入小说文体,谢裕民则吸收现代小说朝人物精神世界内倾的写作特点,关注现代人灵魂的变异。其作品常常借"我""你"称谓的变换来表现新旧转型、中西文化对撞中的人格分裂。小说《M40》中"我"是隐形的,通过"我"对"你"即主人公 Man 的关照达到对个体的人命运、性格与灵魂的自审。Man 逃离喘不过气来的"职场""家庭",在童年梦幻中的"下水道"自由地漫游。这种白日梦般经历象征着现代人在城市中异化,在少年的追忆与往昔不再的痛悼中对现代生活失望,向往回到生命的本真而不得的精神悲楚。《是你 sms 我吗?》中的"他"发现地铁里有"另一个自己"在用手机 sms 自己。"我"走出地铁,"另一个自己"便消失。手机里的 sms 也会一个字一个字自动删除。经过对"另一个自己"的追踪,"我"发现自己已被固定化了的生活所囚禁,精神时而倦怠至死水,时而处于疯狂的边缘。而"另一个自己"不断地跳出来,似提醒,也似安慰。晚饭时分,他试图通过亲情友情找到哪一个是"真我"。可与家人的关系似乎隔墙对话,同学中,"女记者在樟宜机场等一个大人物到来",酒店工作的同学在"忙着等一个大人物到来",公务员同学仍在办公室准备陪老板出国的事。说明现代经济关系引起社会剧烈转型,人的生存环境更加局促,人际关系愈加隔膜。机制在制约着每一个人,使他们都在固化的角色中迷失了"真我"。在新加坡作家写作中,这种都市人自我分裂的题材屡屡被表现,[①] 说明现代经济关系引起社会转型,精神变异,人际关系愈加隔膜,人的生存环境更加局促,与故土隔绝的人们更容易产生无根的意识,对终极精神家园的渴求也愈加强烈。

(二)家国之困

如果说,新加坡狭小的地理环境,长期的殖民历史,祖先流放的过往容易造成现代人的寄寓心理,被拘的感受,乃至自我人格的分裂与异化的话,那么,生存于广袤的土地,迁移于大江南北的中国人有否大国大疆,策马由缰的自由意识呢?应该说,正是中华民族文化的源远流长与博大精

---

① 英培安:《我与我自己的二三事》,唐山出版社 2006 年版。

深形成海内外华人对族群文化的自觉维护与坚守，形成了较其他民族更加凝聚的"家国"观念。

所谓家国观念，指儒家文化所赋予国人的家国同构的观念，除了以血缘宗法关系为核心的家族意识外，还有"家就是国，国就是家"的一统意识。与西方"个人至上""独立自由"的观念不同，中国人总是把个体的归属与家庭、部落、民族、国家紧密联系在一起，强调社群与个人的双赢，即一荣俱荣，一损皆损。这种家国理念是一份厚重的文化遗产，也是一份文化牵念，导引着海外游子的情感呼应。异国生存中，正是中华民族吃苦耐劳与坚毅的传承，荣家史、扬国威的理念支撑着海外华人奋斗发展。但不得不承认，希尼尔兄弟的反思同样有道理：作为一种文化传承，这种"家国观念"既牵绊着中国大陆的觉醒者奔向异类空间，奔向更广阔天地的脚步，同时也阻碍着海外中国移民与寄居国文化的交流、混杂与归属。较其他民族移民，中国移民往往更难被异质文化同化，在视中华文化为生命之根的同时必然弱化了寄居国本土意识。

先说"家"的理念。新加坡作家怀鹰与贾平凹虽均以"底层""草根"做自我身份定位，创作道路曲折磨难，受孤立，强挣扎，均愈挫愈勇，屡获大奖，但其情志、诉求、哲学社会省思等却不尽相同。怀鹰之"自为的存在"人格与贾平凹"我是农民"的块垒形成一定的对比。贾平凹"我是农民"的立场有为"农民"这一称谓所代表的政治上的庶民、经济中的贫者、文化上的被诟病者代言的强烈主观，指向成功之路的奋斗中有强烈的家庭、族群、阶层动机。尽管如此，仍虽负盛名却未能为亲族谋权，为家乡谋利而至"乡党"微言。从个体的人的角度看，贾平凹努力完成了从奴隶到将军的历程，但精神解放的那一天从未到来，"贾氏家族"的荣誉与为"农民"等底层代言的人文责任感使他戴上精神的重铐。

怀鹰，原名李承璋，1950年出生于新加坡。其个人经历更为坎坷，遭社会排挤与学界边缘化更甚，却没有作为"庶民""贫者""被诟病者"的自我定位与家族重负。他3岁时父亲欠赌债逃离，母亲被逐出家族，妹妹被迫送人。但怀鹰自传描述最多的不是报仇雪辱，从"奴隶"到"将军"，而是自然与劳动所启蒙的才智，知识与艺术所激发的灵感。

贾平凹父亲传承给他的是荣辱观与责任感，怀鹰父亲传给他的是浪迹的意识与代表心灵的"椰胡"；贾平凹对母亲的记忆是苦难中无钱医治的病痛，怀鹰记忆的是母亲美好的歌声。"在建筑工地，在船舱，在车间，在街头砥砺不歇的苦作"中，他感受更多的是一种作为劳动者、底层人的自在与快乐，形成"清者自清，浊者自浊"的乐观意识。他所代表的同样是底层民众，却以虽贫贱为草民却仍要用"舞"动人生、"鹰"击长空的意识主宰人生。"亲戚的讪笑，我不当一回事"；职场争斗中，"我退一步，再退一步，我就可以进入'海阔天空随意有'的境界"。分析二人的成长历程，贾平凹在物质水准与阶级层次上，并不比怀鹰更"苦难"与"屈辱"，为什么前者的边缘意识会比后者更强烈呢？这应该从两种社会结构中"底边阶层"的集体认同与个体人格说起。

怀鹰是新加坡社会华人家庭的一员，父亲的逃债出走、个人的身材矮小、家庭经济的重负固然给他带来一定的精神压力，但在新加坡社会，这是个体的人的事，而非影响到整个家族的事。晚年举债他不以为辱，文人相轻他可以不理，年轻时自己追求理想，晚年时支持孩子追求理想，其个人道路的选择来源于移民国个体民众散居与迁徙的可能，自由资本主义经济体制下个体职业与精神归属选择的灵活机制与多向可能。中国大陆文化则更多地体现了空间中片段时间的历史延续性："君臣、父子、夫妻、兄弟、师生"等继承，"忠、孝、仁、义、尊"等理念流传，贾平凹创作中蕴含了诸多割不断的历史积淀与集体记忆。怀鹰等华人的父祖虽在努力延续中华传统，怀有共同的民族想象，但其奔赴"异类空间"的历程中连续的观念已被打破，形成与中华时空的历史断裂。在新加坡这个"补偿性的差异地点"，国家意识建立在多民族共存基础之上，家族、人种、阶层的屏障渐被打破，对国家长远利益的追求代替了血缘、等级、道德等关系的凝聚，其华人民众以中华为"家国"的观念也自然削弱。

再看国的意识。太过强烈的家国理念会在一定程度上加剧民族内部各族群的隔膜。1952 年生于台湾的龙应台在《大江大海一九四九》中再现了 200 万大陆学生与官兵流散至台湾后几代人"失根"与"漂泊"的精神感受。北大讲堂上她阐述的是父女相传的"中国梦"。新加坡作家以华文写作努力维持着与母族文化联系,源于与龙应台一样的"中国梦"。但在中国大陆,狭隘化"家国"理念主导下,仍把台港澳同胞视为特殊群体,把移民海外上升到"爱不爱国"的高度,《新加坡:一个汉奸国家的历史与未来》的博客命名包含了强烈的偏见。文学批评领域,也常把"自我东方主义""他者"的概念简单运用到极致。需要考辨与厘清的是,在被迫移民或者迁移,甚至是自觉的放逐过程中,"他者"身份的内涵是发展与恒变的,不可简言之,更不可一言以蔽之。

世界各民族形成的历史上,人口的迁移与候鸟的迁徙一样依生存原理而行。中国古代,诸侯国间任何的争斗都有可能引起人口的迁徙至朝代的更迭。《汉书·元帝纪》有"安土重迁,黎民之性;骨肉相附,人情所愿"的记载。20世纪90年代以降的中国,既有母国至异乡的流浪,也有农村至城市的迁移,更有家乡至"外省"的迁移。正是在"异类空间"寻找"补偿性的差异地点"的历练与文学记载给中国大陆文学及汉语语言带来了域外发扬,给其发展与演化以多元的养分,深化了其内涵,纷繁了其审美形态。

作家南翔的父亲传承给他的不是"安居乐业"的观念,而是不断迁徙以求生存的基因。南翔,原名相南翔,祖籍安徽滁州,1955年生于广东。父亲为孩子命名"南翔",自己却一路向北,"从广州铁路局、上海铁路局至南昌铁路局,最后待在赣西的一个叫彬江的四等小站"。"车站"似乎是一种命运的预言,代表其家族永远"在路上"。南翔以"海南的大陆人"闻名文坛,年近不惑,终于舍弃内地安逸的生活移居到深圳。这个被称为"鹏城"的地方移民济济,是否每一个"南翔"者都得以"画最新最美的图画",达到了更大的人性自由了呢?在作家作品中,无论在"海南",还是内地,还是改革开放的前沿阵地,都以目击者或亲历者视角描述了官场、职场、学术场狭小的空间与逼仄的人际争斗。《女人的葵花》写的是铁窗所代表的自由被剥夺而越狱逃亡,但自由的身躯却不代表自由的灵魂,主人公终于向牢狱回归以寻求安宁;《东半球西半球》主人公迁移到加拿大这片"自由的世界",责任、义务、情爱、生存等种种重负并不因为换了语境而得以减轻,最终在东西文明、精神情爱与物质立足的对撞中被撕扯，身体与精神双重崩溃。南翔笔下，无论是《硕士点》《博士点》的学术竞争，还是《我的秘书生涯》《辞官记》中的职场厮杀，其缜细密匝的描写既夸张又逼真，无不传达着这样的理念：在世界的任何一个地方，无论是中国还是西方，梦想还没有起飞就折戟沉沙者均不在少数。

与南翔的"迁移"题材不同，从加拿大回国的阎真作品写的是放逐之后的回归。作家以真实的个体生命在异乡与祖国几度连根拔起与脱胎换骨的经历再现了"异托邦"梦想的易碎以至精神"乌托邦"的最终幻灭。《曾在天涯》中，他首先否定了生命连根拔起又异地生根的可能。移民的经历使作家彻底领悟了中国人所承载的民族根性。这种"根性"是每一个中国人被植入的固有精神"内核"，即"站直了是个人"的观念与"岂能为五斗米折腰"的尊严深入骨髓。一个在他国没有任何根基的移民者，附着与寄生不可避免。但中国人"根性"的尊严使他对附着与寄生绝不能忍受。回国做国家主人，而不是他国的"寄寓者"是独一无二的选择。正是因为"走异路，逃异地，去寻求别样的人们"的异托邦理想极易破碎，生于斯，长于斯，坚守于斯，其与家国同在的信念再一次加强。然而这种信仰与准则在《沧浪之水》中被一点点架空。"故园"虽在，物非人非。主人公成为马丁·路德金演讲中所称"自己土地上的被放逐者"。池大为所代表的知识者在不良的社会中做不成知识分子，放弃了尊严，妥协、变通与蜕化后荣登高位，却与最初的责任目标渐行渐远。《因为女人》中的知识者则进一步放弃了自我的主体身份，逐渐被利益或欲望所支配。这种欲望并没有被极端化，而是人人会有，普遍存在的世俗性欲望。精神价值被消解，消费主义大潮主导，人际间关系必然成为权与利的碰撞，导致男性异化为欲望的动物，女性回归奴役的囚墙。这不但代表了作家回国后在本土构建"异托邦"的梦想破碎，也代表了人类精神"乌托邦"的彻底幻灭：无论是传统还是现代的生存法则下，既成世界的宏大与个体之躯的渺小都是一个坚不可摧的事实，历史的必然进步与时代的阶段性局限间，改造世界的主体性极其有限。

如果说新加坡作家的华文写作代表被放逐的群体家族失根之患与文化

撕裂之痛,那么中国作家笔下更多的是道德理想主义的家国之殇与精神家园丧失之憾。

四 家园与世界

21世纪,移民、人才、劳工的双向与多向流动已形成趋势,并且如气象云图般瞬息万变。据维基百科统计,全球已约有102个国家和地区正式承认双重国籍或多重国籍,传统民族国家的主权观念不得不发生改变。在这样的时代,中华民族越来越多地接受了异族血缘、身份、文化的互渗。"家园"与"世界"的概念都被赋予了全新的意义。

在文本看来,"家园"的概念有三层内涵,代表着个体生存的人,文化归属的人与终极意义上精神追求的人的不同需求。其一是指物理的家园——地理的归宿,指以哪里为根据地来安顿自己,传宗接代。其二是指人的社群归属,既以地理的概念为依托,又往往超越时空的概念。其三,终极意义上的精神家园,即人的精神支柱和理想归宿。工业化、全球化历程使人的世界性迁徙成为可能,现代人比以往更多地直面"家园"相关的精神拷问:第一,我安居乐业的地方在哪里?第二,我是哪国人,归属于哪种文化?这两种意义上"家园"寻找均有可能在现实的空间实现,即对"异类空间"地理或族群意义上的归属都易达成,但在精神的层面,无论是回到故土重构家园,还是移民者融入他族文化,都是一种历经艰难的过程。

无论是中国作家的"厚土"还是新加坡作家的"原乡"书写,都证明现代人厌倦了城市的喧嚣,渴望精神的闲适与宁静,乡村作为"故土",中国作为"原乡",作家均把其视为"精神家园",对其赋予广泛的生命内涵,把其意象视为烛照个人精神与社会道德理想的明灯。但事实证明,两类作家的书写均具有"乌托邦"的意味。

从地理意义来说,虽然城市人在精神上视自己为"流浪儿",在文本中着力以乡野的原生性与纯粹性反衬城市生命力的萎缩与道德的腐化,但城市人并不能真正做到置之实地的"归去来兮"。不但居于城市的作家贾平凹不能在地理上回到乡野,移民作家寒川也不能从物理回归中国。在虚构的"厚土中国"寻找"道德之气",在诗意的"原乡中国"想象"种族之根",以"乡土"的幻象救赎城市人的堕落与精神无依是很难实现的,因为居于现代城市文明的温床上构建纯粹的"乡土"梦想是自相矛盾的。寒川的"原乡"梦碎,贾平凹的"厚土"坍塌、谢裕民兄弟的"传统"溃散与阎真的"补天"乏力均证明了工业文明战胜农业文明的必然。乡村衰败,城市崛起所导致的传统道德礼义信的衰亡,可能是人类历史必然进步中的阶段性代价。新加坡以法治,而不是"仁治"为治国之本,以各民族融合为国家策略,以国际化、全球化为政治经济发展的宗旨,使新加坡模式成为亚洲发展历程中的某种必然,以不可否定的现实宣告了道德理想主义的必然失败,城市人以乡村为家园意象的必然失败。

从人类精神归属的终极意义上去说,对"异类空间"的地理或族群归属上都是可以实现的,但在精神上跨族群生存,走向世界,达到人类意志的一定自由是一种虚妄的乌托邦的幻想。西方殖民史中,"生活在别处","异托邦"追寻的际遇源远流长。法国作家杜拉斯、英国诺贝尔文学奖获得者多丽丝·莱辛、《走出非洲》自传与电影的作者伊萨克·迪内森(Isak Dinesen)均描述了前辈或个人"走出欧洲","亚洲梦""非洲梦"寻求的过程,精神的伊甸园并未实现,心灵的创伤却历历可见,这些"生活在别处"的梦想均破灭了。她们以笔下人物与自身相似的经历表明,现代人可以不断地从已有的空间出走,从这一个国度到另一个国度,从这一个城市到另一个城市,从这一个"情人"到另一个"情人",靠不断迁移的挑战性与新鲜感来摆脱个体的被抛弃感,但种种结果都可能是"饮鸩止渴",精神的幻灭,情感的无依犹在,人类"家园"的失落感无时不在,无处不在。

家园与世界代表着人的现实与精神层面的双重梦想,无论是在流浪中渴求安身之地,还是以族群记忆寻求归属,还是现代人自我放逐中的伊甸园梦想,每个人心目中都有一个"家园",这是贾平凹、寒川对故乡的重构,阎真从异国回归的真实理由。但生存或精神的禁锢一旦形成,每个人又有着逃离故土,安土重迁的本能或幻想。谢裕民兄弟的祖辈从中国到南洋,南翔的父亲从南方至北方,他们的后代留学欧美,再一次放逐与回归的轮回。存在主义哲学的奠基人海德格尔（Heidegger Martin）说无家可归感是那些追求有价值生活的人们普遍的隐秘伤痛[1]，因为在充满灾难、争斗、欲望的人类空间，这个他人的自由就是自我禁锢的世界，一个人想保有自我的主体性，不向强权、世俗、他人屈服，就注定了一个人形只影单。特别是那些对理想社会心存梦想的人，人类进步历程中阶段性的灾难与代价在所难免，给他们带来的虚无感在所难免。在此种意义上说，现代人的精神放逐成为必然。

---

[1] ［德］海德格尔：《存在与时间》，陈嘉映、王庆节译，生活·读书·新知三联书店1987年版，第215页。

论阎真小说对精神建构的拆解与
对生命价值的还原

阎真小说揭示了人文知识分子由坚守"精神自我"的希望者到"被迫的虚无主义者"再到"囚狱之墙"中的绝望者精神嬗变的历程,达到了对中国传统乌托邦式救世观、西方启蒙主义人性自由与马克思主义人的主体意识的多重反思,从而颠覆了"知识者"群体所代表的先驱意义,揭示了其作为物质存在的人与现实社会的内在关联,还原了个体生命的存在价值,提出了当代社会精神"拆除"与"重建"的重要命题。

一个成熟作家的创作思想既有其一贯性又有其复杂多变性。批评家对阎真三部长篇小说的一脉相承大多认同,对其精神立足点立在何处却众说纷纭甚至分庭抗礼。在评价《沧浪之水》时,有人据主人公池大为向世俗"投诚"而指责作家"妥协"①,有人却恰恰因其与传统价值的"决裂"把池大为提拔到现代性"新人"的高度,称其为"在现实的裹挟与挤压下觉醒起来并努力自我改造去实现自我价值的当代知识分子的先驱"。② 有人一旦把其写作定位为"知识分子写作",就把其作品大部分人物均视为人文"知识分子"加以严责,要求其必备独立意识、批判精神、文化自觉等。在论者看来,从文本出发,联系作家创作的时空因素,以未

---

① 肖严:《阎真,你为什么不能再超越一些》,《书城》2008年第5期。
② 老悠:《当代知识分子的先驱:论阎真〈沧浪之水〉中的池大为》,豆瓣读书,http://book.douban.com/review/2995534/100216.html,2015年8月27日。

来者眼光细读，得出的结论应该是：作家所主要探寻，作品所主要展示的是独立的生命个体于生命长河、历史长空、社会海洋中的存在价值，通过对人物蜕变为生存的奴隶、政治的附庸、欲望的动物、被迫的虚无主义者等历程的展示，作家否定了"向传统寻求精神资源"而将"建构人文理想的历史要求也提上了当代的思想议程"。①

从作家人文主义立场出发，其创作可视为"知识分子"写作，但并不是其主要人物也可以被命名为"知识分子"。作家的人文立场如何表达的呢？通过细读发现，他采用了叙事学意义上的一种策略："叙述者"与"被叙述者"既分裂又统一。统一之处在于：叙述者的"知识分子"立场既是古代"士"阶层家国情怀的延续，又是西方启蒙主义式人文反思的承继，有马克思主义的主体性意识下的革命英雄主义色彩，还包容了当代平民立场与草根意识，这些均通过其"被叙述者"即故事主角的命运坎坷与灵魂挣扎独白出来，通过"叙述者"对人物自我与世界、真我与非我关系的探究与哲学思辨而达成。但小说中"叙述者"与"被叙述者"又有其分裂之处："叙述者"代表其精神的人；"被叙述者"代表其肉身的人。"叙述者"是一个"思想者"，既与主人公一起亲历其命运又常常跳出现实作历史性、现代性反思；"被叙述者"是一个"行动者"，代表普遍的"人"现实的挣扎、放弃与投诚。

一　被缩小与还原的"人"

心理学家认为"他者"的存在是"自我"认知的必要条件，拉康即认为"他人的存在可以引导自我由混沌进入清晰"。② 阎真小说人物"自我意识"的确认均是通过"他者的存在"而达成的。《曾在天涯》中借加拿大社会达到中国知识分子对自我作为世界整体中个体身份的确认；《沧浪之水》由对于"权力场"及其文化辐射的认知达到对知识分子作用的再认识；《因为女人》则是对男性主宰的社会中女性地位的深入探究。

---

① 阎真、聂茂：《转型时期的精神逼宫与知识分子的良知拷问》，《芙蓉》2007年第2期。
② ［法］拉康：《拉康选集》，褚孝泉译，生活·读书·新知三联书店2001年版，第408页。

《曾在天涯》中，作家首先完成了既成世界之宏大与个体人之渺小间的对比与省思，将知识者关于人的创造力与精神贡献的膨胀感击得粉碎。

与众多中国留学生一样，高力伟出国的动机既在于"走异路，逃异地，去寻求别样的人们"之精神历练，也包含"最大限度地实现自我"的功利目的。然而从踏上加拿大土地的那一刻起，就注定了他"自由"与"理想"的双重梦碎。

延续了中国几代知识分子的信念，80年代中国学子对人生价值的认知一直在于"生命是有意义的"，"天生我材必有用"。高力伟回忆学生时代读完《马克思传》后的震撼："我感到了自己这个生命来到这个世界不是偶然的，……我在心中对自己立下了宏誓大愿，在自己这一生中，要毫不犹豫地拒绝那种平庸的幸福，在某一天给世界一个意外的惊喜，意外的证明"。① 这应该不只是高力伟，也是中国理想主义教育下几代人的集体信念："人的一生是应该这样度过，当你回首往事的时候，既不因虚度年华而悔恨，也不因碌碌无为而羞愧"被每一个"有志者"自我要求为"铭记在脑海里，融化在血液中，落实在行动上"。但20世纪以来科技迅猛发展，加拿大已是一个较为完备的社会，任何个体的人在其进程中均感受被动适应的压力较大，主观能动性发挥的可能较少。作为一个无科技能力的外来者，高力伟无论怎样放下尊严，怎样以苦力积累财富，无论永久居留甚至居民身份的希望是怎样贴近，不但对社会的贡献微乎其微，"被弃者"与"零余者"的绝望感愈来愈强。

一个被教育为"精英"与"能孚大任"的硕士生，自我定位的"知识分子"沦为健康与生命得不到保障，情爱与情谊渐行渐远的苦力，被孤立与边缘化的"多余的人"，这无论如何是不能接受的精神悲剧。作家所要揭示的并非仅仅是留学与移民的悲剧，而是通过主人公连根拔起与脱胎换骨的生命历程揭破每一个个体的人不过是普通而渺小的现实真相，拆除"精英"式理想的虚妄：无论是传统中国"士"的观念，还是西方

---

① 阎真：《曾在天涯》，人民文学出版社2002年版，第558页。

"大写的人"的观念,还是革命英雄主义观念都代表了一种误区。比如,"知识者"所代表的身份优越感的悖谬:上了大学,有了知识,就一定"学而优",注定会成为"精英",多作出贡献吗?西方境遇中,一个本裔的白种人也许没有"移民"的悲剧,但他也是在长期优胜劣汰中一个"仅仅活着的个体",需要像草根一样努力,才能以劳动换取生存的必需,即使他生于斯长于斯,在某个发达国家享受公民待遇,甚至受过高等教育。高力伟终于"在心里承认了多年来拒绝承认的简单事实,自己只是一个普普通通平平凡凡的人,并没有一种伟大的使命等着我去完成"①。这不能简单地归结为小说主人公对理想的放弃,对世俗的投诚,因为他所认识到的只是一个"拒绝承认的简单事实",回到原点的一个常识:"在我们刚刚降生到这个世界的时候,这世界并没有预备给我们任何的位置"②,更不用说"天将降大任于斯人也"的历史使命了。小说的镜鉴意义在于:高力伟等在异国绝境中历经挫败,文化尊严丧失殆尽后以血泪换来的简单认知至今仍可能在被忽略。中国学生与移民仍在以排山倒海之势奔赴西方,寄希望在美洲、欧洲、澳洲、日本或归来后"大有作为"。这种"有志者"的自我期许,家庭、社会对其"栋梁"式成就的期盼因为不切实际而引发精神苦痛甚至命运悲剧几乎是必然的。

"既然这个世界没有了谁也并不真的就损失了什么,那么……平庸的生命也就与超凡的生命一样有了最充分的存在理由。"高力伟理想主义幻灭后的总结有生命无常、情爱易逝、价值可变之虚无的一面,也有其理性的一面:在认知了真正的自我价值与在这个世界上的位置后对人生的选择才是真正有意义的选择。生命的价值与意义缩小了,但同时也是还原了,这种还原有"正本清源""返璞归真"的深刻意义。

事实上,了悟生命真相后的高力伟并没有放弃追求,而是在此基础上确证了个体的人存在的价值,他坚定了对抗"他我"的"真我"意识:"平庸的生活也是真正的生活,平庸的生命也是真正有意义的生命"。③ 正

---

① 阎真:《曾在天涯》,人民文学出版社2002年版,第558页。
② 同上书,第559页。
③ 同上。

因为人生短暂、生命无常,才更应该珍视"真我"的需要。他挣到了"五万加元"又放弃了更多的"五万加元",放弃了即将到手的加拿大居民身份。"离婚"与"回国"这两种从犹豫到坚决的姿态,是他坚守"存在的实有"的一种证明。

《曾在天涯》的第二个意义是借高力伟之口提出了一个移民文化中重要的论题:"你怕断了在这里生根的机会,就不怕断了在中国的根!"[①] 在移民现象中,新移民对于寄居国主流文化应不应该一味从属而对族裔文化轻易放弃?受过经年的高等教育并被赋予众望,一些博士、硕士在异国以苦力或小业主身份存在,切断与祖国的联系,文化积淀与语言传承骤然断裂,在异族文化盲区与族裔文化重负下身份裂变。移民所意味的亲人爱人被拆散,主体性身份被抹杀,由精神的人被还原为物质的人,既有理想、事业、情感均被埋葬,这样的人生定位至少对一部分人来说是不适宜的。

《曾在天涯》思考的第三个意义是什么是那个"真我"?生命中最重要的东西是什么?一个生命存在于世界的终极因素是什么?高力伟所认识到的是:与西方的文化模式、生存法则形成的自我意识不同。作为一个中国人,岂能"为五斗米折腰"与"不食嗟来之食"的民族意识已深入骨髓,成为"根性"与"本能"。在这样的理念下,尊严重于发展。更多的"五万加元"虽然重要,加拿大物质精神条件固然有其优长之处,但一个"知识者"不能甘于异邦"活命者"的命运,既不能是"猪人",仅满足于身体的欲求,也不能是"狗人",寄生于"非我"文化,回归自己的"家国",才是必然的寄托与归属。

《曾在天涯》阐发的意义是多重的。高力伟形象还代表了作家对传统中国男性意识的反思。同样作为留学移民者,相对于患得患失,对既往文化难以割舍的男性,女性主人公们却表现了理性的坚韧与一往无前。林思文屡败屡战:"人活在世界上还是应该接受一些自己不愿意接受的东西,什么都不能想得太好了,反正不接受这一点就要接受那一点。"[②] 作家以

[①] 阎真:《曾在天涯》,人民文学出版社 2002 年版,第 477 页。
[②] 同上书,第 561 页。

中国女性坚定的现实信念颠覆了男性根深蒂固的性别尊严：对异域环境的拒绝与对本土文化的依恋削弱了中国男性"直面惨淡人生"的勇气。预示着他们同时可能忽略了另一个简单的道理：从某种意义上说，即使在自己土地上，也不一定不遭遇"边缘化"，虽然有异于他族文化沙漠上的彻底被放逐，但也不乏马丁·路德·金演讲中所称"自己土地上的被放逐者"。

二 被矮化与扭曲的人

《曾在天涯》清算了"大我"的意义，还原了"小我"的"意义"：理解了世界之宏阔，存在之虚无的基础上坚定了"平庸的人"对"尊严""自由"的坚守，"做一点事"的期望。《沧浪之水》所表现的则是"大我"，"家国"意识上的中国知识分子在"官本位"传统基座与商业化境遇中的"非我之溃败"。作为一个知识分子，池大为坚守真我同时改造世界的意志是真实存在的，但他意志的对象是虚幻的。其意志的坚守可谓艰苦卓绝，但最终为民"立德、立言、立功"的愿望也未能实现，至意志逐渐式微，终于向现实"投诚"，沦为一个"被迫的虚无主义者"。其现实命运代表了中国知识分子"补天"与"救世"观念的彻底幻灭。

高力伟是一个"有根的流浪者"。所谓的"有根"，就是具有一个中华文化精神与意义的"内核"。尊严与意义虽已缩小，但仍为人格中一种恒定的内核，放逐了"理想"，但还是要"做一点事"，试图以财富（五万加元）换来精神自由，以回归本体文化（回国）获得文化归属，以离开西方金钱社会重获友谊与爱情，摆脱人被物质奴役的境遇？然而自由与爱情真的能够在回归本土文化后重新获得吗？《沧浪之水》中池大为的经历恰恰印证了高立伟"期望"的不可实现性。两人经历不同，却有其精神共同之处：把个人价值与道德尊严视为存在之"根"。《曾在天涯》的认识终点是认知了"真我"：尽管是"平平淡淡的事庸庸碌碌的人，也曾在时间里存在"。①《沧浪之水》的起点是"平民也可以坚守自己心灵的高贵"。②

---

① 阎真：《曾在天涯》，人民文学出版社2002年版，第6页。
② 阎真：《沧浪之水》，人民文学出版社2001年版，第8页。

什么是真正"平民"的"心灵的高贵"呢？留学生高力伟的简单依托是"五万加元"，纵不能兼济天下，但力图保住独善其身的人格底线；研究生池大为则欲依托自己的人格与专业："如果领导觉得我可以呢，我愿意做一番事业，否则我宁肯寂寞，要我像丁小槐那样是不可能的"。①

小说背景被设定为 20 世纪末的中国，市场体制刚刚确立，经济的高速发展掩不住商品观念与传统意识合谋酿成的道德滑坡。作者赋予池大为所处的省卫生厅机关"权力场"的意义。池大为的道德坚守与"权力场"的规则完全不符：他在中药市场调查中追究真相，质疑机关腐败浪费，未揭露血吸虫数据造假良心不安。但几番较量后，他处处碰壁，步步被边缘化。他的"良知"理念被一点点架空。在被处罚性孤立在"养老协会"整整八年后，他的信念终于动摇。"尊严不能建筑在一种空洞的骄傲之上"②，人只能活一辈子，生命的有限性与意义的规定性有着极大的矛盾：如果对意义的坚守不能成就，反遭弃绝，就少有成就，生命就会无声无息地白白牺牲。一个孤立的个人可以想象"功名若浮云"，高力伟放弃林思文、张小禾，放弃加拿大身份回国，池大为放弃许小曼、屈文琴，从京城回到外省都不曾懊悔，证明"独善其身""平民的高贵"等可以实现。但池大为同时是一个社会人，一个必须有所担当的多面体。儿子烫伤使他人格中父亲与丈夫的责任觉醒，职场受辱使他平民意识中的反抗本能加剧，何况还有父亲的遗志——"大有作为"的期冀未能完成。在危难时刻，是他所鄙视的"猪人狗人"、招摇撞骗的"牛皮客""大有作为"，自己却束手无策，促使他重新审视古圣先贤的人生："屈原李白性情独异，不肯垂首低眉伏小"，"是几百年一遇的天才"，但"他们必须出局！"③ 一种既不能自救，亦不能拯救亲人，更不能影响世界的行为哲学难道没有变通的可能么？为了个人良心的自许可以对抗社会，坚持操守，但放弃了提升家人命运、承担公共责任的平台，应该是一种逃避现实的自私行为。他

---

① 阎真：《沧浪之水》，人民文学出版社 2001 年版，第 89 页。
② 同上书，第 196 页。
③ 同上书，第 255 页。

终于对自我重新定位:"人吧,活着就要活那一线光。……我的一线光在哪里呢?先要当上个科长,然后再一步步上去。"① 在他看来,这"一线光"既是个人前途,也是为百姓"立德""立功""立言"的平台。于是,他甘愿"牺牲自己",自我矮化为"猪人""狗人"甚至"蛆"虫,恭维马厅长政绩,出卖尹玉娥、舒少华,奉扬告密,唯上是举,终于如愿以偿成为上司亲信。这种过程千回百折极端痛苦,却处处得到"真我"的原谅:人既可以为了意义而坚守,也应该为更多的承担而"适生"。他不断自我麻痹:我要实现为民执政的目标,种种屈辱与变节不过是争取目的必经之途。与众多"官场小说"结局一致,其"必经之途"还算顺利,池科长终于经池处长而成为池厅长。

作者评价池大为的行为是"'角色'所规定,与个人道德其实并无太多关系",② 其价值转型有充分的文化支撑。池大为从父亲那里继承古圣先贤两种理想,一是"独善其身",落实到他这里是"我还是要走自己认定的道路,哪怕孤独,哪怕冷落,因为,我是一个知识分子";③ 二是"一个读书人的天然使命就是承担天下,就是人世的那一份情怀。"④ 但结局是池大为的行为不但与古圣先贤"独善其身""内不愧心"的准则相矛盾,也与"有所担当""肩承社稷"相背离,因为《沧浪之水》几乎又回到了《曾在天涯》的权欲社会,回到了"个体生存的时代,生存是生存时代的最高法则,是绝对命令"⑤ 的起点。池大为的境遇不但表明一个社会人"独善其身"的难以达成,没有基本的话语权,权力斗争中无法立足,也不可能"兼济天下"。因此,《沧浪之水》阐发的是对中国传统"精英"化精神构建的颠覆性思考。

首先,对知识分子身份定位的颠覆。池大为时时提醒自己"我是一个知识分子","良知和责任感是知识分子在人格上的自我命名"。⑥ 但,

---

① 阎真:《沧浪之水》,人民文学出版社 2001 年版,第 28 页。
② 阎真、聂茂:《转型时期的精神逼宫与知识分子的良知拷问》,《芙蓉》2007 年第 2 期。
③ 阎真:《沧浪之水》,人民文学出版社 2001 年版,第 20 页。
④ 同上书,第 404 页。
⑤ 同上书,第 197 页。
⑥ 同上书,第 70 页。

"学"而不"优"的人，社会中的其他分子就无须以良知与责任自勉了吗？对于不良社会的改造，仅仅靠"学而优则仕"，一小撮"知识分子"蜕变为"猪人""狗人"而得到权力，再凭其一己之力，"担当"与"补天"而完成，肯定不是历史发展的必然。每一个个体的人踏踏实实、规规矩矩地做好自己的本职工作，社会才有所发展，而精英意识等同于"不想做将军的士兵不是好士兵"。《沧浪之水》体现出"士兵"一定要以各种手段攫取"将军"权势的一种规则：人必先立志，必先以行为出卖自尊与良心，方能成为"将军"，攫取话语权后再实施改造社会的使命。第一，这是巴尔扎克时代的规则，证明中西每一个社会发展中的不公与阵痛都是在所难免的。第二，这种理念忽略了"士兵"在成为"将军"历程中手段对目的道德侵蚀，违反了"群众是创造历史的真正英雄"的唯物史观。人的生而平等被教育为生而不平等，公平竞争被教育为在不公平竞争中攫取权利，脱颖而出，这样的教育真的能产生"精英"并由其带动社会进步吗？

其次，《沧浪之水》对传统知识分子的社会理想与行为范式进行了反思。古代"士"人"出仕"的前提是明君贤主当政，贤"士"在各级权力机构中为国为民尽职。但一旦社会黑暗，君主昏庸，他们中的很多人为了不同流合污就会退隐江湖。且不说这本身就有逃避人生，不直面现实之嫌，以现代性的眼光去看，在人情复杂、竞争激烈的社会，一个独善其身的人会由于信息闭塞、缺乏历练而竞争力迅速退化，生存与交流都有了障碍，怎能以精神坚守的力量启蒙与昭示民众？李白说："大道如青天，我独不得出。"如果一个正直的知识分子在"大路青天"的状况下仍"独不得出"，除了说明"道"即社会结构可能不合理外，还有一种解释的可能是"无论是自然与社会，万物竞争是一种通则"，要求纯粹公平与公正，是中国"士"阶层与西方人文知识分子共同构建的一种"乌托邦"。人类历史在光明与黑暗的激战，在竞争与平衡中发展才可以被解释为一种"大道"，一种必然规律，要求绝对公平公正，要求仁人志士"与世无争"就不能被称为一种"大道"。

其三，作家反思了这种"官本位"传统与商品意识合谋下社会权力与"百姓立场""平民的高贵"之间的矛盾性,指出社会激变与知识分子异化间的必然联系。池大为人格的蜕变与成为厅长后改革的失败证明了传统意识下权力构成的不公与对知识分子完成自我规定之使命的必然限制。"机制比道德更有力量,更能够规定一个事物的状态。"① 池大为意识到制度与价值的不易撼动:"读书人不可能在现实之外依托逻辑建立一套价值体系。"② 他刚刚出于良知毫不犹豫地给了跪在卫生厅门口讨钱的赤脚医生80块钱,即"感到了很大的压力",对马厅长察言观色了好几天。③ 从个人价值实现的角度,从一个为赤脚医生、血吸虫病区的百姓忧患的青年知识分子的角度,想获得主政权力而造福百姓,他的"往上走"无可厚非。但其后之所作所为与他的初衷愈行愈远:他指鹿为马,唯上是举,"让别人出局让自己入局。"④ 靠种种手段荣升后仍在"清官意识"中洋洋自得:"自己这个官和别的官最大的不同,就是还有一点平民意识,愿意从小人物的角度去想一想问题"。⑤ 事实是他的确重新调查了血吸虫发病率,解决了被压制多年的职称问题,却忘记了那仅仅是一个厅长必然的职责,一个"知识分子"的基本"担当"所在。他拒贿六十万,被宣传为"反腐英雄",初衷却是:"为了几十万元把这个位子丢了,那就太得不偿失了。"他"走上了轨道",靠操作企业变卖上市获利300万元,无原则为情人调动,为不学无术的妻子谋取求学机会,在机关实行的还是马厅长的家长制。他对这个"位子"的热爱早已背离了当初的平民立场与知识分子"担当"意识。在"官本位""既定轨道"中欲替老百姓说话的池大为厅长与以往的马厅长不会有本质的区别,或者平民池大为必然会蜕变成为另一个马厅长。小说结尾处,青年知识分子龚正开说"清官意识实际上是为少数人服务的,让老百姓沉浸在一种幻想当中,因此是绝对权力的道德护身符。"当小蔡用告密的方式把这个信息告诉"池厅长"

---

① 阎真、聂茂:《转型时期的精神逼宫与知识分子的良知拷问》,《芙蓉》2007年第2期。
② 阎真:《沧浪之水》,人民文学出版社2001年版,第405页。
③ 同上书,第61页。
④ 同上书,第206页。
⑤ 同上书,第451页。

时，他立即将龚正开边缘化到中医学会去。当年池大为正是因为向马厅长提意见而被"发配"到那里，明确知道那在某种意义上是一个有为的青年最好年华的蹉跎与空耗。他以同样的方式处置龚正开，表明"池厅长"对"马厅长"权力意识的继承：他的"平民性"已经在体制中消融，"厅长"池大为已经异化成了"官本位"机器中的一个有机的部件。

第四，《沧浪之水》揭示了道德理想主义的必然失败。不只因为"在农业文明的土地上生长出来的观念无法面对今天的现实世界"，① 而且因为人类的现代化进程不可逆转，物质与欲望本身也是其进步的动因之一。经济学家亚当·斯密说："要使社会财富增加，人民过上幸福的生活，一个社会仅有的自然资源和高尚的道德是不行的，影响一个国家的财富多寡的真正因素是人对物质生活改善的愿望"。② 人对物质的自然欲望是合理的，关键在于一个社会是不是过分强调靠非正当手段获取财富与实现欲望。《沧浪之水》揭露的是主人公在官本位土壤中逐渐滋长的权欲。在学校教育与家庭濡染中，他视利欲为粪土，但"权力场"铁定的规则与长久的压抑酿就了他内心的扭曲与人格的异化。如果自小人物向大人物"进化"的厚黑哲学成为一个社会普遍的人生信条，那么这个社会就在肯定非正当手段的同时违反了公平竞争原则，损害了弱者的利益，阻碍了社会进步。作家对教育与现实的分裂，传统与商业合谋造就的扭曲价值标准提出质疑的同时也提出了社会建构的重要命题：如何在万物竞争的必然趋势下构建相对公平的社会制度，如何以有效的进步"规则"替代"潜规则"，如何打破旧的道德枷锁而完成整个民族精神的重构？

三 被奴化与囚禁的人

阎真小说对现实的切入可谓越来越深刻。《曾在天涯》中高力伟对西方社会失望，尚可回归本土，幻想以平凡与实在的付出实现微小的"意

---

① 阎真：《沧浪之水》，人民文学出版社2001年版，第407页。
② 阎真：《〈因为女人〉讲的是"逼女为妾"》，《燕赵都市报》2008年1月22日。

义":"该做的事还得努力去做,生命的挣扎不能放弃"。① 《沧浪之水》却揭破了根深蒂固的传统与铜墙铁壁式的现实:现实法则下,知识分子不得不被"权力场"收编。阎真第三部长篇小说《因为女人》中受高等教育者已完全失去"知识分子"的身份自觉,外在身份上的"知识者"本科生柳依依、研究生夏伟凯、博士生郭治明、陶教授、无冕之王秦一星不仅不再有社会"担当",而且放逐了主体性自我,不再进行自为性的选择。他们追逐权力,拒绝崇高,完全受制于市场规约。但作家并没把任何人写得十恶不赦,他们的情感欲望均非极端的邪恶贪欲,而是普遍存在的"一地鸡毛"式世俗需求。作家借此挖掘的是:当整个社会中崇高被搁置,本能成为一切,所有卑俗之念都被理解与鼓励,男人必然被异化为欲望的动物,女人必然回归于性别奴役的囚牢之中。

作者以"恩格斯说母系社会的终结是女性具有历史意义的失败,而欲望化社会的出现是女性又一个具有历史意义的失败"为这部小说的主题。开篇大段的心理描述书写了柳依依本能的对爱情的渴望与对自我的坚守。但一系列校园及校外情爱事件粉碎了她的浪漫幻想。怀着一个清纯女大学生对真正爱情的信仰,柳依依拒绝做薛经理的情人,却没能抗拒研究生夏伟凯欲望的猛攻,失身、流产、背叛的故事陆续上演,剥夺了她对正常爱情与婚姻的幻想,终于自觉沦为秦一星的情妇。在这个角色中,她尚以感情为本。但精神无依、病困潦倒屡屡发生后,她终于接受了苗小慧的劝解:"女人能有几年青春?这几年是金色年华,金子的价值,你要他拿出金子的价格来",② 开始把"青春""美貌"作价而沽。

作家把小说背景设定为 21 世纪之交的中国社会,市场经济愈加成熟,社会价值体系发生重构,翻覆了人文知识分子精神立足的土壤。

小说中并不是每个女人都像柳依依那样戚戚于"弃妇"的命运,其他女性形象如刘诗雨、苗小慧、柳依依等同学或同事的处境皆不容乐观:或庸庸碌碌,或与丈夫相互报复,或孤立无助。作家欲借近乎绝对化的群

---

① 阎真:《曾在天涯》,人民文学出版社 2002 年版,第 559 页。
② 阎真:《因为女人》,人民文学出版社 2008 年版,第 395 页。

体命运描述揭示女性悲剧悠久的历史根源与深厚的现实基础。柳依依们被奴役与囚禁的身份是怎样来的呢？作家强调的是时代的局限性："女性解放的最大敌人跟以前有了很大不同，已经不是家庭，不是道德，而是欲望化的社会氛围。"① 由于社会在某种程度上把性别关系商品化，以权钱物等的积累衡量男性的成功，历史积淀下弱势的女性必然异化为欲望的客体。随着社会中由精神转向世俗，陶醉于肉身狂欢，女性必然被异化为"性爱客体"。柳依依终于放弃所有理想，成为没有男人就立不住身的"依依"，把"青春""美貌"等作为自己立身的资本，最终沦为为"青春""美貌"哀鸣的"丧家之犬。"

在作家阎真的男性视角中，女人的不觉悟、缺乏自我反省是一贯的，无论是一心出国而不问为何的林思文，还是在绝境中信仰真爱却最终放弃的张小禾，是清高倨傲不解民情的许小曼，家道中落而一心夺回特权的屈文琴，"马列主义老太太"马厅长夫人，还是一心只有小家庭或情人的董柳、孟晓敏，她们均不具有男性"知识分子"的主体意识与精神家园建构者身份。但《曾在天涯》中，作者尚对男性尊严对比下女性的坚韧果敢予以肯定：即使在金钱至上，物质交换的西方社会，中国女留学生中尚有一部分在两性关系中坚持人格平等、精神相通、两情相悦。林思文争取奖学金，论文被拒，转换专业，每一种辛苦都拼死撑了下来，既没有卖身投靠，也没有出卖别人，最后决心将爱情也豁了出去，孤身奋斗。张小禾虽在爱情幻灭后匆忙结婚，并不证明她自此完全放弃自我而具有了"妾性"，她可能建构其他的幻想并努力实现。而在《因为女人》中，作者的创作意图表面上是以女性身体预设女性结局，即在男性欲望主宰的社会，"因为（是）女人"，就被预设了必然的生理劣势，必然的悲剧命运。但作者的真正目的是借此寓言"欲望化社会"文明的陷落：面对时代欲望化的强劲势头，其巨大的生命力，面对人类进步的漫长与渺茫，借女性命运表达一种对世界荒谬性与虚无性的绝望性认知。作者在全篇用了 15 个"出路"以隐喻现代人的精神困境。篇首，借薛经理之口说男性"真不知

---

① 阎真：《〈因为女人〉讲的是"逼女为妾"》，《燕赵都市报》2008 年 1 月 22 日。

以后往哪里走才有一条出路";① 篇尾,借柳依依之口说女人"四面都是高高的墙,往哪个方向走都没有路"。② 这种"无出路"的寻求与绝望,象征了历史局限下的女人,当代境遇中放逐了灵魂的男人,代表了商品时代的现代人的无所依托、无路可行与仍旧寻寻觅觅。

阅读《比如女人》,会不自觉质疑作家对当代中国女性生活场景与精神世界描述的真实性。

需要辨析的问题有二:其一,作家这种"生为女性即万劫不复"的偏执化书写目的何在?其二,柳依依式把"情爱"作为生命依托的当代"知识"女性占多少比例?

第一个答案:依作家一贯的写作方式,夸张性"言真"与片面性深刻,即以放大镜与显微镜暴露现实,把主人公逼入"to be or not to be"的生死绝境,是一种"唯其典型,唯其尖锐,才具有冲击力。"表面看,作家把问题绝对化了:无论是高力伟,还是池大为,还是柳依依,都处于或栖息在心灵一隅而被边缘化,或投降世俗而抛弃"真我"的二元选择中,这似乎是对一个多元选择时代描述的失实。但事实上,越是把人物逼入绝境,把人格的分裂或与环境的割裂尖锐化,越能切中时弊,达到对现实深入洞察与尖锐批判的创作目的。

其二,柳依依这种主体性丧失,人格依附意识严重的"女大学生"有无代表性?照作家的说法"柳依依的境遇,只能说是一个平均数","小说中种种关于女人年龄的'说法',都来自生活,再现了一种具有普遍意义的男性价值观。"③ 虽然作品所展示的价值判断并非全社会的普遍价值判断,但应该承认,在商品意识下,男性对女性年龄与容貌的敏感和女性对男性成功的敏感一样,都是"无可争辩的普遍心态"。作家所揭示的事实应该是一种源远流长的历史积垢与现实表征。自男权中心秩序确定后,女性被奴役与对象化已经形成漫长的历史。历史进步的大趋势下此状

---

① 阎真:《因为女人》,人民文学出版社2008年版,第45页。
② 同上书,第550页。
③ 余中华、阎真:《"我表现的是我所理解的生活的平均数":阎真访谈录》,《小说评论》2008年第4期。

况虽有所改观,女性甚至可以以身体为武器对男性主宰达到一定的颠覆。但无论是女性欲望的合理化,还是其屡屡颠覆的壮举,都仍离不开一个前提——男性欲望主宰下的女性形象定位。当代中国的现实状况是:一、社会资源仍被更多地掌握在男性手中;二、较西方习俗,两性关系中,中国男性有更大的年龄优势与选择空间。世纪之交的中国,男性大写的人被解构的同时,女性作为"附庸"与"物"的性质更加彰显。作家阎真把柳依依放置在一个既非"事业型妇女",亦非"幸福主妇",亦非游刃有余之"交际花"的局促位置上,才揭示了中国当代女性存在空间的低矮与精神世界的狭小。柳依依穷尽其手段也未能找到命运的正解,愈是焦躁与绝望地抓住"青春"与"美貌"的尾巴,愈感受悲剧命运的不可逆转,只好眼睁睁看见自己一步步走向精神的废墟,"说服自己这是宿命,悲剧性是天然的,与生俱来。既然如此,反抗又有什么意义?"人物对命运的挣扎与接受既延续了悠久的历史传承,也是当代人个体渺小实况的转播,存在的荒谬性屡屡被证实。

《因为女人》中作家再一次对社会精神建构提出质疑:当代女学生受教育的过程应该是几十年"起来,不愿意做奴隶的人们"之精神洗礼的过程,为什么"女大学生宿舍""卧谈会"主题会是如何以青春、美貌为资本获得异性,争取物质与精神享受?柳依依硕士毕业,有自己的职业,却常戚戚于"坐不稳"妻子的地位,忧心"二奶"与"弃妇"的命运在女儿身上重演。小说题记中作家旗帜鲜明地表达了与女权主义思想家西蒙娜·波伏瓦"女人并不是生就的""决定女性气质的是整个文明"观点的相对立场,他说:"性别就是文化","女性的气质和心理首先是一个生理性事实,然后才是一个文明的存在"。[①] 这种理论当然有其现实与可证性,因为即使是波伏瓦本人,也被越来越多的史料证明了"第二性"本能和与萨特关系中从属地位的存在。

当然,作家的理论也有其绝对化与片面性。比如,作家忽略了社会物质发展给予女性的机遇。在小说中,他否定了可能存在的苗小慧们对男性

---

① 阎真:《〈因为女人〉讲的是"逼女为妾"》,《燕赵都市报》2008年1月22日。

的颠覆,刘诗雨们职场上的对抗。柳依依大学同学吴安安、伊帆等均被作家抽离了内在精神、才华与个性,以事业的平庸与爱情标准的降格获得平和与"幸福"。柳依依的出路被小说暗示与作家访谈中明示为回归"亲情",意指与包括不爱的丈夫与终将长大的孩子们建构"和谐"的关系。①21世纪的今天,新一代个性独立与全球漂流已被证明势不可当。再把"亲情",这个被张爱玲解构,被余华称之为"皮相的温暖"的东西拿出来做独立个体生命的精神唯一显然是不够的。女性唯一的出路如果是亲情,就会倒退至以"贤妻良母"标准衡量自我,减少事业的追求与成就,其遭遇亲人"叛离"后"自救"的能力就会打折,道路会被堵死,"亲情"必然成为其生存与精神的唯一"窄门"。失爱于夫,"窄门"被关闭;失敬于子,"窄门"被锁死。试想,在柳依依式"二奶"与"弃妇"忧患中培养起来的女儿是很难独立成人的,若非重复母亲的命运,就是她羽翼乍丰,就会急急逃离"窄门"后扭曲的母亲。虽然延续了前两部作品缜密与入微的风格,但《因为女人》显然在哲学追问与审美提炼上较前两部略有欠缺。如果小说加大两性在家教、求学、职业发展等方面的社会描写并细化剖析,揭示出男性由生理性优越带来的经济性主导地位,以及他们如何用文化的渗透来教化女性,巩固其权威与地位,将女性边缘至"家庭",囚禁于"窄门"等深层原因,把女性命运归因扩及至经济分配、法律建构、文化意识各个领域,应该能阐发出更深的文化思考与哲学意蕴。

总结阎真迄今为止的全部作品,男性知识分子或已被大写为"清官",或已被小写化为"狗人",欲望化为"猪人",女性自觉被"圈养",追求的只是"坐稳了奴隶"地位。据此,社会理想的"家国",个体生命的"家园"均被放逐了。

按照社会达尔文主义的说法,社会本身是滚滚向前的,进步所付出的代价,河流奔向大海时泥沙滚滚是不可避免的,这是历史的进步与时代的局限间必然的矛盾。阎真三部小说均在强调"欲望的时代",暗示其强大

---

① 阎真:《〈因为女人〉讲的是"逼女为妾"》,《燕赵都市报》2008年1月22日。

的生命力所隐含的历史性、时代化、合理性和真实性:"时间之中的某些因素,不是谁可以抗拒的,抗拒也没有意义。历史就是历史","被历史限定的人不可能超越历史,人不能抗拒宿命,因此别无选择"。[1] 但其仍在《因为女人》结尾给黑暗围"墙"中的柳依依展示一道"金光",尽管是转瞬即逝,捕捉不住的"闪光"。"要找到一条路,需要有破壁而出的勇气"。柳依依"没有这个勇气",但并非所有的人都放弃了抗拒命运、反抗荒谬的努力。作家虽表达了对有限历史空间中人类历程的反复甚至退步的绝望,却并非在否定整个人类的进步必然。其创作的主观,在于对"拆除"精神的废墟与"重建"时代精神大厦的呼吁。

---

[1] 阎真:《沧浪之水》,人民文学出版社 2001 年版,第 408 页。

阙维杭的"大视野"与"新理性"

——"新移民写作"之典例一种

"大数据时代"的读书特点是"雾里看花":信息浩如烟海,读者对事物的全貌却不明就里。阙维杭的《这些年你没看见的美国》不仅披沙拣金,生动简洁地将美国的"科技创新动感图""数字经济星谱图"突出出来,而且将美国政治家、科技人物塑造得有血有肉,修正了东方读者"异国形象学"桎梏下的"西方镜像"。不仅客观理性,对数据与事例合理对比,而且以深入细致的"显微镜""潜水镜"式分析还原出美国之"多棱镜"般的万千气象。在当今世界之日新月异,各类现象如行云般流动的时代,"新理性"与"大视野","全景式"与"多棱镜"应该被视为一种值得提倡的"新移民写作"视角与方法。

所谓"大视野",是说写作者有概述"全景式"与"撮其要"的能力;而"新理性"指在"大数据"时代既能以科学理性达其细微,又能以人文关怀掘其深邃。

多年前读阙维杭的文字,了悟了为什么"你恨一个人,就把他送到美国",因为他笔下的"金融海啸、次贷危机、经济萧条","毫无心理准备地被老板辞退下岗",[1] 或被公司"强迫休假"而惶惶然坐吃山空。也

---

[1] 阙维杭:《"强迫休假"法》,载《今日美国:痛与变革》,浙江大学出版社2010年版,第229页。

顿悟了为什么"你爱一个人",也"把他送到美国"。因为美国有"try it"的鼓励,而不只"非礼勿视"的禁忌。"牛仔精神"与"人格独立"为美国思想的精髓,这种"坚韧而鲜活的生命力"[①],浸淫在"尽心尽职"的美国"主妇""灿烂的笑容与乐观的天性"里。那无根的漂泊,失爱的"沧桑","冷暖自知"地隐含在作家的文字里。恰因为"格物致知",所以阙维杭"理解一切",其"洋插队""穷打工"的文字里少"抱怨""狭私"。磕绊不提,把如何积累了"面对人生的勇气",桩桩道来。

再一次读阙维杭,看见的是一种大视野,作者所持的,是一贯的温和理性的立场,却有着捕捉世相的稳、准、狠。

先说准。

《这些年你没看见的美国》[②] 不仅见证了2010年后前所未有的美国气象,而且继续发掘着太过常见,反而被忽略的"现代"元素。如今,中文出版界表现美国的文字太多,"大熔炉"啊,"种族问题"啊仍然充斥于耳,信息庞杂,摸不清时代,搞不懂新世纪的美国到底是一种什么面貌,这些浮泛文字徒增了我们的困惑。本书的开篇就抓住了"美国"的"立世之本"——创新。镜头瞄"准"后阙维杭既用其"电子笔"勾勒其轮廓,也用鲜明的事例"工笔细描"。前者用数据速写"全球15座创新力城市排名榜""美国工程技术排行榜",后者用谷歌(Google)、英特尔(Intel)、苹果(Apple)等力证其创新的力量前赴后继。数据一出,读者的脑海就有了一幅美国科技创新动感图,纽约、休斯敦、丹佛、西雅图明暗闪烁,旧金山湾"数字经济王国"的星谱图点线结合。例证一放,硅谷少年在自家车库或一台电脑前创出脸书(Facebook)、甲骨文(Oracle)的灵活机动就映现在眼前。

"大数据时代"的最大的特点是"雾里看花":信息浩如烟海,读者对一个事物的全貌却不明就里。在对美国连篇累牍的恐怖主义、经济危机等的渲染下,人们曾认为到了"枪托下的美国",只要不成为一具女尸被

---

① 阙维杭:《睦邻一主妇》,《文心社》,http://wxs.hi2net.com/home/blog_ read.asp? id=303&blogid=14434,2015年8月27日。

② 阙维杭:《这些年你没看见的美国》,黑龙江出版社2015年版。

抬回故土就算是幸运的了；也有人写成"女人"的幸福与财富一定在"纽约"，一踏上美国的土地，又一个"自由女神"拔地而起。读了关于美国的文字，读者非常容易丧失理解与判断力。而阙维杭的文字披沙拣金，一语中的，让读者对美国的根本一目了然。如奥巴马的主要施政目标到底是什么？"中产阶级经济主体"一语中的。当然，这是在拨开了"恐怖主义""医保法案""两党纷争"等一地散沙之明细后突出出来的主题。"当中产阶级经济主轴欢快地运转之时，必是美国国家机器和社会零部件都相当契合之时"，[1]"纲举目张"，以理服人。

再说"新"。

信息的"准"仰仗着"新"，一个过时的信息无论如何都不能说是"准"的。本书中《多元理性消费下的经济利好势头》一文强调了"多元"与"理性"。如文章预测着"电商"这种新生事物对传统商业模式的影响的走势，以"美国商务部11月25日的修正数据"[2]为基础。汉语写作中的"美国纵览"，一向以"印象记""美国一日"或"我在美国……"为内容。这种以感官印象或心灵体验为主的"个人化"书写在信息日新月异的时代早就难以填充中国读者的胃口。我要出巨资送孩子去美国读书，企业要招揽人才，文化机构要引进理念，怎能以一斑概全豹，或盲人摸象地各执一词？"全景式"美国报告比任何时代都需要呼之欲出，但全景若模糊或不精确，是文章之大忌，让读者摸不着头脑。

阙维杭的文字不仅瞄得准，观念新，而且出笔"狠"。

"金钱是政治的母乳"[3]概括了美国"金主政治"的实质。美国总统的选举如何体现了其政治被金钱操纵的事实，"米高梅公司"这头坚持"为艺术而艺术"的雄狮如何在"华尔街法则"下宣布破产，这个经济霸权的"金元帝国"中"六分之一"的人如何处于"三无"——没工作（NO JOBS），没钱（NO CASH），没希望（NO HOPE）的境地被历历再现

---

[1] 阙维杭：《这些年你没看见的美国》，黑龙江出版社2015年版，第11页。
[2] 同上书，第13页。
[3] 同上书，第14页。

出来。而"六分之一的美国人陷于贫困","路有冻死骨"① 是以数据细化了美国各阶层在经济复苏中的地位后作出的结论。每一种现象都加以细分,人文关怀以科学数据为基准,这个"六分之一",少了"人口普查局""预算和政策优化中心""社会福利部""农业部"等的统计肯定没有了说服力。而作者并不是简单地对数据进行排列组合,沉着冷静的文字彰显着力透纸背的分析,反衬出那种将美国轻易定义为"天堂"或"地狱"的文章均没有划定历史的大格局、时代的小生境中各族裔、阶层的坐标地位。

仅有数据肯定是远远不够的,一个"社会分析师"必须具备超越这些数据的能力。"幸福指数"之"更高的心灵追求""生存发展"与"平安健康"不能用数据表达,但明显高低不同。在赌城,中文广告与标语是美国人用消费"为经济命脉注入活力"的重要表征。赌桌旁观者可能仅感慨"人生难得几回搏",深陷其境者却梦想幸运之星从此为自己升起,阙维杭看到的却是"吃角子机"的残酷,"肉包子打狗——有去无回"的必然结局。作家还观察到,"劳心者治人,劳力者治于人"的中国古训在美国被彻底颠覆:"旧金山湾捷运公司"的"车厢清洁工"年薪51923.91美元,不仅"比之硅谷地区的许多中小学教师薪酬"② 高,而且比"航空公司的驾驶员"还要高! 还有,美国的"少数派"文化与"少数服从多数"的东方文化何其不同?从人性与文明的角度出发,虽然同性恋者获得幸福的权利已经被全世界所理解,但,既然民意调查中大多数人维护传统方式的婚姻,参议院众议院投票时更是如此,为什么"联邦地方法院"仍可以单方面公布支持同性婚姻的法案? 美国的政治民主如何"游走于民意与法度之间",从权欲与利益出发的权衡使得社会如何"芜杂脱序""怪诞纠结",也让本书的读者大跌眼镜。

职业生涯中,少数族裔与弱势性别所遭遇的"玻璃天花板"与隐性歧视,读者已经非常熟悉了。而令汉语读者震惊的是,以自由、人性自居

---

① 阙维杭:《这些年你没看见的美国》,黑龙江出版社 2015 年版,第 20 页。
② 同上书,第 28 页。

的美国权力机构 CIA 的"酷刑情况调查报告"显示,其"海外秘密监狱"中对"可疑人员"之行刑逼供极其惨绝人寰。而这些逼供竟然是布什政府特别是其副总统切尼知晓并鼓励的,这个以"世界警察"的面目呈现在世界人民面前的"民主大国",竟容许这样一个组织以"维护世界和平"的名义长期肆虐,"不遗余力地渗透到全球各个角落,以刺探他国的机密策反别国的要员"[①]。"为终极目的",而不"顾忌是否触犯人权底线和国际法"!十年前,阙维杭出版的一本书名为《在自由的旗号下》。"在自由的旗号下"人们说什么,做什么,有无矛盾与悖论?这是本书进一步探究,也是中国读者所关注与质疑的。

于是我们得知,南卡罗来纳州的查尔斯顿,"一个黑人居多的城市"竟然连续10年被评为"全美最佳礼仪城市",一直"陷入内外交困"的奥巴马被认为是"睿智的""极具理想主义色彩的"[②],这个美国历史上的第一位非裔总统不只"书生意气"且"不乏渐进者的理智",不只是"美国很长时间以来难得一见的'有文化的总统'",而且政治立场上绝不姑息,不会轻易为政治利益向其他势力"买账"。

对东方读者来说,西方政治家的形象一向是"扁平"的,摆脱不了"异国形象学"的窠臼。阙维杭先生用简练朴实的文字将其还原为"圆形形象",有血有肉。"奥巴马书单"早就被炒作过,在信息爆炸,真真假假的蛊惑中,我们第一次知道,美国总统的读书,"是纯然而自然的习性使之,也许无助于他对付政治圈内的急风暴雨,无助于他摆脱施政中遭遇的各种麻烦,但我相信,在阅读中的奥巴马是幸福的,他通过读自己喜欢的书而了解世界与人性,忘却世俗的烦恼与政治的纠葛"[③]。本书刚刚说到"政治为金钱所用",且中国读者印象中美国一向是"金钱至上",而有这样一位淡泊功利的总统,远远摆脱了其族裔印象,是中国读者非常新鲜的阅读经验。此前,这位非裔人士被选为总统还被认为是美国"少数派"规则所铸成,他是少数族裔"被照顾"的结果。同样,本书

---

① 阙维杭:《这些年你没看见的美国》,黑龙江出版社2015年版,第63页。
② 同上书,第98页。
③ 同上书,第68页。

对 2016 年欲竞选总统的希拉里·克林顿的解读与预测也有理有据。美国总统竞选如何拼的是圈钱速度,巡讲与辩论中各方如何扬长避短,奥巴马态度为何前后矛盾,成为首位公开支持同性婚姻的在职总统,其目的何为?同性恋群体怎样"投桃报李"?各地捐款的支票为什么纷至沓来?读了阙维杭的书,读者意识到用一副眼镜看美国远远不够,有时要用"显微镜",顷刻要换"放大镜",甚至用"潜水镜",本书端的是一个"多棱镜"。

在商业体制下,新闻媒体的报道有时反而恰恰不能表现社会现象之"多棱"性,反而有可能是"单边"或"片面"的。"今天人们看到的或者透过各种媒体知晓的","并不是世界的全部"。① 因为商业媒体的宗旨就是"狗咬人不是新闻,人咬狗才是新闻"。这种"红肿之处,艳若桃花;溃烂之时,美如乳酪"的新闻指导观能带来准确概述世界全貌的报道吗?在许多夸张报道下,中国读者认为美国允许少女谈恋爱甚至怀孕,是一个"自由天地""学生妈妈"很多的国家。读了奥巴马的"大女儿玛丽娅到 13 岁时才拥有手机,而且只准在周末使用;两个女儿都不准在周一到周五期间使用电脑或看电视,除非作业需要;她们还被禁止开设 Facebook 账户"。② 才知道即使贵为总统的女儿,她也被看作是一位应该被爱护与管教并施的普通少女,其"自由"的权力与"义务"的"自觉"也是必然相伴的。

作为一位人文知识分子,阙维杭有其温文尔雅、客观理性的谦和文风;作为一位资深媒体人,他力图与时俱进,成为一位全"新"视野的"移民作家",以尽可能深刻的内容,开拓多元的视野飨读者以真正的精神食粮。此书按住了"时代"的脉搏,《当代思想家:从理想趋于实用》这篇写得恰逢其时。因为汉语诸多社交网站上鸡汤满钵,"哲学"满屏。这些"鸡汤"再浓,再"富于营养",均因只是"传道",而非"授业"而浮于空泛。阙维杭根据美国的"全球百大思想家"排名榜说明世界早

---

① 阙维杭:《这些年你没看见的美国》,黑龙江出版社 2015 年版,第 42 页。
② 同上书,第 71 页。

已到了"身教重于言教"的历史时期,"理念"已开始"构筑在尊重事实与解决问题的基础上"①,任何一种把个人作为"先知",凌驾在别人之上的人都应该看到这个"新时代"特点的不可逆转。往大里说,产生孔子、苏格拉底等"通才型思想家的土壤与环境早已时过境迁";往小里说,中国教师与家长们都应该检审一下自己智慧的信度与行动的效度了。一方面思想"高高在上","哲理"与"通则"已经被重复了无数遍,不是缺少法制、条律,而是"有法不依"。"思想家"的使命与作用理应转型为"监督"法律的执行与"确证"文明的实现;另一方面,商业社会,"思想"与"理想"又极度匮乏。激情与力量被解构与亵渎,人的精神被琐细化,"在强大的经济市场面前,思想是微不足道的"②,"节操碎了一地",到底该如何拯救?本书敲响了警钟。

阙维杭的文字将人生参透:美好的转瞬即逝,现实的喜新厌旧,既然与"孤独"签了协议,想回到"归属",就只能不惜"投靠"。独立自由的灵魂果真是高贵的,因为太难得!"生命中曾经有过的所有灿烂,原来终究,都需要用寂寞来偿还。"③ 这是阙维杭阅读名著所记住的。悖论与拧巴,原来是每一种文化均有的生命常态。但汉语读者还是闻得见美国文化国庆日感恩节烟火与采买之热闹后所真正崇尚的"独树一帜"与"耐得住孤独"。社交网站脸谱(Facebook)的创始人、首席执行官马克·扎克伯格(Mark Zuckerberg)"可能是迄今为止地球上最富有人群中的一员,但仍然过着简朴的生活,人们不时会看到他们夫妇在硅谷的路边小餐厅用餐,没有砸钱买豪华游艇、岛屿或其他各种奢侈品的轶事流传"。④如果生长于中国,他能在家中的地下室脱颖而出,他敢在大型正式场合穿"连帽衫"吗?恐怕不能。如果在28岁时已经因为装束或行为被视为"混混",在中国肯定"浪子归来"不易。事业中偌大的公众市场,生活中和谐的关系场域,伦理中建立的商业信誉都置之不顾?扎克伯格的事实

---

① 阙维杭:《这些年你没看见的美国》,黑龙江出版社2015年版,第98页。
② 同上。
③ 同上书,第108页。
④ 同上书,第23页。

告诉读者：美国尊重人"独立"的意识，任何一个阶层的人也可以颠覆惯常的生活方式，只要一个人真正地具有远见卓识并在行为上开拓出实绩，就会被加冕为"时代先锋"，而"创新"与"融合"是这个国家居不败之地的基石。

《亲历谷歌"父母上班日"》对世界上最大的搜索引擎的职场生活做了描述：这是一个求才若渴的企业，不但吸引人才，还容纳他们的父母亲族。世界上许多国家因为保护原住民不给留学者工作，甚至不允许少数族裔"飞地"的存在，规定出一个地区租房买房之族裔的比例。但美国到处可见自成一体的划地为城——"意大利区""小西贡"，特别是"中国城"。"各族裔办自己的学校、公司、报刊等"，"'独尊英语'现象被视为极端的偏见而未被鼓励"。[①] 美国到底是"大熔炉"，还是"大拼盘"？各族裔到底有多大比例仍"画地为牢"，"走出"这些"城"与"区"，走出"族群"的窄见、"民族"的藩篱、"个人"的天空的人到底占到多少？作者犀利地指出：隔膜与歧视存在的现象仍很严重，"融合"是必须但难以实现的。华人父祖辈总是说"等孩子长大了"自然就是"真正的美国人"，而"我们"不必改变，"失根"是痛苦的。一些事业有成的华裔家长总是在"怎样教育孩子"的问题上以"我们民族的传统"为借口与美国校方争执，甚至以"校董"身份干涉学校事务，造成了文化上的多重标准：要求别人是"大熔炉"，至少是"大拼盘"，既在求学就职上不看你的皮肤，那为什么没有自觉"濡化"的星点意识呢？"在背井离乡的异域，却偏喜欢称别人为'老外'"[②]，这种"内外有别"的角色错位难道是对的吗？寄"融入"之期望于"下一代"，这是否是一种"拖延症"？难以"从我做起，从现在做起"也是"中华传统"之一种吗？

一个"作家"必须"与时俱进"，一个"现代人"必须善于适时、实地转变立场，调整视角，屹立于职场之林。阙维杭以"一介书生"的身份体味自己所处硅谷的 IT 精英们熟视无睹的"高科技日新月异变幻无

[①] 阙维杭：《美国到底有多美》，中国青年出版社 2004 年版，第 134 页。
[②] 同上书，第 135 页。

穷"的境地。他的文章追究着历史文化造成的社会隐患：校园枪杀案频发的社会为什么难以禁枪？美国最富裕的地区为什么少年自杀现象严重？他同时奏响着"新移民之歌"：拥抱了"新世界"之后，那些"为自己的生命输入了新的血液与活力"之铭心刻骨，"文化碰撞交流后灵魂震荡"[①]之历历在目，"脚踏东西文化，心系家国春秋，指点万里江山，旅途知足常乐"之到中流击水的畅快，岂不有精神荡涤之醍醐灌顶，放眼世界之赏心悦目，生命彻悟之凤凰再生之快意？为"全景式写作"，其特地转动自己的视线，透过"广角镜"观察与审视东西方。观照流淌变化的现实，发掘不同层次的历史感，在信息爆炸的时代、纵横交错的时空中捕捉事件的底色与本相，透析出现象的稍纵即逝或不可逆转，给读者以全新的阐释，是对"新世纪作家"的高标准，严要求，也是时代的必然，"新移民作家"必须做到的。阙维杭先生，他做到了！

[①] 阙维杭：《睦邻—主妇》，《文心社》，http：//wxs.hi2net.com/home/blog_read.asp？id=303&blogid=14434，2015年8月27日。

隐性的遥契

——中美"寒门杀手"形象的社会与心理溯源

比较文学的类型学理论称不同国家的文学现象间存有两种类同性,另一种为"显性的相合",一种为"隐性的遥契"。① "显性的相合"好理解;"隐性的遥契"指时空悬隔、不存在实际历史关系的两国或以上文学思潮、运动、形态在诗学品格上的遥相契合。经过对同学观影活动的调研,也通过影响学、犯罪学等领域数据统计与事例分析的了解,我们对当代中国青年与西方电影人物形象在心理、人格等多角度的"隐性的遥契"有所认知。

经研究与调查,当代中国青年与西方电影人物间存有心理、人格、精神形态等多角度"显性的相合"与"隐性的遥契"。其"显性的相合",与美国作家亨利·福尔曼著作《我们的电影造就了我们的孩子》② 一书所论证的观念类同。此书出版以来,特别是网络时代后中国青年对西方电影接受数量激增以来,众多的数据与实例均证明了这个论证是成立的。③ 论者仅拟以复旦投毒案为例,论证西方电影中的"寒门杀手"与中国当代"寒门杀手"形象上"隐性的遥契"。

从行为的方式看,西方电影中的"寒门杀手"与复旦投毒者的"互

---

① 陈淳、孙景尧、谢天振:《比较文学》,高等教育出版社1980年版,第159页。
② Forman Henry James, *Our Movie Made Children*, New York: Macmillan, 1933.
③ 王玲宁:《媒介暴力对青少年影响的实证研究》,博士学位论文,复旦大学,2013年。

文性"非常明显。除了预谋杀人的结果相似外,其身份与性格亦有较多类同,如"寒门",如"高智",如"朴拙",如"进取"。最为契合的应该是其心理动因所呈现出来的社会伦理意义,如思想上自诩为"身肩正义"与其行为结果所暴露的人格"邪恶",其在社会阶层中"上进"的主观意愿与其客观行为之间强大的矛盾、纠结、悖论与心理的扭曲等,如此种种,均构成伦理学与诗学研究意义上的深邃内涵。

此处"寒门"的概念从"寒门学子"而来,包含了"屌丝""凤凰男"等概念。论者强调"寒门"的概念,拟对这种出身寒微但志向高远,富有才华但心性敏感,自觉人格高扬却自卑到极点的受教育程度较高的青年杀手的人格进行深挖与溯源。此文中"杀手"的定义并非连环杀手,而是指关系中的犯罪,且犯罪的动机与"寒门"身份的心理紧密相关,主要特征为:"寒门"者敏感于周边人群对其自诩的高自律、高智商、高素养的忽略与鄙视,长期积郁,愤而以过激行为甚至预谋杀人的行动来证明自己的存在。

题材上,为了说明形象的普遍与复杂,现实与文艺作品不再截然分开。现实生活中,至少个别案例可以明证西方电影对中国"校园杀手"之"遥契"。如东莞理工学院杀人色魔"看外国片,根本就不用看翻译字幕"。[1] 在他的犯罪行为中,电影暴力的影响应难辞其咎。有许多调查与论文提供了证明。[2] 论者对复旦投毒者与西方电影"寒门杀手"形象在行为、心理与伦理学意义上的开掘具体如下。

一 "地下室"与"暗夜的孤魂"

美国电影《天才雷普利》获得了"英国电影学院奖"等8个奖项,特别是奥斯卡、金球奖各5项提名。男主角汤姆·雷普利最大的情结就是"地下室"。

影片开始,雷普利住在纽约不见天日的地下室,靠为人调钢琴及四处打零工勉强维生。同时打几份工的疲劳与生活的窘迫也没能使他放弃对音

---

[1] 李冬冬:《还原色魔在校轨迹 外语优秀独来独往不交女生》,凤凰网资讯,http://news.ifeng.com/gundong/detail_2011_11/25/10896801_0.shtml,2015年8月27日。
[2] 杨龙:《法律原生态的杀手:道德泛法律化和法律泛道德化》,《学术论坛》2010年第7期。

乐的追求。船舶大王结婚纪念日上的演奏，及后来假扮普林斯顿校友的成功都证明了他的才能与教养。而事实上，他只不过是一个孤儿，专业是钢琴调音，读的是一所技工学校。假冒学历、招摇撞骗并不能抹杀这个"寒门"青年的勤勉与才华，因为真正的普林斯顿大学毕业生，船王的儿子狄克才是提笔忘字、不学无术。雷普利唯一的梦想就是走出命运的"地下室"，像狄克一样自由地在阳光下实现自己钟爱的音乐梦想。

他自认为自己完备了这样的能力与资格，因为他是"天才"，不仅有惊人的模仿天赋（别人的声音与笔迹），还有行为作风上的缜密与权谋，更有羞涩、淳朴的外表。"王侯将相宁有种乎！"这句中国名言似乎更是"自由""平等"思想熏染下西方青年的逻辑。富家子弟狄克凭着一股新鲜感招他为玩伴儿，厌倦之后，对雷普利的敬慕表白不屑一顾，侮辱他为"寄生虫"，而忘记了雷普利的一千美元就是自己与女友花了。激愤的雷普利在打斗中杀死了狄克，为了掩盖真相又杀死了更视他为粪土，对他明嘲暗讽的富家公子弗莱迪。影片结尾，意大利警察与狄克的父亲都因为各种原因放过了雷普利，似乎他从此就可以在阳光下生活了。可同样为了掩盖真相，他又杀害了无辜的皮特。影片中，内心的挣扎如影随形，至此，他知道，往事永远不能像旧物一样被锁进"地下室"。这个要替他"保管钥匙"的皮特被自己戕害，自己负罪的灵魂也将崩溃，永远走不出"地下室"，见不到生活的"阳光"了。

同样朴拙而严肃，谨言而慎行，同样走不出人世间黑暗的还有复旦投毒者林某。林某的微博签名一度是："一直在认识自己，需要学习向日葵的单纯"。他渴望着"向日葵的单纯"，但终审已被判死刑，立即执行。说他是"暗夜里的孤魂"，是指他精神的罂粟种子（杀人的念头）生发于暗夜，炸开于暗夜。2012 年 12 月 1 日 00：32 他的微博中写道："上海的冬夜，……听着电脑的沙沙声，还有黄屌丝的呼噜声，头脑里偶尔闪过各种念头，随即如云烟随风飘散。"[①] 其实这些念头并没有"随风飘散"，而

---

① 梁建刚、彭德倩、马松、王潇、孔令君、林环：《难以找到的真相》，《解放日报》2013 年 11 月 28 日第 5 版。

是愈演愈烈，最终被付之行动。

　　他与雷普利一样出身寒门，同样对此"寒门"身份异常敏感。他称被害人为"黄屌丝"，在博客中解剖自己说"觉得自己完全就是一个'凤凰男'，……我一直都是一个自卑的、悲观的人"，"听说谁谁谁的父母是什么医生、大官的，我就会内心小羡慕一番。……科室的老师一问到我的家庭情况，我也是不愿多说，今天袁老师在听说我的毕业打算后，劈头问我父母退休了没，我一下愣住了，急忙点头"。① 林森浩父母是普通的农民，开杂货铺为生，作为长子，他自觉肩负着家庭的重任，这是他努力上进的压力，也是郁积的心结。他每日清晨即起，总是第一个到实验室，发表过的论文被万方数据库收录8篇。因论文被评为优秀，2012年在"中华肝病青年论坛"作为代表发言。他一直在远虑怎样才能在专业上作出贡献，如多次在论坛或信件中与好友探讨"出国"后的前途命运，怎样努力未来才有成为"院士"的可能。在所有的人生抉择中，他都尽快地以经济、人格双重独立为原则。其中重要的一个原因，就是"努力给自己的家人带来物质上的满足"。婚恋选择中，与公务员、医生的女儿约会后主动退缩，"一个父母都是医生，一个父亲是局长，母亲是医生。这个条件一摆出来，显然我是没有机会的，我一个对自己都没有自信的人怎么能hold得住这种女孩?"② 过于敏感于阶层的沟壑，他最终选择求职而不是读博，他认为一个寒门学子无可选择，减轻家庭重负，帮助家庭经济上起飞唯此唯大。但暗夜难眠的原因恰在于此：出身"寒门"，自觉向现实低头而将理想束之高阁，有为医学事业作出贡献的决心却站错了平台（影像学而非医疗第一线），这些均使他心有不甘，像陷于人生之网中的鱼一样挣扎。

　　与雷普利一样，有人在网络上称他是"天才"。别人说他是"一个高考780分，研究生保送，酷爱历史，专业研究深入的医学才子"。他行为上以《三国演义》中的"漠北""大汉"自居；他心思缜密，自认为比

---

① 梁建刚、彭德倩、马松、王潇、孔令君、林环：《难以找到的真相》，《解放日报》2013年11月28日第5版。

② 同上。

较于受害者"黄屌丝"更能驾驭学术研究之精妙的结构、复杂的逻辑;他认为自己在医学上的思维有着人类学意义上的人文智慧的高超与直抵心灵的深刻。但,同室黄洋却议论说他很普通,不过是一个"凤凰男"。林森浩扪心自问,自己是从"山窝窝"里飞出来的,没有某些上海同学的家庭背景是不可否定的;且在一些人的观念中,本科与研究生的"我旦""我山",与非"我旦""我山"也能形成截然不同的圈子,使得他有强烈的被排挤感,有被"上层社会"贬抑为"下流社会"的情结。屈辱感形成,如鲠在喉,他怀恨在心,渐生杀机。与林森浩一起住在徐汇区医学院宿舍的同学在微博上说:每到夜半,听得见隔墙东安路上总是会有凌厉的飙车的轰鸣。林森浩灵魂的挣扎也都在夜半。不眠中,他夸大了自己的孤独、苦闷、不幸,没有归属感。他感觉"众人皆睡我独醒",而这种"独醒"没有任何意义。就算是自己独立、有思想、努力,而且像《三国演义》中的人物一样侠肝义胆,仍不能被众人承认,就连已经确定了的广州大医院的医师职位也被他认为前途渺茫。

从心理学原理去看,林森浩至少有三个自我。对社群自我服从(为了家庭经济放弃学术深造)的他我;理想自我(学术深造与思想高蹈);本我(青春期自我)压抑。这些使他在毕业前夕近乎崩溃:也许,自兹一去,就永远地远离了理想的生活,弃绝了与自己智力相当、品味相投的伴侣。也许,在这个富家子弟成群的上海,即使有那样的伴侣,如果父母仍然是"经营杂货店"的,自己仍不能实现学术上的成就比如读到博士(后),至于能不能成为医学院士就更可能仅仅是一种梦幻,与玫瑰似的理想爱情一样不可实现。独立发表了 5 篇 SCI 论文的林森浩暂时放弃了学术生涯。但在医院实验室做一个分析师他是不甘的,事实上他对上海也是非常留恋的,"留在上海有留在上海的好处"。虽然已经被广州录取,他仍参加了上海的应聘。但失败了,被迫离开,他的存在感更加式微,对可能的高品位的生活(非纯粹的物质富裕)恋恋不舍。恰逢受害者又在挑战他的智商,他要用"愚人"的行为证明自己,用非法的"学术发现"寻找存在感、价值感。这种末世虚无的厌世心理与垂死挣扎证明自己的"寒门"情结,也许是对他犯罪行为的较为合理的阐释。

二 "物伤其类"与"同室操戈"

美国电影《穆赫兰道》同样旁证着复旦投毒者这种才华没有归处、青春无处栖息、灵魂无处安适的心理所导致的"物伤其类""同室操戈"行为的动因。用这部电影与林森浩的心理日志作比较,某种程度上可以追寻出中外寒门青年不想荒废青春、放弃理想,而又不得不幻灭绝望,向"反社会人格"滑进的心理历程。

从这部电影看,中西"寒门杀手"形象的共性可以是:越是表面规矩、孝顺、谨慎的青年,其内心的孤独与绝望越加激烈,因为他们对社群自我的服从,对理想自我与本我的压抑导致了理想、青春与爱情均没有归处。他们面临着高目标与低起点间的巨大矛盾。"高起点",是说一个人的精神归属、身份依属往往要归于其所归属的高教育、高能力职业群体。林森浩对医学行为的阐释表明了他自诩为一个"人文知识分子",而非简单地把医学当作求生的手艺。这种精神的高蹈使得他对回到广州后的前途不断纠结。他有意地搜集着广州的医学毕业生的去向信息。"去年我院毕业的师姐""工作一年不到,就辞职去了澳门工作。还有子洪师兄从附一辞职去了省医工作,这种情况不少见"。[1] 因此,"原本应该意气风发,积极向上的年龄,我却有着一颗担子很重的中年人的心。我的青春被狗给吃了!"[2] 这些矛盾的集中之处在于:他对自己的前途充满了忧患,对放弃上海,这个都市所代表的学术中心地位与优雅高贵等生活水准耿耿于怀。

常理说"本是同根生,相煎何太急",在贫穷的日子中,同室的伙伴往往是互相取暖的人。但在有些人狭隘的心灵底处,同室的擢升证明着他们被孤独地留在了"地下室",被降入了下一个底层,被排斥于现代文明进程之外,此种压抑、愤懑必须以某种方式宣泄出来。电影《穆赫兰道》中贫寒努力、有才华的女演员最终雇凶杀害了自己的同居伙伴。同理,林森浩的故事是否可以这样解读:眼见同为凤凰男的同室同学从此将走向他

---

[1] 梁建刚、彭德倩、马松、王潇、孔令君、林环:《难以找到的真相》,《解放日报》2013年11月28日第5版。
[2] 同上。

想要的生活,孤独之感透骨穿心,嫉妒的心理实难压抑,杀人的念头一定要实施?

《穆赫兰道》中的主人公,代表千千万在好莱坞漂泊的无名演员,时刻被时代甩出生活常规的人。电影中人格分裂的女主人公似乎是现实中人格分裂的林森浩的投影。应该从表象上,严酷现实中,内心深处,与最终爆发极端行为的自我四个方面去考察他们的形象。

女主人公叫戴安的时候很像是表象上的"优秀学子"林森浩:在家乡获得舞蹈大奖来到好莱坞;在好莱坞有人帮助,找到住处,富有才华,自信开朗;与周围的人和睦相处,互相帮助。但严酷现实中,戴安实际上叫贝蒂,在选角现场的表演表达了对表演艺术的忠实与热诚,在众多粉黛中以清新的面孔令导演一见倾心。但大染缸似的好莱坞需要导演的才华,却容不得导演有角色的决定权;好莱坞需要外省无名女孩的忠实与热诚,才华与努力,利用她还是淘汰她却不以此为据。在内心的深处,她青春的情爱找不到归属,没有合适的异性伴侣,只好与同室的女孩"同命相怜"。但当每一个贫寒的"室友"靠手段获取了主流社会某人的"青睐",获得了角色,走出了通往地上的"阶梯"后,留在"地下室"里的另一个"室友"都会备加孤独。贝蒂被抛弃了,似乎整个的社会都普照在阳光下,唯有自己被遗落在黑暗里。这种被夸大的孤独与绝望,孤单与无力,可以在很大程度上说明其极端行为,即"同室操戈"的原因。

电影中漂泊在好莱坞的"外省"女青年与林森浩式的在北上广奋斗的"寒门"子弟一样,本来是淳朴善良,事业上好学上进的,很多人略显才华。但"人性的某些东西可能永远隐藏",那种漂泊的无根性,前途的渺茫,毕业季或青春末季的分离、流散与孤立的状态,"地下室"或者社会底层向上移步的艰难,"下流社会"或者"下层社会"出身的家族责任感的沉重都使他们的青春充满了沉郁。《穆赫兰道》最后,女孩被对她充满期待的笑嘻嘻的姨父姨妈索命自杀了,而林森浩永远不再有希望成为他所期待的"单纯的向日葵"。这个"暗夜的孤魂"的形象,将一直被世界毒物犯罪史所论及。

除却艺术上的成功,《穆赫兰道》电影的深入人心与某些人对林森浩的惋惜与同情都在于："寒门青年"在变异为"杀手"前都曾显现其善良甚至正义的一面。但，非常态的压力之下，人性有着跳脱道德法律与伦理规则的可能。电影的成功恰恰在于其善于进入人物心灵痛苦的深层，对人性幽暗的角落做大胆、公开的挖掘和呈现。

三 "完美的陌生人"与"大汉漠北"

林森浩的行为与电影《完美陌生人》中的女主角也有相似之处，那就是把自己的"反社会人格"掩盖起来，把自己打扮成一个卫道士或"锄奸者"。

《完美陌生人》电影的开始，黑人女青年罗温娜是一个典型"锄奸者"。她是一个正义的记者，因为机智大胆报道议员的道貌岸然而被炒了鱿鱼，她的那句"powerful people protect powerful people"（有权势的人总是保护有权势的人）无论在中西古今都耳熟能详，成为"寒门"人士的反抗规则，甚至作奸犯科的最佳借口。

电影接着展示，她的童年女友格瑞丝被杀，她誓死缉凶。电影把故事的曲折性与人性多元的揭示融为一体。事实上，罗温娜起初确实是一个受害者，种族的、性别的、阶级的劣势使她一生都沉浸于少年受白种继父凌辱、协助母亲激情杀人、母亲被送到精神病院、时时受目击者要挟的尴尬之中。她的受害的女孩与正义的记者的双重形象让所有观众都一度认定格瑞丝的情人哈里森·黑尔这样已婚的花花公子，依附权势的欺凌者才一定是罪大恶极的杀人犯。她的前同事迈尔斯是个电子高手，对女主角垂涎艳羡，也一定摆脱不了杀人嫌疑，因为他们要么是有钱，要么有能力，把握权势或资源。但事实是，罗温娜正义缉凶的背后却另有真相：她毫不留情地杀死了目击者，也是敲诈者，童年伙伴格瑞丝，成功地嫁祸于对下属冷酷无情，对女性粗俗下流的哈里森·黑尔。如果以上行为还可以用无奈以及对白人强权者报复等借口来解释的话。那么影片的最后几分钟，罗温娜的水果刀刺向迈尔斯，这个一直帮助她的无辜者的胸膛，正义与邪恶、动机与结果就有了悖论之颠倒、矛盾之纠结的含义。

对罗温娜的行为进行心理学推理，发现"受害者""弱者""被剥夺者"是她行为的起点。这符合中西阶级对立意识下为自己非正当行为寻找借口的所有"寒门"杀手的心理。在中国,这种"对立意识"是"阶级压迫论";在西方,被阐释为"平等"与"民权"意识。罗温娜与林森浩的逻辑都在于:自己"生而卑贱",即使百般努力也可能无果;而有人"生而富贵",能够"坐享其成",甚至作威作福。全世界都欠自己的,所以用任何手段来捍卫自己的生存都是正当的,甚至戕杀同类也情有可原。

林森浩是一个有意要掩盖自己内心的一个人,但他毕竟是一个需要精神出口的青年人,校园论坛、个人博客、人人网、腾讯聊天室,特别是经常更新的微博中,其精神世界的轨迹若隐若现,大量的网络痕迹有据可查。他认为,与同室的另两个人相比,他既没有那个上海男生的资源与优势,也没有黄洋,这个同样出身寒门的同学的"向日葵的单纯"。他因此总埋怨自己没有精神简单到只有上进,而是对社会、对人生、甚至对职业有过多的想法,分散了注意。从某种程度上说,林森浩对世界、人生、医学伦理的这种"忧思"其实具备了人文理性的萌芽,至少,他是在努力构建自己事业与人生的系统,他的思想里有着年轻一代所少有的"大人文"与"大世界"的概念。从其博客内容看,他穿越古今,推崇三国演义中的大义与大智;从医学伦理上,他思考"医者"的人文责任,有对患者的同情,2008年汶川地震,他以大学生身份捐款800元,[1] 同学朋友称道其宽宏大方。但是,他只是一个"思想者"而非一个黄洋那样的"行动者"。黄洋的家,较林森浩的家还要贫穷,同样因为家境放弃了直推博士的机会,但他在其后的考博中以第一名被录取。黄洋是诸多公益社团的骨干甚至领袖,赢得了众人的拥戴。林森浩对其不服,他没有想到自己固然优秀,但仍是芸芸于个人迷茫前途中的众多少年之一,他的人格中有更多的"两耳不闻窗外事,一心只读圣贤书"的自处、自守、自私的元素。时代带给他虚无甚至幻灭的意识,这种虚无与幻灭更给了他阶级压迫名义下自戕与戕人的巨大借口。为什么要"搞一搞"

---

[1] 朱洪蕾:《林森浩该不该被宽恕:复旦177名学生求情信背后的情与法》,《齐鲁晚报》2014年5月19日第B02版。

黄洋，还是因为自己没有黄洋的"大义""大气"而羡慕嫉妒恨。"执剑大侠"意义上的"漠北""大汉"，只是林森浩给自己找的一个理想自我。这个理想自我事实上是一个假我，而非真我。在这个理想自我不能实现，自诩的心灵高贵被黄洋戳穿以后，他为了证明自己把他当作小白鼠，试验化学元素的功能，成功地实施了自己的报复行为。如果不是出于黄洋的特殊体质，如果黄洋侥幸活了下来，他的犯罪没有被发现，那林森浩的自我就会得到了极大的张扬。至少，他因为贫穷而被排斥于现代高度文明世界进程之外的一种愤懑和抗议得到了释放，但他的此种行为就不再重复了吗？

众多的案例证明，"寒门"而"高智"型杀手的"反社会人格"往往具有极强的隐蔽性与伪装性。身份上，他们似乎是最安全的人群，非"无业者"或"无正当职业"者；人格表象上，他们是青涩的学生模样，朴素而自律；行为方式上，他们似乎具备忠诚于职守，对家人负责的特点；言语上，他们甚至是正义的化身。出于审慎，他们对自己的多重人格与精神分裂能掩盖就掩盖，如在大多数人以实名出现的"人人网"上，林森浩申请了4个号码，却只用化名与师姐一人聊天。这样，白天社群自我的勤奋与克制后所产生的这个夜晚的孤傲、义愤与疯狂的自我很难为人知晓。分析与比较此类形象的警戒意义在于，在我们表面平静的日常生活下隐含着怎样的暗流，"人性隐秘处的扭结和撕裂"。这种扭结与撕裂如果长期被忽略，不被疏导，就会引起大的祸端。因此，对人性的复杂性发掘和尊重，是人性关怀与社会改良的必要。

更值得人们重视的是，林森浩的行为不只与美国电影的经典之作如此契合，而且博得了中国部分大众的同情。有177个复旦同学为他上书呈请，这说明寒门杀手蔑视他人生命、挑战法律底线的行为虽令人发指，身上却有着太多人的缩影。他的行为中，蕴含着深刻、复杂、曲折的心理诱因，在贫富差异的中西社会普遍存在，致使其犯罪行为在某种程度上得到同情甚至认同。复旦同学的上书呈请与网络言论中，"底层情结"是否替代了法律意识，大众心理中是否认同了以下非理性心理历程：敏感——反抗——拼命——犯罪是可以理解的吗？只要发现有人对自己轻视的苗头，就会怀恨在心，伺机进行社会报复，以"优秀"或者"天才"命名实现自己完美主义的强迫行为——"可以清纯，可以妖艳，可以妩媚……但是，唯独不可以平庸"？此种逻辑某种程度上颠倒了是非，混淆了正义与邪恶，对"反社会人格"带来的犯罪行为提供了心理依据。

在多元意识形态并存的时代，每一部文艺作品都有着多重解读的空间，对电影人物犯罪"合理性"的过多展示很有可能引起观影者的效仿。如果对网络时代下电影、电视与游戏等的监管太过宽松，或者民族传统观念中"法不责众""刑不上才子""不患贫而患不公"的意识太过强调，这种展示或观念就很有可能成为法制建设与法律实施中的意识障碍。或者具体讲，出身"寒门"，成为"优秀人才"，在非常态的极端压力下跳脱社会规则，实施犯罪，就可以被法律轻判或者被社会轻责吗？

除了在意识层面引起社会关注，引发疗救的注意，文化产业领域，市场的开拓、电影进口与高科技媒体的引入也必须管理监督。暴力镜头过多，艺术过多地与商业合谋，一味追求票房，都会带来不良的效果。大数据时代，以影像为中心的感性主义形态的视觉文化会对青少年产生深刻的影响。西方暴力电影对犯罪行为的"怯罪化"会使道德、法制观念模糊化，甚至将犯罪行为"合理化"。据此，家庭、学校与社会三方面必须合力对媒介暴力进行有效的监督与深入的探讨。

第三编

对比:文化视野下的深思

论北美英文批评中莫言的女性"镜像"

  以中国读者的视角看北美英文批评中的莫言女性形象阐释，发现其西方理论体系下"社会集体共同想象"的痕迹处处可见。其"陌生化"视角包含了"旁观者"的敏锐，对莫言作品的"世界性""人类性"的合理性开掘，同时也在以下问题上与中国读者的立场迥然有异。莫言女性形象所彰显的主题更多的是"受难者"的反抗，还是"个性解放者"的张扬？她们是"向死而生"的东方母神，还是"女性主义"的"铁娘子"？作家表达的是"救救孩子"的悲悯，还是对"野蛮民族"的揭露？莫言的汉语文本在多大程度上被英文翻译与批评、"归化"与"误读"？需要进一步细读与深挖。

  以北美英文批评中的莫言女性镜像为例，可以辨析西方理论体系下的英文批评与中国读者视角下莫言解读的区别。用西方文艺理论的 Feminism（女性主义）、hegemonic femininity（女性气质霸权）、phallic criticism（菲勒斯批评）、gynephilia（恋女人癖）、cannibalism（食人主义）等归结莫言的人物气质固有其深刻之处，但细读汉语文本，从中国本土读者生活的现实背景出发，就会不自觉地对英文评论产生一定的质疑。通过在亚马逊网站购买莫言英文译本，在 ProQuest、eScholarship 等硕博论文库，CALIS、Cambridge Journals 等期刊库，EBSCO 书库中以"Mo Yan"为关键词检索英文论文，与中文小说、评论比较，基本上可以得出如下结论：北美莫言英文研究文章虽多，对其女性形象的详细阐释与系统评价却较少,独立评价其女性形象的论文几乎没有,一般将其作为男性批评或东方镜像的一部分来展示。其人物形象意义的归结虽能启发中国读者与学界的"世界性""共识"与"人类性""类同",但两者的差异还是较大的。

一 是反抗的"受难者",还是"个性解放的先驱"?

莫言女性形象是"个性解放的先驱"(Forerunner of liberation of personality)还是挣扎图存的"受难者",深重压迫下的反抗者,是要讨论的第一个问题。Shelley Wing Chan 撰文"From Fatherland to Motherland: On Mo Yan's Red Sorghum & Big Breasts and Full Hips"[①](从父系崇拜到母性归属:论莫言的小说《红高粱家族》与《丰乳肥臀》)(笔者译,下同),阐释"我奶奶"的人格特质。第 1 句是,"as a woman who is determined to decide her own fate, she defies traditional moral values."(作为一个决心决定自己命运的女子,她挑战了传统道德伦理);第 2 句,"When she learns that her parents have married her to a leper exchange for a mule, she rebels by having an affair with Granddad, who later kills both the leper and his father."(当她知道父母把自己嫁给一个麻风病人,就为了换一头骡子,她就搞了外遇,跟了这个不久就杀了她的麻风病丈夫与其父的"我爷爷");第 3 句,"Grandma's dying interior monologue summarizes her short life:"(我奶奶临终的内心独白总结了她自己的一生),"What is chastity? What is the correct path? What is goodness? What is evil? You never told me, so I had to decide on my own. I loved happiness, I loved strength, I loved beauty; it was my body, and I used it as I thought fitting. Sin doesn't frighten me, nor does punishment. I'm not afraid of your eighteen levels of hell. I did what I had to do, I managed as I thought proper. I fear nothing."[②] "什么叫贞节?什么叫正道?什么是善良?什么是邪恶?你一直没有告诉过我,我只有按着我自己的想

---

① Shelley Wing Chan, "From Fatherland to Motherland: On Mo Yan's Red Sorghum & Big Breasts and Full Hips", *World Literature Today*, Vol. 74, Iss. 3, Summer 2000.
② Ibid., p. 496.

法去办，我爱幸福，我爱力量，我爱美，我的身体是我的，我为自己做主，我不怕罪，不怕罚，我不怕进你的十八层地狱"。① 若判断这一段评论客观与否，我们需要去弄清楚汉语文本的《红高粱家族》本来的情节。多年前，16 岁少女是爱慕轿夫形象之阳刚欲与其私奔，还是知道了自己要嫁给一个麻风病人在先？其 unconventional（超凡脱俗）的反抗是一种天性，还是对命运的反抗呢？重读汉语原文，我们发现情节是："我奶奶"未嫁时，便"隐隐约约听到单家公子是个麻风病患者"；出嫁后，"恐怖地看到单家扁郎那张开花绽彩的麻风病人脸"，回门接自己回家的父亲因为被亲家答应赠一只骡子而忘乎所以，才让这女孩悲痛欲绝，顺从了"我爷爷"对她的途中抢劫与强欢。

"我奶奶"是被迫的反抗还是"我爱幸福，我爱力量，我爱美，我的身体是我的"的先驱，还要联系作者的其他的作品。《白狗秋千架》中的"暖"没有等到"蔡队长"，只能嫁给哑巴，生了 3 个哑儿子；《司令的女人》中的女知青被强暴、遗弃还被杀害；《丰乳肥臀》中的 8 个姐妹个个命运多舛。她们的"女中豪杰"气质，似乎都是被"逼"出来的。"我奶奶"从没有享受过婚姻的幸福，"我爸爸"与"我爷爷"不能公开相认。"我奶奶"临终前矛盾挣扎，找出许多的借口，才摆脱了"有罪""进十八层地狱"的心理，对儿子说出真相。用"个性解放"对其这种生命的牺牲与临终的遗憾解读，无疑会大大地将"身体出轨"的内涵夸大，"精神反抗"的意义淡化。

二 "向死而生"的"东方母神"，还是"女性主义"的铁娘子？

莫言女性形象塑造的另一个作用在于其对种族"退化"的忧患，对酒神精神的期冀。他对上官吕氏、上官鲁氏、"孙大姑"、"我奶奶"等健康勇敢勤劳智慧的"母亲"礼赞，是将其作为"地母"来塑造的，即寄希望于中国能有孕育出"纯种红高粱"，酿造"高粱酒"，创造"酒神精神"的母体，乳与臀，身体与灵魂。他赋予她们 masculinized（形容词，

---

① 莫言：《红高粱家族》，当代世界出版社 2004 年版，第 67 页。

男性化的,军事性的)的气质,不是为了表现英国"铁娘子"或美国国务卿那样的"女性气质霸权"(hegemonic femininity),而是把她们作为了孕育中华生命的"民族魂"的符码来写作的。

一篇加拿大英属哥伦比亚大学的博士论文"The Crisis of Emasculation and the Restoration of Patriarchy in the Fiction of Chinese Contemporary Male Writers Zhang Xianliang, Mo Yan and Jia Pingwa"①(《中国当代男性作家张贤亮、莫言、贾平凹小说中的"去势"危机和父权制的复兴》)认为中国八十至九十年代民族精神亟待复兴,就有了张贤亮、莫言、贾平凹等作品对"支配性男性气质"(hegemonic masculinity)的张扬。论者认同这种观点,因为莫言前期作品确实有这种"支配性男性气质"的张扬,且其女性形象都与"阳刚好汉"成双配对地出现。但到了莫言创作的中期,其"草莽男神""我爷爷"的形象减弱,"女中豪杰""我奶奶"渐强。《丰乳肥臀》中"我奶奶"上官吕氏临危不乱,给驴接生,冒着战火找医生。"我母亲"愤而证明自己的生命力(多产与双胞胎),不生儿子决不罢休,进而以一切行为证明自己的"强力",不惜离经叛道。这种女主人公的反抗,其人性"呼喊"与行动"狂欢",在英美视野里与郝思嘉等的"世界性""人类性""合理化需求"类同。事实是这样的吗?现代中国的山东农村女性与美国南北战争中南方贵族女性的处境、心劲儿与命运是大同小异吗?

结论应该是复杂的,不能简单论之。事实上,莫言的"女英雄"不单纯地蕴含了"世界性""人类性"的元素,其"本土性""民族性"同样不能忽略。丈夫不孕而妻子受辱的现象至今在中国农村百虫不僵,没有儿子,女人不说是一生为奴,也会在家庭财产分配与社会地位中占据弱势,且中国女人似乎还需要完成张贤亮之"神女"马缨花、黄香久等发掘男性生命力"源泉"的义务。莫言的小说中,日本鬼子进村,上官家的两个"当家的","爷爷"与"父亲"屁滚尿流,死得极其窝囊。

---

① Jincai Fang, The Crisis of Emasculation and Restoration of Patriarchy in the Fiction of Chinese Contemporary Male Writers Zhang Xianliang, Mo Yan and Jia Pingwa, Ph. D. dissertation, the University of British Columbia, 2004.

"我"——上官金童，家族唯一的"男根"，也被塑造成了一个一辈子吊在女人乳头上的窝囊废。"奶奶"与"母亲"的"巾帼气概"，到底是因为男人撑不起家，而愤然由女人承载着"父权"的责任，还是表达了一种"女权"的立场？

三 是"救救孩子"，还是"食人主义"？

一篇题为"The Postmodern/Post-Mao-Deng History and Rhetoric in Chinese Avant-Garde Fiction"[1]（《中国先锋小说中所体现的后摩登时代/后毛邓时代的历史与修辞》）的博士论文将长篇小说《酒国》中的女性形象贴上了"符号化"的标签，评价她们是一群"欲望化"的女人，要么短时与人为奸，要么长期与人姘居，随时在"flirts with even more men"[2]（诱惑着更多的男人）。论文介绍这个女性的主要"情色"对象时，引用了一连串的官衔儿"President of the City Association of Individual Owners, Provincial Model Worker, General Manager of Yichi Wineshop, probationary member of the Chinese Communist Party"（一尺酒店经理、市政协常委、市作家企业家联谊会常务理事、省级劳模、候选全国劳模）。[3] 这个男人的头衔很长，主语很长，但动作行为却极其简单，就是"has had sexual relationship with twenty-nine Jiuguo beauties"（与酒国市的29个美人有过不正当关系）。[4] 该论文把这一段突出出来，"官衔儿"与"美人儿"的"政治"与"性"突出了"东方霸权政治"与人性的关系。其实原小说中这个"企业家"是一个复杂的形象，有其从"有志农村青年"成长为"地域经济的领军人物"的精神历程，《酒国》中这个女人也不单是该论文中分析的"肉体的情欲"（corporeal sexuality）的典型。论文分析《酒国》这个女人与另一个男人的关系，说两人的"情爱"行为不含有任何罗曼

---

[1] XiaobinYang, The Postmodern/Post-Mao-Deng History and Rhetoric in Chinese Avant-Garde Fiction, Ph. D. dissertation, University of Yale, 1996.
[2] Ibid., p. 276.
[3] Ibid., p. 285.
[4] Ibid.

蒂克的因素，充满了粗野与蛮横"is far from romantic, but full of vehemence, or even savagery"。①读过汉语版小说的读者至少注意到其开头的情节中俩人作为女"司机"与男"乘客"枯燥旅途中的"情挑"充满意味：男人对女人百般挑逗，女司机没让其得逞。"打情骂俏"中充满了"挑衅与回报""轻侮与反击"等心态的复杂，性别的相吸掩盖不住阶层的相斥与性别的对立。这些情节与《静静的顿河》《求婚》《蠢货》与《纪念日》等俄罗斯文学中以进为退的"猫鼠游戏"异曲同工，矛盾的张力、人物的心理、情节的发展与关系的变化骤然活现。但在此论文中，人物的复杂性被简化成"男人"与"女人"的关系，再加上"官员"与"情妇"的利益夸大，其"政治与性"之意识形态意义被"突出"了。

从《酒国》的创作手法看，既有奥威尔的《动物庄园》的讽喻，也有《天方夜谭》《十日谈》《格列佛游记》的传奇，更有《世说新语》《聊斋志异》《三言二拍》的土俗乡风。《驴街》是《酒国》中业余作者李一斗虚构的一部武侠小说，其意象中除了"驴街"，还有"红鬃烈马"。但读了这篇论文，《驴街》的热闹、温暖，甚至"情色"之鲜活完全不见了，它注意的只是那个虚构了的吃人、乱性的野蛮民族，并把虚拟与夸张的"神国"与当代中国社会简单画等号。

莫言的女性形象姿态各异，鲜活丰满，为什么在北美英文评论中，她们的钟灵毓秀，机智促狭都不见了，单纯沦为男性政治的牺牲品，愚昧冷漠的野蛮人，呆头呆脑的"东方""女偶人"了呢？比较文学的"异国形象学"理论证明，在文学创作与评论中，一个国家的人所描述的另一个国家的文学形象，不仅被看作是个人的创作，更被看作是一种文化对另一种文化的言说，一种"社会集体的想象物"。英美读者、学界对中国当代文学作家作品之"人类普遍性"的阐释中包含了几多对中国"民族性"的忽略，几多"东方主义"的误读，值得争议与研究。

---

① XiaobinYang, The Postmodern/Post-Mao-Deng History and Rhetoric in Chinese Avant-Garde Fiction, Ph. D. dissertation, University of Yale, 1996.

欧洲中国现当代文学研究之分析

从欧洲大学及学术研究机构的中国现当代文学研究现状看，他们更加注重凝聚着东方哲学与美学精髓、体现汉民族文化本真语言文化特性的作品，同时将中国当代文学列入"世界社会主义文学"的一部分，关注其历时性发展进程与东西方文学理论、现象的相互影响与差异。虽然到目前为止，欧洲的中国现当代文学研究尚没有形成真正系统的理论体系，其在理论视点、研究方法等方面对中国现当代文学研究的启示与冲击有待关注。

传统的海外中国研究被称为"汉学"（Sinology），发源于欧洲，以中国古典文化为主要研究内容。随着文化多元主义兴起，同时中国改革开放后许多国内学者到欧洲大学任教，大陆作家与文化人跻身于欧洲文学艺术殿堂，作品著述纷纷获奖，欧洲对现代中国，特别是对当代中国的研究兴趣日益浓烈，中国现当代文学的研究自然也列入其内。笔者于2004年秋至2005年春在英国爱丁堡大学做访问学者。爱丁堡大学的"苏格兰中国研究中心"隶属于文学、语言与文化学院的亚洲研究系，以中国近代、现当代文学研究为主。其学科带头人杜博妮教授（Bonnie S. McDougall）是研究中国现当代文学的专家，马柯蓝博士（T. M. McClellan）是研究中国现当代通俗小说的专家，朱利安·沃德博士（Julian Ward）则研究明代文学与中国当代戏剧、电影。通过参与所有的研究生会议、听课、图书校际借阅、研究生助教等活动，笔者的体会如下：

一 对流派、作家、作品的选择不同

国内学界对严肃文学与大众文学的界限一般分得很清,研究者注重作品的文学性,而欧洲中国现当代文学研究者则不以主流文学、通俗文学、先锋文学等概念看中国作品,而是先看其是否具中国特色、地域特征,是否为民族文化中本真的文化语言艺术精品。他们大约把涵盖以下五个方面因素的文学现象作为研究课题。

(一)凝聚东方哲学与美学精髓的作品

在当代文学流派中,欧洲学者重视寻根派作家,韩少功、阿城等的作品及文学观念得到更多的译介;莫言、贾平凹等的乡土小说也频频获奖。2004年3月19日,法国文化部授予中国作家莫言、余华、李锐"法兰西艺术与文学骑士勋章"。另外,阿来反映藏域风情的《遥远的温泉》,迟子建充满东北气息的《香坊》也在法国"中国文化年"间得以推介或出版。马柯蓝博士将中国通俗小说自张恨水、金庸到王朔的作品作为主要的研究对象,关注前两位所描述的世情民俗与中华民族精神;选择王朔,则是从中国当代文学转型的角度来评价。与其讨论这三个人的作品,都有与我们不同的视角;他向我问的一些问题,我在中国的课堂上也极少听及、问及与论及。

这些作家受到关注的原因,除了艺术形式上的探索外,应该主要归之于作品的寻根意识、民族立场、民俗追溯与民间人物形象塑造吧。

(二)作为"世界社会主义文学"的一部分

除了体现传统东方哲学与美学意蕴的作品,欧洲学者将中国文学视为"世界社会主义文学"一部分来研究,其特点、意义与影响,有无创新,在世界社会主义文学中居于何种地位,是其关注的焦点。

2001年2月22—24日,"Rethinking Cultural Revolution Culture"国际研讨会在德国海德堡举行。海德堡大学巴巴拉·密特勒教授(Barbara Mittler)的论文"To be or not to be: Making and Unmaking the Yangbanxi"用细读与文本分析的方法,举一反三,对作为"社会主义文学"文化标本的"样板戏"产生的背景、性质、意义、影响等提出自己的观点。如:

"在这篇论文里，我试图说明样板戏不是'十年浩劫'的产物。"早在40年代，特别是在1942年延安（文艺座谈会）讲话后，中国的传统戏剧已经被迫适应新的意识形态的背景了。所有的样板戏所遵循的戏剧规则在那时已经形成了。"（笔者译，后同）[1]

作者以1970年版的样板戏电影《智取威虎山》为例，详细分析了其在编剧导演、文本语言、人物设置、舞台造型、唱腔设计等方面的特点，阐释其"古为今用，洋为中用"以及"三突出"等艺术原则的运用。文章避开大多数学术文章谈到样板戏时的意识形态视角，客观地评价了样板戏在艺术上的创新之处，作出结论：样板戏绝不是偶像破坏的、打破旧习的、仇视外国的时代产物，它在很大程度上是传统中国戏剧与西方音乐剧的继承与发展，为转变中国人的传统欣赏习惯至西方口味提供了历史机遇，为后来的文学、电影、戏曲等树立了一个榜样。无论政治上对它怎样评价，现代京剧《智取威虎山》，特别是1970年的电影版都应该称得上是一种中西合璧的尝试，是美学标准上的艺术精品。作者强调样板戏的创新手段是：为了达到一种史无前例的阳刚的无产阶级风格，在艺术上使用了一种"语义上的武断"（semantic overdetermination）。这种风格与艺术手段倡引时代潮流的意图非常明显，所以被定位为一种"样板"。

海德堡会议在世界性与文化对比的前提下"Rethinking Cultual Revolution Culture"的目的多方实现，通过对广播、电影、海报、短篇小说、连环画、录音、板报、钢琴选段、人物绘画和雕塑等形式的分析，详细论证中国"革命文艺"如何"洋为中用、古为今用"以及如何实现"革命现实主义和革命浪漫主义"的结合。

比如从巴巴拉·密特勒教授这篇论文中，我们可以看到作者没有把"样板戏"这种文化现象放在大的历史背景和中华民族文化的整个传承过程去看，所以忽略了主流意识形态对中华民族优秀艺术传统的颠覆性破坏和对文学艺术个性生命的根本扼杀，单纯从一种艺术流派与风格的角度评价

---

[1] Barbara Mittler, "Cultural Revolution Model Works and the Politics of Modernization in China: An Analysis of Taking Tiger Mountain by Strategy", *The World of Music. Special Issue*, *Traditional Music and Composition*, Vol. 2, 2003, pp. 53–81.

"样板戏",这是和大陆学者截然不同的。这种割裂历史的评价在我们看来是片面的,但这种细读非想当然地以"意识形态"对作品"扣帽子",其方法是可取的。季羡林先生说"东方主综合,西方主分析"之对于东西民族思维方式的定义也在这里得到证明。

(三) 重视反映文学发展进程的现当代文学理论批评

他们非常关注中国现当代文学的历时性发展以及东西方文学的相互影响。如剑桥大学的 Susan Daruvala 博士致力于现代中国文学理论发展的研究。2000 年她的论著《中国对现代化的选择性回应》(An Alternative Chinese Response to Modernity) 由哈佛大学出版社出版,读之我们体会到欧洲学者所关心的中国现当代文学题材与评判的尺度。爱丁堡大学杜博妮教授多年以前就将中国现代文学作品中的"隐私"作为研究对象,如《两地书》中的"私语"与鲁迅公开的言论有什么不同,徐志摩的《爱眉小札》写作之初就有着怎样明显的意图。浪漫现代诗人徐志摩与《围城》中的方老先生为什么有着同样的癖好呢?为了"流芳后世"而将"私语"写成"万世师表"的文字,这与拿破仑的秘书记录其文字,与《波斯人信札》有无共同性呢?

1991 年 10 月欧洲学者在丹麦举行"中国文学的现代与后现代"学术研讨会,出版论文集 "Inside out: Modernism and Postmodernism in Chinese Literary Culture" 对中国文学的现代化与后现代化进程进行系统全面的分析。其中,丹麦 Aarhus 大学东亚研究中心的副教授 Anne Wedell-Wedellsborg 在对整个中国八十年文学期刊如《文学评论》等进行细读分析后写出了《八十年代中国文学批评的矛盾角色》(The Ambivalent Role of the Chinese Literary Critic in the 1980s),[1] 对中国文学批评在 10 年内借鉴西方现代主义与后现代主义文学理论的状况逐一分析。作者把 80 年代中国文学批评的方法细分为三个阶段、四种形态,分析了刘再复、王宁、王晓明、王岳川等在评价寻根文学、现代派小说等当代文学作品时所采用的批

---

[1] Anne Wedell-Wedellsborg, "The Ambivalent Role of the Chinese Literary Critic in 1980s", in Wendy Larson, eds., *Inside out: Modernism and Postmodernism in Chinese Literary Culture*, Aarhus: Aarhus University Press, 1993, pp. 134 – 152.

评方法，最后作出结论：80年代的中国文学批评虽然摆脱了文学反映论的窠臼，提出了文学本体论，强调了文学的"主体性"以及其作为"文本"的功能，开始用世界性眼光多元地评价中国文学，建构了新的中国文学批评理论，但无论这些层出不穷的理论多么不同，在体现文学批评多元化的同时又表现了一种两端论的左右为难的状态。一方面试图突破意识形态重围，另一方面过于强调文学（而忽略其他的艺术方式）在现代化过程中极其重要的作用。中国文学批评不但要摆脱旧的社会政治意识窠臼，同时也要防止新的商品社会的功利主义的影响。这些欧洲学者的文章以oursiders和比较的眼光看中国文学现象，包含了一些真知灼见，提出的现象与结论都值得我们深思。

同时，许多研究者关注中国当代文学的未来趋势，近期很多关于网络文化和其他文学媒介对于当代中国文学生产和传播影响的文章也开始发表。[1]

（四）注重现当代文学作品对汉语言的贡献，偏爱具有鲜明民族语言特色的文本

在汉语作为一种交际工具日益吸收外来词汇，演变为一种越来越"现代化"的语言，国内作家和评论家都在热诚吸收西方批评方法，从而使现当代文学的学术语言和文本语言越来越西化的情况下，反倒是西方汉学家和中国文学研究者更加珍视中国作品在观念、形式与语言上的本土化、民族化，即汉语言之纯洁与净化的特色，这从他们所介绍、翻译、研究的作家作品的选择上可以看出。

中国作家韩少功曾有"创造优质的汉语"的提法，担忧全球化时代汉语被殖民化的危险。[2] 对此，大多数的欧洲汉学家有所共识。

（五）关注反映中国当代生活，艺术形式创新，又体现人类生命共性和艺术本质的作品

海外研究者、出版界希望看到真实体现中国人生存状态和精神危机，

---

[1] Michel Hockx, "Links with the Past: Mainland China Online Literary Communities and Their Antecedents", *Journal of Contemporary China*, Vol. 38, No. 13, 2004, pp. 105–127.
[2] 韩少功：《现代汉语再认识》，《天涯》2005年第2期。

对人性本质深刻剖析的作品。

法国"中国文化年"期间,史铁生的《宿命》以其对生命本原的哲理思考,毕飞宇的《青衣》以触及灵魂的震撼引起出版商和读者的共同关注。2005年,英国的Traverse剧院在北京寻找真正反映中国大陆城市生活的伙伴项目。中国剧作家Wang Xiaoli的《袋子》被选中。剧本带有文化探索的现代意义。袋子,既代表安全和舒适,又代表被禁锢和束缚,同时表现历史和当代生活的断裂,体现中国当代人的生存状态和现代人的精神层面的世界性思考。1998年,余华的《活着》获得意大利文学最高奖——格林扎纳·卡佛文学奖特等奖。2005年,莫言获得意大利诺尼诺国际文学奖。而自1987年获美国美孚飞马文学奖、1997年获法国费米娜文学奖之后,贾平凹又在2005年获法兰西文学艺术荣誉奖。这几位作家之所以成为在全世界译著最多的中国作家,除了他们作品的对于人性的深入开掘和对于民族性的表达以外,也应该归功于他们在艺术形式上的不断探索。他们用原生态的语言所表达的人物生存方式,有血有肉的民族形象,原创性的多变风格,一幅幅东方民俗画卷,成为独特的风景和有力的语言文学版本,强烈地吸引西方受众与研究者的注意。

二 整体研究体系尚待形成

(一) 对中国现当代文学的研究整体不均衡

总体来说,欧洲学者对中国现当代文学的研究没有形成完整的系统,而是呈现出一种不均衡的状态。主要原因在于:一方面缺乏总体的研究和译介,没有适当地细分;另一方面非系统地关注作家作品个案,没有对现当代文学运动史、文学思潮、文学流派群体框架下的系统全面关注。

各大学与研究学者们各自为政,少有"文学史"或"文学运动史""思潮史"等的统筹。这应该源于大学"东亚系"或"亚非系"对中国现当代文学研究的内容的有限选择:一是中国现当代文学包容在"中国文学"或"中国文化"课程中,总量很少,只能做概况介绍。这种介绍多空洞无物,只笼统介绍一个过程,未免简单结论化。二是文学课与语言课不分家,那么文学与语言选本就只能是讲课者偏爱的作家或流派,甚至个别作家也达不到全面的概括,与我们对杜拉斯的研究仅限于"情人"与"广岛之恋"差不多。

译介与研究中,文学史上有影响的作家如鲁迅、沈从文、林语堂等当然研究者甚众。但对于其他作家作品就有些挂一漏万了,以至于在文学界较有影响和受中国读者热爱的一些作家少被提及。研究者如果太多关注个体作家甚至个体作品,不能把其放入整体的中国现当代文学建构中去分析,其文学史意义,传承与影响的意义阐释似乎就大打折扣吧。

从笔者所掌握的资料看,以文学流派和社团为研究对象的有伦敦大学亚非学院的 Michel Hockx。他研究的课题是以"现代中国文学社会学"为题目的一个课题群,如《文学研究会和五四时期的文学世界 1920—1947》[1]《风格问题:现代中国的文学社会和文学期刊 1911—1937》等。[2] 作者从对众多文学社团的关注延伸到对《小说月报》等文学期刊、媒体的探讨,并开始关注中华人民共和国时期文学流派的产生和发展。作者阐释说:这些文学期刊所引导的读者的阅读倾向和作家的创作倾向,所倡导的文学理论和创作方法是引领潮流的。也就是说,作为文学流通媒介的期刊,以及由期刊集合在一起的文学社团对文学的发展起着重要的作用。与此相近,他们还对地域文学如海派文学、荷花淀派等风格的形成和相关理论的诞生等均有所关注。

(二)学术研究范畴没有细分

应该说到目前为止,欧洲的中国文学研究还有两个不分家:教学和研究不分家;汉语和文学不分家。汉语教学不只和现当代文学不分家,甚至和古典文学、中国文化、亚洲研究没有进行细分。虽然这种情况在中国国内也是存在的,可是国外的中文教学课程设置往往是汉语一、汉语二一类的浅显的普及性汉语教学。鉴于欧洲精简的教学和研究岗位,人员精而又精,所以大量的专家学者往往作为汉语学专业的学科带头人,在汉语教学

---

[1] Michel Hockx, "The Literary Association (Wenxue yanjiu hui, 1920—1947) and the Literary Field of May Fourth China", *The China Quarterly*, Vol. 38, March 1998, pp. 49 – 81.

[2] Michel Hockx, *Questions of Style: Literary Societies and Literary Journals in Modern China*, 1911—1937, Leiden: Brill, 2003, p. 310.

和中文学科的建设上（如迎接每年一度的学科评估）所用的精力要多一些。即使以现当代文学为主要研究方向的学者或者教师，也很难有充分的精力用在现当代文学专项研究上。

（三）研究对象与流散海外的作家和学者有很大关系

在笔者看来，欧洲学者选择中国现当代文学课题有所偏颇，除了汉学家独特的"东方主义"的视角以外，海外中国学者和流散作家带来的影响不可忽视。这些人有些作为学者，有些作为当代文学史上有一定影响的作家和西方研究者共处于一个研究领域或者本身即为研究的对象。他们的作品得到较好的译介，在读者和出版界有一定市场，自然得到更多的关注。而国内许多著名作家的作品由于得不到充分的译介，受重视程度不够。这样一方面形成了中国作家和世界文学略显隔绝的态势，另一方面出现了一些"墙外开花墙内香"的现象。

2000 年获得诺贝尔文学奖以前，高行健即受到海外特别是欧洲汉学界的关注。根据高行健在中国现当代文学中所担当的角色，关于他的论述大约分为三类：一是对于文学形式革新的探索。丹麦 Aarhus 大学东亚研究中心的副教授 Anne Wedell-Wedellsborg，在《八十年代中国文学批评的矛盾角色》一文中评价高行健的《现代小说技巧初探》是中国第一部关于现代写作技巧的论著。二是关于高行健在中国戏剧发展中地位的评价和关于他戏剧创作的研究。三是关于《灵山》等小说文本的分析。

法国当代中国研究中心的学术通讯名为《神州展望》（China Perspectives）。《神州展望》中有一个栏目是："艺术、文化和文学"，专门介绍中国文化研究的最新动态。其中有大量介绍高行健其人和作品的文章。其他诗人和作家如北岛、杨炼、阿城、郑义、哈金等人的作品因为近水楼台，获奖和受学者关注的机会较同时代有成就的中青年作家多一些。单从女作家的创作看，国内许多女作家较之于靠自传体起家的海外女作家，其文学追求与艺术成就大多数略胜一筹，但除了残雪、王安忆、迟子建等少数以外，池莉、方方等均没有得到欧洲当代文学研究学者的重视。

三 对中国现当代文学研究的建树和启示

（一）批评理论的建树

欧洲的中国现当代文学研究对文学批评有较多的启发。在大的理论建树方面，我们可以通过借鉴与比较，更新与改善现当代文学批评史与文艺理论体系，如有学者的近期成果已包括用现代理论重新评价五四文学。[①]在小的方面，可以学习其细读精析的方法等。

（二）选取课题角度的新颖

一般来说，西方学者在选择课题前都要进行严格的调查、资料积累和论证，选取前人没有涉及的内容，范围较小，个性化，有一定深度，易于出成果。如杜博妮教授通过隐私研究分析家庭与权利、政治与性别的关系，其专著《爱情信札与中国社会的隐私》已在牛津大学出版社出版。她的博士生中也有将当代中国文学对古代神话研究的运用作为课题的。马柯蓝教授研究中国通俗文学从近代到当代的延续，也有一定的成就。

巴巴拉·密特勒教授 2001—2004 年的课题与科研讲座包括：Linglong：A 1930s Women's Magazine（《玲珑》：一本三十年代的（中国）妇女杂志）；Women's Magazines from the Republican Era（共和时期的女性杂志）。它们角度新颖，有系统性，对于我们的教学与研究有很大的参考性。

（三）对中国现当代文学研究的启示

1. 中国现当代文学研究应该更多地从全球化的视野，吸收西方先进的批评方式。这并不是说要迎合西方的特别是东方主义的标准，而是需要用多元化的眼光，多种批评角度去看文学现象和作家作品，而不应人云亦云，重复研究。

2. 重视中国现当代文学对西方中国研究的译介、宣传，打通东西，

[①] Marian Galik, *The Genesis of Modern Chinese Liteary Criticism*, 1917—1930, London：Curzon Press, 1980.

解除文学研究与读者阅读之间的屏障。

3. 重视文类交融，破除俗文学与精英文学的概念窠臼。中国国内的批评家关注主流趣味，一些符合大众口味的新生创作现象如网络文学、手机小说等难以进入批评的视野。中国一些当代文学作品在国外获奖前在国内也较少被提及。等这些作品在外国打响了，才因世界读者的认知得到国内评论的重视，如"林语堂现象"。当然，并不是所有在国外获奖的作品都是精品，都具有永久的生命力，但其内容与艺术方面的创新性与独特性还是要有所论及的，其比较性与参照性也应该引起注意。

4. 学术机构馆藏资料的积累和利用。应该说，由于网络的发达和国外图书信息资料系统的完备和全球学术联网，欧洲的中国现代文学作品和史料并不匮乏，甚至还拥有一些大陆找不到的珍贵原始资料。截至2004年底，爱丁堡大学有4279册中文书籍可以在网上查阅，世界著名大学和各大学术机构的内部网络大多可以进入。研究生和学者只要提供学术期刊和出版物的信息，也可以由专门的机构负责，获得其他学术机构最新的文本资料。

5. 研究者对原始资料的积累与严谨论证。丹麦 Aarhus 大学 Anne Wedell-Wedellsborg 副教授在对中国 20 世纪 80 年代文学期刊和杂志进行梳理并撰写论文时，郑重地说明自己作的是"不系统"的"精读"。[1] 从个人所了解的情况看，其讲座和论文基本上都力避空洞的说教，对文本的分析方式是细读的方式。所有的结论有详尽的材料佐证，强调其直接出处，如果非第一手资料，则要详细地列明出处。在所有研讨会、讲座中，总留出一半左右的时间提问、讨论，甚至会爆发激烈的争议。与会者无论是否权威，发言都会受到重视。这种视材料的真实性和论证严密性为学术研究生命的态度，以及开放活跃的学术交流风气尤其值得我们借鉴。

---

[1] Anne Wedell-Wedellsborg, "The Ambivalent Role of the Chinese Literary Critic in the 1980s", in Wendy Larson, eds., *Inside out: Modernism and Postmodernism in Chinese Literary Culture*, Aarhus: Aarhus University Press, 1993.

新历史主义视野下中外间谍影片主题建构探析

由于间谍活动的特殊属性,其事件之复杂与人性之多元构成天然的艺术悬念,战争与民族危难中喋血、苦难与背叛等事件构成对人类历史复杂性的充分体现,所以间谍题材常常为影视作品所用。《风声》(2009)、《色·戒》(2007)、《骑士的荣誉》(2004)、《黑皮书》(2006) 4 部中外影片均声称以"真实"事件为原型,试图以"重构历史"的方式关注现实。因此,巧合、离奇等元素少用,力求以自然主义手法建构逼真的"历史画面"。单个来看,每部影片都表现了新历史主义所论文学参与权力的颠覆(subversion)、抑制(containment)与强化(consolidation)作用,在明喻(simile)、隐喻(metaphor)、转喻(metonymy)、讽喻(allegory)等过程中极力彰显或解构国家意志、民族精神,构成不同意义的对历史的想象(fiction);综合比较来看,其"多重"的"声音"反而以虚构的力量丰富与深化了受众对历史本真的认识,有了冲破层层意识形态屏障而贴近事实的可能。

一 生命,民族意识与政治的符码——《风声》

《风声》旨在民族立场上揭露侵略者霸权主义暴力的残酷,缅怀为正义而奋不顾身的民族先烈。大量的镜头再现了日本军国主义的惨绝人寰:血水中的尸体、人头上的细针、电椅、拷打等。怀着对入侵者巨大的仇恨与坚定的信仰,深入虎穴的志士们与敌人斗智斗勇。影片之暴力镜头的真实性有德国人拉贝日记、纪录片《南京大屠杀》等中西档案的历史验证。在新的世纪再现渐被淡忘的历史,以此警醒国人,确有振聋发聩的现实意义。电影阐释战争残酷、人性嗜血虽有不俗表现,过多的惊悚镜头造成的感官刺激却破坏了人们对历史的智性思考。

原小说作家麦家评论说,"电影拍得如何成功,都无法完全表达小说有的意蕴和驳杂的东西"。[1] 小说《风声》试图利用"东风""西风""静风"多角度叙述达到对事件的还原与求证,因为越是多方矛盾的追忆,越能打破人们先入为主或单向思维的定式,更能呈现事件过程的变数与悬念。在层层剥去历史迷障,对"风声"般虚实不定、真假难辨的史实解密的同时,"意蕴和斑驳"等文学因素亦自然包蕴其中,给读者一定的精神启迪与审美享受。电影把小说改编为一个惊悚血腥的故事,虽然每个人物的回顾与第三角度叙事仍像是"多重声音",但"献礼"的主格调始终在决定着视角的单一性,破坏了文艺作品应有的"含蓄",即"意蕴和斑驳"。在先行的主题下,"人心之深厚,人性之复杂,人世之恐惧"[2] 等原作的因素必然遭到一定的破坏。

"只因民族已到存亡之际,我辈只能奋不顾身,挽救于万一。"《风声》女主角的遗言是4部影片几个民族危亡中所有怀有亡国之患与身份之忧的主人公同一的选择。需要深究的是几部电影对这种"身体—政治"关系的不同文化反思。《风声》中女性身体的被辱与陨灭,革命者以躯体传递消息,作为政治符码象征的是"我的肉体即将陨灭,灵魂将与你们同在。"在《色·戒》电影中成为另一种"牺牲"的意义:"摧毁一个人意志的最好办法就是让她感到自己的身体不属于自己而属于敌人。"如果说前一部影片因为意识形态意义上的权力"强化"而削弱了其审美意义,那么后一部影片则成为电影人"颠覆"意识的概念性图解,艺术又一次沦为人的主观意志的工具。

---

[1] 麦家:《历史就像从远处传来的"风声":谈小说〈风声〉和电影〈风声〉》,《南方周末》2009年10月28日文化版。
[2] 同上。

二 女体，被征服与被利用的工具——《色·戒》

《色·戒》与《风声》一样强调强权的施暴性，却又对"精神意义"与"征服性"有不同的阐释。前者强调"牺牲"的积极意义，正义者不会被征服，无论受辱还是捐躯换来的均是更多人的觉醒；《色·戒》强调的是政治斗争的另一种规则：强权者不只摧毁弱者身体，也有可能摧毁其精神意志并最终获得其认同，甚至归属。比较《风声》与历史同构的政治视角，《色·戒》电影更多地以新世纪、当代人的立场阐释了历史的片段性、曲折性与复杂性：在正义战胜邪恶的历史必然中，应该有许多逆转源流，其在一定程度上影响个体存亡、族群利益，甚至人类历史延宕的因素也不应被后人忽略。

影片试图以成长题材、性别话语、生命阐释、历史解构等多重视角论证征服与被征服、家仇与国难、爱情与欲望、必然与偶然的关系。锄奸的题材被当作一个背景，与其是在表现抗日，不如说是在书写民族危难下女性个人的精神成长史。亡国之患必然导致个体飘零，被亲人遗弃的女学生渴望归属，时代精神与爱情感召下献出身体，以民族大义之名卷入并不理解更谈不上信仰的拼杀，在是非不明、忠奸不分中寻找救命的稻草。锄奸"工具"女体内隐含的情感诉求愈来愈强烈，终于一念之差，把敌人错当了精神稻草。事实上，无论是"组织""同志们"，还是"汉奸""易先生"，均没有珍视她的无私奉献与玻璃般的心，她的生命如同草芥。对前者，她被利用的不单单是女体，还有信任与忠诚；而后者，更是她谬托的"知己"，无论是强暴还是收买均是绝对强者对绝对弱者的征服。她作为一个被使用的"锄奸"工具，身体而非精神的符码，无论是臣服于以正义之名挟报私仇的"上级"，还是归顺于逆历史潮流而动后投诚"大局"的不再的"汉奸"，均是在别人（男人）的认同中实现自身价值，是作为性别与阶层双重弱者必然的历史选择与悲剧命运。这里有"施虐"与"受虐"的性别传承，也有"革命需要暴力，更需要革命者的身体"的权力话语。

除了对女性"牺牲"意义的阐释，《色·戒》还深挖了政治斗争中敌我关系的逆转与人性之多变等多重意义：青年学生自发抗日，主体性"自我选择"的小团体被政府收编。在"正义"面前，一切行动服从"组织"原本自然，这既是出于个体的孤独而产生的精神需求与身份归属，也不能否认在大敌当前、民族危难之际学生对"上级"信任的单纯普遍而有理。他们对"组织"所代表的正义深信不疑。但组织是谁？组织是不是永远与正义在一起？"组织"中的某些人可能破坏大义，出卖无辜；汉奸在前期可能是志士，在后期可能出于前途命运而向非正义投降。虽然正义战胜邪恶的历史规律必然存在，但在每一个历史阶段，对每一个群组与每一个生命个体，正义与非正义可能会呈现出不同的内涵。影片为男主角命名为"易默成"，明显在影射第二次世界大战时汉奸丁默邨与胡兰成。真实的丁默邨"女友"郑苹茹母亲虽是日本人，却选择为抗日大义而视死如归。在李安的镜头中，那些被枪杀的学生们被出卖、被利用，永远被掩埋在历史的深壑里，其"颠覆"之处不在于以艺术虚构对原型人物性格命运进行篡改，也不在于这种酷刑、杀戮、性爱镜头的过多渲染，而在于利用这种篡改与渲染所贯穿的一种理念：历史真实中情与欲、仇与爱、忠与奸、正义与邪恶、历史的必然与个体命运之偶然是纷繁多变的，不能以单一的价值判断来"言说"历史。这是导演李安以散居的华人身份，以新世纪、当代人的立场，以文学与非文学"协和"（negotiation）的手段所达到的对被"言说"之"历史"进行"颠覆"的一种新历史主义"文学"视角。

三 暴力，"正义"与"传统"的代价——《骑士的荣誉》

《骑士的荣誉》以1905年2月17日俄罗斯社会革命党人暗杀罗曼诺夫王朝大公谢尔盖·亚历山德罗维奇事件为原型而改编。据英国史学家克里斯托弗·安德鲁与奥列格·戈尔季耶夫斯基合著《克格勃全史》（王铭玉等编译，黑龙江人民出版社1998年版）与克里斯托弗·安德鲁根据苏联国家安全委员会（克格勃）档案员瓦西里·尼基季奇·米特罗欣偷运出来的档案而撰写的新书《克格勃绝密档案》（王振西译，当代世界出版社2002年版）等史载，俄罗斯是具有以暗杀行为惩戒政敌传统的一个民族。导演卡连·沙赫纳扎罗夫（Karen Shakhnazarov）把这种历史处理成心理影片，正是借此反思自己的民族传统，深挖恐怖主义的根源："在杀人路上，人会越变越坏，哪怕其杀人的动机是高尚的。本片主要探索的是人为实现理想而付出的代价。"[1] 导演在这里所开掘的主题，与《风声》《色·戒》中的"牺牲"均有不同。

影片以一个间谍杀手的心理回顾为线索，其"自白"的内容选材自暗杀大公事件的组织者，被称为"二十世纪初俄罗斯的本·拉丹"的鲍里斯·萨温科夫（Савинков，Б. В./Boris Savinkov）的自传。萨温科夫在第一次世界大战前作为社会革命党领袖领导了俄罗斯社会主义革命，其后期却多次组织反苏维埃阴谋与暴动。对自己的自传命名时，他毫不犹豫地选择了《一名恐怖分子的回忆录》（Memoirs of a Terrorist）。[2] 也就是说，他首先命名自己为一名恐怖分子，其次认同自己具有信仰的"革命"者身份。

影片中，乔治的5人小组成员均愿意担当暗杀的第一行动人，即使牺牲也义不容辞。与《色·戒》相同的情节是，面对戒备森严的对象，暗杀行动一次又一次惨败。小组成员对行动中无辜者被误杀深感悔恨，因为这在根本上违反了他们所信仰的宗教教义。但小组领导人乔治的解释是：维护正义必然会有牺牲，而且是通向正义的必然之路。其结果是同志们一个接一个付出生命。其后的单枪匹马中，乔治对任何行动障碍人格杀勿论，为了杀死一人，宁可死伤无数。这种"骑士"逻辑似乎是一种悖论：维护正义必有牺牲，前仆者必有后继，将行动进行到底，必然酿成新的牺牲或复仇。难道这就是一个民族的精神传承，"骑士的荣誉"所在？影片反观民族血与火的历史，主题意蕴显明。主人公乔治作为这种"主题"的传声筒，终于在最后成为彻底的怀疑主义者，反思暴力、政治及人的生命意义，对自己的过往忏悔无望后自杀身亡。

根据著名史学家贝奈戴托·克罗齐（Benedetto Croce）的论断，"一切

---

[1] 俄罗斯驻华大使馆：《俄罗斯电影：复兴时代》，http://news.xinhuanet.com/misc/060206/content_4142601，2015年8月27日。
[2] B. V. Savinkov and Joseph Shaplen, Memoirs of a Terrorist, New York: A. & C. Boni, 1931.

历史都是当代史",[①] 即人类从事每个时段的社会实践,无不以历史经验与条件做基础。历史作为过去的现实在当代具有连续性,现实与历史往往有惊人的相似之处。据美国国家反恐怖主义中心(U.S. National Counterterrorism Center)为《2006 年度各国反恐怖主义形势报告》提供的附录,仅 2006 年一年,全世界恐怖主义事件就约略 14352 起。[②] 这些行动中以维护民族利益为信仰的恐怖主义分子所伤者固然众多,以正义为借口对其惩戒的战争也造成伤亡无数。伊拉克与美国,谁是真正代表"正义"的一方,俄罗斯及周边国家的"民族利益"之争何时终了? 信仰杀戮等暴力形式为拯救途径的民族尚在,以"身体"做"炸弹"的个体与族群继往开来,《骑士的荣誉》之反思超越了国家、民族、种族的屏障,影片虽在凭借文学叙事进行过往历史的言说,但其人类关怀与忧患意识恰恰是基于对现实中历史延续的一部分深思。

四 人性,善与恶的较量——《黑皮书》

站在人类历史发展、全球立场上对人性、生命、民族、宗教、平等、正义等作"颠覆"性反思的还有影片《黑皮书》。著名导演保罗·范霍同样以自己的民族为样本道破宗教信仰中"十字架"的扭曲与党同伐异的普遍人性。

所谓民族,是以种族、文化等共同点形成的利益团体。概念宽窄不同,或等同于地理与法制上的国家,或等同于某个种族。如历史上的犹太民族是最为多灾多难的一个民族,因为《圣经》上说犹太人出卖了耶稣,因此被认定要付出血的代价。《黑皮书》所揭破的是:宗教传说只是一个冠冕堂皇的理由,犹太人被法西斯斩尽杀绝的根本原因,应该是德国人称霸世界、攫取其他民族利益的勃勃野心。影片的"战争"题旨从小的方面看,是霸权民族对它民族利益的强夺之行动;从大的方面看,世界从某

[①] Benedetto Croce and Claes G. Ryn, *History as the Story of Liberty*, Indianapolis: Liberty Fund Inc., 2000.

[②] IIP/PUBS, "Terrorism: A War Without Borders", U. S. Department of State, http://usinfo.org/zh-cn/GB/E-JOURNAL/EJ_ TerroristMentality/tran1/070501.htm, 2015 年 8 月 27 日。

种角度去看,是人性恶的发酵场,而正义是善对于恶的较量。影片中图谋犹太人的财产的人中无不包括荷兰警察、德国军官以及荷兰对德抵抗组织负责人。德国人扫射无辜,剥去伤者衣服攫取财物的镜头固然暴虐,爱丽丝的荷兰收留者对她信仰的歧视,抗德者为救荷兰人牺牲犹太人,"组织"出卖成员,看客侮辱女俘等亦是人性贪婪与残酷的证明。律师记录了真相却惨遭杀害,女间谍"献身"正义却被诬通敌,反战的德国军官被盟军"协约"下的死硬纳粹分子枪决。据史料记载,第二次世界大战期间德国秘密警察发挥的重要作用之一就是成功瓦解被占国地下组织。德国中央保安局(RSHA)头目华特·舒伦堡战后坦白[①],很多盖世太保的"病体"植入抗德抵抗组织,致使其变为德国的工具,骗取盟国的物资以及外汇。这种成规模的行动被德国命名为"无线电游戏"。战后由"病体"植入的"抵抗组织"的头目或成员大多成为"民族英雄",这些"病体"即德国 RSHA 成员则继续隐匿在苏联警察机关、美国中央情报局或消失在南美洲的庄园。以此推理,影片中若非因分赃不均而反目,荷兰地下抵抗组织领导人"汉斯"完全可以证明他的"合作者",德国军官弗兰肯是无罪的。汉斯以出卖同志与牺牲同胞所攫取的将不只是钱财,还有"英雄"的荣誉与继续充当"双面间谍"的便利。从某种意义上说,好战,是人的天性;嗜血,是人的本能;趋利,是人的倾向。影片对人性复杂元素的开掘瓦解了以"民族"为整体对战争定义的固化思维。

《黑皮书》中,英国军队与苏联红军都是荷兰人盼望的救星。历史中,苏联人在打败"法西斯匪徒"中的确战功赫赫,而在"卡廷森林案"中,却对东欧各民族犯下滔天的罪行。1939 年苏德签订《苏德互不侵犯条约》,同时签订了秘密补充协议瓜分波兰。这充分证明了战争一旦发动起来,强烈地释放了人性恶的一面,不只侵略者的暴虐本性暴露无遗,投机者、变节者甚至懦弱者的本性都会被无限放大。在这恶的影响下,人不再以平等、生命、正义为衡量标准,而以国家、民族、种族、政治等因素行事。德国人要灭绝犹太人,无论其善良还是邪恶;俄国人要消灭德国

---

① [德] 华特·舒伦堡:《舒伦堡回忆录:纳粹德国的谍报工作》,群众出版社 1979 年版。

人,无论其是党卫军军官还是后勤文员。除了侵略者必须被惩罚以外,其他种种历史谜团也必须究其根本,拨乱反正。《黑皮书》最后,凄厉的警报再度响起,士兵荷枪实弹,坦克在农场拉开阵势。影片暗示时间为"1956年",地点是以色列,正是第二次巴以冲突的大背景。历史在重复,罪恶在延续:德国法西斯被消灭后本应是和平时代的到来,人类历史从此应以人道与法制的形式进步发展,导演所重塑的确为21世纪仍在上演的现实:法西斯式的民族互仇与历史镜头同样残酷,和平与正义远未真正到来。

以史为鉴可以知兴替。几部电影不同视角的"历史"叙事,为我们克服历史观照中先入为主的价值评判与因果推理模式提供了全新的思路,通过对多重阐释的声音,提供了哲学意义深重、审美意蕴丰厚的"历史"范本。其共同的特征在于以不同的理念植入影片,达到对不同意识形态文化霸权"颠覆""抑制""强化"的作用。

新历史主义强调文学与非文学历史阐释中的"主体"性,认为关于历史的文本书写既可能是一种权力表达,也可能是一种"诗化行为"。以上4部影片的生成、表现与影响既体现了文艺作品对历史叙事中权力构成的参与,同时也体现出创作者对其着力颠覆、解构的努力,并体现出不同民族电影人国家意志或人性本质上的"诗意阐发",以其叙事的"多重声音"拨开各种意识形态迷雾,在多向而非单向的角度上接近史实本相。因此,从某种意义上说,新历史主义理论研究方法不但为我们在创作中解构权力立场,直达历史真实提供了多元结构模式与叙事策略,而且为我们解读文艺作品,对历史作出恰当的事实判断与价值评估提供了有效的批评途径。

论几部"传记片"欧美女作家形象塑造中的得与失

  电影"传记片"在对其传主事迹艺术加工过程中,既有可能忠实于史实,以理性回溯使人物塑造更具可信度与历史纵深感,也有可能在一定程度上篡改其经历,通过各种艺术手段粉饰生命的残酷,弱化传主的批判意识,矮化其精神境界,削弱其人格力量。通过对几部西方女作家为传主的欧美影片与其传记、书信、日记等的比对分析,可以考辨电影传记片中截取、添加、浅化、单一等叙事策略在电影人物形象塑造中的作用。

  按照美国电影分类及评级委员会(The Classification And Rating Administration)(CARA)对好莱坞影片的类型划分,"传记片"(Biographical Film)是以真实人物为题材的影片。一方面,为了保证其信度,人物主要事迹受历史事实制约,不能凭空捏造;另一方面,为了增加其效度,允许在一定程度上进行浓缩、渲染、改编等艺术加工。论者要论证的是,在以上过程中,传记片既有可能因理性回溯增加对人物评述的客观真实性与历史纵深感,也有可能为了追求新的艺术阐释或商业利润,在一定程度上通过浪漫化、神话化、庸俗化等手段篡改传主人生,粉饰生命的残酷,从而弱化传主的批判意识,矮化其精神境界,削弱其向命运抗争的人格力量。论者拟通过几部以西方著名女作家为传主的影片与其传记、回忆录、书信、日记等作出对比,考辨截取、添加、浅化、单一等叙事策略在电影人物形象塑造中的作用。

一 截取与俗化

英国电影 Sylvia（《西尔维娅》，2003）弱化了美国自白派女诗人西尔维娅·普拉斯（Sylvia Plath）"作家""诗人"等主体人格内涵，凸显其"被看"的"女人"形象，把其所代表的具有深远社会意义的人性悲剧改写为商业性教化故事。影片是通过截取与俗化达到此种改写的。

第一，影片不仅剪去了传主前半生与身后的事迹，把其25—31岁中的家庭生活凸显与剥离出来，而且对其文学才华与实绩加以抹杀，夸大其性别角色，把一个复杂、多元的人物扁平化了。人格心理学研究证明，每一个个体的人身上都有一种主体人格，是其思想与行为的主要动机来源。传记与评论均记载普拉斯具有情感与行为的矛盾与分裂，但其稳定的主体人格是一个具有自觉意识的完美主义者。影片《西尔维娅》为了突出性别对立的主题，把普拉斯完美主义的主体人格作为一种毁灭性人格障碍来阐释。它以普拉斯的话外自白开始："死亡是一门艺术，像其他所有的一样，我做任何事情都这样好"。这样，不止以开篇点题的笔法把女主人公写成一个悲观厌世者与精神偏执狂，而且以大量的镜头强化她心胸的狭隘与性格的嫉妒，既嫉妒丈夫，后来的英国桂冠诗人特德·休斯（Ted Hughes）的才华，又有把整个同性别的人当作假想情敌的倾向。她不但爱慕虚荣，因休斯诗歌获奖嫁给他并在人前炫耀，而且对自己的创作严重信心不足，自卑自怨。影片此类情节大多是对其生平的篡改。史实是，普拉斯在信心、才华与文学实绩上并不输于丈夫：普拉斯24岁获得富布莱特奖学金到剑桥读书并与休斯相识，二人在休斯"成功"并获奖之前结婚，其朋友卢克斯·迈可斯回忆说如果没有普拉斯的辅助，"特德不可能那么成功"。[①] 1982年，普拉斯以其身后成就获得美国普利策诗歌奖；至1984年，休斯方被命名为英国"桂冠诗人"。影片把普拉斯对休斯出于爱慕与支持而作出的牺牲阐释为性别依附，把她对人生追求，对事业执着的完美主义倾向阐释为偏执，把她对爱情的珍重阐释为嫉妒，与史载中对她

---

① ［美］安妮·史蒂文森：《苦涩的名声》，王增澄译，昆仑出版社2004年版，第350页。

的回忆相左。即使是休斯姐弟授权的普拉斯传记《苦涩的名声：西尔维娅·普拉斯的一生》也记述了她人格中"自由和开明，并深受爱默生观念论的影响，主张忠诚、认真工作、自力更生和极端拘谨的清教徒式的乐观主义"① 的一面。丈夫出走，两人分居后，她不仅创作完成了诗集《爱丽儿》《冬树》等，还决心成为一个有历史感的诗人。② 当然，作为一个心性敏感的女性与作家，她对世界的两种认知并存：无花果般充满希望与"钟形罩"般生命的空虚与酸腐。她曾试图自杀，接受精神治疗，但她是一个竭尽一生都在证明自己对个人痛苦的超越并把失落、无奈与疯狂都升华为人类普遍经验的有使命感的诗人与小说家。普利策诗歌奖极少颁给过世的作家，她在逝后近20年获此殊荣充分证明了她作品的经久魅力。

第二，影片陷入了生死离别的多角恋叙事模式，把人类普遍的精神困境表面化了。它夸大了普拉斯对诗评家阿尔弗雷德·阿尔瓦雷斯的精神求助。据后者在《观察家报》(*The Observer*) 上回忆，普拉斯并没有如影片所设置试图诱惑他，而是在困境中追求独立："这时候的西尔维娅并未在绝望中。她要的不是帮助，而是一种证明：她需要有人看到并确证，陷在独自一人处理孩子、家务及写作的窘境中，她仍能应付自如；她需要被人看到并认同，她已经跨入罗伯特·罗威尔所开启的以个人化意象与象征表现历史与神话的独创式写作的门槛。"③ 影片中的普拉斯失去了这种对人格"证明"与写作"认同"的追求，改写情节为她对命运屈服，向负心人投怀送抱。这是"男性摄影机"强加给女主角的，其性爱、死亡等镜头未能充分合理地揭示人物复杂的行为与动机，只有影像的冲击力而少有精神的震撼力。影片隐去了女翻译埃西亚·韦维尔（Assia Wevill）之前休斯已有过婚外情人的事实，说普拉斯懊悔休斯与埃西亚的婚外情是由于自己嫉妒而"咒出来的"，"发明出来的"。耶胡达·可仁（Yehuda Koren）所著传记《无理性的情人：埃西亚·韦维尔的悲情生死》（*A Lover*

---

① [美]安妮·史蒂文森：《苦涩的名声》，王增澄译，昆仑出版社2004年版，第4页。
② Hilary Morrish, Peter Orr, John Press and Ian Scott-Kilvert, *The Poet Speaks: Interviews with Contemporary Poets*, London: Routledge & Kegan Paul, 1966, p. 167.
③ A. Alvarez, The Savage God A Study of Suicide, New York: Random House, 1971, p. 210.

of Unreason: The Life And Tragic Death of Assia Wevill, London: Da Capo Press, 2006)揭示出"第三者"埃西亚6年后以普拉斯同样的方式自杀并杀死其与休斯女儿的原因,旁证出普拉斯自杀悲剧真正的负罪者。影片对此只字不提,却把休斯改编为一个对亡妻怀恋,对情人负责的形象。两个女人以青春早逝、才华夭折、幼女惨死昭示于后人的血的教训,在2003年的英国被拍摄为一部围绕风流才子争风吃醋的影片。1987年中国女诗人蝌蚪,朦胧诗人江河之妻的自杀与1993年朦胧诗人顾城在新西兰砍死妻子谢烨标志着此类悲剧世界范围内的普遍性。东西方女诗人类同的悲剧,到底应归罪于男性诗人,还是应归之于其本人的女性弱点,还是应归咎于具有相同历史命运的女性"第三者"们?在21世纪的时空,被害人谢烨与普拉斯被责罪虚荣与嫉妒,打破了"桂冠诗人""一妻一妾"的精神梦幻与世俗秩序。这本身就具有振聋发聩的意义:悲剧仍会延续,因为电影中的女性形象塑造仍停留在"美狄亚"式的原始范式,现实中的性别平等仍是一个历史性难题。

二 添加与美化

丹麦女作家凯伦·布里克森(Karin Blixen)的回忆录《走出非洲》(*Out of Africa*, London: Putnam, 1937)是一部关于丧失与追念、人的身份"无根"与生命无依的心灵史。同名影片(*Out of Africa*, 1985,美国)对原著的改编有得有失。

回忆录《走出非洲》充满了对现代人"生活在别处"与"无家可归"的命运揭示:强烈的离家情结使作家即回忆录女主人公布里克森到非洲土地上寻梦,她的生命历程不但昭示了欧洲殖民主义扩张的失败,同时证明了男性主体社会中女人的失败。1831年布里克森的非洲农场被强制拍卖,46岁的她重病缠身、孑然一身回到丹麦,再未能重返心爱的非洲。"Denmark has been a stranger to me","非洲是非洲人自己的"[①]等历史与个人境遇注定了她永远是一个地理概念与心灵上双重的"Passenger"

[①] [丹麦]凯伦·布里克森:《走出非洲》,徐秀容译,中国致公出版社2005年版,第197页。

与"stranger"。

电影《走出非洲》除了以唯美的镜头再现回忆录中非洲土地的壮阔邈远，风土人情的深邃朴拙外，还融入了更多的哲理思考，特别是对战争与爱情等场面的添加强化了自由与文明、自然与开发、责任与爱情、性别对立与两性和谐等的探讨。

第一，关于人性"自由"的思考。在回忆录中，丹尼斯·芬奇·哈顿（Dennis Finch Hutton）的篇幅非常少，电影则突出其形象，塑造其为欧洲自由知识分子的代言人，同时是女主人公凯伦的精神"指南"者。他既代表了对殖民侵略与种族隔离的反思，也代表了对人性自由的追求。第一次世界大战在非洲蔓延，丹尼斯归结为英法"两个国家之间分赃的无耻争端"[1]；对于女主人公对非洲人进行的"文明"驯化，丹尼斯说她不能把自己的主流文化强加给非洲人，他们不应该被变为"小英国人"。凯伦丈夫为代表的欧洲贵族是"闯入者"，在这片土地上任意猎杀、酗酒、为所欲为；丹尼斯及伯克利·科尔等少数人文知识分子是"幻想者"，力图逃离欧美文化，在非洲寻找"自由"的乐园。

第二，影片对女主角形象的美化明显造成了对回忆录主题与自我身份归属的更改，把人与人之间的"疏离"改为温暖，把人的"无家可归"改为"心有所属"，这无论对于作家凯伦·布里克森的个体人生，还是对于欧洲女作家杜拉斯、多丽丝·莱辛等所代表的殖民"流放者"境遇都是一种不忠实的反映。回忆录中布里克森的自豪主要源于"我"在"殖民者"政治活动中的作用[2]与男性知识分子精神知遇者的形象，其与当地人打成一片的"归化者"形象是次要的，虽然她对非洲的土地服膺与热爱，但她与非洲土著"主与仆"的关系，对白人群体的身份"归属"未变。影片却夸大了女主人公与非洲人亲善，与殖民者格格不入的"女英雄"形象，这不但与回忆录原作相左，而且在很大程度上弱化了作者对种族隔绝、战争与瘟疫、人类对自然有意破坏等的痛悼。

---

[1] ［丹麦］凯伦·布里克森：《走出非洲》，徐秀容译，中国致公出版社2005年版，第138页。
[2] 同上书，第146页。

第三，电影强化了性别冲突，以男性主体意识达成了对女性的"归化"。影片女主人公由一个负气的少女成长为一个独立、勇敢、坚毅的农场主与具有自由意识的人，其过程是由一个男性，一个英国伊顿公学与牛津出身的知识分子所启蒙的。影片把"丧失"改为对"拥有"的"追念"，增加了"在非洲，她拥有农场，拥有足迹，也拥有一段可歌可泣的爱情"的元素。但电影以"自由"的名义对男性的"不在场"与"不负责"作出阐释：女主人公遭遇旱灾、火灾、市场萧条、被迫破产的每一个危难时刻，男性形象都是缺位的，影片归因于那是因为男人追求真正的独立与灵魂的自由，而女人却总是想要"占有"的结果。凯伦想要"我的"农场，"我的"爱情，"男爵夫人"的地位并试图以婚姻等契约形式造成对自己与他人的桎梏。回忆录中的作家布里克森与电影中的主人公凯伦都有四种期待、努力与丧失：对情感归宿的需要，以"家园""农场"为依托的成就需要，殖民者中优秀一员的社群归属需要，爱好自由、和平、自然，渴望"神游"世界的精神需要。所不同的是，电影所展示的是她的"拥有"：丹尼斯的爱情，领主的身份，土著的拥戴，而回忆录中所记载的是真实人生中的"丧失"，她的四种人生期待都落空了。据后世发表的布里克森家信等史料记载，丹尼斯与她并没有共度一生的约定："我们在一起，言行都好像不存在未来似的"。[①] 与非洲的亲密关系是布里克森前半生仅有却永远失去的东西，留给她的只有梅毒后遗症等伤痛。影片《走出非洲》的经典性既来自于对自然、爱情、生命等命题的深究，也来自其浪漫凄婉又壮美如诗的美学阐释。但，相对于原著及真实的传主人生，"拥有"和"自由"等的主题演绎淡化了对生命"仅有"的丧失与追忆的意义，弱化了人的生命孤独与存在虚无等更深层面上的哲理思考。

三 伪饰与浅化

影片《走出非洲》是殖民童话之一，意指欧洲居民在域外土地上可

[①] [丹麦] 凯伦·布里克森：《走出非洲》，徐秀容译，中国致公出版社2005年版，第142页。

以亲近自然，心灵净化并最终找到自由。法国著名女作家杜拉斯（Marguerite Duras）1984年获龚古尔文学奖的自传体小说《情人》（*L'Amant*, Paris: Editions de Minuit, 1984）却以亲身经历记载了殖民历史给欧洲人带来的"羞耻感"。她笔下的欧洲人在殖民地既不是"领主"，也不是"自由人"，而是"被边缘化"的"弃儿"。但根据小说改编的同名影片《情人》（*L'Amant*, 1992, 法国）却通过"伪饰"的爱情故事消解了杜拉斯的流亡主题与幻灭意识。

自传体小说写的是"隐藏在我的血肉深处"的"恨"，一个"关于毁灭和死亡的故事"。① "我的一生充满了耻辱"是因为15岁半时母亲为了"五百皮阿斯特"请求校方允许"我"在外面过夜："一个女孩出卖自己，被母亲出卖，来满足母亲身边活下来的人的需要"。② 影片《情人》却将人物生境与关系加以审美性升华："那个中国人，他一直在爱我，我也一直在爱他"，生命的残酷与精神的绝望被掩盖了。小说中"我"承认自己为"中国情人"的汽车与钻戒吸引，为了被剥夺的白种人应享受的权益，为了填补只有追慕享受与放浪形骸才能满足的空虚，影片却把《情人》改写成一个"永失我爱"的悲情故事，浪漫与感伤性酵素掩盖了作家对人类的必然命运——绝望与荒诞的揭示。

杜拉斯回忆录中关于少年人生的记载更多的是殖民地饥馑、瘟疫、洪荒的印象，她小说中的两性故事大多无关爱情，而与人的精神幻灭息息相关：为了逃避存在的孤独与绝望，人们不断地从已有的空间出走，从一个城市到另一个城市，从这一个"情人"到另一个"情人"，男女主人公邂逅同居，不问对方名字，不涉过去与未来，仅仅是濒临精神灭顶的存在的人最后的狂欢而已。电影《情人》虽然赋予了十五岁半的"小女孩"以沧桑，"中国情人"以生命的无力，但如泣如诉的音乐，如诗如歌的蒙太奇抒怀，男女主人公感伤、优雅、脉脉含情的形象均迎合了观众的情感幻想与审美期待，杜拉斯小说中常见的世界文明坍塌下人的存在的虚无，末

---

① ［法］玛格丽特·杜拉斯：《情人》，王道乾译，上海译文出版社2006年版，第17页。
② ［法］贝尔纳·阿拉泽、克里斯蒂安娜·布洛-拉巴雷尔：《解读杜拉斯》，黄荭等译，作家出版社2007年版，第115页。

日世界中人在历史"瞬间"中的渺小,穷困潦倒中亲情与爱情的缺位等都消解在"情爱"与"浪漫"的浮泛表述之中。

四 单一与深化

意识流大师弗吉尼亚·伍尔夫（Virginia Woolf）一生都在探索生命每个阶段意识发展的趋势与可能达到的深度,以伍尔夫生平创作为素材的影片《时时刻刻》（*The Hours*,2002,美国）准确地表达了其精神的这一实质。但是,由于受时空限制,无论怎样多层次、多角度叙事,影片仍不免把伍尔夫多元而复杂的人格作单一化处理:它不但过于强调伍尔夫的女权主义意识、同性恋倾向与抑郁症人格等,而且把其扁平化、抽象化为一个单纯思想的"传声筒"。

影片以伍尔夫生平及她1925年的小说《达洛卫夫人》（*Mrs. Dalloway*）"作者""读者"及"人物"三重角度对爱、生命、家庭、自由等理念进行打破、建构与重组。伍尔夫的"作者"部分突出她充满煎熬的内心状态,对人生的绝望与抗争,并赋予她种种理念代言人的重任,如:为了你周围的人,"你能忍受多少?"

影片试图证明,作家伍尔夫的,也是大多数人的生命状态是:被规定在各种各样的牵制之中,在反抗中屈服,在屈服中焦灼,在焦灼中逃离、疯狂或者结束自己的生命。Richard,伍尔夫的男性化身说:"我活着只是为了满足你"。伍尔夫丈夫伦纳德说:"我们有义务去吃做的饭","你有义务保持清醒"。对此,伍尔夫抗议:"我有权利选择我生活的处所!""只有我,我,才最清楚我想要什么,这是我的选择,作为一个人的选择。"这种哲学理念的揭示也许符合伍尔夫在《达洛卫夫人》中的创作主观,但不一定符合伍尔夫真实的人生。影片中伍尔夫羡慕与嫉妒姐姐,对其依恋、深情甚至拥有同性恋意义上的激情,对丈夫既依赖又试图挣脱,而且被赋予忧郁症患者形象,这与其外甥昆汀·贝尔（Quentin Bell）所撰《伍尔夫传》（*Virginia Woolf: A Biography*,Washington: Harvest Books,1974）中其外甥女安杰莉卡·加尼特及布鲁姆斯伯里文化圈中其他人物所述的伍尔夫精神主体不符。据安杰莉卡回忆,姨妈伍尔夫固然有对亲人极度的精神依恋与神经质气质,但她所表现的睿智与风趣不亚于任何家庭沙龙中的剑桥知识分子:"在我们看来,仿佛瓶塞一下子被拨开了——批评、疑问、玩笑,一股脑从她嘴里喷涌而出,从中我们不但深切地感受到她那想象王国的魅力,而且也见识了她那如同黑曜岩般坚硬而锋利的思想。"① 她回忆伍尔夫后来不但成为家庭经济支柱,而且"试图探察并且解放我的思想",成为孩子们的导师。昆汀·贝尔也强调伍尔夫是一个既脆弱敏感,又自信坚强的形象,虽常遭病痛折磨,但其思想者的精神气质、对生命与创作的热爱、活跃分子甚至领军人物的地位在布鲁姆斯伯里"智识分子"圈中不可动摇。

影片单一化伍尔夫的形象,主要是要她贯穿一种理念,一种先行的"主题":为什么一个人不能照自己的意愿而活着?影片强调整日被催促吃药、吃饭、睡觉使伍尔夫窒息,创作思路常常被轻易打断,不顾及她精神需要:她固然羡慕姐姐儿女绕膝的生活,但她"活着"的主要目的是为了思想,为了发掘生命的真谛。这种阐释基本符合伍尔夫的主体人格与历史贡献——正是因为一贯坚持探索社会、历史与独创性思考,她才逐渐成长为意识流创作大师与女性主义思想先驱,给人类留下丰富的精神遗产。她不能单纯为了避免成为一个"患者"而循规蹈矩,拒绝人文知识分子的使命感,她如影片中所描述的注定身为"诗人",必将死去:"有的人必须死,是为了让其他的人更加珍惜生命"。无论是向丈夫抗议要回到伦敦的社会生活中,还是在生命低潮到来之前选择死亡,都是对人的生命权的捍卫与保护,或选择自己应有的生命状态,或还给亲人应有的生命状态。

电影对人生意义的深层论证在于:自我的自由与他人的自由孰轻孰重?布朗太太放弃自杀,选择离家出走,表现了女性解放的必然性与合理性——从厨房走向办公室,从依附性"怨妇"到拥有"自己的一间屋子"。但电影揭示的人生悖论是:她解放了自己,却以抛夫弃子为代价;

---

① [加拿大] S. P. 罗森鲍姆:《岁月与海浪:布鲁姆斯伯里文化圈人物群像》,徐冰译,江苏教育出版社 2002 年版,第 162 页。

她获得了新生,儿子却自幼目睹生命的绝望而最终自杀。影片中三个女人,伍尔夫选择解放自己与丈夫,布朗太太选择解放自己而放弃亲情,克拉丽萨·沃甘因为男友的死亡选择而得以精神重生,这种情节设置使"生与死""自我与他人"等哲学理念得到多层次合理而深刻的阐释。但1941年伍尔夫真实的遗书中,并没有影片中"你要把人生看透彻,一定要真实地面对人生,了解人生的本质"这段话。影片增设了这段说教,伍尔夫对伦纳德朴实的感激与衷心的希望得到歪曲,伍尔夫临终对自己生命未能达到的遗憾与对将要到来的战争的存在主义绝望未能充分表达。

影片把伍尔夫小说中的主张与伍尔夫的人生简单趋同:史实中,她主张"双性同体"并不等于她实施过"同性恋情欲"行为;其悲观主义根源可能不止于女性或精神病患者的偏执,也可能源于战争爆发、历史倒退而产生的人文知识分子忧患。由于"理念"过多,影片中伍尔夫的形象又主要是为了代言这些理念,其对女作家思想的阐释固然深刻,而且在时空演进中做了现代化阐释,但对其形象的再现仍不免陷于单一化与意识形态化的窠臼。

电影人物形象塑造被允许与生活原型有一定的距离,传记片不一定完全写真,也可以当代意识重新审视传主历史,对其人格作出现代性阐释。但即使允许一定情节修改与细节增删,也是为了更好地再现时代精神与历史人物特质,至少要保证相关历史背景下人与事的相似性或人物心路历程的基本脉络。无论是诗意美学原则下的过度神话化,还是世俗伦理指导下的人物命运庸俗化,还是人物被塑造为单纯为某种哲学理念而代言的传声筒,为文而造情,为理而歪曲传主主体人格,均违背了传记片"史有所据"的原则,影片必然缺乏说服力、感染力,从而有可能造成其久远传承的经典魅力的丧失。

英国"愤怒的青年"和中国世纪末城市写实主义小说之异同

现实主义作家讲求理性，一是求真务实的创作原则，二是对人类生存状况的客观揭示。20世纪50年代英国"愤怒的青年"作家群所创作的作品与中国20世纪末"城市写实主义小说"虽出于不同的社会历史阶段有着不同的文化背景，却很有相似之处，比如作者对社会的批判对"小人物"的关怀。特别是其塑造的一系列"反英雄"形象，体现了人文悲悯与批判精神。就文学进程言，两类作家群均打破了现代派高潮后文坛窒息的状态。因此，探索二者成败，分析二者异同，对了解与评价中国新时期文学形态和文学现象，具有一定的借鉴意义。

"愤怒的青年"指20世纪50年代英国一个以现实主义为主要创作手法的作家群。作者怀着对社会的批判和对小人物命运的关怀，成功塑造了一系列"反英雄"的形象，其中包括对社会不满的"愤怒的青年"（约翰·奥斯本）、被上层社会排挤的《局外人》（科林·威尔逊）和为摆脱卑贱命运拼命《往上爬》（约翰·布莱恩）者的形象。其中，约翰·奥斯本的创作掀起了英国戏剧改革的新浪潮，约翰·魏恩的《大学后的漂泊》中的主人公拉姆利成为战后青年一代的典型代表，金斯利·艾米斯的讽刺手法被称为"艾米斯的风格"。"愤怒的青年"作家群的许多作品被改编为电影、戏剧或电视，对欧美文学史产生了深远的影响。

20世纪90年代的中国文坛和英国社会50年代有许多背景上的相似

之处。从文学发展的历程来讲，他们均处于现代派、后现代的夹缝之中。现代主义文学异军突起，实验之风此起彼伏，但社会转型所带来的经济危机、精神困惑使读者对现实主义作品情有独钟，于是两派所创作的写实主义作品备受读者推崇。第二次世界大战后，保守党取代工党统治英国社会，福利政策的减缩使平民阶级产生不满，经济危机和传统文化信仰的崩溃同时出现。工党局部国有化、普及文化教育政策下得以接受高等教育的青年知识分子深切感受社会地位和等级观念造成的巨大心理落差。这些和产生世纪末城市写实主义小说的中国社会历史形态具有相似之处。

世纪末城市写实主义小说，指中国以20世纪末城市生活为题材，以写实主义为主要创作手法，表现市场经济对人类生活造成冲击，对大众精神意识形成影响的一些作品。这些作品在人物形象塑造中体现了新的人生立场和美学意义以及作者对当代人类生存现实的独特关注，在通俗文学、主流文学泛滥的文坛体现出一种求真务实、简洁清新的独特风格。现实主义作家讲求理性，一是求真务实的创作原则，二是对人类生存状况的关注，对人的精神个性的尊重。前者称之为理性，后者称之为人本主义思想。这是"愤怒的青年"作家和"世纪末城市写实主义小说"的共同特点。虽然两者均为松散的作家群，并不是严格的学术流派，但他们有着大体相似的追求和风格。当然，出于不同社会形态和不同的文化背景，二者也有其鲜明的不同。因此，探索"愤怒的青年"作家群的成败，分析二者之异同，对我们更加深入地了解新时期文学形态和文学现象，具有一定的借鉴意义。

以下从人物形象塑造、社会批判和人文关怀几个方面探索两个文学流派之异同。

一 "反英雄"形象

文学作品中的"英雄"是一个历史性的概念。被称为英雄的人，除了有不凡的力量和气概外，还具有道德力量，承担社会责任，扬善抗恶。所谓"反英雄"，是指文学作品中的主角往往在精神和行动上和传统英雄的标准相悖。反英雄是一些具有个人性格缺陷的人物，是一些失败的人。

他们表现出来的软弱和困惑，体现现代人对传统道德及社会价值的暧昧态度以及在政治观点、人生哲学各方面的非主流价值取向。反英雄形象的塑造集中体现了两类文学作家对青年一代的生活悲剧和精神危机的人本主义关注。其共同特征有：

（一）"往上爬"

这些反英雄人物形象崇尚非政治的、非道德的行为，主要表现为改变卑贱命运过程中的不择手段。金斯利·艾米斯《幸运的吉姆》中主人公为了稳固自己的教职对系主任唯唯诺诺；张者《桃李》中的学者教授趋名逐利。约翰·布莱恩《往上爬》中的主人公和方方《风景》中的七哥，同样以人性为代价，女人为阶梯，得以登上通往上层社会的阶梯。七哥有着艾伦·西里托笔下的下层青年同样的遭遇：贫民区的辛酸童年，醉酒而残暴的父亲，无人关怀，无人注意，成年后千方百计索取被剥夺的尊严和地位。英国作家笔下人物的悲哀在于，一方面不择手段地往上爬，另一方面鄙视上层社会，认为他们代表社会生活的腐朽和无聊，不是自己想要实现的人生。

"愤怒的青年"从个人命运至多也是阶级利益的角度体味对社会现实的失望，追求社会平等、个性自由。城市写实主义小说作者在对个人遭际的书写中掺杂了对国家命运、民族素质的关注。这些作家50年代出生，70年代末80年代初接受大学教育，成为中国青年知识分子、社会的中坚，其笔下人物大多和阎真《沧浪之水》中的池大为一样，有很强的社会责任感。即使在理想失败之后，也没有完全忘记"齐家治国"的古训，在为家族谋取私利，为个人享乐创造条件的同时，追求所谓"政绩"，试图告慰自己的良心回报培养自己的社会。他们对这种仕途上的或者商业上的成功自足得意。尽管在精神上有着危机，但没有想过自己需要救赎。内心的悲哀和结局的悲剧都有，但绝不同于"愤怒的青年"作家笔下成功后丧失社会反抗和失去个性追求的一代英国青年的形象。

（二）对现实不满，寻求个性化生存

约翰·奥斯本《愤怒的回顾》写出身下层、自学成才的青年吉米愤世嫉俗，抨击现实，又没有勇气和行动改变现状的尴尬人生。他评价英国社会有"这样多的生活优越、衣食不愁的庸俗之众"，"Nobody thinks, nobody cares. No believes, no convictions and no enthusiasm."[①] 这种愤懑之言一经出口，即引起英国青年的强烈共鸣，《愤怒的回顾》久演不衰，掀起了英国戏剧改革的新浪潮。这股新浪潮改写了英国戏剧题材仅限于描写上层社会生活的历史，转向反映中、下层人民的生活，影响了战后整整一代剧作家。

约翰·魏恩《大学后的漂泊》中主人公厌倦了以追求名利为终身目标的注定的人生轨迹，怀着独立不倚，靠劳动生存的信念决心走自己的道路。艾伦·西利托的中篇小说《长跑运动员的孤独》中史密斯因家贫行窃而被关进教养院。虽然他有长跑的天才，也曾刻苦训练，但奔跑的动力不是为了得到冠军，而是出于他对整个社会的仇恨和反叛。最后，他故意输掉比赛，打破了教养院院长的发财升官梦，成为自己命运的主宰。

西利托《星期六晚上和星期天早上》中，亚瑟·西顿是个普通工人。由于恶劣的劳动条件和繁重的劳动，他憎恨统治阶级，但不知如何去改变这个不合理的社会，只好及时行乐，逃避现实。这和中国"新生代作家"朱文、张旻、邱华栋等人的作品中颠覆传统的价值观念，对于人的金钱欲望、生理本能的认同有些相似。他们同样推崇这种反抗和另类的生活。

但两类作家笔下的另类形象有些差异。

"新生代作家"反抗一种个人被体制化、格式化的境遇，追求"个性化生存"，代表当代中国青年对日益增长的物质贫困的不满，从而更多地将个人自由、精神独立定位为"快乐原则"，包括对物欲金钱的占有，个人情欲放纵的因素。而"愤怒的青年"所倡导的，却是一种作为理想价值的人的尊严的精神性质的追求。这和社会历史发展阶段有关，和上一代人的价值强调有关。英国社会处于资本主义阶段，人们日益体会物质对人

---

① 杨岂深：《英国文学选读》，上海译文出版社1984年版。

的精神独立的蚕食。中国社会经过极左时期，人们对生活欲求被强制打压过，再度强调物质与生理欲望的自然性，也算是一种正本清源。在生活态度和价值观上，两派有取向的共同之处：他们从各自卑下的社会地位出发，蔑视传统和主流文化，以愤世嫉俗的眼光审视一切，对过去漠不关心，对未来不假思索，试图把握又把握不住的是今天。

（三）缺乏勇气的草根一族

金斯利·艾米斯《幸运的吉姆》中，作者写出了平民出身的知识分子和上层社会的格格不入。他们渴望建立新的体制、文化、道德伦理标准，但却提不出系统的建议、有力的建设方案。人物寻求新的人生价值的道路曲曲折折，最后仍然是"一个从悲痛之地被解放出来的人，正孑然一身，独自出走"。① 或者是与现实妥协，回到他们曾经鄙视的正规生活路途中。

中国式的妥协和反抗较为复杂，妥协有时是以屈求伸的手段，有时是一种"韧性反抗"，有时是绝望后的彻底放弃。面对强大的社会政治体制和传统观念，个人的力量微乎其微。

方方《过程》中神勇捕敌，把警察身份视为神圣职责的刑警李亦东最终逃避了这种职责；刘震云《单位》中的小林从一个热情向上的青年变得适应灰色现实了；苏童的《已婚男人杨泊》没有离成婚，继续过着他所厌倦的索然无味的日子。他们挣扎，从一个失败到另一个失败，只有短暂的、偶尔的成功。

但也有一种人物形象代表一种中国式的"韧性英雄"。阿宁《坚硬的柔软》中的许宾，晓苏《爱情流水账》中的余可年，铁凝《永远有多远》中的白大省，刘恒《贫嘴张大民的幸福生活》中的张大民，他们同样从一个失败到另一个失败，虽不愤怒，但也不放弃。最终他们成功了。也许从根本上来说，他们还是失败了，因为表面来看，那是一种被动的奴性生存。但是，这种不屈不挠的"好人主义""忍耐主义"中有一种坚持，一种信念，一种中国传统的人性精神。

---

① ［英］戴维·洛奇编：《二十世纪文学评论》，葛林等译，上海译文出版社 1987 年版。

（四）"局外人"形象

科林·威尔逊的《局外人》中主人公同社会格格不入;[①] 方方《在我的开始是我的结束》中的黄苏子,成长中缺乏关爱,被世俗社会抛弃,是行为和精神上的双重被弃和流浪。他们是社会的"边缘人""多余的人"。他们渴望远离城市的喧嚣,希冀在路上、在个性生活中寻找精神家园。

通过对人物的塑造,"愤怒的青年"真正反映了战后英国青年一代的精神危机。而世纪末城市写实主义小说则体现了中国经济转型期新的社会分层带来的中下层青年的迷惘、愤懑。其中下层青年的为求生而挣扎,为精神独立而反抗的经历,不无相似之处。但也有很大不同。在英国,主人公更多是以玩世不恭、愤世嫉俗体现自己对社会的反抗,表现个性的张扬。在中国,更多的是最终放弃反抗,失去个性,发展共性,和社会妥协。

二 社会批判

每一种文学现象的产生都与社会历史不无关系。"愤怒的青年"与"世纪末城市写实主义小说"同样是社会历史的产物。

福利社会带来一代青年的觉醒。恰恰是全民教育体制使出身贫寒的青年得以接受高等教育,成为觉醒的一代人文知识分子。在英国表现为个性民主的觉醒,在中国表现为接受了治国齐家平天下的信条。但是社会历史的转折让他们认识到现实和理想的距离,震惊于个性理想的难于实现。

1950年工党竞选失败标志着福利的缩减,经济危机出现,信仰危机相伴而生。20世纪80年代,改革开放的高考制度使广大青年凭着个人努力和才华进入高等学府。可是,大学后的生活恰恰相反。社会转型带来社会阶层大变动,观念大扭转,文化上的断层。巨大的贫富悬殊使青年一代对个人前途和民族命运充满了迷惘,就像金斯利·艾米斯在1955年写作

---

① 曾繁仁:《二十世纪欧美文学热点问题》,高等教育出版社2002年版。

的《那种不安感》(*That Uncertain Feeling*)① 小说题目所预示的那样。

两类作品从剖析人物性格和社会环境入手,揭示了造成种种社会罪恶和弊病的根源。

"愤怒的青年"作家对上层知识阶级无情鞭挞。通过逼真的描写、辛辣的讽刺把对上层社会自命不凡姿态的仇恨暴露无遗。虚伪做作而不学无术的学术权威,庸俗而冷漠的大学教师,刁钻取巧或者满脑子世俗名利的学生,这些和中国作家笔下的大学生活(南翔的《博士点》《大学轶事》,张者的《桃李》)和机关生活(刘震云《官道》、阎真《沧浪之水》)不无相似之处。从浅层次上看,作家真实地反映了城市平民和知识分子的生活;从深层次看,暴露了人们对劳动分工、分配制度、阶层划分等的强烈不满,是一种富有穿透力的批判。

相对于英国作家,中国似的社会批判表现更多的是痛心疾首。世纪末写实主义小说无论批判的深度如何,总有一种人生渺小如沧海一粟,个人力量如螳臂当车的无奈和悲哀,最终归于共性、群体中,认同庸众"活着"的生活方式,或者自得于世俗幸福、权力纷争,或者把放纵自我视为民主、自由、个性追求。约翰·魏恩的小说曾经被批评为"缺乏真正的愤怒"。其实,对黑暗现象缺乏足够的震惊、反叛,习以为常、无能为力,靠"好好过日子"来麻痹自己,这是中国世纪末写实主义文学的重要主题。当然,在严酷人生的揭示中,我们看见压抑的愤懑,或者如鲁迅所言"已经出离愤怒"了,这是中国人表示不满的独特方式。唯其如此,我们才看得见中国式批判的深刻。在阎真的《沧浪之水》、李春平的《读古长书》、方方的《过程》中听得见志士或曰壮士的叹息;在方方的《在我的开始是我的结束》、铁凝的《永远有多远》、王安忆的《我爱比尔》中,听得见弱者的悲鸣和对人性的呼唤。

为了加强批判的力量,两派作家通用讽刺艺术,运用虚构、夸张、对比甚至怪诞的艺术手法,形成独特的创作风格。在创作方法上,两类作家都被批评为较少创新。但在新的题材、新的人物方面下了不少功夫,对社

---

① 杨岂深:《英国文学选读》,上海译文出版社1984年版。

会生活的深度开掘，追根究底地探索人的复杂内心世界是其长项。睿智的幽默，漫画手法，惟妙惟肖的描摹刻画，风格上的简练和平白，也不无相似之处。

三　人本主义立场

"愤怒的青年"作家继承文艺复兴时代以来的人道主义理想，把人的尊严看得至高无上，反对资本主义制度对人性的压抑和肢解。

第二次世界大战以后，由于物质生活的挤压，人们的精神一度扭曲。"个人价值贬值了，像英镑一样。"[①] 约翰·魏恩《更小的天空》里，主人公只想生活在自己的心灵里，少受外界干涉，因此逃避家人，脱离职责，独自躲在小城一隅。在《山里的冬天》中，作者既推崇那个卡车司机也推崇那个一文不名的诗人，因为他们全都活在自己的独立意志之下，既不受别人操纵也从未想过要操纵别人。当然，"愤怒的青年"作家从不把主人公孤立起来，他们总是在人群中挣扎奋斗。他们人格的尊严不只体现在他们要遵从自己内心的声音，还在于他们无论是在"往上爬"的过程中还是在踽踽独行的路途中，都没有忘记自己是有尊严的，这种尊严尤其体现在他们和社会现实的关系中。

"愤怒的青年"作家大多出生于20世纪30年代，世纪末城市写实主义作家大多出生于20世纪50年代。同样出身寒微，成长期的传统道德教育和保守的社会环境促使作家主体在青少年时代饱受苦难，长期地压抑自我，无法实现自我价值。作为受过高等教育的人文知识分子，他们对个人前途、民族命运深深关注，有一种强烈的使命感，作品中处处体现出人本主义的关怀和民族忧患意识。

"愤怒的青年"和"世纪末城市写实主义小说"创作原则的核心是行为本位的人道主义理性精神。在艺术上，两类作家基本遵循科学理性和人文理性指导下的创作原则，把求真和务实放在第一位。[②] 作品中少有鲜明

[①] R. W. Stallman, ed., *The Art of Joseph Conrad: A Critical Symposium*, East Lansing: Michigan State University, 1960, p. 291.

[②] 朱德发：《二十世纪中国文学理性精神的多元性》，《江海学刊》2003年第4期。

的政治倾向，但有一种主体上的倾向，即以人为本的人文主义关怀。① 他们反对劫难、反对社会不公，既看到传统文化的脆弱，也看到商品社会的徒劳，对现存社会制度怀疑，对商业社会表示不满，但并没有系统地提出如何建立新的社会制度，甚至不暗示怎样改革现存制度。根本的出发点还在于对人的关怀。他们着重人与环境、人与社会的关系，幻想一种和谐相处的理想社会的到来。

反观英国"愤怒的青年"作家的创作，从另一个角度看世纪末城市写实主义小说，能够更清晰地看到现阶段中国社会的性质状态以及社会转型后一代城市人的生活足迹、精神状况。作家笔下人物生活道路相似，处境相同，但反抗社会、追求自我的人生态度和方式却有很大不同，作家的批判力度和人本主义思想的渗透和体现也呈现出诸多不同。用西方文学作为参照系，探讨在相似社会形态下产生的不同文学流派、文学风格，有助于我们更好地认识、分析和归类当代文坛纷纭复杂的作品现象。

---

① 朱德发：《现代文学创造：人文理性精神与主体人本艺术思维》，《山东社会科学》2003 年第 2 期。

第四编

声音:世界游走中的感喟

写作需要静思沉淀,更需要阔野远视

——融融访谈录

访谈嘉宾简介: 融融,原上海《解放日报》记者,现《星岛日报》副刊专栏作家,出版长篇小说《来自美国的遗书》《夫妻笔记》《素素的美国恋情》;中篇小说《梦里梦外》《海上生明月》《两小无猜》《黑猫情人》《萝卜夫人》等;短篇小说见于北美《世界日报》《侨报》及《中国作家》《香港文学》《世界华人作家》等,多篇获奖。出版散文集《感恩情歌》《开着房车走北美:历时三年北美野生圈生动纪实》《吃一道美国风情菜》,被誉为"生态写作"及对美国生活逼真写照的典例。2014年获得首届新移民国际研讨会优秀创作奖。

时间:2013年12月11日下午。

地点:美国华盛顿州斯波坎融融家中。

题 记

融融与其他华人作家的写作立场与视野略有不同,她的"一代飞鸿"意象有着创造性,她的自然观、生命观焕发出新意,对"文化震撼"的描述更加深刻,写出了"脱胎换骨""落地植根"过程的艰苦卓绝与灵魂放逐。她提出了以下问题:一、看待异国文化,应"平视"还是"敌视","对抗"还是"交流"?是"师夷长技以制夷",还是从人类大同的立场出发拥抱异族文化?二、留学移民行为应该被定位为"一代飞鸿",

还是"无序飘零"？融融认为，华人作家应具有文化"重构"的自觉，在写作中体现出生命的"个性"与"融合"；华文文学只有吸收了外来的酵素，才能变幻出"新态"。

一 "飞鸿"还是"孤鸿"？

宋晓英：在我眼中，您是一位较有特色、不可重复的华人作家。其他作家都谈到自己的"漂泊"，评论家都用"放逐"这样的字眼，华人自传中都写到对归宿或港湾的需要，因为不安全才移民，但移民后更找不到安全感。而您被公认是一只"候鸟"，有着"身之所在，心之所属"的独特人格。从您的生命轨迹看，您爱旅游、勤迁徙，从上海到夏威夷到加州再与加拿大接壤的华盛顿州，在德克萨斯州也有自己的房子，用引小路的话就是"飘来飘去"。我认为这似乎有两种寓意，引小路小说的《飘来飘去》是漂泊的，就是"只有那支孤零零的小鸿雁"，存在主义的虚无与幻灭；您的这种好像是大鸟的"逍遥游"，天之茫茫，野之苍苍，恰符合您的"浪迹"性格。您早年命名自己主编的书《一代飞鸿》《开着房车走北美》，文字有女性少有的恢宏与阔朗。我们若把问题细化，您觉得美国的地域人情与中国相比是怎样的呢？

融融：我到美国的第一站就是夏威夷，从心底讲，那里真是天堂，风光旖旎，民风淳朴，不像美国大城市人与人关系紧张，竞争激烈。其文化的独特，是一种"波利尼西亚的生活方式"[①]，人在那边松松散散，不急功近利。总体上，美国文化地域性很强，大城市节奏紧张，环境逼仄；小地方，特别是乡村与边城，崇尚自然，少求功利。

宋晓英：您觉得这种文化对您的创作有影响吗？

融融：不可避免地有影响，特别对散文和游记。美国的地域风情、土俗民风，还包含各种理念都对我有极大的影响。我在旧金山"半月湾"

---

① 波利尼西亚的生活方式是指以生活在夏威夷岛上的波利尼西亚人为主所坚持的一种生活方式：提倡 Breath of Life，即生命应该是简朴自然，生生不息的，尽量少受"文明"的束缚。波利尼西亚文化中心（Polynesian Cultural Center）是夏威夷的一座民族文化博物馆，占地42英亩。

住过十几年,那里恬静、逍遥、水魅、山青、礁石冷。后来随着硅谷的扩展,那里越来越拥挤。我的白人先生宁肯住到寒冷的北部大森林,偏僻乡野,我也渐渐体味大自然对生命的益处。

宋晓英:有些华人喜欢住在亚裔"飞地",或唐人街等华人集中的地方,认为那里母国色彩浓重,生活方便,语言相通。相对而言,其他族裔居住区对他们是陌生的,他们有强烈的"己群"与"他群"的概念。而您却愿意对美国母体文化积极投入,热爱赞赏,这说明您有自我"涵化"(the acculturated self)的自觉意识吗?

融融:当初来美国就是抱着学习的心态来的,出国前虽然是"无冕之王",但当时的我,对自己本来的个人身份与文化身份都是非常不满意的。

宋晓英:在我看来,这影响了您创作的主题、题材与风格。如主题上超出了华人的"自传色彩""家国记忆""伤痕意识"等;题材上,我阅读的大部分华人作品,即使写美国当代人生活,也集中于"财富"或"生存",强调身份漂泊、灵魂分裂。您的作品也写中西文化的冲撞与心灵震撼,主人公也面临生存问题,但远远超出了生存,甚至超出了身份,溢出到人类的生命意识,人与自然,族群间的和谐等,是不是因为您不用面临大的生存危机,就能思想得更深更远一些呢?

融融:也不能说更深更远,我也要面临生存危机,一点不比别人少。只是因为情况不同,大家所思各异。我喜欢过得散漫、悠闲,也有条件这样生活,所以对纽约、洛杉矶比较反感。我耐得住寂寞,跟自然比较接近,喜欢禅静灵思,你让我写职场小说,曼哈顿、华尔街我写不出来。

宋晓英:您的"野生圈"写作崇尚每一只鸟,欣赏每一片云,您热爱摄影,拍了数不清的一般人肉眼无法见到的稀罕照片,持的观点与人高于动物,贵族高于民众,白人血统高于其他族类的人不同。是不是您认为人就是人,不分白与黑,黄与棕,宇宙万物,一个人与一棵草、一头猪是一样的,即您的作品强调上帝造物,物人平等,情爱也不分种族?

融融:人和动物以及花草树木都是自然生物链中不可缺少的环节,不是谁高谁低,而是互相依赖。在我看来,神对人是非常优待的。人一生出来就有了大自然,生存所需都准备好了。所以,人是高级动物,从体型到精神都按照理想被创造的,很精美。但这并不意味着人可以高于一切,为所欲为。我们付出很小的代价就能过富足悠闲的生活,为什么不谦卑一些,感谢造物主的恩典,自然的恩赐,还要暴殄天物,竭泽而渔呢?

宋晓英:是不是因为大部分人到不了你去的野生动物出没的地方,特别是大部分华人住在工作机会较多的城市,先生存、后发展,虽职业移动,地域变更,但精神囿于生存或文化隔膜,就无心分辨夏威夷与纽约、旧金山与斯波坎有什么不同,甚至认为西雅图还比不上自己的家乡,上海或北京?我见过许多人撰文说美国就是一个大村。在我看来,您是能闹也能静的人,家人三代几十口子聚会的饭您也常做,圣诞、春节组织很大活动;但热闹以后,您也能心归深山,比如这次把房子建在林子里。如果说从前是不得已随夫而行,这一次您自己有了选地方盖房子的自主权,为什么还选田野森林?昨天我看您房子的新址就是个远离人烟的地方嘛!人家出国是为了到大地方,繁华热闹,您怎么到美国的村里,甚至野地里来了呢?当然,可能因为我此前接触的华裔人群,比如我的朋友越来越热闹扎堆,天天包子、馄饨、川菜、粤肴大交流,聚会时就像顶级品牌研讨会。您这样穿衣不讲品牌,静守乡野森林的华人多吗?

融融:不多,但大部分华人也度假,亲近自然,来的时间越久的就越爱上了钓鱼、打猎、远足、攀岩等。因为人一天到晚都待在热闹的地方,对自己的身心是有伤害的。现在人们喜欢周末、假期往乡下和风景点跑,在这里很正常。因为内心感受到一种"缺乏",缺乏自然生命的感受,这种感受是神造人时特意安置的。我们在乡下造房,天天鸟语花香,闲云野鹤,避免车船劳顿或周末大堵车,不是天天在度假吗?

二 赋闲无功还是生态有为?

宋晓英:但我觉得他们度假与您这日常生活方式是不一样的呀!人家是偶尔为之,且呼朋唤友,您住在森林里寂寞吗?

融融:开始,我和大家一样对繁华都市有很大的认同,我在上海生,上海长嘛!你看我的《美国弄堂》,旧金山南部的半月湾,第一章写弄堂晚上没有灯光，周围一片野地，我经历了心理煎熬。熬过去以后，"孤独给我的礼物，是一副生活的放大镜。如果说我的过去，曾经像一条大标语，曾经像一张大字报，线条粗糙，那么现在，生活变成了艺术，变成了文学。"《吃一道美国风情菜》自序中我谈到"人的视野"，都市人与人摩肩接踵，北京、纽约或东京的地铁里，有什么视野可言？你看得远，心情就阔朗，而且大自然中什么都没有，又什么都有，野地里你要生火做饭，搭帐篷防野兽，你就地取材，自力更生，人的敏感度增强了，身手矫健，智力开掘，能力扩展，越来越发现自己的手、自己的脚、自己的头脑还灵活，充实，有力量，这样多好啊！

宋晓英：对，"文学的生态观"好像就讲人不仅与自然交融，而且感知自然后还能以新的视点认识人类，重塑自我。您的看法好新鲜，很少听人这么说，您是有意把它贯穿到创作中，就是说，您在自觉地把"生态意识"融入写作吗？

融融：是的，有意识地写在散文和游记中。我读《瓦尔登湖》，梭罗写一个桌子，到了星期天搬出来，让它晒晒太阳。把桌子看作另一种生命，至少看成一棵树，这就是"生态文学"吧。生活需要阳光味儿、青草味儿，才能嗅觉敏锐，才思流动，想象力喷涌，这对写作不是很有用吗？写作也是关乎灵魂的事情吧，需要静思，沉淀，才能有远视的空间。

宋晓英：这话让我想起冰心的《往事二之三》，"今夜的美，决不宜于将军夜猎"，还有"西风烈，长空雁叫霜晨月""左牵黄，右擎苍"那样的古意来。

融融：还有"千骑卷平冈"，我儿子结婚，带着近百人去中国，农场主啊，他的猎友啊，各色人种，呼啸而至，他们就是在大自然活动中认识的。

宋晓英：我也认识到美国休闲文化中驯猎、垂钓、园艺等元素所占据的位置。您的散文独树一帜，写房车生活极生动。即使您的小说，人物心情命运也与世俗民情相关。如《来自美国的遗书》里那个男记者，驾车一路走，路过座座城，小镇休憩采访，野地里抽烟看景，那风景美得像萧红的《火烧云》，风俗浓得像《追忆逝水年华》。且您的运思与神笔说明这些不是闲笔。后面让记者在没故事的地方找新闻，甚至造新闻，华人来到后宁静变热闹，是故事发展、命运逆转的伏笔与铺垫，等待照应，揭开谜底的那一天。美国的景致、风俗、理念确实从大的角度上改变了您的视野，铸就了您的风格，从文字生动形象这个角度去看，你都快赶上"神笔马良"了。

融融：真正的文学关注灵魂，关注灵魂所依托的社会。有一位英国人写台湾，礼节、法律、政治、文化等什么东西都栩栩如生。虽然他从没去过台湾，但他观察了台湾在欧洲的生意人，查了许多历史资料，写出了英国人眼中的台湾。我写"中国人眼中的美国"，就是倒要看看他跟我们咋不一样。我还喜欢《动物庄园》《一九八四》等把集权写得那么入木三分，血淋淋，作者也没经历过，但靠灵魂力量去深刻挖掘。我受到他们的影响，靠观察想象，用灵性解剖素材，从皮肤到血肉到骨头再到内脏，一层层地剥进去，展露在读者面前。

宋晓英：对，您的《夫妻笔记》《来自美国的遗书》是移民文学中少有的病理解剖书。您挖得深，但并不是死沉沉的，您也有空灵的一面。想象是翅膀，看你飞多高；思想是云梯，看你怎么上天，再怎么落地。你作品中的人物带有极强的生命体验，甚至说是超验性。比如写人，您去世的先生仍被您写得大胡子红脸庞哈哈大笑出现在读者面前，他的灵肉穿越在您的作品中；您的景色描写也超越别的作家，有"远"的意象，悠远，深远，邈远。

三 "远庖厨"还是"围桌谈笑"？

宋晓英：您 2005 年出版《吃一道美国风情菜》，用"食"把文化说得活灵活现。大家都说您是一位烹饪高手，且中西合璧。据我所知，大部分女作家都是"远庖厨"的，不认为那是一种高级的精神劳动，您怎么认为？

融融：我喜欢烹饪。第一，我在国内的时候没机会烹饪，以至于我刚来美国时应聘一个"厨娘"工作，不合格，只好打下手。第二，我对烹调比其他人好奇。美国文化丰富多元，博大精深的菜系以及相应的礼仪是其重要的部分,我觉得这是一件多么了不起的事情!一种艺术,一种创造。对我来说,创意,或任何具有创造性的劳动都非常吸引人。

宋晓英:我从中看出了您的大爱。如您写的《西雅图来信》,如我现在天天看到您给先生做饭。对我,天天做饭是一件非常枯燥的事。您做菜乐此不疲,一方面您热爱生活;另一方面是否也说明您以大爱示人?天天做饭给所爱的人,不觉得浪费自己的生命。您在创作高峰,灵感稍纵即逝的时期,不觉得做这么复杂的饭浪费时间吗?

融融:我觉得饮食不仅满足人们的胃,也满足人的心灵,是家庭、情感的需要。难道它不是在制造"其乐融融"的氛围?全家围桌吃饭,吃出小时候祖母在场的滋味,我认为这是一个坚守传统的过程。对美国与中国的食谱,也是一个学习创新的好机遇。比如你与我丈夫都说这道菜好吃,那我就成功了。

宋晓英:那可不容易!我觉着现代人已经把"食文化"中的传统都破坏了,就像我们已经把菜的原汁原味都否定了,因为调料、半成品太多了。而祖母吃的剩菜、妈妈吃的鱼头、饭桌上交流这些事儿都让我们忽视掉了。在中国,丈夫、儿女到处都可以吃到美味儿,不像大部分美国人周末还做饭吃。中国的吃饭习俗也在演变。从前是"食不语",吃饭时不许说话,说话不礼貌;后来是在家里的饭桌上交流;现在是平时快餐或下班聚餐,节日团圆时一起吃。现在团圆饭有时也吃不成。即使围坐一桌,大家各看各的手机,交流怎么会多?年轻人都说忙,所以老人更孤独。

融融:在美国一些保守的家庭很多传统仍是保留的,如妻子会陪丈夫看球赛,吃饭时交流一天过得怎么样,周末一起去教堂等。吃饭不仅关系到夫妻关系,关系到家庭和睦,还体现文化的发展吧。如美国融进了东方习俗,开始过春节了。每年复活节、圣诞节我先生的儿女、孙辈都到这里过节,我做的中国食品也很受欢迎的。

宋晓英:您一个中国奶奶能把麦克的孙辈都能吸引过来,这真不容易做到。我喜欢您烘的这些西点、调的色拉青菜等。我的中国胃与麦克的美国胃都能接受它,说明您的烹饪改革,中西合璧是成功的。

四 "魔鬼的释放"还是"人性的自由"?

宋晓英:另一个话题,"食色,性也",孔子说食与色是人的天性。我觉得评论家陈瑞琳概括了您作品中"性"描写的意义:"以'性爱'的杠杆,如此撬开'生命移植'的人性深广,展现一种人类生存状态的无限可能性,融融可说是第一人。"① 我读了《夫妻笔记》后也有同样的感受。为什么说性爱可以成为杠杆,撬开生命移植中的人性深广呢?我感受您小说中的性爱描写体现了生命移植过程中一种强大的文化震撼。这种震撼很大吗?

融融:非常大,都写生存问题,种族歧视、文化隔膜的比较多,写性观念所带来的文化震撼的比较少,也不好写。《夫妻笔记》时,大陆已出现了一些性开放的作品,我难以苟同。移民后,思想去除了束缚,就会发现自身埋藏的那种生命觉醒,那种人类生存状态的无限可能性。如"佩芬"认为自己是丑的、低能的、僵化的,到了美国发现自己可以是美的,有能力的,精灵发光的。但去除了思想的束缚,也会导致人性的无限张扬,把魔鬼从笼子里放出来。在这个"放出来"的过程中,"佩芬"认为"自由"是无限的。她走得太远了,无节制,所以她的悲剧是必然的。

宋晓英:"佩芬"这个人物起初的心理我可以理解,中国现实与文艺作品中这种"灰姑娘"很多:自小被他人贬抑,父母认为她什么都不行,丈夫是"白马王子",自己是灰姑娘,不被承认好多年,"多余的人"做了好多年。被家族、阶层、族群各种忽略,必然导致"爱"与尊严的双重"饥渴"。一旦得到"美国美人",房东格莱西雅的一点青睐,她就有了尊严的觉醒;偶然当一回美国的"人体模特",被虚妄地赞扬,被诱惑,她就有了某种觉醒,甚至开始诱惑别人。这可以解释为什么大家说在某种意义上美国是一个大染缸,没有判断能力的话,生活就会变得乱七八糟,对吗?

融融:是的。具体到这个人物,起初的动因是好的。她要用保姆或模

---

① 融融:《夫妻笔记》,世界知识出版社 2005 年版,第 2 页。

特身份换得夫妻两人的绿卡，证明自己是"有用"的。出于证明自己能力的急切，也是一种家庭责任，想让丈夫不再辛苦，两人有了身份，就能有能力要孩子，对得起丈夫的多年苦读。

宋晓英：我觉得《夫妻笔记》体现了你创作态度的严肃，尊重生活本身。你写到"佩芬"努力的这个过程中，一切都变了。两个人都太忙，就产生了隔膜；在"温室"里多年的男女，一接触"性爱自由"的空气，欲望就膨胀变质。最为可怕的是，两个人都会觉醒，但它有阶段性，我爱你的时候是 A 阶段，B 阶段才是你爱我，有时不同步。夫妻俩同时参悟，触发的源头或"衣原体"却不是一个，必然造成更多的隔膜，以致爱人们从此南辕北辙，再也回不到过去。

融融：对，俩人觉醒的落脚点不一样。"任平"感受到"什么是真正的爱"，超越了功利与身份，一种真纯；"佩芬"一方面觉醒到在关系中男权的压迫，丈夫不尊重她的感受，中国关系中弱势小女子的反抗；另一方面，因短暂成为人体模特，出点小名，尝到点儿繁华，实则虚荣，便越走越远。尽管俩人还互相疼惜，但灵肉分界，无奈与隔膜的出现有其必然性。

宋晓英：就我所读的海外作品中，您是写"文化震撼"最真切、最深刻的。现代文学时期郁达夫的《沉沦》比较深刻。华文自传中，好多作家把移民前期"文化震撼"的种种伤痕隐藏起来，或视角只是功成名就后的回望。虽然我们知道华人通过奋斗在美国成功的例子很多，但一味表现"洋装虽然穿在身"，"中国芯"却没变，"核"没变，只是"肉身"经历了一些苦，成功后又变回到原来那个爱国、有志的青年。这种"出离—挣扎—升华—回归"的模式有些僵化，重复很多，有些根本不触及灵魂，关乎命运，与国内"打工文学"或"官场小说"差不多，某种"上升"即使是螺旋的，也像"坐飞机"上去的，投靠某个人或交了狗屎运，命运一下就转亏为盈。所以，我看你的作品中写到"凤凰涅槃"，或者"脱胎换骨"的过程，既痛苦又深刻，不堪回首。所以你对现在生活的感悟、忍耐、沉淀都较多一些。

融融：对，那种模式还包括帝国主义虽强大，虽然是大染缸，但我

"出淤泥而不染",我用中国文化把它给打败了!事实是,即使我们中国人大部分是洁身自好的,这种模式也太简单了。其实你试想一下,一个农民到了大上海或北京,他能靠自己家乡的概念扭转新的环境吗?他的灵魂能不经过痛苦的涅槃吗?我接触的新移民在美国都经历了深刻的痛苦。譬如我们中美婚姻"一半一半俱乐部"中的华人新娘大多数有从人格分裂到整合的过程。就算经历了,成功了,我觉得作家也有义务揭示为什么更加爱国、爱家的深层原因。我的人物有的回不到从前,但也融不入美国社会,漂泊的灵魂是很多的。

宋晓英:我觉得你的作品与阎真的《曾在天涯》一样写出了出国后发现的真相,"自由"与"理想"的双重梦碎。此前,中国80年代一代大学生一直被教育为自己是"知识精英","能孚大任"。到了北美这样科学迅猛发展、技术条件较为完备的社会,个人对社会的贡献微乎其微,不像小时候被教育的那样"人定胜天"。白先勇、严歌苓的"零余者""外来者""边缘人"之苦楚,隐、忍、难言、顿挫都很深刻,也很真实,不是一个用东方文化轻易打败美帝的"英雄"模式。你写的中国原配夫妻感情也是真实的。他们相爱,那是在异邦强大的外在压力下的"惺惺相惜"。"任平"的感受真切:"佩芬"那么小的身材疲惫又匆匆地从"轰隆隆开过来很霸道的样子"的美国汽车中出来,"像巨人口中的一粒葵花子的壳儿,'呸'的一声被吐了出来"。[1] 这种拟物非常生动,揭示了一个无奈地在美国寻找身份的"边缘人"心态。你的深刻在于,美国这个"庞然大物"不仅在物质上压榨了外邦来的弱者,而且异化了他们的身体,放逐了他们的灵魂,打乱了他们的关系秩序。

融融:另一方面,"佩芬"也看到了生命更多的可能,多种生存状态的可行。如果欲望不只是一种放纵,也可以是一种适当的释放,一种生命的优势,你可以舞蹈,可以美,但张扬过分了,连白人中的平民也是要失败的。你不守美国的规矩,不遵守人家圈内的规则,靠坑蒙拐骗或投机取巧还能轻易取胜,哪有那么简单的事儿?

---

[1] 融融:《夫妻笔记》,世界知识出版社2005年版,第3页。

宋晓英：但我看到的是"你可以出卖自己的美"。而且我觉得你公允地写出了西方女性同样面临的悲剧：性别关系中的失败者、弱势，尽管她们是金发碧眼，甚至有财富、有美貌，还善良。你写出了人际关系中白人男子的冷漠无情：他们向你打开了生命可行性的大门，在工作中榨取女性的剩余价值，在情爱中利用着你，又毫不留情地抛弃了你，逐利换人。

融融：我看到的只是东西方在性别与道德上的不同观念而已。我觉得"贝利"这个人没什么可指责的。我认同陈瑞琳说的这里只是"以'性爱'的杠杆，撬开'生命移植'的人性深广"，我不想做过多道德伦理方面的评判。

宋晓英：那是好的方面，也就是挣脱了人性的束缚后达到了人的才能自由发挥的境地，发现了新我。但中国读者还是会看到性解放带来的大崩溃，"佩芬"放开身心后就像被放出魔瓶的妖鬼。

融融：这就是小说要表现的一个主题：自由不是随性的，不是想要什么就可以做什么。

宋晓英：你在用存在主义的理论吗？"他人的自由就是我的魔咒"？如"贝利"的自由就是"葛莱西雅"的魔咒。美国在性自由上较少限制，但它的"法律"与道德自律跟上了吗？如情爱自由的结果就是电影《永不妥协》中茱莉亚·罗伯茨带着3个不同父亲的小孩子，没有任何经济来源。

融融：所以我也写了"妮可"这个美国女郎啊。她自然率真，理念里并没有中国式节操观，但她有人性的修养与克制。我不认为她是一个自然主义的人，她在"任平"生病的时候真心爱护他、照顾他，但也认为自己没有这个资格。许多美国人的行为出于自然天性，无关道德的，女性为了爱情可以受苦。

宋晓英：我喜欢你这点，不带框框或种族、性别偏见地写作。你写出了自由的好处，如"任平"具有中国传统"君子"或"士人"的正直品性与道德理性，但他也不能抑制自己的天性，无论是对于美国的对抗心理，还是被压抑的情感欲望，都非常真实。"贝利"这个人很率性，他爱你的人，爱你的身体，但是他害怕婚姻，不想要孩子。一旦有孩子之后，他的无情抛弃有理有据，因为他想找回自己，坚持独立，保持安逸，也无可厚非。这体现了美国人的"契约"原则：不是说好的不要孩子吗？你不守规则。你塑造人物没有框框，无关判断，从生活出发，应该说揭示了生命与人性的真实状态。我觉得结尾对"任平"与"佩芬"的命运的落脚点非常好，他们转了一圈，终于拿到了绿卡，但是心爱的人还会回来吗？共同的梦想依然存在吗？"任平"对"佩芬"固然有难舍的亲情，但他要去寻找"妮可"了，他不能放弃自己生命中的奢侈，这一份真爱，就成了《大话西游》里说的"有一份真挚的爱情摆在我面前"。但我觉得你应该接着写这种情爱能经受住异族文化根深蒂固的观念与习惯隔膜的考验吗？总之，我觉得您的小说呈现了生命自然的形态，挖掘到精神的深度，那种灵肉分离、人格分裂，写得淋漓尽致。从东方文化往西方文化移植中如果拒绝承认被物质诱惑，被欲望诱惑，对贫富敏感，不承认这种种，那在某种程度上还真是对留学、移民生活的伪饰。

融融：谢谢！我试一试小说能不能超越种族，超越意识形态。无论东方文明，还是西方文明，各种欲望和分裂都应该存在的，无所谓谁优谁劣。

五 "生命的残破"还是"天高任鸟飞"？

宋晓英：这种超越很少，很值得，能够充分说明"生命可以达到一个什么样的高度，生命的残破是否能够随着人生流转"？您觉得您的人物有自传性吗？

融融：我不是"佩芬"。我比较乐观的，认为生命虽然在某个短暂的时候是残破的，只要能经得起折腾，总体可以不断地达到新的高度。

宋晓英：从某种意义上说，您超越了对留学移民生活叙述的常态。一方面，您已经深入到美国主流文化的工作与生活中，至少成功地塑造了西方人的典型形象，如《来自美国的遗书》中的犹太"老板""美国美人""同性恋者""业余侦探"；另一方面，您对您这一代留学人的身份做了重新定位，称其为"一代飞鸿"。"鸿"的翅膀是很大的，飞向光明的，拥抱飞翔的目的地，即异国他乡是"一代飞鸿"的一个归属地，而不是以

"边缘者"的"乌托邦",一个客体。这与我以前读的作品有点差异,如於梨华的"无根的一代"。我记得《又见棕榈,又见棕榈》中描述留学生活是一种隔绝的状态,"我是一个岛,岛上都是沙,每一粒沙都是寂寞"。① 当然牟天磊一代有特殊的文化身份,自小被流放台湾,在美国无家可归感更重。但那些没有像孤儿一样被流放过,从大陆来的作家,也是这样写的,严歌苓的《无出路咖啡馆》,也是写处于两种文化之间,被历史抛出轨道的边缘人。您为什么认为留学移民者可以成为"飞鸿"呢?您笔下美国人家里的中国保姆与於梨华、严歌苓笔下的就不一样,您的保姆或厨娘受尊重,她们的受排斥,为什么?

融融:我觉得要将其他族裔的人当作朋友,而不是首先就将之视为"异类"。《夫妻笔记》中"佩芬"就是这样看"女主人"的。而"任平"虽接受美国女同事的关怀,甚至情爱,后来也住在女房东家里,他还是带了"有色眼镜"去看美国人,美国生活,美国人的家居。对待异国文化,"平视"还是"敌视","对抗"还是"交流"结果是不一样的,这也导致了留学移民人自我定位的差别。女房东"格莱西雅"只不过比"佩芬"多一重身份——她是美国公民。她也流产,失业,离婚,爱人离世,孤儿寄养,各种不幸。就像你文章所述,"任何个体的人在资本化现代化进程中均感受被动适应的压力较大,主观能动性发挥的可能较少"。美国本土人也面临种种困境。

宋晓英:从生命存在的本真意义与从族群意义上去看问题,结论是不一样的。我看到的是"佩芬"夫妇毕业工作后仍拿不到身份,没能力要孩子,正如"作为一个无科技能力的外来者,高力伟无论怎样放下尊严,怎样以苦力积累财富,无论永久居留甚至居民身份的希望是怎样贴近,其对社会的贡献都微乎其微,而'被弃者'与'零余者'的绝望感愈来愈强"②。我觉得你把中国女留学生的"保姆人生"写得有点偏理想,她们的生活是生存的悲剧,"格莱西雅"是存在的悲哀,前者是无可选择的,

---

① 於梨华:《又见棕榈,又见棕榈》,福建人民出版社1980年版,第51页。
② 宋晓英:《阎真小说对精神建构的拆解与对生命价值的还原》,《齐鲁学刊》2011年第3期。

后者自主选择的可能性较大,不能同日而语。

融融:当然,每个人的遭遇相异,对留学人生的阐释就不同。

宋晓英:反之亦然吧,人生态度不同,命运结局也相异。您说住在森林里很安静,於梨华的《小琳达》中的留学生保姆感到害怕与绝望。阎真、严歌苓、张翎等解构了许多东西,不是你的"飞鸿",是"无序飘零",呈现出文化上的一种苦,分裂与孤零。而你的,是以苦为乐的"乐感"文化,"落地生根"的意识。您还同样超越了"美国淘金"文学的模式。如《北京人在纽约》《我的财富在澳洲》等也写放逐与漂泊,但读者看到的是留了洋发了大财,别管过程多苦。而且有一种我在异邦发了大财的炫耀之嫌。您赞美移民的落地生根,没有说太苦,也没有说大富,自自然然的生命移植,就像您的先祖从外地到上海。您赞美来自上海的一个中产阶级知识女性在美国清贫的生存,赞美她新的生活方式,这就给您的写作赋予了全新的意义。

融融:那种说来到美国不久就会变得富裕的故事才是童话,没有的事儿。美国的先人拼死拼活创造了一个较为合理的、公平的社会,新移民不费一枪一卒,不加一锹一土,不纳税,不奉献,就能轻易成为巨富,这才是不真实的。

宋晓英:我对您写的中国知识女性的身份转换印象深刻。在我的概念里,女留学生多是女文青,精神贵族,您写的人物如此脚踏实地,热爱生活,接近泥土,在美国养鸡、卖鸡蛋,没见到这个人物原型之前我一直认为她是假的,虚构的文学人物,见到了她本人,看到你们的家,才知道这是真实存在的。

融融:我们那一代中国留学生,多数来自于一个阶层,因为当时的中国较为封闭,既压抑又傲娇,太盲目自大就成了瞎子,一味地模仿西方也是瞎子,看不到真实。

宋晓英:东方的年轻一代也吃麦当劳,在星巴克上网,看日本动漫,玩的电子游戏几乎与美国的小孩一样。

融融:最低层的东西是最容易学的,最容易学的不一定就是最好的,往往是一个文化中较低级的,最接近生理本能的东西。坚持自己的民族性与拥抱异国文化,吸收新鲜血液并不矛盾,不然,就不能解释汉民族也经历元与清,美国更是如此,多元共生的一个国家。

宋晓英:您给我的印象具多面性,表面上善良、朴素、本色,像泥土一样,但心灵是飞扬的,精神是丰富的,创作手法像手术刀,风格明快又犀利。

融融:因为我是个记者嘛,好多年被训练写东西精、准、快,这可能已经内化成我的基本素养了。

宋晓英:"候鸟"式的生活对您的创作有影响吗?

融融:说我像一只"候鸟"是陈瑞琳说的,她说我是"跟美国地域风土人情最接近的华人作家",大概指我的迁移跨度很大,居住的区域与交往的人迥异,我觉得这当然扩大了我写作的疆域。

什么是真正的小说做法？

——以《来自美国的遗书》为例

当代社会，被命名为"作家"的人越来越多，"小说"作品层出不穷，而文学创作的基本规律却在一定程度上受到忽视。"什么是真正的小说写法？"重新成为一个亟待重视的问题。在基本的意义上，小说需要"谋篇布局"，别出心裁，而不能是平铺直叙，味同嚼蜡。旅美华人作家融融的小说《来自美国的遗书》在叙事的简与繁，气氛的动与静，节奏的舒与张，情节的藏与露，题材"重大"与人格"多重"等方面阐释了"小说"创作的要素。细究其技巧，可以给还原文学的"蕴蓄"与"典型"提供一个重要的参照。

作为一个文学爱好与从业者，每天必须大量地阅读作品。

因为"生活比小说更精彩"，近期集中于"非虚构"，即传记、回忆录等。但大量"非虚构"作品平铺直叙的线性叙事令我提不起精神，仿佛昏天黑地听了一天的流行歌曲，日子月子周转往返。因此我常常回到小说领地，以虚构的，据每一个作家所言的他们的"呕心沥血之作"来提精神、洗眼睛、充脑子。

但同样令我失望，小说，这种需要殚精竭虑地"谋篇布局"、提炼出"典型性"，至少故事"出彩儿"的体裁竟也让某些"作家"写的一样平铺直叙、味同嚼蜡。

因此，在阅读融融《来自美国的遗书》时我麻痹的神经猛地被灼痛，眼前一亮,一鼓作气读完,惊呼"这才是真正的小说笔法!"

被"灼痛",是因为小说揭露的"重大社会问题";"眼前一亮"是被其人物的立体化、多面性所折服;"一鼓作气"是因为其结构情节一气呵成;"多线叙事"是因为它既是"我"的职场故事,也是"铁老板"未雨绸缪的守业诉求;是老板女儿"铁姑娘"的情感历程,也是"异乡女孩"的复仇之路,层峦叠嶂、山重水复,有铺垫,有埋藏,设谜与解谜简洁流利,仿佛一部"经典电影"。得出这种结论的原因有二:一是许多华文作家把小说写成了平白拖沓的电视剧,不但毫无悬念,而且人物类型化、扁平化,种种出版物的泛滥让"作家"身份缩水;二是我从作者融融的小说中看到了她一贯的新闻从业者的敏锐、剪断与"小说家"的睿智与深刻。

一 繁与简

在交代情节,刻画人物时,作者可能会联想较多,下笔千里,收不住手。但现代节奏下小说要写得精彩,运用素材时,必须下狠手,忍痛割爱。融融多年的记者生涯让她下笔力图简练,进入情节很快,主体叙述时也绝不拖沓,转换场景适时与迅疾。《来自美国的遗书》就是这样一部多声部交响曲,首尾圆合的多幕戏剧。

小说第一自然段交代我第一次见到老板时他的形象,镜头感突出,为后文设伏;第二自然段马上演进到"我在他手下工作了两年"。但小说毕竟不是"简讯","记者融融"向"小说家融融"演进,充分利用了"长篇小说",这个"长袖善舞"的表述空间。

先说"繁"。

职场"知遇之恩",这种情感不像"爱情",或"情爱",用几片风花雪月,甚至几个"口口口"就能引起读者联想;不似亲情,画一幅"父亲"厚重的"背影",就能让读者共鸣。但融融成功地写活了"我"与"铁老板"的"知遇"发生的过程。她用密集如子弹般的字句描述着两个人的相知:"我被他的威严震撼住",也"被他刺激出所有的灵感";"灵感就像香槟酒,一旦盖子被打开,'嘭'的一声。老板和我之间出现了一个无法抗拒的磁场。他那兴奋的目光在浑浊的空气中像流星一样上下流窜,我的脑海变成了宇宙天际。我们互相撞击,光芒四射。思维与语言,语音与节奏,挂上了目光的五线谱,仿佛一曲交响乐。面谈结束时,我们俩都像喝醉了一样,肆无忌惮地放声大笑"。①

这段文字荡气回肠,意在塑造"我"是一个"头脑发热""意气用事""知恩图报"的放浪文人:"这个场面一直激励着我,他是伯乐,又是知音,我是充足了电源的马达,加足了汽油的越野车"。② 这种心态与状态下的雇员,能不为老板卖命吗?其实,这段"伯牙、叔齐之情"是对自己的病老敏感的老板"托孤"的交代。他把自己创办的报纸作为孩子,同时也在为自己的女儿寻婿,"知遇"只是后面情节的铺垫。

下面就是"简"。

我先被"铁老板"留在总部,时时冲到第一线抢新闻写事故,杀人、放火、盗窃、偷渡什么都现场采访;当地的三教九流、政界要员、文人墨客以及妓女、浪人都巴结"我"或威胁"我",让"我"住嘴或笔下留情。小说没写了几页,"知恩图报"的"我"已经在职场上成功、过劳、离婚、生病、告假甚至琢磨着离职了。这种结果顺应而出,自然而生,小说前几页,故事就已经翻篇儿了。

这应该就是好的小说笔法。因为我们看到大量小说,大量的文字出版如翻拍了又翻拍的肥皂剧,情节总是不翻篇儿。小说在第一页就说到离婚,几近结尾婚不但没离成,少年远行的恋人,大学时暗恋的前任又冒了出来,形成了"狗血"的三角或多角关系。虽然喋喋不休,但情节却缺乏实质的铺展,人物的性格也没有展开,人物没有成长,心灵没有被开掘,灵魂的矛盾、撕裂更谈不上,人物都没理性没根基,关起门来大恨大爱,满屏幕的扇耳光,揪头发,要么归之于性格悲剧,无关社会,要么一切都归之于社会。文学作品要忠实于现实的话,应该承认,

---

① 融融:《来自美国的遗书》,《国际日报》2013年7月24日"小说艺术"版。
② 同上。

现实生活中，故事与命运大多不可逆转：离婚书一旦签字，"哥哥"一旦"走西口"，绝大多数是回不了头的。前夫或"哥哥"，前女友或"表妹"纷纷"五里一徘徊"，又来"吃回头草"，应该是不符合生活逻辑的。

融融的小说真实地揭示了人生场景转换后自然的人物命运：小说第二三页就到了两年后，人物都具双面性，但人格、命运不可逆转。融融的结尾与开头往往有所圆合，至少是交合，但结尾的变化却出乎意外又出于必然。不是因为她技术好，而是因为她态度立场严肃认真，尊重生活。许多作家写的是"旅美小说"，却以大陆生活为主，人物性格从头到尾没有变化，或者有了变化竟然又回到源头，事业上升与命运失败一点都不"螺旋"，被抛进了美国资本主义"大黑染缸"，竟还保持"一颗鲜红"的"中国心"。融融的旅美小说，比如她的《夫妻笔记》，写美国文化对新移民的冲击势不可挡，应该更合理一些。

此部《来自美国的遗书》，写的是真正的美国生活。读者仿佛逼近了那个叼着古铜烟嘴，嘴里冒着辛辣气儿的"铁老板"。"我"，这个开着汗味儿、饱嗝儿味儿、汽油味儿、啤酒味儿混合的破车走马上任的"老油子"记者，也在读者心中扎下了根。这小说风格苍劲老辣，有"西部片"的宏阔彪悍、侦探片的一波三折，也不乏流浪汉小说的纵横落拓，还有社会讽刺小说的皮里春秋。

二　动与静

融融的小说往往把情节描述得活色生香，因为她善于把文字化为音乐，故事描述出绘画意象。她用词活泼，比喻女人的丹唇静止时如鲜艳欲滴的红果，动起来却成了两片"重金属乐器"。整部小说中作家像音乐会的指挥，或钢琴演奏家，娴熟地运用着复调、和弦，也如马车夫、飞行师掌控着小说的内容节奏。

《来自美国的遗书》第二部分，作家几句话把《摩登时代》中"现代人"牵线木偶式的生活交代清楚：几年来，作为记者的"我"，"靠着汽油和发动机，把身体送到东南西北，思绪像子弹一样，到处乱窜。一手握着方向盘,一手打电话,脑子里旋转不停,心里只有目的地"。①

根据情节("我"需要借职业转换喘一口气)的需要,小说进入了舒缓的描写:一路南行的"我"欣赏着美国的大好河山,进入旅馆酒肆采风,了解风情民俗。这一段似宕出了情节,挑剔的读者会跳过去。之所以没有跳过去,是因为作者对风景的描述逼真如画。这些描述是动态的,流动的,既有萧红《火烧云》的妙趣横生,也有风景电影的诗意盎然。此部分云淡风轻,看似闲笔,实则一石三鸟:既在节奏上做到了松紧相宜,让读者喘口气,也是为了呼应前文"老板"为什么对我"知人善用",更是为后文"老板女儿"的神秘性与"小城故事"的诡异性埋下伏笔,做一个有理有据的背景交代。

三 舒与张

读者看到的小说会有文字表面的意思、情节发展的意趣以及人文哲理深蕴等。不成熟写者的小说中,往往明显地看出"这一段交代情节背景","这一段人物性格溯源",也就是说作为一个写作的"工匠",其"斧凿"的痕迹太过明显。有些小说缺乏基本的构思,以传记手法纵向时序按部就班,不敢跳宕迂回,可能源于作者缺乏宏阔地把握结构的能力。所以,在写作中,那些成功地处理了意蕴既鲜明与繁复,枝蔓较少又花开几朵,能够"一石三鸟""一箭双雕"者才算小说"高手",结构铺排跳宕又能巧妙地迂回过来的才算是文章"大家"。

《来自美国的遗书》在用词上并不太过深奥,结构上也并不庞杂,那是因为作者善于把显与丰、舒与张娴熟运用。比如小说伊始就"一箭双雕"揭示了人性的复杂,"铁老板"等的双面性格同时是推动情节发展的重要动因。

这段的"关键词"为:老板,雪茄,烟雾缭绕中凹深的眼睛、高颧骨,"灵活的脑袋架在厚实的肩膀上",一支接一支的雪茄,一个接一个的问题像一支支飞投过来的箭,"我"竟然都接住了。这个面试的环节既

---

① 融融:《来自美国的遗书》,《国际日报》2013年7月26日"小说艺术"版。

有很强的镜头感,又交代了我得以入职的原因:精明的老板需要一个精干的雇员。

但接下来,文笔一转,"关键词"改为:烟雾散尽,"老板"银发、厚嘴唇、发福的脸、目光平庸,像一个"外国和尚",又像个随和的老人。

这样,就成功揭出了人物的"两面性"。前文他的运筹帷幄、深不可测实则是为后面情节中他的强弩之末、力不从心所做的心理预设。冷静,甚至冷酷掩盖下的"铁老板"既有远虑,也有近忧,对事业青黄不接的哀愁掺杂着对家门不幸预感的绝望。这里,肖像描写与职场心理智斗当然都不是闲笔,顺理成章地铺垫在这里,是为了在后文延伸开来。

意蕴鲜明与繁复如何同时做到呢?除了一石多鸟,还可以叙述代替描写,特别是工笔细描。这个似乎容易做到,不就是把描写减缩为叙述吗?其实,最不容易做到的是简化后的文字如何保持生动逼真,也就是达到"白描"的效果。小说第二部分有两段"白描":我到了新单位办公室,与两位同事打招呼说车在停车场,一小时五美元车费还没付,"说时迟那时快,一个东西从背后越过我的肩膀飞过来。原来是一张蓝色停车牌,上面写着白字14号。我顺着车牌的方向倒回去,看见有个女人的背影,一身黑衣服,眨眼就消失在玻璃门后面"。"我"大声说:"艾玛,谢谢你。"第二段情节:我下楼在停车场找到14号金属盒,发现透明胶带贴着两把钥匙,一把应该是办公室钥匙,另一把应该是我的公寓钥匙,上面写着204。

"等我回到办公室,两分钟之内,两个男人都不见了。"[①]

这里既有中国古典小说的栩栩如生,又有西方侦探片的步步惊心。此段白描是不是作者在显摆技巧呢?显然不是。因为她要塑造一个外刚内柔的"铁姑娘"形象。这个老姑娘是细心的,但也是不耐烦的,因此员工怕她,情人怕她,父亲也怕她。有"铁老板"就必然有"铁姑娘"。"艾玛"正是"铁老板",那个老葛朗台的女儿,不把员工的精力才华榨干不肯罢休。恰恰因为民风淳朴,生活平淡如水,这个"天高皇帝远"的小

[①] 融融:《来自美国的遗书》,《国际日报》2013年7月30日"小说艺术"版。

城少有"新"的"闻",我也好几天没写出什么来。新老板,这老女人的脸像她又硬又直的身板,拉得老长。

四 藏与露

小城的平淡如水,报界的艰难为业其实只是个表象,后面的幕布一幅幅打开,波澜不惊到惊心动魄仅仅是一闪念间。但作为一个成熟的写者,作家对情节的揭示是渐进的,也就是说,每一部好看的小说都必有其戏剧性演进,从序幕、发端、展开到高潮、结局或尾声有一而再,再而三、三而竭的性格冲突与情节张力,有小夜曲的舒缓、进行曲的激越、大河向东流的豪放,也有长河落日,或者大河入海般的宏阔或开放。《来自美国的遗书》是把这多重境遇体现出来的少有的小说。

记者要抢新闻,或造新闻,单身记者,单身者要找感情,于是,一场场寻猎游戏即将开演。

表象上,新的报馆里三个男人围绕一个单身女人转,"老板"设计"驸马"与"继承人"的游戏似乎是故事俗套。"直到几年以后,艾玛走了,我接替当了社长。她残留在报社的气息,那些噪音,仿佛仍旧黏在天花板上。那些愤恨的肢体语言,仍旧残留在空气中,时隐时现。一提起她的名字,我仍旧感到嗓子冒烟,仍旧感到焦躁不安。"[①] 浪漫的故事开始了没有,这真的是艾玛的全部吗?这是作者铺设的悬念。

事实上,小说并没有落入《招驸马》的窠臼。她设了个局,扭了个扣儿,之后再一次把笔墨宕开来。酒吧里,"女人多得像蚊子";但,女人在"我"的怀里流转,眼睛却盯着"凯文"。

有故事的人肯定不只是"凯文"。办公室另一个同仁"约翰"30多岁,留着山羊胡,脸从侧面看像中国的"月爷爷";正面看时,牙齿洁白,笑容纯净,蓝眼睛一无遮拦。仿佛典型的"美国好先生"。但就是他,说杂货店老板新娶了个香港太太,新开了花店,她出生中国大陆,经香港转日本,和"我"的年龄差不多。

---

① 融融:《来自美国的遗书》,《国际日报》2013年8月21日"小说艺术"版。

"西施"老板娘"余丹卉"果然不同流俗,迷上她的"我们仨"把她的报道登上了报纸,照片风靡全城。她水波样温柔细长的眼神勾得我恨不能天天去花店,我找了个写长篇通讯的理由。她的小身材欲拒还迎,月牙儿眼在长睫毛下面黑白分明。

一直到这里,还是只谈风月,或职场。但作者欲言又止的主题是:这里是移民的"天堂",也是欲望的深壑,甚至如旧上海、香港、印度的孟买一样是"冒险家乐园",这里容留的是每个家族或民族的"黑羊"。至此,小说进入对"美国社会"的深入开掘,层层剥笋。

果然,"丹卉"的"茉莉花酒吧"是一个"亚裔女性避难所"。"丹卉说,我收留这些没有身份的女孩子,这里就是她们的家"。一个美国男人口中的"单身男子汉俱乐部"怎么能成为"亚裔女性的避难所",或者"家"呢?这本身就是个巨大的讽刺。作者想揭示的是:女人们宁肯在这里"避难",那就是世界上另有一番"苦难",是这里有过之而无不及的。"狡猾的白兔与色狼共舞",斑驳陆离的灯光里,孰是孰非呢?

五 题材"重大"与人格"多重"

这样,在朝"重大社会题材"的过渡中,小说超越了单纯的道德评价、小儿女的风花雪月、千篇一律的职场模式,开始向性别、文化、种族、法律与道德的对撞冲突中的高潮迭进。

终于有一天,"凯文"失踪了,"铁女人"一反常态,长长瘦瘦的小身板摇摇晃晃像被风吹进来,哀哀怨怨低声向"约翰"求救:"你得帮我把他找回来。你当过私人侦探,我付钱。"私人侦探?一个谜底揭穿,另一重秘密凝结。

《来自美国的遗书》里人人都有多重人格,但自然天成。"铁老板"表面坦诚,但"老人"面目只是他的伪装,他对"心腹"似乎永远是"倾情相诉",但吐露的永远只是他出于目的想让你知道的那一半。"我"是一个"老练"的记者,却是个幼稚的情人,比起办公室里两个西方男人在情场中的千锤百炼,情感上的冷酷无情、刀枪不入,"我"只是更多地暴露了东方民族的重情义,知识分子的非理性。

西方法律严密,西方人钻空子深藏不露;东方人义气为重,将道德伦理与法制公义混为一谈。"余丹卉"姐妹,这些与"色狼"共舞的"白兔",其自觉的"自我东方主义"与美国男人的"东方主义"合谋,但我的"民族主义"却是无能为力,无功而返的。具体说,就是"约翰"与"丹卉"有意为之,"我"则是因中国人的"正义感"模糊了法制观念:"丹卉"开"酒吧"容留非法移民出卖色相显然是违法的。"约翰"支持"丹卉"姐妹报复中国大陆来的商人,雪国恨家仇,此种以暴制暴是对的吗?"我",在"民族主义"的立场,一个弱势的"中国"人藐视强势的"美国"法律的立场上混淆了这些基本的事实。

作家不忙着揭开"艾滋病"的秘密,却又一次宕开去写节日期间华人社区的繁荣昌盛。一片莺歌燕舞:团拜会、慈善会、募捐会,"华人"的财富滚滚而来,造福社区,中文学校、华人教会集结了做电脑的台商、金融巨头、港商与大陆新移民房地产商,人们粉墨登场,一派"爱国""怀乡"情怀,"茉莉花酒吧"好不热闹,"旗袍姑娘"们忙个不停。

但笔锋一转,揭示出全是"Money Talks"的本质。华商们为利益之争,比"旗袍姑娘"们干净不了多少。移民局插手,没有身份的"姑娘"们立刻被"丹卉"及时换成了美国本土少女。艾玛病了,她"臆想"中的"凯文被陷害"是否属实?"约翰"的国际主义、"我"的"民族主义"、"丹卉"的"自我东方主义"主使下的"复仇"行动几近成功:凯文染上了艾滋病,那个大陆新移民房地产商也未能幸免。孰是孰非?"距离和隔阂,像霉菌一样在那扇玻璃门后面的房间里繁殖衍生"。①

在美国这样的"资本主义"社会里,容留无身份的少女卖身可以被称为"挽救那些女孩子"?以"复仇"的名义诱骗色鬼,非法录像可说是一种"正义"?作家无意做道德评判,只是意图揭示藏在"民族"情结,"国家"名义或者"文明"表象下社会深层的光怪陆离,让读者自己深思评判。

世人的悲剧往往是记者的喜剧,或者说"记者"就是"追腥逐臭"

---

① 融融:《来自美国的遗书》,《国际日报》2013年8月20日"小说艺术"版。

的一族。通过炒新闻,"我"很快出名,涨了两次工资,每天二十四个小时,随时等待新闻的召唤。按行规,记者跑现场必须比警察还要快。这是我有生以来"最光辉的岁月"。但,几年下来,这工作几乎把我"掏空耗尽"。折磨我的是失眠,根根神经都是绷紧的弦,"老板不知道我的极限在哪里,把我当作运动员一样,以为跑到快休克的那点,正是突破纪录的开始"。① 竞争制度下哪一行的雇员不是如此?现代人的生存危机彰显。

少女被逼良为娼,是社会危机;记者为新闻"茹毛饮血",是行业危机;移民者在他族的土地上跻身边缘,是种族或全球化危机;"铁老板"以心机血汗建功立业,却挽救不了女儿的命运、人心的涣散、事业的大厦将倾,这又是怎样的悲剧?《来自美国的遗书》中作家把家族、民族、种族多重的爱恨情仇融为一体,超越了职场小说、婚恋情节、移民悲欢的单一模式。虽然没有给出结论,但其以敏锐的问题意识、深重的人文忧患、跨区域、跨文化、跨族裔的视角,揭示了现代社会的重重危机。其情节扑朔迷离,文笔深入浅出,是一部真正的好小说!

---

① 融融:《来自美国的遗书》,《国际日报》2013年7月24日"小说艺术"版。

孤独是生命真实的状态

——施玮访谈录

访谈嘉宾：施玮，诗人、作家、画家、宗教与哲学博士，"灵性文学"的发起人。20世纪80年代中期开始文学创作，在海内外报刊发表诗歌、小说、随笔、评论400余万字。获"世界华文著述奖"、"小说第一名"等各类文学奖项。曾就学于北京鲁迅文学院、复旦大学作家班。1996年移居美国，获圣经文学研究博士学位。美国《OC》杂志主编、《国际日报》文艺部主任、《世界华人作家》杂志副主编、国际东西方研究学会研究员等。主要作品有：诗集《歌中雅歌》《以马内利》，长篇小说《柔若无骨》《放逐伊甸》《红墙白玉兰》等。

时间：2013年10月26日—11月3日

地点：美国洛杉矶涛浪市施玮家中

题　记

相对于中国时期的创作，进入了西方境遇，有了比较视野后的华人作家在创作上有了哪些新的自觉呢？通过对美国华人女作家，"灵性文学"的发起人施玮的访谈，发现海外作家更多地强调人的生命成长中的"归零"意识与独立立场。施玮认为作家必须是人文知识分子，既应替群体负重，又必须保有独立人格，坚守精神价值；生命的阶段不同，作家的创作不宜重复，要时时"清零"；文学作品应摒弃单向度价值判断，简单群分的人物塑造，表现生命的丰富与深刻。访问者认为施玮写作的独特风格一是其"超验"性，体现为她作品中的灵性省思与空灵的意象；二是达到了"水晶般的单纯与利刀似的深刻"之高度的融合。

一 灵性：开拓华语文学的空间

宋晓英：大家都说您是"灵性文学"的发起人，从您的作品中还发现您是一个"灵性写作"的实践者，对宇宙生命、人文自然有独到的见解，是一个生命意识、哲学意识、理性意识独特的知识分子作家。印象深刻的还有您的跨越，跨文学与宗教、写作与绘画、科学与人文，艺术手法上超验性、隐喻与反讽等非常突出。想问一下您创作的风格起源于何处，未来的发展方向在哪里？您的创作中怀疑精神与对神性的皈依是怎样做到和谐统一的？问题很多，我们顺着"灵性文学"这个概念往下走，层层剖析您的创作主观，好吗？

施玮：关于"灵性文学"文艺主张的发起人这一说法，是因为我写了一篇《开拓华语文学的灵性空间》的文章，对"灵性文学"做了个定义。我是从"人论"的角度来定义"灵性文学"的。"文学"是人学，就要体现"人"的灵魂，描述"有灵的活人"的生活。此处与中国古典文论中的"性灵说"有一定的关系，但重点不同，不单单指文学要表现有灵内居的"人性"，而是说"灵"是人的生命本质，文学就是要体现这种生命的本质——人性中的"灵的属性""灵性的超越"。

首先，你所总结的我的横向跨越，理趣结合，诗画融合可能出于小时候的教育背景，祖辈与父母的着意培养，这是所谓的横向跨越。其次，纵向的超越，在我，就是对于"灵性"的追求。我认为人的生命不仅仅是我们所看见的一切，不限于我们眼见到的生命状态如吃喝拉撒等。在其后，或在其上，应该有灵性的存在，灵性的喘息或灵性的挣扎等。即使一个人认为自己是一个完全的物质生活者，他真正的生命轨迹也必定包含了灵性的喘息或挣扎等，他对于后代也有灵性的延续。如一个很俗的女工，她的丈夫觉得她就是为了要一个身份或是喜欢他的钱、地位或职业，因为她开口闭口说你能给我什么，给小孩什么，但在我的作品中最后揭示的是，她也是有精神需求的，丈夫要离开她，把所有的存款、股票等都给她的时候，她也突然意识到她需要的其实是对方的爱，一种安全感，一种归属，至少是一种尊严。

宋晓英：您说的是《红墙白玉兰》中的"王瑛"吧。

施玮：对。她最后还是让丈夫意识到她所要的是爱，她是基于这个才用索取来掩饰精神需求，多少年忍受他的不屑的。从这个描述我突然顿悟：我们常常被人的某种假象所迷惑，把人性简单化，把族群简单化。比如我们界定中国是"民以食为天"的民族，好像中国人生活中最重要的部分就是"仓廪实"，吃饱了大家都好，其他都是锦上添花。但实际上你真正扪心自问，环顾周围，发现我们所要的往往超出了饱腹的需求，也不仅仅是对离婚、失业、失学的焦虑那么简单，因为以上问题满足了之后还是不满足、无幸福感。从这一点上说，"灵性的超越"其实是基于人的生命的本能，关涉到人与动物的本质区别。如果没有"灵性的超越"，文学创作就可能只是平面的、肤浅的。只有你认识到这个平面的琐碎之后的那种繁复与深厚，文学才可能有意义，悲痛才是真正的悲痛，喜悦才有真正的喜悦。如果我们的文学仅关涉到我们的吃喝拉撒，至肉体欲望的表层，其喜怒哀乐就可能是肤浅的，没有表现生命的本质。

你说到我有一种自觉的意识，对宇宙生命、人文自然主动探索，这点我同意。我认为，作家一定要具有真正人文的关怀、自觉的意识与独特的视角。我在美国的硕士、博士学位都是有关宗教的，主攻圣经旧约的文学，宗教有可能对我的独特视角有很大影响。其实，早期创作中，我已经对佛教、禅宗与中国古典哲学有所涉猎。比较其他海外女作家，可能我更关注哲学理念、生命关怀等形而上的东西。

说到我小说中的隐喻与反讽，肯定与我是一个诗人并习画有关。绘画重意象，诗歌重隐喻，加上我还是个喜欢童话、寓言的人。自小，奶奶给我看的是《牡丹亭》《红楼梦》，母亲给我讲的是《格林童话》《伊索寓言》，这两个人培养了我的文化双重性。中国文化曲达其意；西方文化充满了预言性，梦幻与穿越，我肯定深受影响。我看到你草稿中界定的我的风格，"现实与梦幻的双重穿越"，"水晶石般的单纯与利刀似的深刻"，可能都源于我性格与生命中的文化双重性吧。我觉得水晶石般的单纯与利刀似的尖锐是一个硬币的两面，越是单纯的人其实越尖锐，因为他很单纯，就会去掉很多虚浮的东西看到本质；又因为他很单纯，就敢于将这个本质直言出来。没有单纯的尖锐是混杂的，有时候概念会模糊。你对我风格的界定我基本上认可。

宋晓英：因为这是我反复细读了您的全部作品，与其他作家鉴证比较后才下结论。另外，读过了您的全部作品及近距离观察了您的为人，我觉得您是一个"多向度的人"。作为一个文学爱好者也好，研究者也好，我喜欢作家作为一个"多向度的人"展示给我的东西。关于"跨"与"超越"，我的体会是，工业时代以来，社会分工越来越细，工具理性逐渐向人文领域渗透，作家分工越来越细，有人专写微型小说，有人专写报告文学，就像把绘画的步骤分解了，借此为稻粱谋，艺术的生命力不再，精神的繁盛不再，所以我们更缺乏爱因斯坦那样既是科学家又是小提琴手，列奥纳多·达·芬奇那样既是画家又是科学家的伟人。我的老师说西方的文艺复兴时代，中国的古代跨人文与自然的伟人很多，如沈括是科学家，但《梦溪笔谈》作为文学名著流传千古。所以我不喜欢太"工于器"，掌握一个小小的创作手法，或专攻一个小小的文类，就认为自己是可以"吃遍天下"的作家。

您提到的文学要注重对精神的关注，开掘人的"灵的属性"问题，对我的认识有很大的启发。反观中国当代文学的创作现象，可能有一些理念需要扭转。近年来许多作品写"活着"的艰难，"生命不可承受之重"，被总结为"生命书写"的作品太多。特别是文学作品所改编的影视作品，或由影视作品所改编的文学文本，为了体现"生存艰难"，太容易把人物塑成一个个"单向度的人"。还有，文学系的学生许多迷恋韩剧，就不会关注心灵，或只看《甄嬛传》，把心机阴谋等太过技巧化，其"心灵鸡汤"是《厚黑学》类的"人生指南"。所以你用作品倡扬"灵性"，在日常生活中挖掘隐含的精神向度，是非常必要的。

施玮：我觉得小说的意义就在于其能够揭示人心底深处的复杂，这样才有意义。如果小说就像是重复一遍我的生活，是个原样照搬的纪录片，意义就不大，人们不用关注文学，去看纪录片，或听隔壁老王家打架好了。如何让人看到生活纪录背后的灵魂呼喊、生命挣扎，日常生活中表象上没有，却在夜晚的枕上深刻地感受到的，才是文学存在的意义。"文学"这副眼镜应该是显微镜、潜水镜、凸透镜与凹透镜，超越了生命的单纯与物质的沉重，给人以想象的空间、思想的翅膀，揭示生命的多元，让人不被世界捆绑，而可以做灵性的飞翔，这才是重要的。

宋晓英：我读您的《放逐伊甸》就有这种感觉，其中的人物都是有生命之"灵性"的多元化存在。

施玮：我觉得社会历史评价立场上的文学评论，造成了作家对人物的类型化书写。特别是当代电视剧对人物谱系的简单归类，还有博客论坛上对人性的简单的阶层划分，非要把某个人物归入一类，给某个阶层一种属性，比如"富二代"，或"屌丝"阶层。哪有一个人是那么简单地只拥有一种特性？

宋晓英：明白你的意思，你是说我们在文学教学中，老师给文学作品加上了人文意识，或者意识形态特性，学生在理解的时候就程式化、标签化了。我们在文学讲义或文学课堂上统一地定义了安娜·卡列尼娜是个什么形象，卡列宁属于一个什么阶层，白毛女、吴清华的反抗属性，所以我们的文学评论代代相传，大众视野更是如此，这样的批评与阅读视野影响了文学创作。

二 文字：追逐灵魂奔跑的留痕

宋晓英：说你的作品有水晶石般的单纯与利刀似的尖锐，并不完全。我也能从你的作品中看到云朵或棉花或丝绒似的柔和。小说中你能把虚与委蛇，那种油滑、圆滑写得活灵活现，这一般的作家写不了。我看到许多题材过窄、表现手法单薄的作品，比如自我重复的女性唠叨、女性愤怒、女性纠结。个别作家文字就太表象化，文字没有缝隙，没有层次，缺乏想象空间。我看您的作品大多是行云流水般灵活自由的，是不是与您特殊的立意构思、小说的间架结构相关？不是我夸张，我确实在您的作品中看到了没有斧凿痕迹，但却尽得风流。我是说您好像简单地遵循着人物的心理轨迹、生命轨迹，没有事先格式化、理论化，没有规划人物的必然命运，如福楼拜没有预设艾玛一定会死，但写着写着就闻到了砒霜的味儿。但您的人物又让我看到了生命的繁复与深刻，小说结构上山重水复。您是只是在遵循偶然中的必然，必然中的偶然呢，还是有所谋划，有所布局？我写了一篇《对施玮的〈纸爱人〉存在主义意义上的多重解读》，我的学生的结论与我不同，学生们自己的结论也大相径庭，您的人物在照着自己的性格必然的方向发展呢，还是像文字表层上所说的那样受时间的偶然，甚至细节上的偶然的很大影响，一个小的误会会改变人物命运的方向？

施玮：我认为人是很复杂的，在多重的关系中他要走向何方也不是他自己能够掌控的，而是被各种人物、势力所挤压，所裹挟。这个有点像我喜欢去漂流。漂流中任何一道弯曲，任何一个大浪或任何一条溪流的冲击都会改变你的方向，在总的"往下飘"的趋势中你不断地在改变。哪怕碰上一小块石头，筏子或者小船的角度都会改变。有些人想做我作品研究，后来告诉我太难了，因为我没有定式，很难给我确定为到底是水晶石般的透明，还是星空一样的复杂。有人看我的文字过于隐晦。我看人的角度，有非常温暖的时刻，也有非常冰冷的时刻，你很难把我定位。但同时我觉得我是一个非常真实的人。真实的人不就是很难定位的吗？他符合复杂中具有规律，规则中又有其偶然性的原则。你定义我的作品为"必然与偶然间生命的多向性"，我觉得是很恰当的。我很希望创作始终遵循"漂流"的原则，但事实上我也有"意念先行"的败笔，所以我绝不放过每次再版时给我的机会，我喜欢自己折腾自己，每一版不同，增加意蕴或删减故意。

宋晓英："多向度的繁复的意义"就是这一次近距离采访我对您的感受。从前读您的一部作品，或看您的外表，一次演讲，很容易把你定义为一个"世俗的女神"。我是说典丽也好，优雅也好，恰恰让评论家误解你不深刻，不繁复。幸亏我没有绕过你走，我喜欢再看一部作品怎样呢？近距离接触一下作家怎样呢？多读了几部作品我就发现了您的特点，有女作家少有的把握家族小说，知识分子一代人命运的解构能力，长篇能做到纵横捭阖，杂而有序。读你的短篇小说，如《纸爱人》，我就看到至少三个视角:全知全能的视角,叙事很温暖;人物的视角,有回忆与温情,有很深的幽怨;作家第三只眼的人类学视角,存在的悲剧,人物的嬉笑怒骂,生命的不可承受之轻,男主人公对任何东西都提不起劲头来的"多余的人"的特质,女主人公身上人文知识分子的愤慨。城市的变化、感情的变质,延续到生命的腐化。爱恨无力,但抵抗的情绪蓄而待发:当不成社会反抗的"秋菊",当不了窦娥,也没有秦香莲的冤仇,还当不了娜拉,当不了安娜,演一回出走吗?不敢辞职,还不敢离婚吗?现代人生存的荒诞,或用流行的话语叫"虐心",叫"拧巴"。

施玮:《纸爱人》里这个女主人公就是知识分子的典型。她解构了窦娥、秦香莲、杜十娘的冤屈,委屈到头,受西方人文主义的熏染,有一定的主体性自觉,相信这个"冤",自己受到的"不公",是与自己的"参与"有关系的。如鲁迅的"狂人"认定在"大哥"当家的过程中,"我"肯定也参与了对"妹妹"的荼毒。所以爱情上遭了背叛,事业上遭了淘汰,这事自己也有份儿。知识分子最大的尊严在于主体性,在于自省,最大的"悲剧"也在于自省,因为自省,所以无法为自己呐喊和申冤,与窦娥的呼喊、秋菊的反抗不同。

宋晓英:当你理解了一切,你就没有了抗争的念头,有了念头也没有了劲头。

施玮:对,秋菊是全然地知道就应该告官,一门心思,一条胡同走到底,她就要个说法。如果她有一个自省意识,就会意识到支书不容易,还送她老公去医院。张艺谋的电影认同中国普通百姓的反抗意识,但不自省意识,永远认为自己是最冤的。也是特意给西方受众看的,张扬了中国老百姓的想法,但不具有普世性的人文意识。

宋晓英:这是我第一次在作品中看到一个中国女性知识分子作为"多余的人"的典型。《围城》中方鸿渐那样的中国男性知识分子的"多余的人"形象较为多见,女性知识分子的"多余的人",我记不起哪个作品中有过。我觉得你写的人物的心路历程特别真实,如知识分子所感受的整个时代人文精神的消弭,夜雾弥漫式的,被包围的,浓的流不动的巨大悲哀,他把个体的命运与整个世界的浮沉联系起来,而不知所措,所以

《放逐伊甸》中的李亚就用某种放浪形骸的方式来忘掉这种悲哀，戴航也没有气力承担婚姻。我记得最早读您的《生命历程的呈现》，1990年的，批评界还很少用"生命意识"这种提法。1999年您的《关于苦难》，2005年的诗集《生命的长吟》，您的"生命"理念在不同的阶段有没有变化，有什么变化？你的独特的生命理念是什么？

施玮："生命"一直是我最关注的。其实，我不太有"寻根意识""创伤意识"等。当然，人肯定会"寻根"，但如果你没有生命意识，或者说生命意识不强的话，那些寻根和创伤是比较表层的。

《生命历程的呈现》中写过这么一个意象，当我认知到应该重新开启生命的一页，应该启程的时候就带了许多羽毛，还带了一张很大的白纸。鸟的羽毛代表飞翔，白纸代表的是一种新的生命的记录。纸上印满了密密麻麻的粉红色婴儿足纹，就是带着是对"元初"的怀念。用一根绳子系住一只红风筝，绑在屋檐上，就是说当我离开原点的时候，我用一根绳子系住了往昔，绑在屋檐上，然后就走了。到诗的结尾，穿越了艰辛悲苦的人生，穿越了漫长的自我迷途，发现自己走了一个大圆圈，似乎回到了原点，但又不在原点。红风筝挂在隔壁。这个"隔壁"是一道看不见的墙，我走不过去了。一生理想的追求，对生命的探索，是一个循环，什么都没有，没有彼岸，又发现回不到本初。作为我个体生命的追求，我拼命追求，风驰电掣，最后的一切还是视野一片模糊，周围一片混沌。"自我"不过是一堆黏土，你的自我意识也从来没说过"自己"的话，不是"鬼魂"就是"天使"轮番借着你的嘴说话。这首诗的最后，我渴望成为一个纯纯洁洁的字，不用说那么多，哪怕只是一个字，也是发自自我本身。

宋晓英：你是说，自己生命的前27年都是在转圈，还转不回去了。你想把自己的生命活到本初的、原初的时态。但你发现自己的笔从来不曾像自己所认为的那样"我手写我口"。有评论家说，你真实地呈现了在生命荒漠中忍辱负重、踽踽独行的心理轨迹。我觉得可能是从这里开始的，你的写作有了自省、自觉、自为的意识。

施玮：其实我的写作是蛮痛苦的，就是说我没有想参与到哪个流派，结果就是：任何一个流派在总结作家作品的时候都没有我。我的自我寻觅意识太强，就没有时间看大家在写什么，一个人独行。具有讽刺意味的是：我认为我保持了独立的写作，但发现我也不过在用自己的笔"让魔鬼与天使轮流说话"。

宋晓英：别人都是在不同的旗帜下集体取暖，你自寻孤独，用羽毛笔蘸着自己的血和肉、汗与泪在写，过了半生，发现还是被天使和魔鬼轮番控制。

施玮：对，或者说，哪个人都难以避免文化的浸染，即使是隐含的。

宋晓英：你意识到文化对你的濡染，对你的破坏。就像我教各国留学生汉语，用语法规范去看，初级班、中级班留学生写的汉语可能是不通的。高级班的作文语法规范了，合乎汉语的约定俗成了，但也恰恰失去了汉语语言的纯洁性，就是有可能被意识形态污染了。但什么是纯洁的语言，不带"套语"能够表达个体的意思？恐怕没有绝对的例子。

施玮：对，我们说汉语，你突然会发现，我们说的要么是教科书上的话，要么是流行的话，就是没有你自己的话。

宋晓英：因为你的自觉，好多次的作茧自缚、化蛹为蝶，又化蝶为蛹，这种自省的生命历程才会比别的人要复杂，我觉得你的情感也复杂，创作也繁复，丰厚的意义，多层的意象。

施玮：无意识地被某个人、某种审美、某种哲学所占领。这是作家很大的悲哀。但悖论的是，你越是崇尚自我、独立、创造，你越发现闹了半天还是被既有的思想所霸占。我的追求就是无论用什么方法，能够更加贴近真实，贴近内心，又表达出生命本身的多重。

宋晓英：当然了，人家是三重立体思维，你加上"灵性"就多了一重，还力图说明个体生命怎样在个体的长河中上穷碧落下黄泉，都快赶上伍尔夫的《奥兰多》了，你又老觉得弄不好，就老是"归零"。能否总结你创作过程中有一种"返本"意识，就是总是试图达到本初的、生命原始的状态，或者说"归零意识"？

施玮："归零意识"界定得好。我受不了重复自我。如果有人问我哪本书写得最好，我觉得哪本写得也不好，因为当我写完、走完这个过程以后，我就发现了这个过程的虚伪，这个过程的无意义。那我就会急着赶快清零，酝酿下一本，我就会寻求一个新的角度、新的方法，重新呈现我自己。基督教说的"属灵的人"，就是肉身是人类生命长河中的一小段。

宋晓英：我觉得别人是积累的，你把前面的东西全给否定了，不觉得缺乏、空白吗？

施玮：我不认为所有的写作必然都靠创作经验积累，只有不断地否定自己，每部作品才不会重复，作家才能找到新的出路，找不到我就停笔等待。写作本身不是我追求的一个事业，我的生命才是我自己的事业，写作只是我生命行走的一个表达方式，我只习惯于这种表达，上天没有赐给我过多的表达方式。画画、编辑、写作、研究，都是不断地在探寻个人如何成长，寻找我的灵魂与这个世界的一种沟通与共存。

宋晓英：对，三个体会。一、你着重于"生命书写"，用各种方式去探寻生命的意义，具有"探寻意识"。我想起诺贝尔文学奖获得者多丽丝·莱辛给自己的女主人公起了个名字就叫 Martha Quest，Quest 就是追寻的意思。二、由于你的归零行为，你的作品呈现出一种多彩纷呈的、斑驳陆离的、摇曳多姿的形态。三、你的行为模式，哲学上是不是叫否定之否定，或"螺旋式上升"？

施玮：不管是上升也好，下降也好，只要不是一种重复就好。

宋晓英：也可能是上升，也可能是下降，也可能迂回，生命有偶然性。

施玮：你说的这个偶然性特别重要。因为你讲到哲学层面，使我突然想起一个形象，今天是我第一次自觉意识到过去不明白的一点：我一直不觉得自己清高，当然也不是有多高的觉悟使我不追逐名利，其实都不是，而是我的内心。我的心灵奔跑的速度太快，我一直想抓住它，想知道"我是谁"，然后对自己有一个了解，这使我顾不上看外面的事。我一直在追逐自己的灵魂，灵魂又跑得太快，总是要抓到它了，它又跑了。所以我一直在追逐，写作是我追逐自己灵魂的一个表面上留下的轨迹，或者说是呈现出来的一点痕迹。内心的痛苦是我始终追不上自己的灵魂，所以始终对于"我是谁"无法定义。

宋晓英：我觉得好多女作家写作，比如有一段时间，我一个同学说让我当作家,我说我的生活积淀不够,她说你不用生活积淀够,内心也很重要。内心固然重要,但我不认为只有女性"私人"的体验就可以成为一个作家,即使再个体的体验。从你的创作去看,我不认为你是一个女性的作家。如果让我给你定位,你就是个"作家",我是因为你的复杂性、多样性甚至是跨性别思维来主动采访你的。

施玮:我也想不起来在思想和创作上界定男的女的,对我来说,女性就是我的天然属性,我就是个女人。但是如果用女性作家,甚至用基督教作家、灵性作家、后现代作家,都无法定义我,因为我抓不住自己的灵魂,我指不定明天就写什么了。

宋晓英:盖棺再论定!从我的"无神论者做弥撒"的这个角度,你还是具有一定的神秘性,也就是具有很深刻的积淀的,这积淀并不是单纯的、空洞的。我非常喜欢解谜,喜欢推理小说,在对你的解谜过程中我找到了这种积淀,你的家庭、你的修养。你童年就看见了生命的突然泯灭,看见了情感的丧失,不像很多人选择遗忘。你不断地掘井,又不断地行走,不忘记仰望星空,追寻生命之光,但又脚踏实地,稳步耕耘,注重与读者沟通,这是我认识的你。

施玮:其实我的生活经历也很多,只是我不屑于去描述这种经历作为我的主项。

宋晓英:是不是可以说,你的生命积淀有两种:一种是天性的敏感以及悠远的家族史和你周围的革命史,你自己追求理想,追求自由的道路,要求内心精神皈依、滴水入海的追求;第二种是你的经历积淀。我知道你做过技术员、书商、大型企业秘书、作家、团委干部等。就是说除了一个作家的自身经验他还必须体验生活,体验生活的方式有两种,一种身体体验,一种心灵体验。比如说你在北京待的时间比起有的作家可能不算长,但是我就看到你写出来的女版《围城》这样一个作品,《放逐伊甸》。我应该早一点看到它,因为你不张扬,所以人们不知道你写了这本书。我觉得这是知识分子的心灵史,大时代的,社会动荡、思想冲撞中的真实写照,说明你的两种积淀都是非常深厚的。

施玮:其实,知识分子应该代表什么?应该代表民众的心灵。知识分子天性敏感，但也应该有更多的自觉意识，替整个阶层，甚至民族来敏感。因为民众也存在于万象之中，但是他们选择遗忘或不敏感，中华民族更推崇"糊涂是福"。这种徘徊、犹豫、无所适从，就是 90 年代初的知识分子责任意识的真实写照。从那以后，大家就不再注重精神了，因为"时代精神"变了，大家改写"改革文学""反腐文学""职场小说""底层书写"了，有些作品为了迎合"时代精神"，就逐渐放弃了挣扎、徘徊、犹豫、进退两难，主动遗忘了。

宋晓英：大家都成为流水线上的"工匠"，成为"财富精英"了。古人不是说"士人"要兼济天下吗？所以管这种靠一种技能生存的知识人叫作"规规小儒"。

三　宗教：反观世事与自我的平台

宋晓英：你是八十年代成名的诗人。比较其他的女作家，你有较多的哲学意识，你的哲学理念是什么，你对人生对世界的主要看法是什么呢？

施玮：第一，人生首先是个过程，一出戏，但这个过程是有背景，有程序的，有前有后的，不能孤立来看。我在写作《生命历程的呈现》长诗的时候，觉得自己还是孤立地来看世界的，那时候比较绝望，认为人生毫无意义，一路追寻过去，发现最终是回到了原点。最简单地说，你的心灵想成长，但长大之后就看到了衰老，发现从生到死是一个圆圈，在这个过程中一切的努力都是白费的，不只是钱财生不带来，死不带走，你的思维、你的智慧、你对生活的领悟也是生不带来、死不带去。所以，孤立地看人生，七八十年的生命历程不过是为肚腹而活。

但后来，我接触了基督教，博士论文写作的过程中，我研究西方宗教与东方哲学的关系，希伯来文学与汉语古典文学的呈现形态。当我比较着看问题时，就会觉得：这个毫无意义的个体人生，若放到人类的整个被造、永恒的生命体系中来看，就不一样了。灵魂是永恒，生命也就是永恒的，人生就成了灵魂在世上留下的一道痕迹。就是说每一个人都会被给予一次在这个世界表演的机会，在这一段时间里面，给你一个灵魂成长的空间，这种成长有可能对他人，甚至世界产生作用。所以从这里来看，生与死就是一个过程，而且从生到死都是一种积累，或者你积累它，让灵魂不断地更有自觉性，更加开阔。反之，有些人可能因见识太窄，积累了更多灵魂的污秽，给世界留下一些尘灰，这些尘灰也有可能会对其他人，其他生物有影响。从这个角度说，我觉得人生是短暂的，但这个短暂是在生命的永恒之中的，不能孤立来看，孤立来看就毫无意义了。

宋晓英：你是说，一开始写作的时候你是"小我"，然后慢慢地，学会了从宇宙空间，从整个人类历程的角度来看世界。

施玮：不能说是小我。一开始的写作是比较没有宗教意识，所以我是把人生从个体的角度去看，单独去看，所以我看见从生到死是毫无意义的。在宗教意识渐入，以及自己不断的绝望、希望的坎坷与追求中，我就发现看似无意义的这段生命，放到灵魂不灭的角度来看，是这个灵魂有一个舞台来演出；有一段机会来给自己的灵魂进行雕塑，增加其宽度，或者使其更加狭窄。

宋晓英：因为我在你的散文中发现你年少的时候看了许多佛教的书，对佛教的教义有一定的理解，后来又专门做基督教研究。读了你的小说以后，不明白一个意思，就是里面写到虚无和荒诞，人活着生命之轻，然后就是用放浪形骸来表达他的失望，我想问你的虚无意识比较多呢，还是救赎意识比较多？比如说人活着这一段，你觉得是他生命中灵魂表演的一个机会，我们是认认真真地表演，还是无论怎么演都一样呢？

施玮：其实你讲的这个很有意思。在我来说，基督教和佛教、道教是分不开的。如果没有人生的虚无，没有佛教让我看清人生的虚无，我就不会要救赎。《圣经》我觉得是跨基督教的，《圣经》里面有卷《传道书》，它里面讲了大量的"日光之下"的虚空，比如："虚空的虚空，虚空的虚空，凡事都是虚空。人一切的劳碌，就是他在日光之下的劳碌，有什么益处呢？""万事令人厌烦，人不能说尽。眼看，看不饱；耳听，听不足。已有的事后必再有；已行的事后必再行。日光之下并无新事。"

但这里的"虚空"和庄子学说里面的"无"是一样的，《传道书》里既深刻地揭示了"日光之下"人生的虚空，同时又讲到"日光之上"的永恒。虽然我们的生命在日光之下看全是虚无的，就像我讲的，这一段人生单独来看是没有意义的；但在永恒里面，它又是有意义的。如果没有早期的佛教让我领悟到人生的虚无，没有老庄学说让我看到人生的无区别、无意义，我后来就不会对基督信仰有如此大的感恩与领受。所以，对我来说，佛学更是一个现世的人的学说，就是阐述我们今生在世的虚无，以及处此虚无的智慧。而基督信仰给我们一个属灵的观照。我倒是觉得基督教对佛学是一个回应和补充，就是给你换一个角度再看。佛学和中国哲学中讲的许多，我都觉得是真实的，基督教只是让你看到这个真实之外有一个更大的真实，但并不是完全否认这个真实。

宋晓英：我看有个评论家对你的评论，说信仰的力量在于帮助苦难者发现人生的意义，扩展生命的疆界。也就是说宗教试图给人重建混乱了的爱的秩序。作为一个无神论者，我有些不太理解。

施玮：相对来说，我觉得他的这个讲法也没错，但是有点形式化。首先在于信仰不是一个外在于生命的力量，不是生命之外的东西。人看事情总是从某个地方来看的，如果你站在苦难之中，或者站在人的有限的、物质的，所见所触的，这个角度来看自己的人生是一种看法；而你如果因着跟上帝这种关系、应着这种启示，能够以一个全知的视角，或者说灵性的视角来看，则又是另外一种看法。

关于苦难，我专门阐述过苦难，苦难就是说你自己有一个审判系统，而这个审判系统被现实中发生的事给打破了，你就有了苦难。就是说你的审判系统认为：我做了这样的努力，就应该得到的报答，但却没有得到。或者说我是个好人，而上天却给我这种惩罚——我认为是惩罚，而这种惩罚是我不应该遭受的，这就是苦难。所以苦难就是自我的审判系统被打破。怎么解决苦难呢？基督教的观点认为：自我的审判系统原本就来自"以我为神"的人之原罪，所以要将我的审判系统换成上帝的审判系统，从上帝的眼光去看，人的一生只不过是永恒生命的一段，"我"认为坏的事不见得是坏，好的事不见得是好，要从永恒的角度去看。

从某种意义上看，苦难是化了装的祝福。即在苦难中你的人生得到历练，生命才有所扩展。但是对苦难之中的人这样讲，他会觉得我不需要灵魂的扩展，不需要生命维度的扩大，我要掌管自己的生命历程，掌管不了那就是苦难。所以，我觉得信仰的力量就是可以让你换一种世界观和价值观，换一个角度来看人生。其实禅宗思想中也有提倡跳出自己和事情旁观的悟，旁观就总是要有个站的地方，站的角度，站的平台，而基督信仰就提供了这个平台，并且这个平台是用造物主上帝的话来搭建的，"用上帝的眼光来看"让你来反观自己和所处的环境。

人是活在关系之中的，人跟人的关系，人跟大自然的关系，人跟造物主的关系，我们置身于这一切关系中，是按照每个人独有的价值观来安排的。因为每个人的价值观不一样，所以次序就会由于他人拥有另外的价值观而被打乱，甚至次序颠倒。有的时候你知足，有的时候你反叛，所以你的世界观就在不断地被撕扯、拧碎，精神濒临崩溃。如何重建呢？也是借着信仰，就是我说的另外一块平台，另外一个立足点。当你接受这个次序以后，用这套次序来思考自己的人生，你就很容易把它拧碎、重构。所以就要一个外在于我们的世界观，而这个世界观只能靠启示而来，这就是我所理解的信仰。我这样来做一个比较神学化和哲学化的简单解释。

宋晓英：我说一下我从你的讲释中理解的。任何宗教，基督教、佛教、本身都不是流，不是派，更不是帮。如果是把宗教看成流派或帮，那是狭隘的，虽然有好多人是这样定义宗教的。我觉得你的意思是宗教给人一种信仰，一种灵性的光辉，就是你可以超越个体，然后从总体上看事物，你说的平台就是一种灵性的光辉，或者是向上的、形而上的东西，是你超越这个东西。

施玮：是这个东西可以使你超越你自己，有一个立足点去反观自己的人生。否则，你是不能超越自己的。

宋晓英：而且你说的这个爱是什么，经过我对宗教活动的调查、观察、体会，我的体会就是，宗教可以给人一种大爱无疆。我说过了，一个宗教在如此长的历史、如此大的世界范围内有影响的话，在我看来就是。因为看了好多，比如《黑皮书》，它里面就是讲人与人的关系分成一块一块的，分成区域，分成家族、种族、民族，然后分成阶层、阶级，然后分人种，把它分成好多种。

施玮：一种古老的精神怎么会和民主、自由、独立的现代美国的理想、精神融合到一起的。也就是说这种大爱无疆的精神,就是给每一个上帝的子民,甚至其他的物种生灵,都给予充分的尊重。它有它独特的形态,一朵小花活得很精致,我觉得这是美国精神。

施玮:上帝给人类选择的权利,同时要求你承担自己选择的结果,这种尊重是非常感动我的,也是在中国文化之外,最感动我的一种精神。因为中国文化中的尊重,要么就是按阶层的尊重;要么就是一切都是无,有也是无,无也是无,你我无区别的那种自由。这两种都不是我认同的。

而《圣经》启示的,基督教信仰中的这种尊重是一种感动我的爱,这也是一种正确的秩序,这就是爱的秩序。比如像《圣经》里讲到的爱,有次春晚上也唱过那首歌《爱是什么》,它里面说:"爱是不计算人的错,爱是不嫉妒、不张扬。"爱是不计算人的错,这就很重要。第一,对错还是有的,但是我"不计算"这是爱。而在中国文化里面,一种是一定要计算,把你纠正了,这叫爱;还有一种是无对无错。

宋晓英:我觉得你把这个宗教精神解释得非常好,是我听到的最好的对于基督教精神的阐释。

四 情感:透视"纸片人生"的悲悯

宋晓英:您作品中的荒诞意识是怎样体现的呢?

施玮:我喜欢那种文笔:冷幽默,外表调侃,大的荒诞与痛苦被隐忍在客观冷静之下。人生的大恸其实并不像小说或通俗剧里面那种号啕大哭,气愤得耳光打来打去。当你遇到很多事的时候,真正的痛是没有眼泪的,荒诞的那种麻木,就是你信中提到《纸爱人》中的那种"茫然"。我在写这个中篇的时候,最初的感受就是一种茫然,我觉得"淼"这个女人非常在乎自己的形象,但正是这种自爱与干净才让她丢了爱人,她有一种与世隔绝的感觉,行为与思想的差异形成荒诞,感觉不真实。

所以在作品的最后,我写道,"爱的人或者是不爱的人,都像纸片一样在这个世界晃来晃去"。因为她觉得自己努力地有思想,有教养,还"屈尊"做到女人百分百,结果发现老公和别的女人睡在一起时,老公的姿态竟然是一种挑战:"你看着办!"她没有勃然大怒,双方好像都在表演自己，又没有很好地进入角色，就是说在扮演爱。

宋晓英：丈夫在这里是不是也在表达一种反抗，一种对女人表象上容忍自己，事实上非常忽略自己的强烈不满？我觉得这里面最根本的问题在于人与人之间的鸿沟、隔膜。

施玮：她也不愿意这样，她没有预料到会出现这样的镜头，更没有预料到出现了这样的镜头后，自己的情感并不像自己想象的那样强烈。所以，从她的角度来说这一切都是荒诞的。

宋晓英：但是我觉得我想得更加复杂，离婚很容易，但是它有一种后劲。我觉得您的小说写得好，是因为它的内容后面还有延伸的东西，就如您的画一样。那么，让内容延伸的技巧是什么？我觉得您的笔法很好，该隐的隐，该多写就多写，我喜欢这样，如果是长篇空论就不会有这样的效果。在此，我想插入一个问题，就是她的"女伴"，就是闺蜜为什么会如此关心他们夫妇的关系？这对夫妻之间好像情感并没有完全破裂，特别是在一晌贪欢之后。表面上是说爱人之间亲密的关系，相濡以沫很多年，两个人一直都在隐忍。但是这对夫妇各与这个女友什么关系，写得太隐含，我觉得应该多些，这个伏笔应该露得稍多一点。您这里是不是含蓄得有点过分？很多年以前您的心思就这么外表冷静，内在复杂了吗？

施玮：对啊！其实我这个人很奇怪，你说我这个人简单我非常简单，非常单纯，但是我内心深处也喜欢看人把其细微之处摸透，有时候我需要很宽厚的爱才能把我所看到的那些阴暗之处融化掉。其实我看到每个人，包括我自己，都是有很多层的。这是人的罪性。

我对人的罪性体会最深，人的那些龌龊、扭曲的、破碎的地方，但是这些地方看多了，就渐渐地不会感到惊奇，不惊奇以后你就会有一种怜悯的心，虽然犀利但是有怜悯。我在看张爱玲小说的时候，我就觉得她的文笔非常犀利，很多人就会说不喜欢她的东西，因为她带着一种刻薄。但是你看张爱玲的生平，她对爱是那么向往，她穿衣服等可以看出她对生活是多么热爱。就我而言，我是蛮能理解的，犀利的人在遇见问题的时候，她反而会产生一种大爱，就觉得人都不过如此。我能很犀利地看清你，但是并不代表我不爱你，反而是可以能够爱的。

宋晓英：您的这种观点很新，我从来没听人这样说过。

施玮：因为你想，如果你不能把人看得很透的话，你爱他，或者实质上是因为你对他的认识很浅薄。当发生什么事情，你就会觉得：哦，原来这个人是这样的，很令人失望。而我看人还是看得很透的，所以对方若做出点什么事来，我也不会很惊讶，也许初时也气愤，但随后很快也就释怀、理解了。

宋晓英：对，您说得很对。然后我看见的是大悲哀，我明白您说的意思，你说的人的龌龊、扭曲，就是说人不是自然的、混沌之初的那个纯净的人了，您写的已经是社会人，为了争夺有限的资源而阴暗的人了。但是理解了这点之后，反而对人的缺点宽容了，大悲悯。

施玮：对的，对种大悲悯一定出自于对人性的深刻认知。

宋晓英：这篇小说在我看来有三点。第一，用的隐喻比较多，比如"捉奸"时候的心理，用光啊，影啊，我想只有你这样的画家才会这样写，但是非常立体形象，我读过之后能够感受到那种光，还有气味，还有男主人公幸灾乐祸的，揶揄的表情。第二，心理描写好。特别是你一个女作家写的男性心理比男作家写得还要好，当然，女主人的形象更加有深度，我看到了王安忆《逐鹿中街》影子。波伏瓦的《女伴》也写过男女主人公之间的猫鼠游戏，但我觉得对女性主义理论的阐释可能超过了情节设置吧，有点概念化，但也许翻译得不好，也许我们不懂法国的人情背景。但我觉得你这个中篇很好，意义很多，手法也运用得好，所以我对它写专评。

施玮：那是离开中国前写的，离开中国前几年我对人生比较绝望。那个绝望倒不是说多大的痛苦，就是觉得挺没意思的。人的爱恨，就如你所讲的，恨都恨不起来。

宋晓英：到不了那个强度。

施玮：恶心到不了那个强度，就好像结婚、离婚都是懒得做的，无所谓的事情。现在又经历了许多，觉得那时候的事情也不算什么了。人活到这个程度，心理的防线全部都被突破，然后你所有的照片都是不清晰的，是模糊一团的。

宋晓英：但是我看见的和您看见的不一样，我往延伸里看，用悲剧心理阐释得更多，我看见两件事情：我看见她一个人在走，突然就没有伴儿了，她那么清高的人，不容易和其他的人建立亲密的关系，所以说她一下子就没有伴儿了。我看到他们去离婚的路上存在主义性质的对街景的描述（恶心不起来）。这里穿插的街景应该细看，特别是男女主角看街景时的厌倦心理，对办事处人员嘴脸的隐忍。两个人看到了世界的强大与个人的渺小，突然就有了同命相惜。不是他们仍然相爱，而是比较其他人的可恨、可厌，因为他们的隐忍而被扩大的被隔绝感。比如庸俗的女同事明明占了很大便宜，还要女主角感谢她，她也忍了。您说得对，她谅解了女同事的这种小聪明，就好像她看透了丈夫的庸俗，甚至花心，但还是选择忽略不计，这就是一种大爱，大悲悯。

施玮：我的感觉就是现代人已经过了吃亏不吃亏这个心理阶段，就是说"我"还得生活在这些纸片式的人中间，也不恨他，也不爱他，因为他本身就是一张纸，就是纸片，只对有血肉的人才会产生恨。其实她最后的感觉，不管是她出轨的丈夫，还是其他人，包括她自己都跟纸片似的。

宋晓英：我觉得你说的这个纸片理论比较好，您说"人是没血没肉的，人是飘零的"，就是存在的人，而不是生存的人，对吧。当然，是存在于虚无中的人。我觉得这结尾太有深意了。

"一路走过去。街心公园、酒店门口，还有商店里，到处都是三三两两的男女。摇摇晃晃，在星空下或是明亮的玻璃中，像些纸做的人儿。男人与女人的战争没有起始，没有终结，也没有分量。好像农村的皮影戏，无聊地演着……失去了真实的冲动。"

施玮：小说为什么取名《纸爱人》呢？最初的结尾是她多年以后参加一个活动，看见这个男的与其女伴，发现他们都跟纸片似的。这个活动本来设置成为一个酒会，但我觉得未必需要什么酒会，因为整个世界就像个酒会，鬼影幢幢的男男女女在扮演着自己。所以我就改为很简单，无论是街心公园还是酒会，就这么晃着，还要接着过日子，无穷无尽的日子，也无多少盼望，也不觉得有多么失望。

所以我看电视剧里面耳光打来打去，特别是在片头集中剪辑在一起，我就觉得很荒诞。表面上情感很强烈，其实没有什么实质性的内容，打来打去是为了电视剧更好看，所以都放在片头。实际生活中，就是打来打去，也得明天在一个锅里吃饭，过年一起回婆家娘家。把这个世界上的这些感情和人看透以后，你就会觉得若从一个个体的自我出发，我是恨也无从恨起，爱也无从爱起。

宋晓英：我觉得第二件事没说。第二件事是这个女人的悲哀在于她从来没关注这个男的感受。这个男的作为一个人，一个有血有肉的人，但这个女的其实用的是我的清是清，你的浊是浊，用她的精神完美或是理想自我把自己与这个男人隔绝开来。在平常人的眼中，男的是正常的，这个"女神"可能是不正常的，我们北方人说"端着"的。但是这个男性作为萨特说的"他者"，没有看到这个女人本真的自我就是一个"女神"，并没有"端着"，她是一个人文知识分子，不想跟任何人计较，不戳穿他的庸俗是爱恨无力的表现，也就是你说的，看人是"混沌的一片了"。所以我读出了人与人的隔膜。就像北岛在美国后写成的诗"你是一个孤儿，我也是一个孤儿；我们生了一个孩子，他也是一个孤儿"，后面的意象好像是我看见成群的孤儿独自地走在个人的旅途中，所以我觉得你写出了现代人注定的"精神无伴的人生"，因为太强调每个人精神独立之地位。

施玮：对，这个女的骨子里面是有问题的，她把他隔在外面。其实，这是这个时代最大的问题：爱无能。这个女的首先爱无能，其实她没有能力去爱。现在这个时代人人都希望被爱，因为人人都没有力量去爱，她只有被动地接受爱，才能激发她对爱的回忆，仅仅是这样子。

宋晓英：人与人之间的精神交融是如此之少。

施玮：现在中国无性婚姻数量也很多，在我1996年写《纸爱人》的时候，可能还没到这种程度，当时我只是感受到了这种趋向。

宋晓英：您有前瞻性。

施玮：但现在"纸爱人"到处都是。现在回到中国，大家一方面喜欢"纸爱人"，没有这种一纸婚约好像就没有安全感，但另一方面由于聊天软件与网站的增多，纸质的婚姻更没有保障。这篇小说中的这个女的还在挣扎，纠结，有存在的痛感，意识到自己精神的麻木。21世纪的中国人就更像这个小说的结尾了,宁肯在没有爱的纸壳中生活,永无止境。所以这篇小说其实很晚才在《红豆》发表,今年才被《小说选刊》刊登。

宋晓英:对,你有前瞻性,这个小说有寓言性,你对世界的认知比其他的人都早,所以作家都应该是预言家,而且你有一把手电,照亮着未来,还有一把藏锋的利刀,把这种冷酷切割开来。说它越来越冷酷是因为前面还有血,后来的生活太无意义,利刀都切割不出血,像切橡皮,所以都是些纸人儿。

施玮:作为一个作家,首先就要有这种能力,要看到精神上的某种趋向,经过十几年后,会泛滥出来,变成一种社会现象。

宋晓英:作家必须是人文知识分子,所以并不是每一个码字儿的人都可以称为"作家",也不是每一部优秀的作品都可以被翻拍成有同等价值的电视剧。难道作家的命名可以用在任何一个人身上,一个电视剧火了以后再写成小说,就有了文学作品的深度了吗?我理解中的作家应该是知识分子意义上的、具有人文关怀的人,比如萨特、波伏瓦。即使是杜拉斯,她的商业成功也并不抹杀她的严肃省思,就像《广岛之恋》,它也非常有这种穿越空间、时间与种族的、人文的意义,比如对第二次世界大战的反思。

施玮:但是中国的严肃作家还是很多的。

宋晓英:我不是指那些具有多部作品并有定论的作家,我是说现在作家人群虽多,我也并没有贬低一个以写作为职业的人。我只是作为一个写书评、文章评论的人,觉得至少作品应该触动我,然后再给我点反思。就像您画的画儿具有多种层面一样,如果作家写的东西只是一层现象,还很薄,那读者的生活本身就比它精彩,为什么要读你?文学作品就应该追求多层次吗?文学,不是被定义为"含蓄",或者"蕴藉"吗?

施玮:但是现在可能有人觉得我的"藏锋"文字比较小众,因为他们不愿意边读小说还得费脑子想。

宋晓英:人人都可以当作家,小说都不用"藏锋",我就要失业了。当然,太白了以后大家也可能又都回到喜欢"藏锋"的时代,就好像大家现在喜欢"穿越"的电影,像《穆赫兰道》那样的。

施玮:我估计,再过五年十年,或更久,中国人会渐渐地不太要看,或不满足于看这种柴米油盐生活的事，因为这些事很快就会过去。

宋晓英：但一般的读者还是喜欢柴米油盐，特别是喜欢看生存的挣扎，在钱、粮、饥饿特别是性饥渴这些方面，看博客与微博的留言，精神高蹈的东西还比较少，大家都在讨论怎样往上爬，做《了不起的盖茨比》。我觉得西方人的关注点一开始就与中国不同，无论贫富。比如菲茨杰拉德一方面写盖茨比的"美国梦"，另一方面写美国梦实现以后的精神空虚，比如他的小说《夜色温柔》，人在饱暖以后精神的丧失，当时我看了以后特别震撼。你的小说中就有这种无痛之痛，所以我喜欢。

施玮：中国现在的文学太想让大众接受，跟随大众的审美，大众就喜欢柴米油盐、耳光打来打去的，如果文学作品也是这样写，那就面临消亡的危机：没有超前性，不能把大家平常不太关注的东西挖出来的话，这么写着写着作家就会被电视机所代替，被一般的新闻代替，因为新闻故事比你所写的故事还要千奇百怪。所以现在看小说的人会越来越少。但是，从全球来看，文学会一直存在，因为文学始终属于人心底中的那个核心。大众文学和小众文学是一定要分开的。大众文学会一波一波地被淘汰；如果将大众文学和小众文学融合在一起的话，文学本身就会被淘汰掉。

宋晓英：您说的是文学、娱乐和新闻三者承担的社会角色是不一样的。

施玮：你看现在受欢迎的真人秀，包括婆媳、夫妻吵架的真人秀，其实都运用了文学手段。你的小说如果只到这个水平，文学就没有存在的必要了。所以，文学承担的是更有前瞻性，深挖灵魂的使命，或者是让灵魂具有一个向上的力量浮现出来。

宋晓英：这是我看小说的体会：很多年前我会简单地处理好多事情，也会欣赏祥林嫂似的"女性唠叨"的文字，还会用理论把它写成"女性话语男性霸权"之类的评论，但现在我觉得那个太简单化了。我看了您这一支只神来之笔，写"捉奸"的故事不只妙趣横生，还暗含嘲讽在里面。锋利到像一把刀，但是藏锋的刀，到了火候再"亮剑"。特别是《世家美眷》中写内心挣扎的过程，不管你是写一个温柔如水的知识分子，还是一个泼妇，都一样。

《纸爱人》中就是她要想放弃十年的婚姻，因为"捉奸"仪式以后，这好像是必演的一出。但您写的复杂之处在于这种"男人出轨"的故事她自己也参与了。不是他有"小三",而是她眼里根本忽略他,她的眼睛是空洞的。她有自责,这种场景再换一个男人还会发生。这种复杂的东西使人很绝望、很痛苦,不可追悔。因为你已经对这个人造成了忽略,从某种意义上说,她对这个男性具有精神遗弃罪。

这个作品的意义就在于告诉我的学生们,我的研究生,博客或者论坛上的"打小三"故事不是那么痛快、精彩的,他要是将来遇到"小三"也不一定不绝望,不痛苦,这种痛苦不一定不出于自己的"追悔莫及",这就是文学作品"前瞻"的力量。

施玮:电视剧《中国式离婚》中的陈道明演的那个男的和我笔下的这个女的有异曲同工之处,他很高尚,他什么都没做错,但是他就是有精神迫害。陈道明是我喜欢的演员,他能演出来许多细微的心理。虽然总体故事仍有点粗线条的图解感。

宋晓英:刚才我是从女性的角度来说,就是说这个男的如果爱这个女人的话,你就应该爱精神的她。这个女人已经对这个男人很容忍了,因为她明明知道这个男的配不上她,至少从精神境界上配不上,他过于随便,为引起妻子的注意而出轨,还做出"你看着办吧"的姿态,他本身就不是拥有宽宏的爱和宽厚肩膀的男人。

但是我觉得这种隔膜和鸿沟,是一个很严重的问题。而且,最严重的问题是所有的大众娱乐化,把人际关系都简单化、娱乐化,例如《非诚勿扰》中大家就大声喊"在一起,在一起",至于在一起以后怎么样,管他娘的。就好像鲁迅与苏青都说"娜拉出走后怎么样?"五四的精神先驱们都不关心。电视剧忽略了人的本真的精神追求,只会和稀泥,讲求家庭和谐。比如,"小三儿"打走以后怎么样?夫妻和谐了吗?大家根本都不追究为什么会有小三。文学作品这么多的情色描写,电影这么多的脱戏,难道都是"艺术的需要"?对于生活的拔高好像只剩下对身体的追求了。现在又不是英国劳伦斯父亲的时代,也不是杜拉斯的第二次世界大战后期。

施玮:对,现在人对感情的追求都变成对身体的追求,不记得有灵魂，不记得有精神。

宋晓英：所以，您的作品中还在写这种缺乏，在写人的心里肯定有最温暖的一块，最柔软的地方。

施玮：就是说人是很复杂的，无论男女，喜怒哀乐是融在一起的，而且厌恨和依赖也是融在一起的。但是今天过于娱乐化，灰色地带都没有了，都变成黑白，界限分明，像"宝马女""A货女""精品男"等都贴上标签。虽然娱乐是需要贴标签的，就像戏剧角色的隐喻与代表性一样，需要每一个角色都具有某种典型性。但是文学不能随便贴标签，文学更应该挖掘人性最复杂的东西，进行最真实贴切的表述，但是今天的小说好像标签特清楚，经纬太分明。

宋晓英：您说的是不是快餐性的精神产品，造成今天这种状况，因为人是"吃"这种产品的，所以作家就分为"美女作家""草根男"等。

施玮：它没有多层次的味觉品尝。

宋晓英：它也就造成了"吃"这种商业产品的现代人的精神单薄，像纸一样，因为他没有"吃"到使精神提升的产品，他就动物化了。

施玮：现在现象是这样的，我觉得作者、读者本身是有觉悟的，这就是为什么大家会很自然地对经典作品一直留恋，甚至对西方小众电影，即小制作电影也会去模仿？只不过，普通大众没有被介绍过这些东西。商业运作中其实在有意贬低大众的品位，长期用粗糙简略的快食来培养"低俗"，其实是一种对大众的不尊重。

宋晓英：您说的是文化政策或是文化体制的问题？

施玮：我说的不是文化体制的问题，是一种恶性循环的问题。因为今天全民经商，文化也和娱乐全部接轨，它就没留下一些空隙。中国人做什么事就跟时装一样，一窝蜂全是这样。走市场也没有什么不好，但是不代表所有人都要走市场。但是，一说为人民群众服务，就所有的作家都走市场，或是所有的作品都为政治服务，或是所有的都向群众低头，要不就是所有的都先锋主义。为什么中国的文学艺术，甚至整个文化，它总是一波一波的？文学的形态不应该是一波一波的，而是有主流也有支流，应该留下一些空隙。今天就没有空隙，没有多元共生，只有众声喧哗。所有作家都希望自己的作品被拍成电视剧，都不保持独立思考，引领读者，都变成群众的尾巴，那就必然造成了作家不去考虑读者的需要，而是只考虑当下的流行趋势。不是根据民众心理缺乏的东西来开掘，而是投合群众已有的趣味，没有超前的、前瞻的意识，更没有预言性。

宋晓英：文化产品比人的精神追求滞后。

施玮：目前确实是滞后的，但是作家的义务应该是超前的。这是一种纠结，一种时代病。

宋晓英：真正意义上的作家应该是知识分子，应该是"社会的良心"。

施玮：这就是中国现今缺少知识分子的原因，也就是"士"的角色的缺失。我喜欢用"士"这个字。知识分子为什么矮化成了"规规小儒"，而不是有担当的"士"了呢？我也做了点这方面的小研究。中国过去的"士"主要是指文人，有文化的人。但是科学技术进入中国以后，人人都有了知识，好像就不用"先生"教了。但是大家忽略了"先生"的另一个意义，就是"传道"的角色。比如说大学毕业以后会分为科技和人文，但是科技概念既包含技术层面又包含文化层面，如果一个人仅仅有技术，他其实不是知识分子，但是当大批的人有技术而没文化时，他们又仍被称为知识分子，于是"知识分子"这个词的内涵就改变了。作家也就不自视为"士"了，也就不再有道德层面和良知层面的义务了，就变成今天这样子了。

宋晓英：我考虑最多的一个问题，包括作家在内，许多作家经常考虑方寸之间，他的思维就在方寸之间。像有的直白的作家，他写的东西某种程度上比较深刻，因为他敢于说，也比较犀利，深度似乎到了，但是广度不够。但当你接触到这个人，你会觉得这个作家和其作品是分裂的，人比较偏执，看问题仅在方寸之间，所以其实做不到真正的深刻，只是比较直率，愿意深挖而已。就像现在的某些论坛，绝对做不到藏锋，做不到悲悯，做不到客观冷静，更别说"大爱无疆"了。

五　孤独：冷静旁观的自主与清醒

宋晓英：有评论说您的作品真实呈现了生命荒漠中忍辱负重、踽踽独行的轨迹，我想问，因为您的人格构成中有宗教意识，也就是有一定的归属感，这种归属意识与孤独意识各占多少？比如您的诗中写道："我的领悟在万年的漂泊中悲伤，无法找到一个物质的形体，将她生命的欢欣表达并记录，我的领悟在今天的存在中呼啸，被裹在这世俗的理性中，如缚住翅膀的鹰。""被缚住翅膀的鹰""万年的漂泊"这些意象在表达什么呢？

施玮：我认为作家是一种特殊的身份，精神上最好独行，才能保持足够的客观、清醒与独立。从悲剧意识上说，生命的本质就是孤独的，人各有命，与别人，甚至亲人的生命间不可能有一致性。另外，生命的尊严是从哪里来呢？也从每个人独特的灵性而来。我们是流水线上下来的千篇一律的钢铁架子，如汽车吗？应该不是！生命的美丽与伟大，丰富与可观赏性在于每个人都有不同的灵魂，不是钢铁架子、流水线上下来的塑料马桶，千篇一律，人的生命有其灵性、软性，每一个人都是上帝以纯爱之心精诚打造的一件艺术品，灵魂独到，人格独特。现代生活的机械性抹杀了这种独特性、灵透性。卓别林《摩登时代》的工人在流水线上拧螺丝，节奏紧张，无力判断，看到与螺丝一样的扣子也要抓紧拧上几下。如现在的食品速配，爱情速配，简单分类，供你选择。西方对工业时代的反感由来已久，中国同样进入了工业时代，我们的生存似乎也进入了一种千篇一律的机械化模式。为什么我们轰动世界的文学作品较少呢？可能是因为中文作品写个体的压抑、群体的反抗虽然较多，写整个人类被物化的作品还是少了一点吧。

宋晓英：因为我们本来就是集体社会，族群的利益高于个体的利益吗？

施玮：对，我觉得中国文化太讲究"集体意识"了。千百年主流意识形态独尊儒术，"君君臣臣父父子子"，把每个人都放入某个阶层，所以文学对人的塑造也都是一群一群地进行的，忽略个体本色。"物以类聚，人以群分"，塑造每个人的形象都把他归于群体的某种角色，是某个群体的代表，反抗失败或成功，跌入下一个群体，或爬入上一个等级，要么仇富心理，要么僭越意识，总是这种写作模式。进入了上一个等级，"王侯将相"阶层后人物与读者就大舒一口气，如《XX升官记》，他目的达成，就瞧不起黎民百姓了，因为他归于"上一类"了。这绝不是文学所主张的"人的觉醒"。也就是说当代中国文学中，个体意识还是较为缺乏的。而文学在精神实质上是把人的存在感、个体的生命尊严放在至尊的地位上的。作家只为某个"阶层"代言，如《我是农民》，缺乏跳出某个群体的，真正宽宏大度的人文立场与文化视野。因此，作家作为知识分子，应该有个体意识，独立思考的，所以作家在生命中一定是独行的，且忍辱负重的。只有独立思考才有可能跳出"庐山"，跨阶层思维，做到总体关注、客观认知。你既替这个群体负重，同时又是一个被群体边缘化了的个体，有着独立思考的坚守与孤零。

宋晓英：这就是我所认识的你与其他华人作家不同，特别是与女作家的不同，女作家写命运较多，大部分代表女性，未能跳出至少性别意识上的"此山"。

施玮：所以中国人一讲到"反抗"，我就觉得与"压迫"一样，也可能是一个不断让个体的"我"消亡的趋势。就是不断把人戴上各种"帽子"，分类编码，"非我类"者被推到边缘，退出群体，视为"异类"，还要加上各种罪名去批判，加以歧视。我不明白为什么大部分作家总是自我定位，为某个阶层或群体代言，或接受评论家给加上的各种"XX作家"的标签，就像某一类商品的标签。所以我选择自我边缘化。当然，人是社会人，有时候某个群体的意识又把我吸回去。所以我在警惕，在反抗。作为一个社会人，我可以合群，甚至入伙。但作为一个作家，必须反抗"媚俗"。今天我们有很多的媚俗，甚至说我们反抗的"姿态"都有可能是一种媚俗，我们标榜的"自我"也有可能是一种媚俗的"自我"。比如现在表现人物乖张、人格各色的作品较多。如果大家都在书写个性意识，特别是"性"上的大胆，满屏幕的婚外恋比正常的夫妻还多，难道不是一种"媚俗"吗？

宋晓英：我知道您的作品写"性"的觉醒非常早。1993年《大地上雪浴的女人》就已经对这个题材有所突破了吧。1997年出版的长篇《柔若无骨》被大家看成是重磅炸弹,里面对人类情感的揭示、反思引起争议。

施玮:大家没开始表现人的"本能""个性"包括性意识觉醒作为"人"的觉醒的时候,我写性意识是一种反抗;当国人的性意识已经觉醒,甚至衍生出一种泛滥之后,再写性意识,说是一种滥觞,实际上是一种媚俗了吧?迎合了对肉体,而不是对生命好奇的一种心态,写作中不表现"灵",文学的目的就可能不那么纯粹了。当一个作家觉得他就应该清高,那难道不是在媚俗,在迎合众人心目中的"作家"形象?作家应该大隐隐于市,与人群有亲密的接触,而不是隔膜,但同时又在精神上"隐匿于高山",有超越"此山"的客观理性。这种与俗世的若即若离、或入或出,才应该是一种正常的创作立场。逆向思维的反抗一定是个性化的,而不是从众的。据此,我想说,我的灵魂在万年的漂泊中悲伤,我的灵魂无所皈依。

宋晓英:回到那个问题:你的生命中归属占得多呢,还是孤独为主?

施玮:事实上,孤独是我今天生命的真实状态,也是应该有的状态,而归属感是灵魂的一种需要。宗教意识使我们的灵魂深处渴望对造物主的一种回归,或向生命本源的一种回归,偶然向必然的回归。你一生都在寻找、追求,等回头发现这种追求好像是在寻找归处,其实也是一种漂泊,因为有时候目标难成,追求就没有定向,容易迷路。即便成为一个基督徒,也不能说完全找到了皈依。

六 归属:古代人文意识的重塑

宋晓英:你的诗中"你的前生是一首宋词中的女人,今生是女人当中的一首宋词"怎么解释?

施玮:是1995年,第一部长篇小说出版后写的,宋词中的女人是一种审美,也是一种对古代人文意识的回归。

宋晓英:也就是说你作品中的一种审美的意象?

施玮:说前身是宋词中的一个女人,就是希望我没有成为今天这个人之前是审美的,一个能够给人审美的意象,超过具体的吃喝拉撒的一个审美意象。"今生是女人当中的一首宋词"呢，因为宋词已经成为中国文化的一种象征了。在西方社会里的一个东方女子难道不应该是具有中华文化底蕴，即"具有中国古典气韵"的一个人吗？

宋晓英：我们山东的词人李清照就既是一个审美主体，也是一个审美客体。许多诗画作品以她的人、词为意象。

施玮：写宋词的时代，女人对宋词来说是一种审美；"宋词风格"对于当代女人来说也是一种审美，一种美学追求，理想形象的自塑。所以我的诗中说"来生诞生成最美最洁净的字"。我并没有奢望自己成为一部巨作，甚至一篇美文，我只要做到我的作品中有一句话，哪怕是一个字，长长久久地活在诗文与对话中，被人们千百次互赠，永不衰老。这就是写作者一个最大的盼望了，能够成为一种新的美，成为别人互相赠予的一句诗笺。

宋晓英：明白！是不是说，如果你不能成为一棵树，能够成为一片独特的叶子，让人们驻足欣赏你的独特，你的小清新，也是可以的？

施玮：树和叶子与我倒没有什么关系，跟力量、体积、成功与否、形状如何也没有关系。我只希望活成一种美，是诗歌的一种美。并不是说你成为诗歌或者什么，而是一种让人一看见就对生命微笑的感受。我是希望我们的生命能够让别人愉快，脱离繁杂的生活，或者虽不能避免，但能在繁杂的生活之外有微笑的风景。宋词并不是我们生活中需要的，没有宋词生活一定能过得很好。但是宋词可以是生活中的一杯绿茶，是一种审美的存在。

宋晓英：我现在明白咱们理解的差距，因为我，像我们老家与祖国的人一样，老是有"吴清华情结"。

施玮：对，你老是想着反叛、归位、超越。其实在我心里没有反叛和超越，即使我是在反叛，我也不觉得自己是在反叛，在超越的时候也不觉得自己在超越，我只是在活自己的一种审美。

宋晓英：那才是你本来的东西，你是一种自由，精神自由。而我们也许总是感受压抑，自由有一定的限度，所以老是要反抗。

施玮：因为我早早反叛而达到自由了，早早反思了，现在觉得反叛与自由是可以融合的，可以不反叛而反叛。你可能没有真正经历过反叛，所以想反叛，认为反叛以后就会万事皆通。许多作家也一样，思想的时候很决绝，当跨越的时候，你就不那么决绝。

宋晓英：对，高尔基说的，知识分子"感情的因素倾向于过去，理智的因素倾向于未来"。就像中国人说"秀才造反三年不成"。但造反是一个情结，怨女也如此。早期的女性解放就是把两性对立起来。伍尔夫、波伏瓦即使是杜拉斯也不一定完全是性别对立、阶层对立的。即使对立，其中也有妥协，当然，妥协有时候是为了更好地反抗，不可能是简单地压迫与反抗的二元对立。

施玮：对，因为我曾经对立过，回头重新来看这个对立，其中也有缓和。什么样的人会书写绝对的对立呢？可能是那个从未独立过，或心理或行动或成效上从未独立的人。我从来不觉得性别是对立的。两性战争我写过，但重在战争的起源是什么。同性间亦如此，起源可能是自我意识，以弱抗强的一种姿态。后来想为什么我不能回归到一个女人的身份？我想做回女人，他想做回男人，两人之间就不会再有战争。

宋晓英：你自比"宋词似的女人"，但我并不认为你仅仅是小清新。你虽然有时候是一阕宋词，一段旋律，但我看你远超如此。你的作品要宏大能宏大，要清新也能清新，女大学生喜欢的类型。这方面你得天独厚。如你是80年代的诗人。我所认识的"朦胧诗"精神是"我——不——相——信！"，北岛的极度对立"高尚是高尚者的墓志铭，卑鄙是卑鄙者的通行证"。但到了后朦胧诗时代，如"非非主义"，就成为"我——无——所——谓"，解构成为一种反抗的形式，但虚无的色彩有了。你认为诗歌的建构或者是重构，有没有毁灭意识，或者和荒诞有无关系？有人说用诗歌建构什么，又有人说你建构不了什么，什么都建构不了，应该归位。你觉得建构和毁灭，与类似后现代主义的东西有什么关系？

施玮：我跟李亚伟是很好的朋友，主要他是个聪明的人，他有真诚的一面，因为真诚所以某种程度上体现为随性。诗歌理念上我和他们非常不一样，我认为家庭妇女煮饭也在建构什么，所以诗歌是在建构啊，它就是我选来梳理自己整体的、系统的世界观，净化心灵与提升生命价值的工具。李亚伟认为诗就是诗，一种吟唱的手段，"我手写我口"，他们用大白话解构价值，如韩东的《有关大雁塔》，李亚伟《中文系》中的"老张的裤子"。但我认为你用诗歌解构，说"不要意识形态，回到诗歌本身"的时候，也是在传达你的观念，对吧。"反意识形态"难道不是"意识形态"的一种？

宋晓英：我觉得你诗歌的个性是你作为画家眼里的那种意象跳荡，意蕴隐喻，风格独特，非常突出。如你的《女神像》，抓住"女神"的眼珠，用"最是那"的摄取揭出了这人造的神像，这个"偶"，被人过度阐释，过度崇拜的旅游文化现象。还有《档案馆》，你写到人到了档案馆就觉得历史非常宏大，人显得非常渺小，这种"人"性化的视角很特别。你的画与你的诗都是多层意象的表达，想象的层次都是极其丰腴的。

施玮：构建诗歌，要事先"成竹在胸"，也像鸟构巢一样评估，这个窝多大才是有安全感的，是精神的安乐窝又不至于太憋闷？衔来哪根树枝，根根树枝如何排列才是审美的？不断衔来的句子、意象，搭建的这个巢表面是衔来的很多东西的堆积，其实有意识形态与审美的建构。什么是好诗呢？好诗就是你成功地搭建了自己的意象，坏诗就是你在 copy 别人的意象，或者句子堆积在那里。好诗是艺术品，坏诗是一个四方的公寓，一个死的盒子，里面放着一些无生命的句子，彼此间可能没有联系。

宋晓英：透过你的意象我看到你风格是通灵、透辟、犀利。我与万千旅游者、朝圣者一样想，去寺庙、图书馆、档案馆也感受一样，很迷惑，但大家都景仰之。也许因为我们的思维是单向的？众人的思维都指向庙宇、教堂、纪念祠所既有的那个指向：旅游指南上那样说，我们就跟随着把它神圣化，懒得思考。我是研究传记的，是一个年表控，档案控。一看见档案馆就产生历史崇拜、生命神化感，站不到巨人的肩膀上，只匍匐在历史的脚下。你并没有像李亚伟、杜拉斯那样颠覆，但你跳跃了，超越了，异向思考了，所以你是作家，是"fiction"的创造者，而我们是"non-fiction"，某种角度上无想象、无深意、无创造。

施玮：这就是我为什么说作家需要独立思考，甚至孤独是一种存在的方式。看到木雕，觉得她就是神像，就是群体思维。我与李亚伟的相似处在于不受既有指向的引导，不因为你说它神圣我就认定它神圣。但我跟李亚伟不同的是，他是有意识地反抗，我可能更多元一点儿。我们俩都有点顽皮天真，特立独行。孤独不见得沉重。单独一个人的时候，你看东西就会有另一种眼光，或许能看到另一种本质与纯粹的东西。

宋晓英：对，你是有些精灵古怪，我们容易惯性思维。我们强调代表大众强调的太多。所以如果我评价你还是单纯用女性意识、性别对立等理念，那是没有挖掘你的独有价值的。我的阐释也应该是多元的，抓住你超越了的，多元化了的，超验性的特点。你写女孩、女人、女性知识分子、女性批判者、女性皈依者、自由女性，但有些是用男性笔触、人性立场、知识分子视角写的。尽管你说自己在追求"阳光味的小女人"、宋词一样剔透精灵的女人风格，但我看到的是一个可以一个人背包走天涯的，用脚去丈量世界的人。你的思想不闭塞，文字不死板，意象通透，或说有穿越感。

施玮：对，因为内心不够强大的话，仍会继续特立独行，标榜自己如何与众不同。当我反思自己确实与众不同的时候，发现我本质上还是与众相同的，现在我终于也敢于与众相同了。前面讲的孤独与独立，是说什么时候我不再用特立独行，刻意地保持独立。什么时候"独立"已经内化为我的本质了，我就敢于回到群体而不用再担心被消解在群体中了。

宋晓英：陆游与毛泽东的《卜算子·咏梅》的区别。前者"无意苦争春，一任群芳妒"，后者"俏也不争春"，"山花烂漫时，她在丛中笑"。前者"小女人"，或"小知识分子"，后者宏大包容，建构时代，引领群众，是先驱的、领袖的心态，独立到超越。你的形象在我这里就是多元的，批判的冷峭，剑一样寒光一闪，但下一分钟有可能温润如玉。

七 励新：生命是一种成长与再造

施玮：我前期多写诗歌，《宋词与女人》具有零散又直觉的意象。等到《生命历程的体现》，开始淡化个体的女性形象，追求一种力度；至《海在近旁》力图深度探索女人是什么。至《放逐伊甸》，"戴航"就已经脱离了女人的视角,兼具了知识分子的反省。她的"生命中不能承受之轻",透视的是现代人进退两难的失重。最早的名字叫《失重》,后改为《失乐园》。"失重",就是人对生命失去了把握,从高处往下掉,悬浮,触不到周围,脚下也深不见底的感觉。至《红墙白玉兰》,完全写爱情的时候,我已经回归了一个阳光小女人,不再追究女人到底是什么,不再写那么复杂,不再讲究批判意识、忏悔反省,只是回归到一个小女人最本初的真实的感受。虽然"秦小小"是矫情的,有女人的九曲十八弯的小情绪,但她和戴航完全不同。戴航就是要折腾,挣扎,"直面人生";秦小小赌气、闹情绪都不起作用,就顺应命运。虽然她爱得坎坷,但相对而言,能够顺流而下,所以我觉得能变通,能顺应,也是一种智慧。"阳光味的小女人"是我的一组散文,美国之后写的。那散文让我回到本我,一个活得很 easy,很女人,也活得很滋润的自己。

宋晓英:整个中国文学史都是鼓励人们逆流而上时,说逆流而上是上品,而顺流而下皆下品,你的"顺流而下"理论是海外华人的独特认识。我看过陈谦散文《女性感言》,对"男女都一样"质疑,"物质意识的觉醒"等,都是作家出国以后意识的改变。当然,初入美国与站稳脚跟以后的海外作家认识是不一样的,我比较关注这些,会追踪做课题。

施玮:你讲得很对,今天我们女性的形象,不是怨妇,就是冷酷的女人,就是反抗的"吴清华"。还把"物质女"说成是反抗的典型,给潘金莲添加多重人格,人工赋予她具有"复杂性"。如我们离开农业时代已经很久了,农民工都进城了,还要写《我是农民》,或城里面的农村感,是不是缺少现代意识?或需要换一换思考的角度?

宋晓英:我对《放逐伊甸》中"戴航"这个形象印象深刻。觉得她是其他作家很少写过的,囿于传统但独立思考的一个城市女性。小说开始她对现代城市人的彷徨、失重,与母亲关系中那种委屈,虚与委蛇,再到她对李亚等男性知识分子生存状态的旁观等,都是有代表性的,我认识的许多城市女性都是如此,具有纯净与复杂双面性。中国现实与文学虚构中城市女性的形象被类型化严重,"女汉子""女文青""腐女""作女""拜金女""小女人"等标签林立,恋爱中不是恋富就是恨富,这还是对整个女性群体的曲解。戴航阐释了真正独立的女性怎样看待爱情，对待爱情。如她眼中的李亚形骸虽放浪，但真性情，灵魂诚挚，她知道李亚的才华、李亚的坚守，也知道李亚的痛苦，他对生活反抗的独一方式。但后来她眼睁睁看着所爱的人被现实腐蚀，一步步滑落。她对这个人充满悲悯，不忍放弃，她知道这个人身上有一种精神，一种力量，那种力量不是喊出来的。这种女性形象在西方作品中多见，但在中国当代文学作品中很少有。

施玮：对，那就是一种伟大的理解，也是一种悲悯情怀。她去看李亚，不忍心点穿他生的病。现实俗念中，或肥皂剧里，发现自己所爱的人得了性病会觉得肮脏无比，再也不会爱了。但事实上的心理可能更会复杂。她对李亚的劝诫是非常有礼节的，温文的。我觉得我们许多小说处理人际关系、人物冲突太过激烈，强调戏剧性而忽略心灵性，只是从情节上看也太过于粗糙了。为什么不能表达得含蓄一点、复杂一点？中国人的生活是很含蓄的话，西方的情感表达其实也很含蓄，挺文雅的。当代题材的电视剧，甚至中国古代题材的电视剧总是那么多大哭大闹，扇耳光，闹出走？我们的文艺作品为什么忽略内心深处？是不是因为我们的社会进入真正的资本社会太短了？

宋晓英：你的意思是说物质的富庶会带来精神的充裕与含蓄？可能，那可能就少了一些"拜金女"，爱恨情仇会含蓄与复杂一点。我们的主题现在还是很概念化，作品大多主题先行，特别是电视剧，人一富了马上就堕落，或农村进城者必然促狭。试想是很可怕的：如果这个主题是既定的，所有的作家都在阐释它，那读者干吗还需要文学作品？看隔壁土豪王老二的兴衰不就得了？作家就是要表现复杂，挖掘心灵吗？我从"李亚"这个形象知道了"乍富还穷"的复杂心态。你写心灵的纯净，像水晶一样纯到一定的度，但你的笔触也能像利刀一样刚硬。有时候你又是很温润如玉的。

施玮：就像水晶，假如你不去磨出那么多棱面，它的许多的镜面就会蕴含其中，朴拙如石。人工的切割造成的其实是断裂与破损，才展示出许多棱角。

宋晓英：对，你就写出了多棱的生活、多棱的性格、多棱心灵的那个人。你给人的第一印象是一个"女神"，美丽得高高在上，骄傲得束之高阁。大家对女作家，特别是艺术范儿的女作家都这样看，说明我们的眼光也有一个误区。作品中还有一个人物是"萧苇"，我认为这个"知性女人"形象写得好，很少有作家塑造，我觉得《北京人在纽约》的"阿春"与她类似，但"阿春"不是个知识女性。

施玮：对，她是个"大女人"，也是个"知识女性"。"大女人"善解人意，知书达理的女人懂道理，不强人所难，不会把个人意识强加给别人，但她会"春雨润无声"地影响你。

宋晓英：对，我最喜欢她与戴航的互相欣赏，知遇重托。文学反抗中的女人有可能持一种"我是女人我弱势""我是女人受压迫"的"杨二嫂"逻辑。肖炜与戴航是受过教育的，必须有教养的，所以必须讲道理，不能一哭二闹三上吊，别人说不爱你了，你就必须自觉地隐藏了，或者看见情敌也不能拔刀相向，你尊重爱人的选择，允许他犯错误。

施玮：作家必须是个好演员，写到什么人，代入去演。我通常写一个人的时候，自己就是这个人。上次你说，我是华人女作家中自传性最弱的一个，读者不容易在作品中看到哪一个是我自己。其实我认为我写的女性人物都有我自己的影子，每一个都是我自己，我用心去理解每一个人，演好每一个角色。

宋晓英：就像福楼拜，写着写着自己就变为"包法利夫人"，闻得见砒霜的味道，触得见绝望的黑暗。

八　深刻：文学是生命多棱的意象

宋晓英：一般认为美女作家兼绘画艺术家，多是以意象取胜的，大家会主观地认为这个女作家长得漂亮，会打扮，写的东西一定很浅。所以我闭门读你的作品时，最大的震撼就是这个作家塑造形象竟然达到如此的深度，跟你给人的印象有点相反。你塑造的同时兼具皈依者与批判者的女性形象当代小说中少见。小女人与知识分子特质共存的人物更是你的拿手好戏。如《纸爱人》中的女主角是一个很清高的职业妇女，一个反思的知识分子，同时又是一个怨女，一个婚外恋的受害者。她容忍，她委屈：不能做秋菊，还不能做娜拉？不能辞职，还不能离婚吗？这是她最大的悲哀。以荒诞的方式反抗，孤立的是她自己。

施玮：不能有效地反抗就选择荒诞的原因是，试图从此种现实中隔离出来，建一个自我的玻璃罩，使自己安全。

宋晓英：也就是从这些地方我看到你的超越：不能把你定位成一个女的作家，你是一个作家，作家中有第三只眼睛的那个。这个小说除了特殊的叙事策略，男女视角的转换非常自然，还有圆熟的结构，行云流水一样的叙述。心境与场景关系紧密，结局破茧而出，偶然中有必然，必然中有偶然。

施玮："美女作家"类的帽子我被戴上过，还轻易摘不下来。好几个评论家见到我第一眼就不爱搭理。后来因为什么契机，看了我一部小说或一幅画，才忘记我的外表，甚至不记得从前见过我。

宋晓英：因为你的作品有内容，文笔有趣味。任何评论家都不想研究太简单的文字。何况你是华人女作家中较少有创作观的人。"灵性文学"在我看来不只是一个口号，而是你坚守的一个精神阵地。你对它的界定是什么？

施玮：用一句最简单的话说就是，我关注文学的"纵向度"。今天的文学少有纵向度，多有平面度。平面度是指很细致或者很宽广，但都是平面的。就是说只表现当下的现实，贴切也好，逼真也好，都是平摊出去，没有深挖，没有密度，散沙一样。"灵性文学"强调"灵的观照"，精神向度，或时间观念上的历史纵度。一个作品有纵深度的时候，它才是立体的，不只代表一个阶层，而具有了人类性的元素。阿来的《尘埃落定》，是具有信仰观照的好小说，写出了人性、灵性与人类生活的纵深度。

宋晓英：就是说世界是一个立体，是一个多层面，如梵高的画一样。但有些作家写成平面的，一个阶层压迫，一个阶层反抗这种简单的主题。

施玮：对，今天也是各阶层斗争，贫与富等。

宋晓英：我还关注你的"复调"小说，就是有好几条线索的小说，有一点互文性，命运交错，但也有透视感，有的读者看平面，浮着的一层，有的读者可以看到内在的一层，你更关注内在的一层吗？

施玮：我不是专门"写故事"的人，我更关注灵魂的纵向度。故事本身对我而言只是一个载体，当然它要被写生动。但新闻有时候比小说更生动，人们为什么要读小说呢？因为小说关乎灵魂，是对生命的解读。非常感谢你能问到这一点，从来没有人访问我到这一层。很多作家以故事讲得好为荣耀，我不认同。故事写得再好，里面没思考，又有何益？如你所言，我喜欢哲学思考、生命体验，如《纸爱人》中通过离婚挖到人的多面性，对精神的虚无有点开掘，《放逐伊甸》是迷途与救赎主题，读者都想不到这么深，但是时时感知，作家就有责任为他们记录下来。

宋晓英：你觉得小说的认识作用是次要的，灵魂启迪是主要的？如果是励志的故事，那励志故事好了，为什么看小说呢？我认为你已经塑造了独特的人物，甚至是知识分子人物群像，还写出了全新的意象、隐喻，如旧棉絮上的蛾子，早上窗帘拉开后强光下的真相等，有透视人生，暴露人性的作用。但最重要的是通过这些作品，给我一种解读世界，处理人际关系的新角度，新的人生观、世界观、价值观。采访你之后，我会换一种眼光看世界。我太熟悉一些作品，就没了新鲜感。如农村题材、打工文学替父老乡亲代言，知识分子是"多余的人"但有忧患意识，女性的柔弱委屈但苦大仇深，试图做"第二性"的反抗等。

施玮：我理解的知识分子作家与女性作家比如伍尔夫，她让你突然意识到你是如此需要"一间房子"，从前可能没意识到，但那种紧张感、躲藏感、渴望归属、力图独立，在"房子"里构建独立自我的我一直存在。伍尔夫把这个说清楚的时候，所有的人都重新解读了人的焦虑，特别是明了了女性为什么都那么焦虑，怨天尤人。再如塞缪尔·贝克特，他故事写得比别人好很多吗？不见得吧！但《等待戈多》的意义永在。我就是觉得中国太缺乏这类文学作品。今天我们尘世里的人，精神支撑的力量在哪里呢？如果没有支撑，有谁写出了这种迷途呢？我看《生命中不能承受之轻》，人物关系一团麻，故事也不一定好，但其主题永在，给我们一种导航，成为我们生命中的第三只眼睛。我并不是说作家都要写这样的小说，但至少要推崇这种小说。文学没有启蒙性、反思意识的话大家不用阅读文学，因为生活比小说更精彩，看小报新闻就行了。中国文学似乎尚没有走进现代，缺乏独立反思意识。回国后大家与我都很少谈文学，老人看的电视剧土俗乡风，孩子们在看宫廷内斗戏。我想为什么城市里我们下一代的精神食粮是这些呢？现代化都市生活了这么多年，却极少表达现代意识的文艺作品，成天地看电视剧里的"上海的婆婆多，北京的太后格格多"。即使有"蜗居"的，也少不了婚外恋，要么就是模仿美国的《律政佳人》，白领丽人的 Pose 摆得很美，要么就是《升官记》《升职记》，真的是浮泛的城市生活，现代生活的深层本质没有人点出来。

宋晓英：我就觉得《厚黑学》《甄嬛传》像小打斗，表象上的机巧，而不是大智慧。商业出版与荧屏总是写这种题材，大学四年看许多"人生指南"的书。为什么不引导青年一代真正地思考人生是什么样子，而是一味追随这些浅薄的、以一当十的技巧呢？这一代青年已经解构了哲学理念，不想追究世界的本质如何。您能总结一下您的人生观、世界观、价值观吗？

施玮：人生观，我相信人是被造的，生命如宇宙长河中的一段，是有意义的。人与大自然的关系、与他人的关系，应该是平等和谐的，呈现出一种生态平衡。所以我对物，待人既不想以我为主，占地为王，也不会完全归顺你，听随你。你就是你，我就是我，但生生融合，甚至至死相爱，因为我们共住在这个地球上，任何生态破坏与人际倾轧都是双输。

宋晓英：你注重关系中的人。我的好像更消极一些，我觉得人像蜘蛛，把自己放在网里。

施玮：对，你不能独立出来。但我们的传统是人与人的关系太过亲密，好多时候都是以爱的名义实施伤害。但我不会因为爱一个人强迫他改变，也不会因为太过崇拜他而改变自己，我是我，也尊重你的存在。

宋晓英：我在哲学观上是个存在主义者，相信世界是荒诞的，但人有选择。我还想问，你相信人有定命吗？努力可以战胜命运吗？

施玮：我与你不同，当然与信仰有关。我认为人活在关系中，跟大自然、跟上帝、跟他人不是对立的。我觉得"顺流而行"是一个好的策略，不像你的逆命运反抗。我不认为逆流就是向上，顺流就是向下。有时候逆命运反抗太过生硬，会造成硬伤，与他人产生更多的摩擦。如果顺应命运，某种程度上可以享受它给你带来的好处。所以凡临到我的事，没有特别好与特别坏，看你怎样去对待。以我的性格，我试图让它对我的生命有益。只有我处理得不好，它才对我的生命有所伤害。所以，我现在不喜欢反叛，我顺势而行。

九　启蒙：尝百草方能集大成

宋晓英：我有两种体会，一是基督教形成你的自然观、宇宙观；二是从你作品看，宗教经典可能对你的人生观、处世观有影响。

施玮：对，庄子对我的影响很大，《逍遥游》《庖丁解牛》是小时候读的。《金刚经》也读过。基督教自不必说，是我的专业。

宋晓英：简明与繁复在您的作品中常常融合。这种尖锐、深刻、跳脱、灵性，是一种"超验性写作"吗？你的这些象征、寓言化、穿越等，与你平时绘画、观察生活，你的"灵魂机修师"经验，博士论文的宗教哲学深究有哪些关联？比如莫言是"拉美魔幻现实主义在中国的代言人"，余华说他受法国新小说影响，您的风格来自哪里？有没有贯穿一种独特的技巧或意识在写作中？

施玮：风格的形成嘛，应该与我的阅读有关。我读书胃口很杂，是个"杂读家"。我从小读书不看前言后记，不挑作者，捞起一本书来就读。奶奶给我灌输《西厢记》《牡丹亭》、四大名著加《儒林外史》，大概想把我当男孩养。妈妈喜欢让我读《格林童话》、希腊寓言、阿拉伯故事等。到哪儿我就去图书馆，几乎把我认为有意思的书看个遍，不求甚解，想入非非，把它们全搞混了。所以今天写小说不受约束。我对国学经典越来越喜欢，但西方人文主义与浪漫主义作品应该是我的精神主食。我的博士论文攻《新约》《旧约》等文学经典的对照阅读。我想如果不是我，谁也不愿意选这种论题。说到文学传承，对我影响最大的是《百年孤独》，看了好几遍，深深陷入"百年孤独"这四个字里面，印象最深刻的是那个裹着袍子吃泥土的女孩，我觉得是一个深入骨髓的隐喻与意象。还有米兰·昆德拉写的知识分子对我影响较深。中国小说里，你说的那种"多层透视"，"多棱镜"的刻画，人际关系处理可能与《红楼梦》有关。还有普鲁斯特的名作《追忆似水年华》。它在我看来是一部西方《红楼梦》。除了《百年孤独》，这几本对我影响非常大的书有一个共同点，人物都不属于暴力型的，关系复杂，人性隐含而深刻。米兰·昆德拉的小说人物不多，但意象纷呈，意蕴丰富，影响了我对人的看法，使我认为人都不是单向度的，也都不能标签。后来我读小说，一本读完，其他读者可能记得是它的故事，我记得的是它的镜头，与挥之不尽、久久笼罩的人生感悟。所以我认为，写东西能创造出特别的意象，让人记忆深刻，传递出一些思想，才算是成功的作品。

所以通过这些意象，你记住了每一个人物，他的独特性，与受众自己的生活场景、心灵发生契合，才能产生文学共鸣。我还是挺喜欢莫言的小说的，他为什么被认为是"拉美魔幻现实主义在中国的代表"？因为他有很多意象吗？我对农村题材少有感觉，你觉得他是在写农村吗？

宋晓英：不仅仅是，他的农村意象是一种"文化中国"，或者他塑造了一个王国、一个民族。他写的不是现实主义的我们的山东，所以有你所说的创造性、超验性、穿越性，但具有我们地域、族群的精神狂欢，民族记忆。比如他的父亲与我的父亲都叫我们少说话，"闭嘴""莫言"，于是他与我的童年就都可能在压抑中富有张扬的想象，这个是中国北方的现实经验吧。他的隐喻、意象丰富，寓言性很强，比如"透明的红萝卜""丰乳肥臀"等具有世界性、人类性。

施玮：也就是说他写的是童话国，带有魔幻、狂欢的气息。他很中国化，把北方农村魔幻化、狂欢化了，也很世界性、寓言性？我喜欢意象化，喜欢童话。我觉得童话给人们很多解读的空间，如永远忘不了的《拇指姑娘》。

宋晓英：对，莫言的作品是有《动物庄园》的童话性，寓意与讽喻。我突然悟出：我们给自己孩子读童话，给我的学生讲文学时好像阐释过多，引导太多，应该让他们自己去读，去揣摩。就像上个月我给美国导师当助教，大学课堂上的美国学生给我提出各式各样的奇怪问题，对中国、中国文学的理解超出了我的想象。而我对我的孩子、我的学生好像都是嚼好了的馍给他们吃的。突然感觉很可怕：我师父给我，我给我学生，代代相传对一个作品的一种解读，那他们就被淡化了味蕾，丧失了对文学作品的咀嚼能力了吧？我在中国的课堂上就是提问，也较少有学生回答，等着老师自问自答。可能他们从小听多了你应该读这个，不应该读那个，老是打压他，把他的想象力、好奇心，都给磨灭了。这样的少年对整个世界仍充满兴趣，充满怀疑，充满探索的欲望吗？比如莫言，是不是少数呢？

施玮：事实上，不管是当一个作家，还是科学家，最后拼的实力都是对整个世界的认识。

宋晓英：从题材不重复，人物塑造不重复，意象新奇这个角度看，你这个作家是不可效仿的，因为你的经历丰富，工学商什么都做过；又因为你小的时候没被限制阅读，聪明度、伶俐劲儿仍在，又有后天练就的大定力、大智慧，在我看来是不易效仿的。

施玮：我也相信，随着中国社会的进一步演进，知识分子意识与城市化进程越来越强的时候，中国的评论家对我的关注度可能会越来越高吧。目前我似乎离中国较远，但我相信到"90后"崛起的时候，他们是否更加理解我？更愿意解读我？我觉得"90后"生活的环境更像我自小的环境：家境可以，信息通达，读书很杂，父母不大管。我认识一个"90后"作家，为了写穿越，把整个《清朝秘史》看了个遍。因为年轻，现在写穿越，长大后回头看的时候，他再来写当今社会，他的视角会丰富、复杂，无人抵挡。

宋晓英：但他们社会阅历少，在复杂的世界中又处于你所说的"失重"状态，大多较懒惰、浮躁，缺乏定力。我这样说是因为我自己就是缺乏行动勇气的人，我周围还有好多不愿意费劲儿去思考的人。

施玮："90后"我认识几个，很勤奋的啊，一天可以写十几个小时，以他们的年纪已经写得很不错了。我觉得是社会把他们规定得太死。中国以后写都市生活写得好的，肯定会出在"90后"。因为"70后"受世俗影响太深，"80后"刚刚开始转型。"90后"因为生活条件较好，跳脱生存困境容易，就更容易深入到一种精神领域。

宋晓英：而且他们处于漂移的、流动的全球化时代，一个移居，而不是寄居的多元化转型社会，混乱多层的人际处境。

施玮：对，他们出国的机会很多吧，又没有意识形态框框，所以这一代作家写出独立思考的作品指日可待，是指他们将来经过沉淀与震荡以后的作品。

宋晓英：是，但我还是觉得他们不容易有你们这帮人的积淀，生活积淀、精神积淀、移民的断裂感、理想追求的幻灭感等。他们文理相通，动画、游戏、科幻的技巧较多，但并不能保障对世界观有大的或深层的观照。

施玮：我觉得这个就必须得益于"60后"，他们的父母。他们的父母如果具有理想主义梦想，又对整个社会具有使命感，拥有精神的高度、纯度与力量，给下一代的"喂食"很有营养，又没有过多限制的话，他们的孩子容易成才。

宋晓英：我觉得后人不再会经历那种巨大的政治转折、经济转型、灵魂裂变。"50后"的人大多是单向度的人。"70后"面临生存与身份窘迫，而且是应试教育的产品，我见到的普通人有些自私狭隘到只关心眉宇之间、鼻子底下那点事儿，"80后"较好一些。您觉得您代表"60后"吗？你们是既有50年代生人的责任意识、人文情怀，又没有被教育到僵化、单向度思考吗？

施玮：60年代生人在我看来还是得天独厚的，社会大转型与精神解放运动，启蒙精神的八十年代再现，九十年代的社会巨变，孕育栽培了这一代，经商与出国都是从这一代开始滥觞的。

宋晓英：我希望您把这些经历都写下了，因为我充满好奇，一个制度中人，方寸之间的人对行走在地球上，跨界与跨国，冲浪与攀岩者的好奇。而且我觉得你不过时，下一代，如我们孩子的出国、求学、经商，"90后"作家在写作中穿越等，你都在做，他们面临的你都经历过。

施玮：这也可能是为什么我的粉丝中"80后""90后"挺多的原因之一。

宋晓英：下一次我们弄一个座谈会，几代人对谈吧。如我的博导德高望重,是全国百强,意识很新,对当代精神好奇,我们的质疑精神、批判意识都是从他那里传承的。我师哥师弟,师姐师妹,我的学生,你们几个海外作家,每个人发一本书,看完以后对谈,肯定会冲撞出一些东西。期望您的作品更有扩展度,比如《记忆条》这样的小说,争议性、探索性很大,到时候几代人都认为有探讨的可能。

施玮:作为一个八十年代曾经的诗人,在小说、散文的创作上,我的探索才刚刚开始,美国的哲学宗教学博士一读完,我的世界观才慢慢有点型,脚踏在地上,而且觉得自己越来越柔和,从前的批判性还在,但融进了更多的理性、反思等。

宋晓英:灵活度、跨越度、透视度,这些东西都是很重要的,还有历史观。我总结您的历史观就是,你能宏观地看世界,看到个体、群体,人与自然的相互关联,还能把个体的人生放之于人类的长河中去衡量。我从中学到好多东西,我以后会一点点慢慢地研究。

施玮:我也觉得你我的差异本来很大,并不怎么契合,但这种互读、对谈中的精神冲撞是非常有必要的。别的评论者,比如王红旗,跟我就契合较多,造成少有新奇感,少有冲撞与问题。就像在同一轨道上骑行,看不到对方的风景。

宋晓英:是不是因为你们俩都太温婉,而我更多地学习了鲁迅的尖刻与犀利,或是我导师教给的批判、质疑、反思的力量太多,非费尔泼赖,咬住什么都不放松?

施玮:对,我们太温婉,你很犀利,所以我觉得,反倒是你问的东西很深,是我平常没有想到的。

"现代"语境下"知识分子"的存在状态

《放逐伊甸》再现了诗意的20世纪80年代向功利的90年代演进的过程，描述了受人文主义洗礼的一代人怎样被时代所裹挟，其挣扎、失落及顿悟的艰难历程。当代中国知识分子自幼被灌输"士"的责任意识，"先天下之忧而忧"，又肩负着"五四"精神的传承，在20世纪80年代铸就了其"重精神、轻物质"的人格体系。但在社会价值体系被颠覆的时代，当代知识分子面临生存发展的挣扎和灵魂的裂变，这是一种暂时的精神"短路"，还是一种"现代性"的必然？是一类人的性格悲剧，还是社会历史的悲剧？较之于同类题材的写作，作家的海外身份与哲学、宗教意识观照出了哪些全新的意义？新世纪前十年早已过去，以上问题仍没有答案，反而生发出了更深的意义。

依照中西方沿袭的"知识分子"的角色定义，中国古代"士"的阶层自觉于范仲淹的"先天下之忧而忧"，杜甫的"安得广厦千万间"的人文关怀，是"社会良心"的守护者。在西方，特别是在福柯等的"现代性"理念中，他们肩负着揭示、阐释"真理"的责任，也把握着社会批判与道德警醒等理论优势。北美华人女作家施玮的小说《放逐伊甸》，生动地描述了受人文主义洗礼的一代是怎样被世纪末的社会裂变所裹挟，在时代大潮中挣扎、失落与涅槃的。他们不仅生于"诗书鼎继"的中国，接受过"五四"精神的教育，而且在20世纪80年代经历了一个"启蒙时代"，悲悯与关怀成为其主体人格。而"现代性""商业化"大潮袭来，理想主义的光辉减弱，他们似乎"过时"了，面临被"淘汰"且找不到出路的困境。他们无法判断这是自己的性格悲剧还是时代的错误，困惑挣扎、灵魂无依。那么，这只是"知识人"暂时的精神"短路"，他们必将会适应时代；还是社会的价值观出了错误？

他们最终能否找到自己的"救赎"之路？旅居海外多年，坚守中文写作的宗教与哲学博士施玮以"回望"的目光对此作出了"审视"与"展望"，具有一定的前瞻意识，其对同类题材的处理与深究，也具有比较研究的意义。

一 "自由"与"自为"缘何不再？

作品之初，这一群"知识人"似乎人人有自己的"坚守"：赵溟坚守自己的"良知"，戴航坚守自己的"爱情"，李亚坚守自己的"自由"。但是，现代信息技术的发展使"知识分子迅速地失去了神圣经典的解释权和知识的垄断权"[①]，其"灵魂的工程师""真理传播者"的桂冠被摘下来，地位渐趋边缘化。这种边缘化导致了这么一群以"传道授业解惑"为职业的人逐渐失去了话语特权，面临着事业上的瓶颈。小说中的"作家"要么纷纷下海，要么停止创作。他们的悲哀不仅在于缺乏科学与商业技能，无法再以"精神导师"的地位与理念对时代作出判断引导，而且在于其"存在"的必然与"使命"的崇高均被解构了。

小说中人物各异，精神类同，只是挣扎、幻灭、涅槃的阶段、程度不同而已。作为"诗人"的李亚本来有其富足、独特的精神。从表面来看他"整个人都找不到一点清爽的地方"，而实际上他是一个大家公认的虽"一无所有却仍拥有骄傲的人"[②]。住破屋陋巷，不影响他内心的平静，一只馒头可佐一餐，社会关系"往来皆鸿儒"，在酒坊茶肆"笑傲江湖"。李亚把严肃写作与商业写作分开，于前者不允许有任何的"水分"，以创

---

① 何天云：《论知识分子的"后现代性"命运》，《人文杂志》2000年第5期。
② 施玮：《放逐伊甸》，中国电影出版社2007年版，第30页。

作实绩赢得尊重；后者是他用来养活自己的手段，内容形式无伤大雅，如果努力，稿费也颇丰。在那个年代，李亚的自得其乐、"特立独行"印证出中国社会"重精神"的一面，确实有过那样一段不以功利识人，"精神"尚存的岁月，文人的"独善其身"得以实现的时代。

除了生活方式与创作上的坚守，作家还赋予了李亚"你还有什么能不辜负的呢"的潇洒气质，说自己"什么都不是"的勇气。他珍视这份"独立不倚"，什么也没有，但谁也不靠的"自由"。破帽遮颜过闹市，躲进陋室独写字，"思考"，是他"生命中的最奢侈品"，一种"金不换"。这种精神自由、人格独立使得"诗人李亚"高高在上，俯瞰众人，也使他获得友谊，吸引爱情，他似乎是一个纯粹意义上"知识分子"的代表。穿过京城最繁华的路段，目睹朋友出国、发财、拍电影，众生喧哗，他没有一点儿动摇。李亚的行为，颇有"一箪食，一瓢饮，在陋巷"的孔子的学生颜回的意味，夫子都感慨地说："人不堪其忧，回也不改其乐"（《论语·雍也》）。

从人的存在的意义去看，李亚保有一种自然人格。他的存在似乎说明，只要具备了基本生存能力，人就可以"自在"地生存，"自为"地工作，再有了身份的"自觉"，就能与世俗、浮华保持相当的距离。但从什么时候开始李亚式的"独立之精神，自由之灵魂"失去了意义？这群职业尚存、没有大的生存之虑的"知识人"，在象牙塔中的"观世相者"为什么坐不稳自己的书斋了呢？

应该是"重商抑士"的潮流席卷而来，冲击了"士"的阶层的存在状态，让他们对自己的"坚守"产生了深深的怀疑。20世纪90年代的中国经济高速发展，似乎"全民皆商"，几天出一个暴发户，"财富精英"很快取代了"知识精英"成为时代的翘楚。李亚、戴航、赵溟作为诗人、作家、编剧尚不至于穷困，但他们的"发声"却不再被重视，因而他们找不到了归属感。于是一向"独领风骚"的李亚要证明自己的"存在"，决定要到商场上去搏一搏，大赚一笔，"以商养诗"。他认为自己不过到商海中溜一圈，将来"出海"时他还是他，商海还是商海，"对钱，我想我还是能保有一份无所谓的心态的。可我不认为我有权力鄙视它。对于一个你从未曾战胜过,也从未曾赢取过的事物,你是无权去鄙视的"。① 但他却大大低估了"商海"作为"染缸"的作用。

"俯首从商"后,李亚首先尝到了"劳动"的快乐,对"商"有了刮目相看:"一本书从输入到校对,从印刷到装帧,再运往各地,由人寒冬酷暑地守摊儿卖,其间有多少的辛苦?""这是件多么'严重'的事,恐怕绝大多数的写书人没想过这个问题。或是依着兴儿写着自己的得意,或是高高在上地以为是赏赐了些真理给众人。依李亚这几天的见识,凡写书的人都该来做做书、卖卖书"。②

接着,"书商李亚"开始忽略"作家"是"人类灵魂的工程师"对人类的精神生存有提升的义务这一点了。他开始把"严肃写作"与"商品制造"混成一团,忽略了二者的分工不同,靠"文学"获利是与文学的宗旨相悖的事实。小说《放逐伊甸》写这种精神的转变是一种自然的过程:李亚马不停蹄,努力敬业,"跑印刷、办发货、再征订、再加印","业务"越来越熟练。当他在小旅馆过"数钱"的瘾时,禁不住"忘乎所以",似乎证明这堆钱不仅是他的"劳动成果",还预示了他的"转型成功",向"新我"迈进的成功。从前朋友们接济他,往他手里塞钱的时候,他都"像触电似的立刻推了回去",他对名利的态度曾使戴航倾心爱慕,"李亚咧嘴笑了笑,牙齿在黑暗中亮亮地闪了闪。"现在,与他一起"数钱"的戴航感到这个"书商李亚"的陌生,他的价值观不一样了。现在的他认为从前的自己就像现在的所谓"知识精英",已经"过了时,长了绿霉毛"了,"酸腐"得可怜。

在商海中"浪遏飞舟"的李亚并没有爱上金钱,却被它所带来的"简单"规则所折服。在"书商李亚"眼里,"知识人"变成了"没用的闲人",戴航的那种万里长征、曲里拐弯的"爱情"表达,也显得多么"女文青",成了大观园中林黛玉的"奢侈的无聊"。金钱买来的享受多么噼里啪啦,简洁明快,好"痛快"的人生啊!小说借李亚"物极必反"

---

① 施玮:《放逐伊甸》,中国电影出版社2007年版,第86页。
② 同上书,第124页。

的性格,他对财富前倨后恭的态度揭示了"现代性"的残酷:时代更迭,社会的价值系统必经摧毁。或许过一段时期后它可以被重建,但重构后的价值体系还是原来那个吗?

二 现实与理想孰轻孰重?

戴航是一个宽容平和的人。她成为作家是因为她聪慧、虚心、敏感、多思,善于汲取新知识,观察世相仔细透辟。她长存淳朴之心,因为她有才华,有成就感,有爱情,还享有母亲一贯的呵护。但走在大街上,她突然觉得找不到"北",发现传统的制约与现实的逼迫让自己处于一种"失重"的"悬浮"状态:"那与肉体牢牢黏合的灵魂随着风中飘散的头发,向上腾飞……灵魂重新回到她身体中时,她的肉体正浮游在污浊、混沌的空气里。"[1] 她被"时代"拔了头发,耳边生风,脚却不得触地,手无所握,心无归属。身体"悬空"的隐喻是多重的:因为"那么多年来,她没有自己的屋子,没有可锁的抽屉,甚至可以说没有任何属于自己的秘密"[2];因为"慈爱"与"文明"的母亲天天"关心",时时"呵护",对她精神监视,行为限制,她在母亲眼里仍是个完全需要给予精神引导与知识保护的没有长大的"少女"。她在母亲面前仿佛是"透明"的,后者所谓的"道理"与"教养"像枷锁一样禁锢了她。戴航的生活代表了都市人的精神状态:没有独立的生活空间,就不能达到精神的"独立",这也许是她羡慕李亚的原因之一。

戴航的失望还在于她纯净的创作心态被飞速发展的时代打破了,只要还坚持严肃写作,她的事业就必然陷入瓶颈。事业上的瓶颈与其"爱情"理想的破灭,都是"时代大潮"所致。戴航始终珍视自己与李亚感情的纯粹无瑕:二人都能做到不以物喜,不以己悲,处处为对方着想。"浪子"李亚故意隐含的深切关怀增加了这情爱的神秘与温雅,似乎是灰色天空下、变幻的风云中一尾理想的"诺亚方舟"。她理解李亚为坚守创

---

[1] 施玮:《放逐伊甸》,中国电影出版社2007年版,第1页。
[2] 同上书,第24页。

作而从大学退学、为不驱名利而毅然离婚等，欣赏他醉酒时真心，清醒时弃绝浮华，"只取一瓢饮"的坚守。他们有诗意的浪漫回忆——凌晨三点牵手过马路，分享着劳动的艰辛与成果。但时代的浪潮就是要打碎一切虚妄的泡沫：岂不因商品与文学可以交换，她的书才"待价而沽"；岂不因放弃了精神坚守，李亚才挣到了钱；岂不是目睹了实实在在的"成果"———堆自己所挣的钱，李亚才有了表达与纵情的勇气？是商业旋风中的异域风光，罪恶城市的微醺夜色制造了这场浪漫，但也击碎了爱情的泡沫——这情爱和着钱的铜臭味道。此前的关系，现在看起来有多么虚幻：相爱的两个人不愿意被婚姻捆绑，不敢走向天长日久，那些欲迎还拒、万般回避，确实是出于倾心、真心与甘心吗？往事滔滔云共雾，此刻男人脸上的得意倒显出一种不争的真实：借财富来壮胆，借夜色来恣肆。戴航一向认为他们的情感真挚、纯洁，关系超凡脱俗。现在看来，简直是一种荒谬与讽刺。

　　清醒后的恋人们看到了情感的虚妄：自己与他都不愿意负起责任，只是借了一个"相互尊重"的幌子，妄言给对方选择的自由。就此分手，李亚躲到了更加放浪形骸的财富生涯中，戴航逃到了南方，去追寻父母婚姻的秘密，她对缺席的"父爱"尚有期待。但在故乡，那个"幻想"里"慈爱而伟大"的父亲不但是一个沉浸于棋局、烟酒的无赖，还是个借助时代的专政工具，公器私用的、狭隘报复的小人。

　　事业、爱情、亲情的破灭，给已经处于悬浮状态的戴航以沉重的打击。她认识到此前自己的清高，是自命的虚妄，理想的"乐园"并不存在。她一度看着那些跳进商海、跑到国外的朋友不为所动，认为只要自己不浮躁，静下心，俯下身子，文学作为自己的"田园"，爱情作为自己的"家园"，理想作为灵魂的"乐园"就永在，不会垮塌。但她突然意识到：这些都是与"时代"脱了节的。自己一直认为清晰的"outsider"状态是自己存在的最好方式。但如今看来，自己的人生状态看似是一种自由的旁观，实则是一种无根的漂泊，一种无处皈依的悬浮。戴航的创作因与时代不合拍，不符合"读者"大众的需求被出版社责令修改，最后她换掉了严肃的主题，改了书名。作品在经过那么多人的手流通后，三进三出，已经面目全非,却能进入销售的"排行榜",进入高速"流通"的行列。最后,这部"掺了水",改了主题的小说还被导演一眼看中,拍成了电视剧,而她也阴差阳错地扮演了一回"女主角",从一个身怀责任的人文作家变为了"写而优则演"的时尚"明星"。戴航内心的"失重"感,身份的"悬浮"感越来越重,她离那个理想的自我——美丽纯净的"利百加"越来越远了。

同样碰到"瓶颈",在"现代"旋涡中"失重"的不只戴航,小说中赵溟、王玲、萧苇无不进退维谷:赵溟活在自己假想的道德完善中,创作上却早已搁笔;王玲嫁给了心仪的"梦一样的男人",却不得不为这个造梦的男人构建巢穴;萧苇看似潇洒,实则为了名钱利与各个阶层难解纠缠;兴安、熊兵、王京,表象上为"文学梦"与"自尊心"轮番上场,实则离商业越来越近,距文学"梦想"越来越远。"文学博士"王京,在美国的大部分时光都拼在各种餐馆里,回国后只能靠在海外"修炼的本领"开一家"好一口"连锁饺子馆了。兴安们个个成了自己企业的"President",但"费尽心血、拼性命追求得到的竟然是自己当初最不屑最不甘心屈从的枷锁"。[1] 这些曾经的"文学青年",个个灵魂游离于肉体,在城市的喧嚣中醉生梦死。时代没有为他们的精神搭好"浮桥",他们就只好一直在"驳船"上飘着,不能停泊,到不了对岸,离"真正的自我"越来越远。

但他们离"现实"越来越近,"书、酒、女人这三样李亚最喜欢的东西,如今都和金钱做了最紧密、最简单、然而又最为'真理'性的结合"。[2] 与"时代""合谋"后,李亚的灵魂不羁、"精神自由"都变了味儿。从表相看,财富的自由使他更多了自信、力量,事实上他换了朋友、女人,每天觥筹交错,也不过是在"堕落"的小圈子里难以自拔。"痛快的买卖"的另一面是你也免不了被别人"占有"。书商王瑛喜欢李亚,从前真正的"文化人"都不正眼瞧她,现在"诗人李亚""下凡",她恰巧

---

[1] 施玮:《放逐伊甸》,中国电影出版社 2007 年版,第 279—280 页。
[2] 同上书,第 157 页。

抓了个正着。要想让这个突然落到地上,落到面前的"'天使'不再飞走,就只有剪掉他的翅膀"。女人王瑛宠着李亚,惯着李亚,不容他有"思考"的空隙,男人李亚感到"习惯于享受别人的服侍和娇纵真是件很容易的事"。①

应该说李亚等知识分子"下海"的行为,也可以被解读为一种"与时俱进",一种正视现实直面人生的勇气。如李亚所言:只有熟悉了商业社会的规则,尊重这种规则,才有资格挑战这种规则,这似乎是"知识人"重新做回"时代代言人"的一条必经之路。李亚的行为还带有浓郁的存在主义、虚无主义的色彩。为了精神上的一点坚守,他曾经从大学退学,离婚及与家人疏远。他"下海",是一贯"愤青"式的反戈,也是对朋友们纷纷下海的一种呼应——在现实中"入伙儿"。"天生我才必有用"是他一贯的自负,他要让自己的钱包与朋友们的一样鼓,他实际上也认为这样才有资格谈尊严,谈爱情。

但"转型"与"反抗"的结局却与李亚的初衷南辕北辙:"知识人"在"现代"的铁律下失算了,认输了。"诗人李亚"变为"书商李亚"后,"自由"的内容变了味儿,爱情也变成了"被服侍和娇纵","爱情"的精神纯粹、斯文尔雅被弃之如敝屣,"地上"的"情爱"就是将身体沦陷在"人钱两讫"的温柔乡里。这种"简单"的规则不可能不把他推向"堕落"甚至"罪恶"。堕落与腐烂充斥了城市,孤零的生命陷入其中,这种状况并非今天才有,不止李亚一人所遭遇。但"时代"充当了"腐烂"与"孤零"的催化剂,这是毋庸置疑的。而这样带来的结果便是:"知识人"的"坚守"与"新生"均被解构,无论是"现代"的"自为",还是"精神坚守"的"自在"都失去了本初的意义。

三 "救赎"与"着陆"能否实现?

"书商李亚"的形象说明在"全民皆商"的时代,"知识分子"是不可能被留在"象牙塔"中"作壁上观"的,"时代"的席卷不可抗拒。

---

① 施玮:《放逐伊甸》,中国电影出版社 2007 年版,第 165 页。

小说中"酒吧老板"兴安、"导演"王旗、"名媛"萧苇们像"陀螺般被抽得乱转"。似乎只有"作家"赵溟能老僧入定,"其间余一卒,荷戟独彷徨"。但这种"恒定"能否保持?答案是否定的,因为"倾巢之下"岂能有"完卵","在神圣轰然倒塌的世俗化时代,原来以价值、理性、意义为核心的目的论宇宙观彻底解体了"。[①] 静坐于书桌而写不出反映时代的作品,一个作家怎能生存与发展?知识分子的精神支柱如此脆弱。妻子王玲的长直发变为"大波浪"就能使"作家"赵溟终日不安,因为这表明一个"恒定"的"贤妻良母"必然要走出"围城",传统的家庭结构必然会出现"变化"。

如果说王玲的变化代表着人们精神理念的渐变,那么北京小街道上的一场大火终于揭示出整个社会——知识分子"伊甸园"之外的世界早已被颠覆。这场发生在赵溟饮酒的小饭馆隔街的"大火"成了一个杠杆,丈量出"道德""良心"在"现代"民众精神与生活里的比重。

大火出现的时候,赵溟的第一感受是"不知烧着人没有?赶紧打火警电话吧",说明他是以"人"的生命为第一关注点的。只是一辆普通的出租车被撞翻了自燃,按常理应该有人报警,但偏偏是大家都在想别人会报警,没有一个人打电话,致使火警与120都没及时赶到。人们不上前救火,各有各的"理由":饭馆老板娘不让说"着火了",因为她的"生意"不能冷落;传话的小伙子衣袋里借了别人的钱,救火会烧了衣衫;更多的人只是围观,皆认为全家人都指望自己养活,是"死不得的"。大火吞噬了车里的女孩,吞噬了滚出车外火球样的女人,给世人枯燥的生活提供了特殊的"景观":围观者上百,目光"只盯在她赤裸的胸前";"兴奋的人群从他们敞开的门前经过,热烈地说着,就像电影院散场一样。"场景里的描述充满了讽刺,"现代"人为个人与整个群体的自私自利都找到了充分的借口,"老吾老,以及人之老,幼吾幼,以及人之幼"的古训早已被打碎与践踏。

[①] 孙谦:《"知识分子"该如何镜像自我:转型期中国知识分子小说的叙事伦理考察》,《中国现代文学研究丛刊》2011年第4期。

赵溟看到了"时代"的真相,对整个人类的麻木与冷酷不寒而栗,更让他惊异的是,"原来人的心中有着这样的冷漠,却又是这样地不以罪为罪,不以耻为耻……凭着亲疏、贵贱、种族等,把同样的生命分划成了不同的价值,并公开地把它写进法律,甚至成为一种文化精粹来骄傲着"。①而高高在上,手不能提,肩不能挑的自己竟然还认为自己是精神"贵族"与"导师",手握着批判社会与"指点江山"的特权。"自以为义"的自己与"上百的围观者""有什么大的区别"?"坐在那里吃着喝着,高谈阔论着的他是对这个女孩、对这个母亲负罪的"。一种深深的谴责使他警醒,他的"罪感"一点点复苏,这种"复苏"让他万分惊恐,不堪重负:他不能忍受自己重新回到那冷漠、"自义"的意识中去。为此,他将女孩的父亲带进电视剧摄制组,道出了自己的忏悔,去医院看女孩的母亲。不但内心的愧疚没有完全消退,还被一种大的悲哀与茫然取而代之。在这个露了乳房,死了女儿,疯了的女人眼里,他是那些见死不救、欣然旁观的如此"正常"的人。女人眼里的恶毒与诅咒让他震惊,她的一声尖叫在他俩之间树起了"一片不可逾越的'恨'与不信任"②。这里施玮提出了一连串的问题:当代社会,人们的道德意识还尚存吗?被人群淹没在小酒馆里的"知识人"赵溟能有什么"启蒙"的作用呢?他灵魂的不安会因为忏悔而消除吗?见死不救的城市人还在乎能不能得到灵魂的救赎吗?告别了"故我"是否就意味着告别了"传统"?现代人的"新我"达成了吗?

赵溟曾将妻子、女儿都隔离在自己的世界之外,沉浸在诗歌、小说的营造里,现在却终于意识到自己与家人越隔越远。住房紧张,女儿只好寄养在老家;京城消费太高,他力主回家乡创业,但这是没有与妻子充分沟通下的臆想。用一种唐·吉诃德式的臆想、与现实隔膜的"精神贵族"立场与激变的社会单打独斗,结局是毋庸置疑的:没能达到"此山之外"的冷静,反而会因内心的浮躁走火入魔。换言之,妻子与他同样有一份职

---

① 施玮:《放逐伊甸》,中国电影出版社2007年版,第57页。
② 同上书,第261页。

业，凭什么他的身份就比妻子更加高尚，因为他是一个"知识者"，就有"启蒙"别人的特权吗？

脱离了时代的赵溟像《子夜》中的吴老夫子，动辄在大街上被急匆匆的路人撞一个趔趄，遭一个白眼。他指责导演王旗换演员，其行为像一个"无情无义的大骗子、彻头彻尾的拜金主义者、畏强凌弱的小人"，却不明白王旗的行为合情合理，那个在他面前表演"简单清纯"的"小女孩"事实上是一个"圆熟"的女人，圆熟到不能胜任那个小镇上"文化梦"尚存的"女孩"角色。"长直发"成了一种假象，一种讽刺，赵溟式的"人类灵魂的工程师"，其判断能力只停留在表象，如果其思想与技术、知识与能力不再更新，这一代"工程师"早晚会"下岗"。不能与时代同步的人，必然在"现代化"浪潮中不断地"打旋儿"，被潮流倾覆或吞噬也在所难免。

一个居于商业大潮中、信息时代里的人在何种程度上能够超凡脱俗，遗世独立呢？赵溟与王玲的例子说明，必须有物质、技术、精神的种种保障，单个的人才可能有所坚守。但随着各种物质、精神之度量衡的更新，他的基本物质与精神安居的指标也在不断地刷新，即使能独善其身，其家人也必受牵连，或遭时代裹挟。遵循新的秩序、新的规则，是无可商量的，如赵溟的"坚守"是以妻子王玲的突围、巨变，苦苦挣扎为谋生计为前提的，她必须为他的精神坚守提供物质的保障。赵溟的形象较之于李亚，其启示意义在于：比堕落与毁灭更残酷的是信念的丧失，"'梦想'的神殿也已坍塌了。只是他还处在祭奠的哀伤中，并没有甚至也绝不想另奉新神，另拜金殿"。①

施玮的文笔不仅融入了《堂吉诃德》的"放逐"意象，"伊甸"等的隐喻，还与俄罗斯文学的"复活"主题异曲同工，探讨了人性的"流浪""回归"与"救赎"。戴航在宗教与哲学省思中寻找着答案，赵溟在"士"的责任意识里自我挽救，大病初愈、浪子回头的李亚回到了陋巷中的蜗居。萧苇出国了，王玲在商业大潮中练就了自立，洪京涛的电视剧终

---

① 施玮：《放逐伊甸》，中国电影出版社2007年版，第204页。

于放映了,这一群"知识人"顺利在"现代"的语境中"着陆"。赵溪在奋笔疾书,书写着自己在这段漂泊、悬浮中经历的不安与恐慌,倾诉着对灵魂复归的等待。李亚经历了死亡的临近,意识到自己把精神病院当成避世的"天堂"是何等荒唐。

现实中任何隔绝的"家园"都是一种孤独与绝望的存在,带给人心灵的只能是更加隔绝的感觉。在与"死亡"临界的时候,李亚发现自己无比眷恋着"生","超自然"力量让他渴盼并得到拯救,病床前的父亲幻化为放下"天梯"的"父亲",其"亲情"超出了俗世的温暖,有了"观照"的意义。人生有多少应该珍视的东西曾经被无谓地放弃,被"放逐"了的人与"乐园",或"家园",或"伊甸园"之间并没有被完全隔绝,"驳船"上的"浮桥"与"踏板"仍在,李亚"获得了一份渴求已久的平安,一份这个世界无法摇动的真平安",是一种真正的归途。而戴航,在看见父亲给母亲写的信时,才明白自己长期逃避的"恨"确实存在。但面对即将死亡的父亲,她放下了"憎恨"的包袱,让宽容在赞美诗的歌声里酝酿开来,"那照耀着利百加的光正在她的头顶闪耀"。施玮在小说的结尾处使人物凭着亲情——血脉相连的父爱,爱情——两个人将要建立的"家",完成了浮游、隔岸、观望、到岸的历程。但细读这部2007年的小说,其描述与近十年之后的现实相对照,仍有惊人的相似之处。我们不禁要问:"现代人"种种精神的"回归",灵魂的"救赎",身份的"着陆",精神的"到岸",真的实现了吗?

第五编

印象:蝴蝶裂变后的飞跃

美澳华人女作家创作初探

　　海外华人女作家因经历各异、代际不同而人格相异，创作纷呈。她们坚守与决断的原因，是我穷究不解的一个难题。2014年的"首届中国新移民文学研讨会"给了我机缘。通过近距离观察、促膝访谈及把其文字细读了多遍，我作出了初步的判断。

　　在我看来，现阶段的海外华人"新移民"女作家秉承了50年代与60年代前期出生的中国女作家的理想主义、完美主义、人文情怀等，却不像她们，如严歌苓那样批判得尖刻，虹影那样追问得执拗，也不再像李翊云、郭小橹那样决绝前卫。她们的文风、人格更多地体现为知性、理性、温情与亮丽。她们也犹豫与彷徨，却有着杜拉斯、波伏瓦、伍尔夫等的坚定，不再屈从于时代、社会、他人的压力。她们与传统并非截然对立，但其目标坚定，再苦不辞，温文的面容与绰约的风姿掩遮不住一路向前的果断。较之于"向内转"的"新生代"女作家，她们的文学内蕴包含了外部世界的宏阔，也不排斥集体意识中的"他我"，没有完全如引小路般"飘来飘去"，洒脱无羁的个性表达。应该说，她们的命运与社会的关系不再是随风飘逝，但也不是逆流而行，而是一种"到中流击水"。由于其"击水"时的自信与自为，方向明确，内心少纠结，两岸的风光尽收于眼底，文本中人文、社会与族群的内容更丰富与深刻，不像某一类女作家在写作中基本把"自我"作为唯一的意象，把"女性命运"作为一再纠缠的主题。

一 施雨：小女人，知性女人，还是大女人？

深知施雨的人都知道她是一个完美主义者，同时也是一个行动主义者。保持思想的自由、文风的独立、情感的晶莹透明、人格的温润如玉是她给我们的一贯印象。她的文字对身份、人性、生命的开掘理性、含蓄、细致而缜密。

施雨的形象在我的银幕上是一部后现代电影，穿越前生今世、昨日与后天。《下城急诊室》中这个"安静得像一滴水"的"小寒"与陈瑞琳笔下"书卷气""灵性"与"训练有素的职业气质"并存的"诗人施雨"，还有当垆掌舵的"文心社"总社长到底哪个是黑白镜头，哪个是彩色视频呢？交往越多，施雨的"文雅""利落"与"大气"印象越深，我愈加臆断那个清丽的"小寒"是施雨的"本我"，爽净利落的职业女性是她的"他我"，而"大气磅礴""以一当十"的"文坛阿庆嫂"是"超我"，因为，施雨是一个生于诗性的热土，长于医学世家，学于大洋彼岸，纵横捭阖于世界文坛的一个自由知识分子。

我"臆断""小寒"是施雨的"本我"，出于她一贯的勤勉与利落，没有大多数"女文青"的拖延症、抱怨与戾气。作为"文心社"——"世界华文文学平台"的总社长、总编辑，作家，编剧与两个孩子的母亲，施雨可谓日理万机。但任何读者的来信她都是马上回复，作者的稿件马上编辑，剪辑、导语与评论马上搞定见网，从不拖延。我很是纳闷，她什么时候休息来着？好像中美两个白天，24小时都在工作。"今日事今日毕"，来源于医学世家的教养，还是多年的职业习惯？我好像看到那个手术前在白布上细细地摆好刀具器械的安静的"小寒"，手术中成功补位，快捷地结束主治医师"烂摊子"的那个实习女医生。

我希望文学女性都像施雨一样安静与利落，而不像杜拉斯那般粗放，也不总像萧红那般敏感，更不似乔治·桑、丁玲那般过于中性。人家对"女文青"有意见也许有一定的根据，说"美女作家不美"也有一定的道理。还有我这样的文学女教师，不是扫帚倒了，就是牛奶泼了，总是"李双双"一样挽胳膊挽裤腿，总是雷声大雨点小，不能像施雨这般清清爽爽安安静静,"撑着油纸伞"走过雨巷,暗香盈袖,还有"最是那""一低头的温柔",同时却"硕果累累"。我们身为女性,个个拿笔持戟,言辞夸张、行为乖张,好像一直在打仗,姿态大于成就。我们什么时候能够像施雨一样脸上永远细腻白皙,但日日行文,夜夜笔耕,散文、小说、评论、学术论文结出串串"红硕的花朵"?施雨在华人女性中最早组织文学社团,期刊、网站、活动,"果实"累累,用"小女人"来定义她肯定是不妥的,她是一个"大女人",做的是有关世界华人创作与评论的"大事业"。

"大事业"来自于"大视野"。用"知性女人"来形容施雨或许更恰当。她理性谦逊,成为"大女人"与杨平先生赞赏的"一竿秀竹"精神有很大关系:"无论一袭青衣的出入名山/或藏身闹区小巷/都是爱梦想的自由主义者。"①

"爱梦想的自由主义者",这道破了其"知识分子"与"独立女性"的身份与立场。"小寒"与现实握手,但她是"爱梦想的",职业的克制与操守她有,"自由"的灵性与张力她也不缺乏。她与别的女作家的区别在于她是一竿秀竹,一直在吸收知识的雨露,也在吸纳他人的见地。她秀高于林木,却不意味着张扬,而是意味着站得更高,视野更宽。精神世界的高远在追求,脚下的根基也并不动摇。对的,施雨就是一竿修竹,身姿袅袅,却虚怀若谷,灵秀机智,像竹子拔节一样生长得很快,朝"自由独立的栋梁之材"方向一直成长。

文静"小女人"的自由之思想,独立之意志,高远宏阔源自于哪里呢?是出于小时候的心性敏感,由己而推人吗?《怕严父》《偷窥热》念念难忘那个玻璃心被武断碰碎的纯情少女。在严酷的时代,被忽略、被轻视的少女"小寒"没有呐喊,没有反叛,悄悄在岁月中弥合了伤痛。但这种痛楚练就了"诗人施雨",练就了安静的小姑娘表象下内心激情主义的澎湃,思想与时代一起脉动。"写诗"的热血青年成为一名职业医生,

---

① 杨平:《一根竹子的自语》,《文心社》,http://wxs.hi2net.com/home/news_read.asp?NewsID=783,2015年8月27日。

又去沐浴欧风美雨,"翠竹小寒"不再是那个拳拳之心颤栗的少女了,她吸收阳光,聚集雨露,与千万颗竹子一同成长,成为一个"现代人""世界人"。施雨不放过任何一次与同道交流的机会,勤访作家,笔耕唱和,对每一个评论者兼听并蓄,练成了她人文作家的睿智,也形成了她自己细雨润物、绵里藏针的独特风格。施雨的人格与文风都不矫饰,力求简练,别人使劲拽词儿,她却能简练就简练,散文随笔题目尽量用三字口语,《食为天》《身外身》《二狗子》《怕二世》《不说不》等,以"说明"为宗旨,却蕴含极为丰厚,代际误读、中西悖论、文化尴尬,历史扭曲与现代之夹缝感尽藏笔端,叙事长篇如《苦儿学琴记》《倾巢出游图》《落日的背后》或笑谑,或讽喻,生动隽永,令人回味。

"秀外慧中"只是"知性女人"的表象,"知识理性""人文理性"才是其人格的根本。现代人的逻辑与克制战胜了感性与随意,对世事人情"格物致知"便顺至而生,著名女作家杨绛便是这类自由知识分子的翘楚。施雨做事情也是看大处,讲效率,能退舍,知理度,这都是一般"女文青"所欠缺的。她的创作用"平视"与"对视"视角,置中西风物、世相纷争于"无我"之境。"我"可以是一个线索人物,但绝不把自己的观念强加于读者。杂文评论中她客观冷静如执手术刀的手不会颤抖,层层剖析,刀至痼除,有叹息有无奈,但并不执意亮剑。我所认知的女作家,大部分倾向于"挚性写作",难免成为"执性写作"[①],"50后"执着,"60后"偏执,"70后"剑走偏锋,"80后"解构虚无。如这般"知性",以科学家的冷静与精微观察表达,有一定的难度。文科出身的"女文青"免不了"五里一徘徊",既想独立,又怕孤立;老生代受制度压制,难免怨天尤人;新生代解构一切,祛魅又放逐。我的"80后""90后"学生们均以"韦小宝""八戒"精神自我标榜,签名档不少是"小猪"或"猪猪"。"猪人"可做,厚黑学意义上的"狗人"可做,有奶便是娘,或"难得糊涂",勤奋认真的"人"难免被视为反常;精英主义、完美主义肯定被看作一种精神病患。施雨的逢信必回,逢稿必复,创作、

[①] 宋晓英:《精神追寻与生存突围》,中国文史出版社2006年版,第226页。

评论、社团活动都追求"世界"格局,在这些人眼中肯定是"强迫症"。但,处于"现代",为"现代人",做"现代事",施雨般"契约精神""效率观念"、精益求精、完美主义难道不是必需的吗?

施雨的诗玲珑,文透辟,小说则充满理性,却不乏诗情。小说《下城急诊室》对城市切脉,场面宏阔明晰,画出一幅幅纽约第五大道俯瞰图,且是动态的。《刀锋下的盲点》对中西医道的描述属补白性质,很少人涉及。多数人写异国恋情免不了落入文化相吸、文化相斥的窠臼,道德、伦理、文化等帽儿、鞋子很容易乱扣。施雨的小说则借情色表达了人性的复杂:"小寒"的情感中有成长的阵痛,也有文化的剥离,裸露在不合时宜的环境中,保护层难以长出的"连根拔起"的人有许多屈辱与投诚。散文《我的老公谁做主》论"老公"的"主权"问题皮里春秋,把"感情是感情""银子是银子"的现代讽喻炒得小葱拌豆腐。我真想向我那几个"海龟"后被"小三"打败,结果"大赔中赔小赔"的女闺蜜推荐施雨这个"医师"。此文跨文化、超性别,代际、阶层等因素考虑得周全,将"老公的主权"问题置于各种法度下比量,揭出了矛盾的张力。大陆"打小三"全民运动中的"闯将"们哪里懂"都对她好,也都对她不好……对她好,是对她很客气。对她不好,是这种客气背后的生分与隔离"①之复杂与纷繁。陈瑞琳总结"她原是在医学的冷酷世界里浸染多年,却能金蝉脱壳,幻化在文字的天地里恣意翱翔。多年的人性解悟,使我对笔耕的人有直觉的理性判断,但仔细地端详施雨,我心绪涌动,感觉她是近年来活跃在北美华文文坛上一位具有奇异张力的女性作家"。②道出了施雨人格的丰富与文风的奇崛复杂。

2011年5月11日央视"华人世界"栏目推出"施雨专访"《北美文坛的阿庆嫂》,她还被文友誉为"北美文学青年之母"③,这均印证了她的气度,不是"无意苦争春",而是"她在丛中笑"。熟悉华文网络文学史的人知道,施雨确实如"播种机"。比如她不只自己一如既往参与、经营

---

① 施雨:《小说:你不合我的口味》,《侨报副刊》2008年5月13日第D04版。
② 陈瑞琳:《"弃医从文"话施雨》,《环球华报》2011年7月22日。
③ 庄志霞:《从大洋彼岸飘来的秋雨》,《文化旬刊》2007年第1期。

网络文学社团，还努力帮助他人，期待华文文学的繁荣，如协助新泽西州文友苑月、雪域开分论坛。2002 年与人合办《新诗歌月刊》始，从"网上新州"到"宇华网"，直到"文心社"在美国注册，被经营为一个全球影响最大的华文文学社团。"文心社"作为一个"文人共同体"，被评价为"意味着的并不是一种我们可以获得和享受的世界，而是一种我们将热切希望栖息、希望重新拥有的世界"。[①]"文心社"被称为"温馨社"，不仅因掌门人施雨的笑面春风，使之成为一个壁炉，"靠近它，可以暖和我们的手"，更在于大家参与其中，共商理想，砥砺思想，在中华语言文学史上写出了有力的一笔。

但在我的眼里，"母"的霸气与"嫂"的飒杀与施雨无关。尽管她的风格不乏恢宏的气势，手术刀般的冷静，但在我记忆的屏幕上，她一直是那个小女人，明湖秋月般的空灵、江南细雨般的绵密是这个眼睛会说话，长发飘飘的仙子独有的风姿。"嫂"与"母"是施雨的"后生"吧，"此生"的影像中，这一袭竹风瘦影，袅婷的身姿，文文静静、简简单单、拳拳之心的"小寒"永驻我心。

二 吕红：生命之本、蝴蝶裂变、文学之质

我认为在以女性命运为关注点，以新移民漂泊寻梦为特色的海外女作家中，吕红的作品尤为深刻，因为她的写作最接近生命的"质"，有切肤之痛，其创作也因此更加接近于文学的"质"，超出了对命运的"记录"，达到了"心灵史"的深度。

看吕红其人，仙风瘦骨，白云出岫，天然去雕饰，清清爽爽的模样。通读其作品，却看到她的描述在生命图册上刻下深重的划痕，悟到这就是一种"质"，不带枝蔓，少含闲杂，是经历了心灵的炼狱，生命提纯、凤凰涅槃的结果，方能够这般天高云淡，如水墨丹青。她不拘泥，随遇淡然，但我总在疑惑，她似乎还有一种放达与决绝，有一种"越唱越高，忽然拔了一个尖儿，像一线钢丝抛入天际"那样的感觉，这感觉哪里来

---

① ［英］齐格蒙特·鲍曼：《共同体》，欧阳景根译，江苏人民出版社 2003 年版，第 4 页。

的呢？读完了《美国情人》《尘缘》《午夜兰桂坊》《红颜沧桑》与《女人的白宫》，才得其三昧。

其一，吕红之笔锐气凌然，直达人性"本质"，祛魅与解构均有划时代意义。她落笔总是独辟蹊径，从浮躁生活的表面探入深处，写出精神的力度。较之于夫唱妇随、举家全迁的移民家庭，在海外华人圈单打独斗、屡败屡战的独身女性可能不少，如吕红的女主人公一样血拼到底、好勇斗狠、永不言败者则为数不多。历程中所遭遇的阻碍，所悟到的善恶肯定比别人多。其孤身独立，却敢于向男性主流霸权挑战，誓不投降。反映为文风，我们就看到一支笔如冰冷的钢刃将人性的外衣一刀刀揭破。无论是世界视野中"Caucasia"之"白"马王子的"谦谦君子"貌，还是秦邦大汉自诩的豪迈情怀，还有港台"成功"人士的"精明果断"，层层面纱都被她划烂，裸露出促狭算计与虚伪自私。但吕红的深刻远超于性别、阶层、种族等对立，她的客观在于详述了女人在抱怨"遇人不淑"时候的借口大多牵强。缺乏觉悟与自省，弱国之人在批评种族歧视的当口，也没有反观自己的内心，回视个体民族的偏狭，因此，"在竞争的过程中，人的自私本能得到具体的展现，人性的复杂也得到集中的表现。当面对弱小者时，人身上便会表现出狼性；当面对强者时，人身上又会表现出羊性"。[①] 也就是说单纯以道德量人、阶层分人远远不够，只有把各种身份解构，将生活的原态细磨了，碾碎了去看，才暴露出生命的真相。如果"芯儿"没到美国访学，"林浩"没到美国创业，生活还照着原样局限在"制度"的"磨道"中，背叛与遗弃、男情与女色、趋利与避害等人类本性也就不会暴露得如此彻底。行为与结局均不能单纯地归之于道德或命运，而是证明了那是人性的本质，只不过因为历史的沉积，"文明"的虚饰暂时被蒙蔽或掩饰了而已。

其二，吕红对美国"平等自由"虚像的揭示。她指出人们自 A 地至 B 地的迁移固然是艰难的，"归去"也同样不易。华人文学中原乡不再是故乡的主题被重复了多次，但具体到如何"不易"，如何"归去难"，因

[①] 吕周聚：《生存困境中的人性展现》，《世界华文文学论坛》2009 年第 6 期。

为许多"为己者讳""为尊者讳"等原因,作家大多一窝蜂地描述成功的花,适当暴露点悲壮,磨难与纠结都被简单化、概念化了。像吕红这般极力暴露"本质"与"原色",表现撕去皮肉的万箭穿心、切肤之痛者,可谓非常少见。移民中的华人婚姻,大家都写贫贱夫妻百事哀,或夫妻临难鸟分离,见异思迁,随景移情,却少人写出情感中的百般纠结,万般优柔,空虚失落,两头不落地。早在 2005 年的散文《美国梦寻》中,吕红便写出了华人男性知识分子情感历程中的复杂。一些移民题材的作品给读者这样的误解:较之于白先勇的"孽子"与阎真的"高力伟",少数民族知识女性作为新移民,在海外还是受到一定的欢迎,甚至有一定的优势的。漫说北美"满地是黄金",一个职业女性只要勤勉能干,就能有所斩获,勤恳的人早晚会遭遇知遇之恩,美人更会得遇良人,虽然纯情少女遇到白马王子,丽萃遇到达西的情形不太容易,但简·爱遇到又老又丑的"浪子"罗切斯特,还是极有可能的。这种种描述都让汉语读者认为北美是创造爱情奇迹的地方,从而忽略了北美社会的本质是"适者生存"。只有吕红的作品揭出了种种生存厮杀,其"竞争"本性的残酷:一个文科生、访问学者、单身女人,在一群群"中气十足"实则"外强中干",越发"飞扬跋扈"的男人群里怎能轻易获胜?移民者天地本来就局促,"性别歧视""阶层歧视"中的倾轧如何避免,嫉贤妒能的状况怎能不出?比之于中国大陆的争斗,还多出了"土生子"与"陌生者","先来"与"后道","暂栖"与"永居","寄宿"与"主人"等更多的复杂。"美人"与"绅士"良缘梦碎,是否因"在情感上也许你们很投缘,但在实际上,你和他之间还是缺乏平等的"[①]?杜拉斯写的"异国恋情",均因为杜拉斯生在法国,是"白种人,上帝的骄子"。东方美人与西方"王子"的童话,其间的难言之隐,骄傲的杜拉斯哪能获知?

吕红道出了北美社会钢筋水泥般的"质"。即使在男欢女爱中,西方社会也表达着人人必须对自己负责,而不能把自我命运押在别人生命赌注中的铁律,这是西方资本体制与东方宗族社会截然不同的简单道理。夏洛

---

① 吕红:《美国情人》,中国华侨出版社 2006 年版,第 247 页。

蒂·勃朗特为什么让简·爱拿到转手舅舅的遗产后才让她获得爱情？"阁楼上的疯女人"伯莎·梅森之所以理直气壮，岂不因为她本是属于"上等人"的阶层，简·爱的僭越与跨界，在她看来简直不合情理、不守道德。还没有到美国就做上美国式"蝴蝶梦"的人，怎能想象到隔膜、仇恨与嫉妒的大火会如何烧毁"借居"的"家园"！

其三，很少人能像吕红般细描出涅槃与蝶变。华人作品大多写命运，历经艰难后精诚团结，成功来之不易但最终众志成城是一种写作通例。吕红却打破了这种写作模式。她进行了人性解剖与文化自剖，亲人的、爱人的亲近与疏离，有皮肉撕裂与蜻蜓点水之区别；情感的变化可谓百转愁肠。但恰因这千回百折，才能百炼成钢。刀子扎在心里的时候，起初冒的是血，后来就见到一道道白印，最后就麻木到刀口自合。在痛的过程中，血与肉有膨胀、破碎与收缩，心与胸的器官有钙化点吗？多年之后，再去看风雨情，霜刀路，脚下的罡风会怎样喧腾，天上的云朵会几层流转？

无论是皮特还是刘卫东，吕红都没有像某些女作家一样把其妖魔化或恶俗化。林浩经历了移民是否"性难移"？皮特是否还是"温文尔雅"的"绅士"？是否女主人公用理想主义有色眼光看的时候，林浩的朴拙才被视为缺乏精神之釉彩？刘卫东的患得患失、小人气度是情势使然，还是"心机与谋略"所掩盖的物质主义、狭隘主义本性？21世纪球员转会，股市变盘，关系洗牌，风云变幻都是正常的，婚恋关系是否也可以用交换原则、经济法则来阐释？如果现代"东方神女"还在幻想"遥远的他乡有一个知音知遇的他"，追求欲望表达与利益交换中的有情有义，是不是有点痴人说梦？"芯儿"遭遇了"皮特白"，恰如张爱玲之遭遇胡兰成，他们同样是"御用文人"。"白"马王子必然是风流倜傥的，男人被"御用"就明证着他的"犬儒性"。女人还想在这样的男人这里找到港湾，安全着陆，岂不是南辕北辙？张爱玲的"知心一个"变为"四美团圆"；"皮特白"如此热爱东方文化，腕子上再挽上一个"小野洋子"有什么奇怪？心灵的交合酝酿过几何，像雾像风又像雨。终于雨过天晴，都过去了。总体上看，"女人本位"的立场也是不公正的，是一种有色眼镜。换一种"男人本位"去看，女人又要讨面包，讨房子，又讲求精神独立、人格高扬，这可能吗？刘卫东、皮特、林浩可怜之人有可憎之处，"男神"的幻象被打破，是一种必然。在爱情的炼狱与事业的磨难中，女主人公终于练就了自强的"质"，这成为移民生活赠予她的精神本色，理想特质。

当然，并不是每一个移民者都会更刚强，更成功，风雨后风轻云淡，移民生涯中青春早逝，才华暗淡，生命凋零，折戟沉沙者不在少数。吕红能"凤飞凰舞"，最终成为独立媒体人，学术成就与创作实绩斐然，在于她始终如一的"法拉奇"梦想不灭。正如她的女主人公，无论历经怎样的磨难意志也不消沉，人活着不就有这点精神吗？不然，亲族、朋友与敌手怎样看你？群体与异境中何谈独立？吕红的这种理想主义，在乎与坚持，与服从于"集体意识"，挣扎难行的"50后"、强调内心感受的"70后"、放浪情怀的"80后"作家有很大的区别。其小说中女主人公对电影、歌曲、浪漫故事的热爱只是外部表现。内心深处，一种"至少我们还有梦"的信念像一种精神咖啡，或者吗啡，早已成为她生命中不可或缺的元素。

《美国情人》中形容女主人公"芯儿""就像是沙漠中生命力极旺盛的植物——仙人掌，或人们所形容的'有九条命的猫'"。[①] 婚姻角力与职场厮杀中的独身女人想生存，要发展，都是九死一生的，也必将百炼成钢。在遥远的异国，一只中国的勤奋的蚕钻出万年的窠臼，化身为轻盈的蝴蝶，嬗变为美丽的凤凰，其生命之树必然长青，这就是吕红。她对移民生涯的揭示已达到揭出本"质"与内核，"心灵史"般穿透与"刮骨疗毒"之大彻大误的程度，为海外华人文坛少有。

三　倪立秋：底色、底气、底线

知道倪立秋，自她 2008 年复旦大学的博士论文《新移民小说研究》始。我因为开"华文文学研究"研究生课，给学生推荐学术论文，发现大部分研究较重复空洞，思路有时候形不成体系，对我们少具参照与效仿

[①] 吕红：《美国情人》，中国华侨出版社 2006 年版，第 258 页。

性。看到倪立秋的博士论文时我大为高兴，其有深度，还有逻辑的美感，怎样做华文文学批评，我们有了典例。我继而对她从大陆至新加坡，从新加坡至澳洲的"三生三世"产生了浓厚的兴趣，把网上的散文搜了个遍，在文字里有了"共识"。如，媒体与公众对现代"文艺女青年"误读，不是把我们看成林黛玉，就是看成萧红，好像女性人文从业者之悲剧命运与性格劣根必然。其实，"女文青"中"王熙凤"与"阿庆嫂"并不乏其人。如倪立秋，在新加坡与澳大利亚"春米便春米，割麦便割麦"，啥事难不住，特地撰文说信息时代难不住咱"中文系的女学生"。作为一位"比较文学"课程教师，我对她跨洲、跨行的"陌生化"经验充满好奇。汉语在武汉、上海、新加坡、墨尔本各地发挥了怎样的作用？教学、翻译、编辑与管理中倪立秋怎样把其作为了"耍大刀"式的谋生利器？"新移民国际会议"上一拿到手册，看到她的名字，就遍寻其人。万花丛中不见，众里寻她，安静的角落中端坐着一个"本色"的女士。

　　人家真的是"端坐"，且"女士"范儿十足。众声喧哗中，有老友相见的欢声，有故知重聚的笑语，惊喜不断，"文青"式渲染。这位复旦校友稳坐餐台，双耳不闻，盘中排列有序，荤素不掺。相互交流后她果真见识不一般，我断然选她为"座友"，不放掉采访她的机会。

　　交流砥砺，我们学术上真的有相长之处。视角立场不同，但论题相似，倪立秋看问题非常准，好像经验丰富的老中医。她的立足点是"本"。在本源的基础上，拨开文人思维的"云雾"，披沙拣金。"三生三世"，她归结出"本色"与"底蕴"是异地生根的关键，即在变化的世界中存底色，底气，把持做人、做事的"底线"。

　　她的思维在我看可称为"剪断"，就是王熙凤之"玩笑着就有杀伐决断"。同学的博士论文论题为："怨恨"，是中国现代文学的情绪主线。我也认为中国现当代文学女性作家中冯沅君、庐隐式"寻寻觅觅冷冷清清凄凄惨惨戚戚"与鲁迅式"纠缠如毒蛇，执着如怨鬼"太多了一些。这让我在人生中"却步"，"犹疑"，放不下拿不起的时候更多一些，我的女性研究生也大多如此。当然，这肯定是性格使然。但至少从现当代女作家创作的主调去看，倪立秋式"该怎样就怎样"，whatever will be will be,

到什么山上唱什么歌的豁然，是女性文学所缺乏的一种气魄，这与"现代社会"非常不搭调。说不好听的，"屁股决定脑袋"，难道我们在比尔·盖茨的时代，还真能长出一颗陶渊明的心，做得成伯夷、叔齐？李清照、林黛玉我们做得成么？至少电影《黄金时代》中的萧红，我们是做不成的。

倪立秋的"剪断"来自于她"大事化小"的纲举目张。如说服一个人，无论婆婆大人、"外当家的"、服务的对象各国学生，还有家中的"天骄"小"王子"，用大帽子扣人、大道理服人的"女教师"范式与妈妈式"以情感人"，都作用不大甚至起到反作用。倪立秋有自己的"例证辨析"与"数理统计"服人法。倪立秋明了：大道理与泪珠子敌不过每个人立场上的利与弊。这么多年来，她不紧不慢地用"例证法"与"统计法"打倒了一竿子事与人，无论家人还是事业的竞争者，在新加坡与澳大利亚职场所向披靡。但这方法我也用啊，为什么还是在家里挑起了"波黑战争"，又被"大帽子""大棍子"打将上来了呢？我真想变成她头上那个发卡跟她回澳洲，要不就把那个发卡当成卫星发射器，窥测、跟踪她怎样服人的！她的"数理统计"我也在用啊！为什么我的女研究生写了三个 Excel 表比较张三、李四、王五要嫁给谁，男研究生比了机关、央企、大学职位后，反而更糊涂了呢？

她是我所闻的唯一以"中文"专业在西方世界立足并大为自豪的人。民族的才是世界的，在国外，计算机、微生物、数理统计、云算法可能都不单单是我等华人的唯一优长，中文，才是最"民族"的，可作为立足之"本"。十多年前我也是这样想的，但在三个国家的大学中文系看到别人练"汉语"把式儿的明枪暗战之后，知道没有一定的"底色"与"底蕴"，中气与磁场，无论在凹国还是在凸国，"轮着蹲儿"还是"花生屯儿"，以"汉语"或"中文"自立于职场，说起来容易做起来难。人家倪立秋能以"专家"的身份在"凹"国"末"城，一个华人"流散"的洋码儿世界里自成一家，混出"底线"，能不"端坐"一方，睥睨群雄吗？

读过了倪立秋《六〇后的求学故事》，使我明了不是任何一个中国人，任何一个聪慧，或勤劳的女性就能轻易在海外立足的。倪立秋从乡村出来打拼，从中学教师的身份做起，两地分居，调动手续，在职读博，异国独立，所经历的苦难波折，所面对的残忍生活与灰暗人性，其"子欲养而亲不待也，往而不可追者"，那些艰难日子里的咬牙硬撑，比她所用文字描述，比我们所想象的要多得多了。"端坐"是以"力争"为基础，"攀缘而上"是在多少次"徒劳奔走"之后的。底色、底气、底线一样都不能少，这是倪立秋告诉我的，2014年的新知，我会告诉自己的学生们。

四　冰清：澄澈、亮丽、人间温暖

比较我们文科出身的人，旧金山作家冰清的研究视角非常独特，是真正的比较文学理论上的"跨界"。她早年以科学研究者身份出版《美国生活大爆炸》，为汉语读者揭开了硅谷生活的方方面面。高科技码工的生存与思维怎样与众不同？硅谷的魅力何在？加州各民族的众生百态？给汉语读者放足了料。

10年以上的女性华人文学研究，每当沉湎于作家作品的时候，"战士的责任重，妇女的冤仇深"总是海外女作家的主调，使得我这个"研究者"面临的墙壁格外冰冷，夜读的灯光格外苍白，我孤独的影子格外孑然。存在主义、荒诞主义甚至虚无主义意识是我解读这些作品用得最多的理论。环视众多同行学者，其海外华文文学研究切入点也不过在悲剧意识、孤独意识甚至"饥饿"研究之外加上"漂泊""流亡""放逐"等主题。难道文学的主调就只有忧伤深重？在疑惑中，一看到冰清澄澈的大眼睛，灿然的微笑，上扬的嘴角，就像在冬天里看见了蔚蓝的天空。

"敢于直面惨淡的人生，敢于正视淋漓的鲜血"这是创作的主调，也是我们沿袭下来的研究路径。习惯了点灯熬油，顶多在殚精竭虑的时间缝隙里仰望一下"星空"。前辈传承的责任感让我们更加关注生命里的悲剧，不是饥饿，就是反思，还有反抗。思想的、精神的、责任的重负仿佛与日常生活无关，我们的古人就把"饱暖"与"淫逸"相提并论。

冰清是极少数在文字中表达人间"饱暖"的人，她是一个"美食"作家。她与广大的读者、网友接气儿，到任何地方都"吃喝玩乐"，不像我们，是月亮上的嫦娥，对"乌鸦炸酱面"嗤之以鼻。有幸与冰清同屋，交流砥砺，对比与反思后，不禁反问：在文学的意义上，人间的"饱暖"较之于"思想"，真的不那么重要吗？这"饱暖"与"饮食"中包含有更天然，更健康，更符合生命理念，不破坏生态平衡的价值观以外，与人际的、思想的平衡、健康、天然有关吗？

通过冰清对我的"洗脑"，我发现这人间"饱暖"是至关重要的，或许也更符合人性。试想，我们遥远的回忆中寒夜里归家，会记住的是母亲的一碗热汤面，还是她的一段教导？职场上征战，垂败的男人，或胜利归来的男人，更需要女人的一杯茶，一盏莲子粥，一碗醒酒汤，还是我们一番精彩的人生启迪，一顿教训？当然，文学女青年有许多被推杯把盏，倚红偎翠的男人"遗忘在角落"，比如当年那个诗人的妻子，笔名叫"蝌蚪"的女作家陈泮。有时候好像只有文学才是我们唯一的依靠，比如萧红。但文学并不是读者唯一的依靠，我们就应该走出角落，去看看大街上、餐馆里的"饮食男女"，不只总思恋杜拉斯咖啡馆里的异国情爱，安妮宝贝的夜梦细语，不只在书桌的寒壁前不忘鲁迅，甚至杜甫，甚至陆游，而且在作品里表现厨房的温暖，欢笑中的推杯把盏，描述父亲厨房里不语而忙碌的身影，母亲看着我狼吞与虎咽的眼神，而不只是那些流浪与漂泊中的"饥饿"，特别是我们心灵的碎碎念。我们不能一直要求读者与我们一起歌哭、愤怒，像永远的杜拉斯。因为伍尔夫的书桌我们也有了，丈夫也下厨了。如果丈夫也下厨了，餐桌上五彩斑斓，我们还忽略日常生活，执着于给读者"心灵鸡汤"，念叨"独身女子卧室"里的梦影，否认一日三餐的价值，那是否就证明文学只是"窄化"与提纯后的生活与艺术，与百姓无关呢？文学不需要烟火气息与世俗味道？

冰清的美食帖是亲民的，她精心地揣摩每道菜，写详尽的食谱，把自己尝试、试验了许多次，研究到极致的食谱放到网上，这需要时间、精力，特别是宽广无私的胸怀。冰清的美食帖也是文化的。"80后""90后"一代，人人自诩为"吃货"，周游列国，吃出了异国风情，并记录在案。但把异国风情的口味带回家是非常困难的。所以，每到一处，冰清总是那个最有心的，记录下异国风情的色香味，写下一篇篇细致的博文，哥斯达黎加的 casado 怎样配菜，知道奥巴马新年在夏威夷 Vintage Cave 餐厅吃的东西怎么做,知道《如何在家吃日本寿司》。

冰清的美食帖蕴含了丰富的历史知识。如春节她向大家推出7天菜谱,清蒸鲈鱼的故事中引用《晋书·张翰传》中文学家省思辞官的故事。张翰"因见秋风起,乃思吴中菰菜、莼羹、鲈鱼脍,曰人生贵适志,何能羁官数千里以要名爵乎?"让我们知道中国古代文人的贵"适志",贱"名爵"。中国现代人重亲情、乡情,随遇而安,少思远行的人格判定标准有了出处。我们也可以在品尝鲈鱼的过程中借冰清所阐释的"莼鲈之思"这个成语对下一代进行传统教育。各民族习得的思想、行为、趣味哪里来?与代代相传的食品文化肯定是相关的吧。营养学专业出身的冰清还会把每道菜的微量元素、性味寒热款款道来,进行科普教育。将中国鲈鱼与"加州鲈鱼"(Striped bass)相比,有拉近文化距离,"环球同此食味","四海之内皆可亲"的作用。准备留洋的人看到她在研究生期间为了做一个 seminar 自己拼材料开了一个"豆腐坊",会对美国高等教育中对学生操作性、实践性的注重留下深刻的印象。"我一面放着幻灯片,一面从淮南王刘安发明豆腐讲起……我在讲的同时,也不断向大家展示实物","我把话题切入法国人的实验结果:'四组小老鼠,一组喂豆腐,一组喂大豆蛋白,一组喂豆油,一组是对照,只喂平常的鼠饲料'","我公布完数据,宣布结论"。吃着"我"准备的"豆腐沙拉",美国同学说可口可乐公司前些年也推出了豆奶,可是豆味太重,市场反应不好,"你做的咖啡豆奶却一点也没有豆味,很香,很好喝,我看他们下次该用你的配方"。孟加拉裔的同学说:"我们孟加拉人一直缺乏蛋白质,许多儿童营养不良。要是早知道价廉的豆腐营养价值这么好,可以挽救多少人的生命啊!我回去以后,一定向政府建议,多多种植大豆"。"我"的论文指导教授拍着"我"的肩膀说:"我只是向你推荐了这篇文章,可是你不但做了很多额外的工作,大大地丰富了你的演讲内容,还把这个严肃的演讲弄得这么活泼,像个 party"。[①] 年轻的留学生冰清在深思:"豆腐在中国的历史也有上千年了,为什么至今,世界上

---

① 冰清:《我在美国做豆腐》,新浪博客 http://blog.sina.com.cn/s/blog_ 486c43b90100024p.html,2015年8月27日。

其他国家对它还不怎么了解,是否我们的推广宣传工作做得不够?为什么在豆腐的故乡,人们对它的营养价值却没怎么研究,而让法国人抢先发表了研究成果?"读到这里,我们仿佛看到当年那个清华园长大,北大未名湖畔读书的,扎着马尾辫的爱笑的小姑娘一下子长大了。冰清在美国做生物研究多年,是一个创业者,是一个拥有自己公司、专利、产品与作品的海外中国人。我们看到她作为中国留学生不只在欧美求学中得到全A,也在职业生涯中传播了中国营养学与食品文化,并以自己的特长与风采自立于职场之林,我从她的身上体味了更多的"异质"性,看到了东西融合的"现代人"的素养。

冰清是打破了"女文青"形象窠臼的。她不同于伍尔夫。因为从伍尔夫的日记、书信,以及电影《时时刻刻》去看,这位意识流创作的开拓者把家人招呼她吃饭看作是对自己倾心创作的不尊重,她认为一个作家为人类制造精神佳品的过程不应该被轻易打断。冰清也不同于杜拉斯。杜拉斯固然是伟大的作家与伟大的女人。作为丈夫与情人的"主心骨",她从狱中拯救前者,与后者养育孩子。我们看到杜拉斯给儿子的长长的信,亲情与教导弥漫纸张。而这两位是中西女作家的"鼻祖",多少"女文青"继承她们的精神衣钵。我们感动于《广岛之恋》,畅想《挪威的森林》,感叹《生命不可承受之轻》。但试想,如果所有的"才女""淑女""美女"、职业女性、知识女性都远庖厨,那我们孩子的一日三餐,老人的日夜护养,都由谁来做呢?我们的社会已经进步到日常生活产业化了吗?如果说我们能记住情人的味道、爱人的声音,那少年对于母亲的记忆,老人对女儿的记忆,只关精神,无关温饱吗?当然,爱一人的方式也可以是:吃过了许多年他做的最难吃的菜,但还想要吃下去。但应该知道,美食是百啖不厌的,而教导与情话却切忌重复。我们承认,海外作家的队伍中有许多是烹饪高手,如虹影,如融融,如裔锦声;但"袖手"的"女文青"还是多数吧。让我们记住冰清,这个把历史文化与异域风情带入我们生活中的才女加美女。从她的经历与文字看,我们都看得到"文学青年"的责任与沉重,但更重要的,我们看到了人文与自然如何贯通,自然界与社会学中的现象怎样"兼收并购",基因会怎样

"散步",这是冰清对文学的"拓展"。

冰清是人间的,但她也是澄澈如仙子般的。她的澄澈没有杂质,没有功利的考量,像湛蓝湛蓝的天空;冰清是温暖亲切的,她笑声朗朗,在任何的天空下都一样,这笑声幻化为团团的云朵。不是她没有背负沉重的家族历史,不是她没有经历过留学的、移民的苦,不是她的生活一直一帆风顺,只是她的态度,她的生命意识与我的略有不同。我真的喜欢"饥饿"的深刻,认为文学应该承担忧患,必备反思与批判,但我觉得我们的文学还缺一点儿什么。哲学文学"心灵鸡汤"解决了我们"为什么要活着","怎样的人生才是有意义的人生"的问题,我们也需要知道"怎样才能活得更好",这是全世界所有民族都需要知道的问题。冰清是有情有义的人,在文字中构建了一幅幅温暖甜美、亲切怡人的生活景象。

看到冰清的文字,冰清的人,与她为友,我顿觉得人生如此美好,生命的味道绵厚隽永。

几位华人女作家,每个人都有自己的风格。倪立秋有她的古拙与质朴,施雨有她的典雅与温婉,吕红有她的放达与空灵,冰清有她的澄澈与绵厚。但她们均是现代人,像前辈女作家一样承继传统,历史的厚重、责任的坚定、人文的温暖在她们的文中,但她们又是一群走向了世界,面向未来的女性知识分子,她们的写作是一种越界的写作。如果说真有时空隧道的话,我看到了她们穿越时那种历史之光、世界之光、现代之光、理性之光与启蒙之光。

海外文坛多面手:陈瑞琳印象

在海外华文文学创作与评论中,陈瑞琳被称为一个"领军"人物,不仅在于她以深厚的学术功底致力于文学评论,雕刻出栩栩如生的"北美新移民作家"群像,向大陆读者与评论者举荐了累累的新人新作,还在于其以宽宏远瞩的目光为华文文学开山引路,排其兵布其阵,严责其"创新与再生",推动其为中华语言文化作出了特殊的贡献,奠定了"新移民文学"的文学史地位。创作中她不仅怀古讽今,道尽中外"士"人之关怀与焦虑,还以生花妙笔寓中华精酿于欧美语"体",锤炼出文学"新质",成为比较文学概念上中西融合,文化互补的先行典例。观其文见其人,她不愧被称为多元与双栖的"一代飞鸿"与"时代天骄"。

陈瑞琳被称为"华文文学的领军人物"[①],还因其始终在"一身而兼二任",评论、创作两生花。细读了她的文,采访了她的人,我认知了她的"多面",判定她为一个文化双栖、身份多元的人。

一 华文文学的导航者

陈瑞琳不是一个看天种地、到季收割的农人,她是一个气象学家、农

[①] 林楠:《海外华文文学的领军人物:记著名作家、评论家陈瑞琳》,世界名人网,http://www.famehall.com/ruilinchen//20100401105132.shtml,2015年8月27日。

艺师、农学研究者。她的理论成为谱系，心中一幅海外新移民写作的战略图，海外华文每一篇创作与评论都纳入她的沙盘，主流、支流、微流，均逃不过她的眼睛。她呼吁评论家抓住"海外华人新移民作家迥异于大陆本土与港澳台作家"的"精神特质"①，呼吁在全新的文化氛围里创建创作与批评"新纪元"。

陈瑞琳是科班出身的学者，出国前硕果累累，出国后保持自己的理论自觉。读《鲁迅研究年刊》1991—1992 年合刊，其《试论鲁迅小说中的恐惧意识》豁然纸上。现在看，也被其大胆、谨严与卓见所震撼。如果当年她不随夫赴美，在中国评论界一定是位大家。人生不可逆，我们感慨的是，如今，人们只看到她海外新移民评论"北美第一支笔"②的美誉，却少有人记得她的事业曾经断裂。在美国这个物质"赢者"为"成功人士"的标识，精神坚守被视为"无用之为"的"现代"社会里，"文学"肯定是一种"附丽"，"华文文学"更处于边缘。按其职场逻辑，"华文评论家"肯定养不活自己，地位也微不足道。

大陆学者的眼里，陈瑞琳"北美新移民文学研究开拓者"③的地位有可能被简单归因为"近水楼台"，较少的人能看到，其坚守的不易。试想，一个避居墨西哥湾的华人普通女性，美国草民，打工归来，拖着疲惫的身体，面对这些方块字寒窗苦读，夜夜面壁，有什么用呢？她自己肯定也怀疑过。海外写华文肯定不关衣食，不能如国内学者一样拿到国家项目、奖项、基金，甚至连工资都没得发。她的殚精竭虑，呕心沥血源于何处？只能说是一种自发的热爱，自为的行动，一种坚守母国语言文字的"自觉"。因为她痛感文化身份的分裂，职业生涯的断裂，她痛感无根的漂泊，精神没有归属，她酷爱汉字，在陌生文字的世界里亲历其"无用"，担心母族记忆在文字被遗忘以后渐渐地泯灭。她没有选择"华人女

---

① 陈瑞琳：《家住墨西哥湾》，河北教育出版社 2009 年版，第 96 页。
② 同上书，序二。
③ 林楠：《海外华文文学的领军人物：记著名作家、评论家陈瑞琳》，世界名人网，http://www.famehall.com/ruilinchen//20100401105132.shtml，2015 年 8 月 27 日。

作家"的桂冠，选择的是评论者"冷静地爬梳，缜密地思考"。①"作家"的花环很美，追光绚丽，但可能只是"一花独放"。她舍弃这称号，甘于写评论，做幕后的工作，赞美别人，大声疾呼，为他们颁奖，都是为了华文文学春天的到来，"百花齐放"的景观，为争取华人文学在北美文坛与中国文学史上不可多得的地位做一个文化的"推手"。

"大女人"，是她的本色，"丛中笑"是其生命常态。但历史不会忘记默默贡献的人，她终于从台下走到了台上，从颁奖者转为受奖人。2005年，以其不可争议的评论实绩，她荣获中国《文艺报》海外唯一"理论创新奖"。2008年，她以"一代飞鸿"的理念概括了中国大陆新移民作家的崛起和成熟。据此，斩获了的好几项大奖。她不但举荐了"新移民"作家的累累实绩，还为一代作家成功地画像，细分其独特的美学风貌，据此奠定了"新移民文学"在汉语文学史上的应得的地位。

她是将新移民作家举荐到大陆文坛的主要"推手"。单是"文心社"平台上，几乎每一个作者的文章，都能得到她的点评，即使是寥寥几句，也是对作者的勉励与肯定，引导读者关注其文，得其精髓。她办中文报纸，开中文书店，举办各种活动，苦耕勤力，不辞辛劳。因为深知"众人拾柴火焰高"，"断根之虞"萦绕于心，她在所有可能的场所呼吁汉语写作的"承继"，做华文写作的领航员，中美文化的联络员。休斯敦市长向她颁发"荣誉市民""文化亲善大使"称号的那一年，她35岁。

她发现，历史赋予她的"义不容辞"，不只是评论，推介作家，还有"导航"。因为海外华人写作流散与脉动，没有统一的理论指向，大家"隔山独处"，"我手写我口"，多沉湎于自己的个体经验，既不见全局也不用求新，难免老生常谈，题材重复。为此，她提出"创新与再生"，责成华文文学为中华语言文化做特殊的贡献：格局须创新，深度、广度、力度都要下力，既要超越"唐人街"文化的种族藩篱，又能以健康坦荡的心态迎面西方文化的冲击。在"边缘"状态中，独立清醒中，重塑华人

---

① 陈瑞琳：《家住墨西哥湾》，河北教育出版社2009年版，序二。

自我的文化身份,在"超越乡愁"的高度上寻找新的生命理想,是她对华文写作内容的期盼。形式上一定要"创新与再生",为中华语言作出特殊的贡献,有"对源远流长的中华文学传统自觉意义上的反叛和开拓"。①

当年她放眼看去,北美华文文坛创作者颇丰,评论人少见,真的是"两间余一卒,荷戟独彷徨"。但承担起这副担子又义不容辞。陈瑞琳这颗理论的"孤星"寻找着自己的"同道"。终于在奋力追寻中南呼北应,她找到了加拿大的林楠,也在中国南昌大学、中国澳门大学找到了自己的平台。

找到了平台意味着找到了位置,这位置责成她寻找更多的支持,注意力转移到评论界现状与发展。华人作家散居的情状使得创作呈随意性分散的特点,国内的评论者难免隔空对望。她意识到对华文创作的评论必须同步而行,她看到大陆华人文学评论者的短板:创作者需要走得更远,挖得更深;写评论的人难道不需要意识超前,有理论预见?为什么作家的意图需要你来阐释?读者为什么要跟随着你?评论者只做华人创作的尾巴,不做华人创作的向导吗?2002年应邀出席上海世界华文文学研讨会,她大呼一句,我们的华人文学评论不能是"原地打转的陀螺",表达了对华文文学评论自封格局的忧患。②

责其重源于深其望。不能不说,陈瑞琳的急切在于,我们在用汉语语言文学与世界各民族文学赛龙舟,就得有自己的速度,有自己的风姿,有自己的力度。陈瑞琳跳出来当了这个"龙舟赛"上的喊号子人。2004年,她与作家少君(钱建军)等一起在南昌发起成立"海外新移民国际笔会",使得"新移民"创作研究有了自己的空间。"笔会"像一座桥梁,把海内外华文创作与评论扭结在一起,作家与评论者也不再"隔空对望",华文文学史将记载这浓墨重彩的一刻。2006年,陈瑞琳出版《横看成岭侧成峰——北美新移民文学散论》,2013年出版《海外星星数不清——陈瑞琳文学评论集》。"一代飞鸿"的导向强调的是,真正的现代人应该迈步向前。尽管眷恋与怀想着过去,既然是"飞鸿",就要飞越海洋,飞越文

---

① 陈瑞琳:《家住墨西哥湾》,河北教育出版社2009年版,第276页。
② 陈瑞琳:《海外星星数不清》,九州出版社2013年版,第45页。

化，跨过时代与地域的天堑。正如她携手的这些人：沈宁，在"跨族群"的路上走得最远，融入北美主流社会，一写侦探，二写爱情，三则武侠，家族史，民国史，移民史笔笔详录；少君，创作中体味漂泊苦、移民难，咀嚼最深，其《人生自白》系列刻画了"清明上河图"[①]般的浮雕面影，最早做到了"跨界"，精神作品的丰收与商海创业的实绩同显。

二 时代的切脉人

陈瑞琳重视"与时俱进"。她心怀历史，但知道这一代人一定要超越"伤痕"，超越"唐人"文化，疾步向前，造就生命的"新纪元"。新世纪北美华文文学已然汹涌澎湃，陈瑞琳期望它既然已"横看成岭侧成峰"，有了长足的发展，就应该在形态与风貌上大力构建"区域性创作特征"，不应只在数量上呈现"色彩绚烂的独特"，而且应在质量上有"中坚人物""扛鼎之作""里程碑式的"人物的出现。[②]

近年来，作家与评论家的交流越来越多。文艺评论界老专家深厚的功力，宏阔的视野，评论新秀跨语言的敏感，跨时代的犀利，鞭策了华人文学创作，推进了汉语文化拓展。但她的"第三只眼"挑出了新问题：这么多"华人文学"的硕博论文都研究几个作家怎么了得？"研究者多年来只注重作家作品的个体研究，却没有宏观把握的恢宏气势"[③]，她有了华人文学评论格局分布上的隐忧。项目与论文对北美文学评论一窝蜂，论著中同样忽略了欧洲、澳洲、东南亚地区的华人作家，虽然在理念与方法上更新不少，内容与主题深化了，但研究的对象仍在"原地打转"。大数据时代，华人文学创作队伍不断扩大，中英文换笔与译介不断翻新，作家队伍的五湖四海、三教九流，从政者、科技人员、草根一族拓展着写作的疆界；文学与科技跨类，声光色影渗透到文字中。评论者队伍也越来越年轻化，多才多能，但翻开泡沫般浮泛的书刊杂志，细读评论者翻新的文章，

[①] 融融、瑞琳：《一代飞鸿：北美新移民、中国大陆作家短篇小说精选述评》，中国文联出版社2008年版，第43页。
[②] 陈瑞琳：《海外星星数不清》，九州出版社2013年版，第52页。
[③] 同上书，第47页。

越来越妙笔生花,"中坚人物"与"扛鼎之作"在哪儿呢?

陈瑞琳有一种急切,她急切于作家的笔远不能捕捉住一日千里的现代生活,急切于评论家的笔何时能即刻解读作品的深意,急切于读者面对众多的精神食品却无从选择。面对"战区"的沙盘,不只是东边日出西边雨,新格局新面貌久盼不来惹得她日夜愁思,读者、作者与评论者各说各话也让她寝食难安。终于盼来了 2014 年"新移民文学国际研讨会",才得以将海内外作家、读者、评论家团聚一堂。

在她自己的评论中,"现代人"的概念也有了"新质",不只应"与时俱进","到中游击水",重民族文化的整体构建,而且要统观世界,具全球理念,人类意识,她的新提法是"从人类生态文化演进的角度来考察文学意义的演变"。在散文中,她把太平洋海上的月亮与中国古人的"逝者如斯夫"联系在一起,"这座已经旋转了近 50 亿年的星球,如今已显出进入中年的疲惫,它的阴阳明显有些失调,它的情绪总是烦躁而波动,地震、火山、海啸、暴雨、干旱,这些来自大自然的灾难近年来频繁地出现在人类面前,除此而外,一些莫名的危害健康的新型疾病也纷至沓来,我们的身体似乎也在经受着失去'天然滋养'的严重威胁"。[①] 她赋予包括自己在内的写作者新的使命,除了民族义务的承担,还要有人类意识的自省。新时代陈瑞琳之《我心里的月亮》,是自然与人文、人类与宇宙的浑然一体。"那两千多年前的老子",呼唤"道法自然","仁者爱山,智者爱水",不就是在表明对大自然的敬畏和热爱,不就是在说人间的"正道"就是尊崇"自然"? 这是老祖宗传给我们的悲悯情怀、理性的眼光吧。人祸既有,每一个"现代人"都应该自责,每一个作家的笔都应该超越一己的悲伤,评论家之笔也应该指向全球华人的创作,具人类学者拥有的生态主义意识

三 怀古的"士"子

身为"飞鸿",陈瑞琳这一代移民在世界奔袭,"三十年岁月的激情

[①] 陈瑞琳:《我心里的月亮》,《人民日报》(海外版) 2014 年 8 月 6 日。

将化作行囊旅人丰盛的苍凉"①,刚刚"蜜月巴黎",旋而"风雨剑桥",昨日登维尼亚冰川雪山,今日折渭城朝雨之"灞桥之柳",苏格兰高地的疾风尚在耳畔,白鹿原皑皑的冰雪又见足下。她文字的博大精深,来自于游历,"行万里路",也来源于"读万卷书",文萃英华。每读其文,仿佛看见一个修史的蔡文姬,在过往的河流前徘徊,沉吟。说她是"蔡文姬",因为她虚怀若谷,对世界文化热情拥抱,在异域他乡,总难忘中华情结:"站在尼亚加拉大瀑布的面前,想到的竟是李白的'飞流直下三千尺';走在华州的维尼亚冰川雪山之巅,感觉里完全是杜甫老先生的'会当凌绝顶';雄浑的'黄石'固然壮阔,却可惜没有苏东坡的诗"。② 祖国的大好河山为什么"才下眉头,却上心头"?是因为"士"子与漂泊女的情怀梦萦于故乡热土"心海上却总是浮着屈原的汨罗江,陈子昂的幽州台,陆游的沈园,更有曹雪芹西山郊外卖风筝的草屋"。③

创作与评论中,她是"比较文学"理论之中西融合与凝聚,多元文化互动、互通、互补的典例。听起来拔高,是因为实难如此,而她一直在尝试。曾几何时,"新移民"理念中"西为中用",拿身份,享福利,生命再生;身在欧美,学英语、挣美元乃是王道,谁还把中国古文字、"旧"理念萦怀在心?华人的书写里,更多是移民汗、漂泊泪、流离血,甚至几代仇,真正用虚竹之怀、拥抱之心吸取异域文学精华,且能化古汉语文字于北美生涯,将二者有机结合,绘出一幅幅现代奇景者能有几人?驱车漫游美国者众,有几人道出了"从南端的大西洋里的岛寻到海明威的故乡,加州的淘金谷里看见了马克·吐温的小镇,新英格兰的秋天漫山是惠特曼歌唱的草叶,西北的荒原上看得见杰克·伦敦笔下狼的战场"?④ 苏格兰高地,"风声顿然鹤唳";旧金山,"游泳池对着天空波光粼粼,耳畔松涛阵阵,眼前云影浮动"。这些西洋镜而文言句,信手拈来,俯拾皆是,构成她斑斓多彩的文字"沙拉盘"。漂泊之痛、风物感伤、历史咏

---

① 陈瑞琳:《家住墨西哥湾》,河北教育出版社2009年版,序二。
② 同上书,第38页。
③ 同上。
④ 同上。

叹、现实暗恋，统统流泻在笔端。陈瑞琳重文化之"混杂"，强调每个人都要卷入"时代的风云"。漂泊者命运多舛，身怀苦难，但"飞鸿"的一代志在四方。大风将起云飞扬，超越了知青苦、家族史、民族恨，跳出"伤痕"的泥沼，走向生命再生之途。生存之后必然是发展，发展之后必然是辉煌。他们是冲出国门，绝地再生的一代，也是负着中国文学走向世界之使命的一代。

四 人物速写大师

陈瑞琳就是这一代人的"速写大师"。她抓"新质"，见"奇观"，擅入木三分，寥寥数笔，抓人物之"灵魂"。华人作家几乎人人高学历，重学养，均笔下生花，以他们为描述对象，最出力不讨好，但这正是瑞琳所长。她笔下的刘再复、北岛，让读者尊其威，感喟其风骨，"独立精神的知识分子""现代的行吟诗人"定位精准，是因为她触摸到了他们跋涉"自由"途中的"深深的忧伤"之柔软与"孤独者才具有的思想力量"之刚硬的内在张力。她体味着今天的北岛，如何在漫长的岁月中淡忘了在中国诗坛的翻云覆雨，"磨砺了自己放逐的心"，把"暗流涌动"修炼成"平静如水"。时空剧变后"年轻人不再沉迷文学的呐喊、不再为诗而激动"，跳脱了激情燃烧的启蒙时代，粪土当年万户侯的环境，曾经的"诗人北岛"只能悄然游走在世界的角落，"中文是我唯一的行李"。因为时代的脚步狂飙突进，绝不会因为仍负载着诗人的苦难就减缓它的急躁。复制、粘贴的年月里，不再有人"哀叹受难的土地，歌唱自由的风"，不再有"独特的思辨"，也不再有"觉醒的真诚"[①]，这是诗人的悲哀还是世人的悲哀？

就这样，她把握着命运变迁、时代更迭中人物。那些曾经的宠儿，后来的世界垦荒者，如刘荒田与陈河，曾经的浪漫诗人与市作协主席，在她的笔下呼之欲出。陈瑞琳这个"人物摄影师"抓住了前者"假洋鬼子"的"东张西望"与后者"远行天涯"的温州人之"能拼能打"。她辨析

---

① 陈瑞琳：《家住墨西哥湾》，河北教育出版社2009年版，第165页。

二人的创作流变，前者"从肝胆柔肠的'悲欢歌哭'到放胆豁朗的'想入非非'"，"写尽了一个来自东方的他乡异客辗转在西域红尘间的诸多层面"；而后者的"男性大手笔""凿开历史潜藏的暗道，再将东西方打穿，拓展出一片前所未有的崭新视野"。① 她对比着亲族关系中人际环境的逼仄与广阔世界中小人物的"自由"，想象着虹影，"生命只是一个误闯的投胎，她的成长注定要沿长江直下，直到很远很远的地方，最终成为'世界'的女儿"。② 她道出了虹影的《好儿女花》是《为了忘却的纪念》，向"母亲"告别，代表着告别了那个时代的集体悲哀。而没有这"为了忘却的纪念"，谁又能无牵挂地"走向世界"？如果说陈瑞琳很好地把握了虹影的生命幻化如狐，那么融融与张翎，让她写得一个潇洒如风，一个温润如玉。读完了融融只觉得很生动热闹，不知道怎样形容她迥异于常人的海外经验，陈瑞琳却一语中的：（融融的书写）"以'性爱'的杠杆如此撬开'生命移植'的人性深广，展现一种人类生存状态的无限可行性"。③ 融融的热闹让她说成"文字的声光电色"，而柔韧、严谨、缜密的张翎，就让她说成是"手术刀"，"为我们层层剥茧，集丝成缕，将人类生命中至深至亲的'疼痛'凝聚成灵魂中所爆发的能量"。④

陈瑞琳所叙的"中坚人物"，有王鼎钧、黄运基、哈金、虹影、严歌苓、张翎、陈谦、施雨、苏炜、程宝林、卢新华、王性初等；所做"专论"关涉孙博、夏小舟、宋晓亮、余国英、李彦、曾晓文、吴玲瑶、文野长弓；更有刚刚上路及崭露头角的张惠雯，儿童文学《斑斑加油》的作者罗夏，前者的"新质"与后者的"补白"令她欣喜。对这些新人，她满腔热情地一一评荐。其作尚不是"扛鼎之作"，其人尚不是"里程碑式的人物"，陈瑞琳也尽可能熟读其作，细心留意，尽可能见面晤谈，力求叙其人其文准确精到。她是他们的推手，更是鞭策者。华人评论界如她这样雕刻出如此栩栩如生的作家群像者，真的不可多

---

① 陈瑞琳：《海外星星数不清》，九州出版社2013年版，第97页。
② 同上书，第86页。
③ 同上书，第137页。
④ 陈瑞琳：《伤痛从来就没有停止！》，《侨报副刊》2013年6月7日。

得。她用笔鲜明、锐利、深刻、厚重,其风格真得"像刀,像戟,也像红硕的花朵"。

陈瑞琳自己的散文小说,同样地人影幢幢,丰富了华人文学人物"典型"的画廊。其中最是那些"飞蛾扑火"般执着的女人。她们为什么"面色憔悴"却"目光坚定"?因为过往已封存,只有直面向前。但"每个人活着,都在追寻自己的那盏灯火"。物质的世界里,资本的国度,人们追求着富足,淡忘了精神的"灯火"。但这些天生丽质、天生我才、肝胆相照的女子不肯忘却钟情,放弃追求,仍念念于浮生中那盏微弱的"灯火",那束迷途里唯一的亮光。终于,那个逃离了"京华烟云",奔波到两头看不到日出的教授的独生女能够"早起看云,傍晚看霞"了;那个"玻璃心"的"逃家女",抛撒了一切却没有在欧洲留住自己夫君的女子,眼里凝着风霜,职场里孤身奋斗,终于在苏格兰高地酷烈的风中尝到含血的人生搏斗之畅快淋漓。这帖帖剪影都让读瑞琳文字的人唏嘘感叹,扼腕难眠,感到语义未尽,余音未了。这放逐的世界里漂泊的人生,虽书写者众多,也唯有在瑞琳的笔下才呼之欲出,飞扬着特殊的诗性与灵韵。

五　浪遏飞舟的弄潮儿

陈瑞琳自幼是一个"时代的弄潮儿"。十二岁在《西安晚报》上发文,十五岁被西北大学录取,旋以优异成绩考上研究生。她独领风骚,首创西北大学研究生会,筹办了第一届全校联欢晚会还不满足,要引领西安地区100多所高校研究生大联欢。在七七、七八级大哥哥大姐姐的眼里,这小丫头不知天高地厚,好一个上蹿下跳,挥斥方遒。但她的血能热,性也能沉,真的是"动若脱兔,静若处子",点灯熬油,埋头学问,也不在话下。她起步快,善汲取,本科论文《论庐隐》获"优秀毕业论文奖",还在高水平刊物上发表。不满二十岁登上大学讲堂,选入"全国现代文学研讨会暑期培训班",这成了她的黄埔期。"小不点"研究生与人合作《中国现代杂文》,竟获了国家图书大奖。新教师要给学生最"新鲜"的食粮,就首开"港台文学研究""海外文学研究"课。华人作家已众多,参考书却没有一本,她捧着几本刊物就"口若悬河"。"三人行,必有我师"。肖凤、林非、王富仁、马良春,是这些行业"大家"给了她教益;汪晖、朱寿桐、张富贵、高旭东,是这些挚友伴随她度过了青春的学术岁月。那样的语言"交锋",曾使她脑洞大开;那样风云际会,有几多醍醐灌顶。年轻的脑子与稚嫩的笔头好像都安上了轱辘,不停歇地读,不停歇地写,不停歇地思考。作为熠熠闪光的学术新星,她被陕西省学界推荐至1991年鲁迅诞辰110周年纪念大会,中南海怀仁堂领导的接见,让这个学术新兵立志要考取最权威导师的博士研究生。

但人随命至,事业与生活往往相悖。先生的事业在彼岸,这世界不光有"文学",还是"物理"的。学会数理化,走遍天下都不怕。这个朴拙与踏实的中国北方青年是家庭的定海神针,她生命的稳压器。做一个衣食不愁,闲来看云,晚来赏月的小女子,美国的"许穆夫人"不是很好,不一定要当班婕妤!人家博士、博士后,不也个个在家相夫教子?但坐享其成,生命停转,从不在她的词典里。赴美两月,离夫单飞,她找遍了唐人街所有的餐馆。没有一个老板需要一个只会"写字儿"的零工,美式英语,广式粤语,这两种"外语"她都不会。她会包水饺,但烈日炎炎的南方,她"当垆"所卖的水饺还没人付款,就黏成了一团;做保姆,这个被母亲的红烧肉与小棉袄,师兄的软语与师姐的呵护宠大的"上官婉儿"哪是个伺候人的主儿?英语里的"莲花白"(cabbage)硬让她说成是"垃圾"(garbage)。客人问"你们春卷里包的什么?"这"唐朝"女子就回答"垃圾!"吓得客人咂舌离去。绅士淑女们抖抖衣襟吃完刚要站起,她的秦腔大嗓抛出"Thank You!"客人们听成"(不留小费我)'杀了你!'"吓得一屁股坐回去。就在她将要创下"三家餐馆关门大吉"纪录的时候,一通陌生的电话说"陈小姐,到我们这儿当记者吧!"[①] 才女找到了拿手活?错矣!与当年那个熬几个夜晚就能拿论文大奖的中国相比,这里的"小报记者"唱念做打一条龙,工农学商样样通,跑编采写不过夜。但这事儿难不住咱陕北婆姨!当年宋太祖匡胤潦倒在长安街,一

---

① 陈瑞琳:《他乡望月》,中国社会出版社2013年版,第47页。

碗羊肉泡馍就能重整旗鼓，咱不也是长安人！刚买了车就敢在美国高速公路上"玩命儿"，也就是陕北的颠顶娘们儿做得出！报社社长、书店老板、中美捐客、"文化大使"也都"玩儿"过了，休斯敦"荣誉市民""亲善大使"的称号也过了把瘾，什么也没耽搁。

但她最在意时，唯恐被耽搁的还是"汉语"，还是"文学"，自己的挚爱。美国生存，遍地洋人，满眼洋码儿，最担心中文失语，母国印象黯然消逝。只要有时间，她就用中文写字儿，写出新鲜感、时代风、异国情调，是对母语、母体文化的依归，也是对精神自我的新探索。这一切行为中，她不停耕耘，不断奔走，呼朋唤友，一呼百应，我们仿佛看到一部叫作《一代飞鸿》或《大浪淘沙》的电影，片头中三五大侠携剑前行，跨步而来，其中就有我们这位披着红色披风的"女英雄"。渐渐地人物越来越多，队伍雄壮，声势汹涌。有时候这电影的名字又叫《信天游》，我们就看见她与抽着旱烟的陕北汉子席地而坐，贾平凹、陈忠实，或京夫，或路遥痛饮畅谈，在秦砖汉瓦的城墙下吹埙听箫。八百里秦川是英雄酒不醉不归，苏格兰高地里是美人泪不思不悲，北京的金山上是朝拜晋谒，圣安东尼奥是河畔古堡的小城旖旎，一会儿在周庄徘徊，一会儿在秦淮放歌。她琴心剑胆，走四方，路迢迢，但她的心，又"若较比干多一窍"，是因为与那个"南非扎寨，欧洲转战，美洲拓疆，上海鼎立"的汉子在上海"相见时难"，[①] 还是在世界上最大的校园里与一路文人"煮酒论英雄"时想起了"赣南游击词"？是因为在休斯敦主场的"新移民国际研讨会"豪情未尽，还是在怀想人生旅途中错过与相遇的伴侣与知音？

六 琴心剑胆的"林姑娘"

一个"地理老师"的女儿肯定是走天涯的人。路上的风尘冷月，夜半生寒的铁轨与机翼都只磨砺了意志，倦怠了身体，但绝没有麻木"王卓君""卖酒"的钟情豪放与"伍尔夫"的人文情怀。陈瑞琳敏感、敏

[①] 陈瑞琳：《家住墨西哥湾》，河北教育出版社2009年版，第61页。

锐,锦心而绣笔,她有张爱玲一样的"月亮情结":"月下的一掬清辉","逐着地上自己变幻的影子"。① 独处的日子里"静夜思",体味父亲。是这个数学家坎坷的人生,"彻骨的苍凉",才铸造了我这个"独立的思想者"。如伍尔夫《存在的瞬间》(Moments of Being)里的《奥兰多》,那个中世纪的少年长到现代殿堂里的女官,"过眼滔滔"四百年,陈瑞琳的"穿越"与"伤痛"也历历在目。比如那个4岁的"城里小姑娘",寒冷里留守在生病的祖父身边,怎能不孤单?木秀于林,风刀霜剑,"我"是个村里的"陌生人",父亲是"反革命","五岁的渭渭终于知道了什么是恐惧"。② 余华《兄弟》里的坏小子跟着"我","城里的小孩"被"老师"训教,众人旁观,因为口音不同,"我"是个"侉子",还是因为我"改造"得不好,还念叨着城里听过的书?在"自尊"不被人重视的时代,远离爹娘,桩桩事儿令人心悸,才有了小姑娘河底的"自杀"。隐私被"公"然侵害,少女的"伤情",青年的"苦恋",看似平常,当时是何其虔诚,却都被看成反动妄想,矫饰虚无。那少不了的人约黄昏,儿女情长,欲言又止,九曲徘徊,蹉跎与错过,造就了这颗晶莹的玻璃心。在岁月流逝、远渡重洋、被爱、被充实、被丰满之后,也依然是"云光开始黯淡/远山/在我的车库里沉陷"。

　　生命绝不是日日精彩,那个半生都在为家人"寻找食物与布匹","用石灰给我们腌松花蛋","用西瓜瓢晒酱","找来羊油,给我们夜里炸油条"的母亲,"疲惫已极的心脏"过早地停止了跳动。伤心的日子,不眠的夜晚,墨西哥湾的孤守里,父亲是"压在我心头上最重的一个人"。③ 尚有可留而遗失了的真情,隔海而不能相望的故交,未成而可成的事功,将实而仍虚的愿望。但人总要成长,每一个"玻璃心"的少女都终会跨出理不清的烦恼,"跨进了我的海阔天空,跨进我真正的春花秋月"。④ 有完美主义的父亲,有自我牺牲的母亲,有数学的纵横,地理的宏阔,就必

---

① 陈瑞琳:《家住墨西哥湾》,河北教育出版社2009年版,第37页。
② 陈瑞琳:《花祭》,《世界日报》2009年2月13日。
③ 陈瑞琳:《家住墨西哥湾》,河北教育出版社2009年版,第50页。
④ 同上书,第274页。

须有活泼、灵慧、放达的女儿，赤足也敢走天下，"明知生命的意义原本就是荒凉，仍要把这'荒凉'酿酒为歌"。

七 文坛"织锦女"

"卓尔不群的散文高手"这是对陈瑞琳创作的公道评判。[①] 2000年她斩获"世界日报"征文头奖，2009年又走在"首届华侨文学奖"的红毯之上。陈瑞琳的文字意蕴丰厚，意象飞扬，不只因为她是一个才女，主要还源于她情感真挚，触觉敏锐。她的文字跳荡流动，像钢琴师奏出的音乐纵横捭阖，像仙女一挥手撒出来的匹匹锦缎随意开合。这锦缎有时像黑白格子剪断鲜明，有时像乌云压城蕴满了沉重，情趣、理趣、诗趣与灵趣源在哪儿呢？

源于其多棱与立体的人格，师友如云的交往，还是其精神内在的"隐形世界"？于前者，是一种"卷舒开合任天真"，于后者，是一种深厚缜密如细雨。陈瑞琳向人们展示了"文学世界"的魅力：思想的火花，想象的天空一旦开启，星空般的灿烂就昭然于眼前；一个人有了强大的精神世界，即使锁闭幽室，一穷二白，其生命也可能丰富灿然，悠然自悦，更何况天涯何处无知己。除了在评论的世界里"南北呼应"的林楠，她的"知遇者"遍布全球。

她的文字扩展了人与物的空间，翱翔其想象，凝练其精华，写出人人心中有，人人笔下无。她形容一种文学形态，华文文学如何由星星点点，颇不景气，到遍地开花，烈火燎原，我们在课堂，甚至在教科书上总是干巴巴的几句，什么发展，什么嬗变，算是对新文学崛起的几点综述，但在她笔下，就成了"北美大地的荒原上，先是有孤啼在空山峡谷中回响，渐渐涌出散兵四野，南北呼应，涛声相会，遂有今天丰沃广袤的北美华文文学的大草原"。[②] 婚外恋、三角债古今常见，美国人分分合合如合纵连横，人们只咂其滋味儿，却难形容其苦涩，她大笔一挥："'三人行'的畸路上，有委婉的平和，有伤情的悲凉，也有刀光剑影的血腥。"[③] 这文

[①] 陈瑞琳：《家住墨西哥湾》，河北教育出版社2009年版，序二。
[②] 陈瑞琳：《海外星星数不清》，九州出版社2013年版，第130页。
[③] 陈瑞琳：《北美新移民作家素描》，《侨报副刊》2004年1月9日。

字,打翻了五味儿杂瓶儿。她的文字专写人性的复杂,如"眼皮松垂,似有深深的忧伤,眸子里却是婴儿般善良的清澈";再如,那个"像是淡然出世,又像是心如枯井,更像是曾经沧海"的女子;还有,一个"男儿中的秀儒",历尽沧桑后所积郁于心的,是"怎样的鸿鹄浩淼,一脉海天"。[1] 所谓"诗性",就是她随口而出的能歌能吟的调子,如"2004年的佛州圣诞是多雨的缠绵,阳光之州变作了梅雨的江南"。[2] 陈瑞琳的写作给"蜗居"的现代人展示了"看不见的世界"——精神世界、情感世界、关系世界,蕴藏于人性深处的爱与敬仰、纯净与繁复,都让她写得广阔无边与奇丽无比。

陈瑞琳有伍尔夫的敏感,波伏瓦的放达,也有杜拉斯的泼辣。如果说施雨是海外新移民文坛的"阿庆嫂",那么陈瑞琳就是文坛大观园中的"凤辣子",敢说敢写,声浪夺人,有她穿梭四海的飒爽英姿,也有她文字里面的千娇百媚,更有她坚信文学未来的恣意与骄傲。当然了,在她的散文里,她早已预设了岁月的沉淀,人生的禅悟后自己的归宿,那种旷达与释然,最终"行到水穷处,坐看云起时"。[3]

---

[1] 陈瑞琳:《家住墨西哥湾》,河北教育出版社2009年版,第62页。
[2] 同上书,第94页。
[3] 同上书,第51页。

邹璐之路

　　人可不可以独自远行？没有情爱的人生可不可以精彩？情与理，文与商可不可以融合？女作家的创作如何能超越方寸空间？女性必了此一生还是能在历史上刻下划痕？从怨女到旅人，从诗人到历史研究者，从知识分子到社会活动家，新加坡华人女作家邹璐以远阔的视野、宽阔的现实主义道路展示了女性可以拥有宏阔的人生。

　　相对而言，海外华人女性学历、见识、素养、历练较国内女性更为丰富。如果说女人如水，那么一个少女为清池见底，一个少妇如湖水一泓，一个职场、情场、家庭中不断发展自己的女性是一条河。见多识广，世界游历，职业自由转换，总以为"三生三世"的女人必然已达到了大海的宽度。然美国访学后，特别是参加了"海外华文女作家2014双年会"，访谈了作家，阅读了她们的部分作品之后，我认知到海外女作家大多确实是胸襟如海，但说到她们的创作，我不由得有一点替她们担忧。纵观横览其文字，家庭特别是婚恋题材的作品是否太多？烹饪、育儿、旅游是否写出了深度？回忆与自传是否跳出了"伤痕与反思"的窠臼？我想我们见过大海，却因工作、孩子越来越多地词汇枯竭，与热烈的生活疏远了，像叶子远离了树木。特别是在物质丰腴、生活越来越自由闲散之后，我们超越了贫穷，是否就失却了刻骨铭心？我们满世界旅游，是否已少了新鲜感？我们的视野是否超越了家长里短的方寸空间？我们的文字是否像杜拉斯的武器、波伏瓦的哲思、伍尔夫的意识流、多丽丝·莱辛的生命书写一样会成为人类的精神遗产？女人的后半生何去何从？

移居美国多年的张辛欣说她惧怕记忆的消退、痛感的麻木、生命的荒废、思想的停滞。美国之时，我周游了东西南北，访谈了工农学商，使我更多地思考女性之路、作家之路、人文知识分子之路。我顿悟"邹璐之路"是一个思考点，即，女性生命怎样从池塘、湖泊、河流走向海洋，其命运不再是单只的"女人花"，在风中摇曳，雨中折损，在生命的冬天谢落？现代女性的歌吟本不该总是重复何其芳的《青春怨》，"我的青春像花儿一样谢落。但一切花都有开才有落，这谢落的青春却未开过"。邹璐之路的启示在于：花儿不谢的唯一途径就是从文化的根茎吸收足够的养分，从花朵长成枝干。当然并不是每个女人都有能力成为大树。即使命中为一棵草，也总是有"明岁再生"的柔韧吧？那么，女性的生命怎样从单支花儿繁茂到森林，怎样远眺高山又融入大海呢？邹璐之路值得探析。

一 缱绻情怨化为凝视自然的眼睛：从"少女"到"旅人"

比较许多海外作家，新加坡华人女作家邹璐的专业、经历都是离文学最远的，她学的是会计师，做的是审计师。她的"诗心"是怎样炼成的呢？

女性一生中有情有爱，人人梦想为妻为母，非如此生命不能算完整，然人生有完满就有不幸，一些花蕾并没有在春天开放，"时间的河里携带无数/可能的错过"，[1] 特别是对这些在异乡"漂萍"般流转的女人。邹璐的遭遇与选择是这样的：到了情感"冰寒的季节"，处于"黑夜无边的惆怅"，不想做一个"憋坝"，任自己陷入谷底，痛苦到不能忍的时候，就走上"枯雪封存的山巅"，"伫立在一片寂静的空旷/有时是因为迷失了方向/等待一颗星的升起/引导我们不曾被改变的向往/以及承诺，关于成长"。[2] 最终，她抛撇了少女之怨，得到了更加广泛的爱——知遇之恩，知音挚友，为之奋斗的事业，甚至事功与美誉。但起初，超越"小我"走向"大我"的历程是艰难的。"黑暗无助，孤独无援"，"涟漪的水面将

---

[1] 邹璐：《追随河流的方向》，新南洋出版社 2010 年版，第 74 页。
[2] 同上书，第 70 页。

我的困惑越堆越高/连甲板上也在晾晒我的恐惧无奈/我的船在风雨中颠簸流离/我是一艘找不到岸的渡船"。已经过了"一大把潦草的岁月",最害怕的是年华虚度,生命虚掷,"恐惧已经销损仅有的希望/痛苦更是侵蚀年轻的信念/翱翔只是虚拟挣扎的姿态"。①

她开始读万卷书、行万里路,为了《逃年》——圣诞、新年、春节,人们阖家团圆的日子,她独自一人,"没有预订酒店和陆程交通,拖着我的小行李箱,就出发了",在南洋异质文明的旷野中开始了寂寞的"文化苦旅"。但远行中,她在孤城古迹中看到道路的曲折与历史的浩大,忘却了个人的恩与怨。她不再把"苦恋"的结局看作是"丧失",不再悲秋,不再悯冬,回望四季,曾经有"关于春的想象/关于夏的记忆""看见幽蓝幽蓝的思念"就已经很欣慰了,"冬天",完全可以成为"一场隆重的祭奠"。②

游历的途中,中南半岛的历史遗迹引起她的好奇,在她的第二本诗集《追随河流的方向》里,重复最多的问题是:"战争到底是为什么?"她一口气儿写了《再见,马来亚》《不归》《墓志铭》《沉船纪事》等一串诗歌,质疑:西贡为什么被法国占领,杜拉斯的"中国情人"历经了怎样的屈辱?印巴两岸本应该唇齿相依,为什么"唯一激烈交流的语言叫战争"?巴以战争、车臣、克什米尔,战争结束了,暴乱仍在;显赫的王朝陨落了,留下了寂静的空城。"贪得无厌大腹便便的冒险家,并不全是残暴无度、穷兵黩武的军人",但,为什么"彼此的记忆里都有恐惧和伤痛,彼此的睡梦中都是哭泣和惊醒"?为什么你我的"相认或分辨首先是宗教,是国籍"?

她的注意力凝聚到《那个年代》:1965年的马共历史,陈平所领导的丛林游击队出生入死,信仰者与英雄能忍受经年蛰伏丛林的困苦,却阻碍不了自我的分裂。"不归的革命/不归的理想/不归的青春","理想自云端/降落到生活最底线/主义,也开始了/最漫长的全线撤退"。③ 从《那个

---

① 邹璐:《听见海的声音》,新南洋出版社2010年版,第78页。
② 邹璐:《追随河流的方向》,新南洋出版社2010年版,第20页。
③ 同上书,第55页。

年代》，诗人的追索到达现实最近处，在全球化的今天，国与国间的纷争与互扰，更多趋向于利益之争，意识形态之争或人文社会观念之争，而不再是血流成河的兵刃之争。但这些骚乱与战争毕竟依然存在，而且在某些地区有愈演愈烈的趋势。她研读《圣经》《古兰经》，参拜了东南亚所有的寺庙宗祠，追索到人性的最深处："宗教的排他性是所有宗教的根本特征之一。"[①] 最为可怕的是利益的排他性，人性的排他性永在，纷争难免。绿水青山在邹璐的眼里掩埋着曾经的英雄忠骨，沧海桑田，她不由在心中唱起挽歌。

邹璐永远在路上，"千里走单骑"。这是一种"心灵之旅"，而不是"眼睛之旅"，她想去追寻的是生命的本质，世界的真相，力图弃除一种"懵懂"，那种"在黑暗之中而并不自知"的迷茫处境。

二 功名之心化为诗心：从"旅人"到"诗人"

作为一个满族后裔，她的身体里也许蕴藏着那个关外游牧民族的基因，必定有"奔腾的血液"，使这位怀情的少女必然成为"旅人"。在深山古城朗勃拉邦度过一个人的圣诞节，那景致被她写得凄美，因为唯有它与"我"为伴：深秋的凉意，"山色在微垂的夜幕之下呈现深浅不一的黛色，甚至有薄薄浅紫色的雾霭依稀飘荡，山腰间星星点点的人家，炊烟袅袅，路边苍白的野花好像即刻随风，我目睹路的尽头，天际处夕阳如血，忍不住泪如雨下"。后来，我就"习惯用步行访问陌生的城市，相机成为我的另一双眼睛"。某种角度上说，好像只有一个人的时候，人才能彻底拥抱自然吧。因为只要有旅伴，就会移情别恋，关涉更多的人间缱绻。这样，我与自然有了最亲密的接触："我的静默遥想群山的静默/我的不语凝望古寺的不语/我恋居在一片两千年的草莽。"[②]

为了表达，她选择练笔。2006 年，她开始写作，并勇敢转行，从一个温饱的"财务策划师"转为一个穷寒的"诗人"。她勤若蜜蜂，古读唐

[①] 邹璐：《荡起双桨》，新南洋出版社 2010 年版，第 16 页。
[②] 邹璐：《听见海的声音》，新南洋出版社 2010 年版，第 96 页。

诗，今读徐志摩，向前辈请教，听读者回声，有许多《温暖的引导》。她虚怀若谷，但独立思考，在博客上就自己的每一句诗向大家求教。她这个"具备感知生命温度的敏锐"的初出茅庐的诗人进步神速。当年，她出版第一本诗集。"怎么可能那么短的时间写下那么多的新诗作品，而且只有诗，怎么会有那么大的勇气主动联络出版社、编辑、整理、校对、出版、宣传、发布，等等大小琐碎的事情自己一个人独立完成，唯一的解释就是热爱吧。那时候我只认识一只手就能数完的几位新加坡写作界前辈，我身边没有朋友是和文学创作有关的，我更不知道所谓'新加坡文坛''文化圈'在哪里，他们是谁"。① 她形成了自己独特的人生观："真正的生活，其实/是在不被观望的火山深处/积聚的能量化作滚动的熔岩。"② 耐得住寂寞，静得住心思，沉淀下来，才是成为诗人的首要因素。当一个怨妇的怒火喷涌时，当一个作家浮躁于名誉时，一定是不寂寞，甚至是聒噪的，肯定不容易造就真正的"诗心"。

这"诗心"源于对爱情的参透："肝胆相照需要一个江湖/相亲相爱需要的是一个家。"这"诗心"源于远行的顿悟，"经年的跋涉锻炼了/我的筋骨，也锻炼了/我的心志如铁/终于可以说不轻易言累/不轻易落泪。"旅行给"我"的思想带来了禅意，也带来决绝"离开是一个艰难的决定"但"挥别是一个简单的手势"，"就这样松开手/我有更远的路要走"。③

在《左岸，月牙城》听《空谷回音》，展读残旧昏黄的族谱；在《湄公河边的黄昏》看《碎窑瓷》，感慨"兴衰多少朝代/荣辱多少英雄"；在《三桥钩陈往事》，看"烟雨隔世的情怀/灯笼依然照在旧殿/不灭的记忆中"。④ 特别是《中南半岛》组文，充满异国风情的描述是对读者最好的馈赠，就像三毛的文字影响了散落在世界各地的青年学子。对历史与风情钟爱的旅人留下钟灵毓秀的文字，大洋彼岸多了一个少有孤单而飘逸的身影，一双美丽而好奇的眼睛看到中南半岛风景的特质，这独特的身份、独

---

① 邹璐：《那年春天，那年秋天》，新华文化事业有限公司2011年版，第29页。
② 邹璐：《听见海的声音》，新南洋出版社2010年版，第70页。
③ 邹璐：《荡起双桨》，新南洋出版社2010年版，第7页。
④ 邹璐：《时间，一条美丽的河流》，新南洋出版社2010年版，第8页。

特的视角,不可多得。沉浸于这种"简单知足的生活方式",隐秘的伤痛感觉轻一些了,尘世的喧嚣也感觉远一些了。"基督在这里也变成一种简单、快乐、知足、感恩,也未可知。""诗人邹璐"慢慢成熟,她的作品中充满了艺术气息,充满了可记可载的纯文学"元素"。

第一,时空感。她的诗善于从微观上细描片刻光阴的流转,从宏观上把握朝代的更迭。比如论时间与生命的关系:"生活就是不等你去细想,已经滚滚流过,已成往昔。"时间永是消失,淡化了风俗与历史,情感与人物;"年代消逝了/我们也在不断地丢失和遗忘/没有持久的珍爱/没有珍爱的拥有/没有拥有的生命/没有生命的你我"① 诗人的心底不再是自己那一点幽怨了,她个人命运的立足点已然与世界有了纵横的交错。

第二,意象。她善用形象的语言概括历史的变迁,情感的转变。如古迹是怎样形成的呢?"那是刻刀在石上斧凿的坚执努力/那是青衫在旷野散步的眸色惆怅/那是时间的封存酿造/那是窖藏的风雨韶光"(《完成》)。而割舍了一段缠绵的情愫,并不意味着天地会更小,因为不只可以把脚步转向大千世界,还可以与艺术结缘,于是,"便有书法一样的山峦酣畅淋漓/便有丝竹一样的流传会意宣泄/关山静默千百年/月华依旧照长城"。②

第三,理趣。由于摆脱了尘世的纷扰,思想又可以在过去、现在与未来自由徜徉,她的感悟越来越深刻,如顿悟藕断丝连、名存即亡的关系:"被拉长的沉默/好像唱针/在老地方锈住","往事经不起折叠越来越窄/年华经不起侵蚀越来越薄","也许涉水的路并不是/你最好的选择/泅渡常有被吞噬的危险"。③

第四,简洁明快。邹璐的诗歌用词洗练,意象鲜明,获得新加坡"国家诗歌奖""杰出教学奖"的蔡志礼博士评价其"不用艰涩难懂辞藻,不刻意扭曲句法结构,不营造玄虚隐晦意象外,也不爱逐字逐句,进行工笔画式密集的精雕细琢。文中的遣词用字,都像是信手拈来,毫无心机的

---

① 邹璐:《荡起双桨》,新南洋出版社2010年版,第1页。
② 邹璐:《时间,一条美丽的河流》,新南洋出版社2010年版,第25页。
③ 同上书,第53页。

天然成品"。① 如"秋天的一个黄昏/翻乱的报纸和/一样凌乱的眼神","天阳下山了",那个久等的人还没有出现,于是,"心里的委屈/和月亮一起慢慢升起/和月色一样沉沉弥漫"。② 女孩的失望情绪如阿黛尔·阿德金斯的名曲《Somebody like You》一样哀怨与悲壮,执着之中更有顿悟,是隽永到可以流传的句子。

第五,歌谣体。邹璐的诗歌"我手写我口",不事雕琢,行云流水,就很容易自然流畅,朗朗上口:"我热切的鼓点响在海边/我清越的铃声响在崖畔/我悠扬的琴音漫过山岗/我曼妙的歌喉传遍草场"③ 是自由人格之真情实感的自然表达。

正如新加坡作家协会会长希尼尔所言,游历与写诗,使邹璐成为一个新时代的女子,"以缪斯典雅的步伐从思维的浅滩撤离,从喧嚣的浮城逃离,从一切世俗的条规抽离、消失——来到河岸,守望一片美丽的流域。诗是唯一的救赎"。④

三 儿女情怀化为侠肝义胆:"诗人"到"文化活动家"

"在纵深的历史和复杂的现实面前,我深感诗歌的无能为力,并且为自己的力不从心而沮丧。"⑤ 她被聘为新加坡陈嘉庚基金先贤馆助理馆长,她申请到新加坡国家图书馆李光前研究基金资助,成为特约研究员,对"南洋史料、南来遗篇、南洋思潮、先贤列传、名胜古迹、民间文化"等积极抢救。

那个孤单的少女,忧郁的诗人历练为一个"家事、国事、天下事,事事关心"的人文知识分子形象。

邹璐在关注新移民,参与华人华侨活动,挖掘移民史料,整理文化艺术遗产方面作出了巨大的贡献。在《距离》中,作者非常率真地描绘出迁徙者在情感上融入的不易,"新加坡河,无论是怎样的经过或面对,让

---

① 蔡志礼:《多年漂泊落成墨》,《新华文学》2012 年第 76 期。
② 邹璐:《追随河流的方向》,新南洋出版社 2010 年版,第 48 页。
③ 邹璐:《听见海的声音》,新南洋出版社 2010 年版,第 58 页。
④ 邹璐:《追随河流的方向》,新南洋出版社 2010 年版,第 3 页。
⑤ 邹璐:《那年春天,那年秋天》,新华文化事业有限公司 2011 年版,第 41 页。

我感觉到的,是我和这条河,甚至这个城市,这个国家的距离。好像新买的衣服,穿在有些拘谨的身上,连动作都很节制,表情之上更是带着一点礼貌的恭维。"但她大胆地提出"新移民"在新加坡文化建设中的作用应该是"反客为主",克服暂居心理,对本地文化建设增砖加瓦。"以新移民身份书写新移民"撰写《爱在他乡》的系列散文,她倡导"为我们的城市书写";积极参与新加坡社会事务的讨论,她在《新加坡海峡时报》《联合早报》上大量发表文章。文学阅读方面组织导读会、读书会、演讲会,探讨新加坡华文写作在历史中的作用。亲历与实践,让她的诗风里少了空灵,更多了"后殖民、边缘、魔幻写实、多元文化"等意味。

一旦投入一件事,邹璐会全心倾注,挖出深度与新意。她担任《华人南来奋斗史》《新加坡历史名人》《认识东南亚》等系列课程讲师,探讨新加坡民族的特点,认为新加坡"浑然厚重的本土植根文化"既需要开掘,也需要再造。尽管外来文化的不断输入,欧美、港台、日韩文化的涌入使得新加坡文化杂糅,"缺乏实践性、创造性,缺乏深入沟通,交流,发展,表现,太过商业化和表面化的昙花一现",但新加坡其实是"藏富于民""藏美于民"的。她提出要积极开掘民间文化,自己从一个积极的参与者逐渐成为众多活动的主办方成员。她参与创办"随笔南洋网",成为多个场面上的主持人、宗乡会馆的文教委员,展览会的策划者等。"回到家已经 11 点","我终于可以'早'点睡觉了,明天还有两场活动"。① 满满的业绩就是从这里来的,她已经养成了"高效人的 7 个习惯"。

四 思虑化为脚步:"文化活动家"到"人文知识分子"

邹璐在《端午》盼望与屈原的际会,"青衫博带飘逸成九歌/峨冠巍峨耸立成天问"。感慨韩国人将端午节申遗的同时,她更加痛惜的是中国与新加坡这样的华夏民族对屈原《天问》精神的遗忘:"也许你的求索还是我们诵读的篇章/但所有的仪式却是别国人家的过场。"② 她忧患中华文

---

① 邹璐:《追随河流的方向》,新南洋出版社 2010 年版,第 3 页。
② 同上书,第 16 页。

化的《失传》，在西洋、日韩文化、南亚文化的冲击下像"散落的诗句不成曲调不能传唱"，决心改变自己的身份，立志成为一个"历史的记录者"。山中的徜徉固然可贵，她甚至想过留在寮国古城琅勃拉邦，但，她知道她必须用脚步丈量历史的同时用笔记录下来。除了读砖与墙上的历史，她还将搜集散落的人与事，为中南半岛的华人立传。她开始访人、记事，大时代中的小地方，大背景中的小人物，努力捕捉新加坡人小时候父母相传的相熟的记忆和历史深处的某种相知与联系。她跑遍东南亚，到中国内地采访老机工，开创了以"口述历史"记录东南亚华人老一代事迹的宏大事业。2011年出版了《新加坡华文书业百年史研究》。

她在东南亚与中国大陆做了一场又一场的演讲。在"新加坡沦陷70周年纪念会"上辨析了"什么是纪念历史的最好方式？""我们总是在一场接一场如同走形式过场一样的历史纪念活动中穿行而过，身与心灵自动分离，最终尘归尘，土归土，根本没有触及灵魂，因此也就不可能得到深刻思想启迪，或者精神抚慰"。[①]

她承认"历史人物，历史事件之被遗忘是一种必然，相反，如果被记得，被人敬仰怀念，却有相当的偶然性"，但重要的是新加坡这样一个混杂文化的民族要不要在广泛接受外来文化的同时不忘珍藏历史的记忆。在《我们是怎么把伍连德给遗忘的》一文中她提出伍连德医生的去世连英国的《泰晤士报》都有隆重报道："由于他的逝世，医学世界失去了一位英雄般的和几近传奇式的人物，而他对这个更广义上的世界的贡献，要远远多于这个世界迄今所给予他的回报。"但新加坡华人社会对于一个自己民族的功臣，一个科学家、一个专业学者的兴趣远远不及其他政治人物、商界名人，甚至娱乐明星。

抗日战争期间，3000多南洋志愿者为支持中国抗战慷慨北上，将数十万吨急需物资送到中国国内。在敌机轰炸中，有超过三分之一的人（1000多人）献出了宝贵的生命。邹璐不仅写了大量的文章，记录下这一众志成城、悲壮献身的事迹，而且参与组织了80多人，20多辆吉普车重

---

① 邹璐：《那年春天，那年秋天》，新华文化事业有限公司2011年版，第5页。

走南侨机公滇缅路,用脚步丈量历史。跨越5国,历时36天,行程一万三千公里。一路上,邹璐以滇缅公路为流动课堂,沿途为团员讲述历史,缅怀南侨机工的事迹,又把这次"四驱万里行"写成长篇报告文学,整理南侨机工及其后代事迹,写出一篇篇人物特写,于2013年出版为《感动的旅程》。

邹璐依从的是现代人的理念,"快速公路上一辆夹行其中的车,不能停下,不能拐弯,甚至不能有点儿慢"。[①] 她的创作风格有了长足的进步,蔡志礼博士说其文风"在平易近人的亲切之中,带有不可逼视与藐视的内敛力","倘若看了邹璐的感伤抒情小品,就断定她只能轻柔抒情与婉转叙事,那肯定是严重的误解。且看她在讲述故乡和祖辈的史迹时,在《棠棣花迟》中所表现出来的气势是何等的磅礴豪迈"。[②]

邹璐是一个能够沉下心来阅读与在旅行中浸润禅思的人。访问欧洲,她带了一本《晚清海外笔记》。她同时也是一个风风火火的行动主义者。2014年,她开始整理中南半岛艺术史,走遍了东南亚的边边角角遍搜作品,遍访作者及后人之后,她认为它们独具个性,说明民族艺术并没有在长期的被殖民地过程中失去本土化的个性,她决心抢救"那些温和和富有浓艳色彩的乡土题材作品,尖锐而富有大胆理念的抽象、超现实、现实、表现主义作品"。她开始筹备各种展览活动。2013年,她受邀担任马来西亚陈嘉庚纪念馆馆长,南洋文化协会副会长,新加坡宗乡会馆联合总会文化委员会执行委员等。2015年,她所任理事的"新加坡二战历史研究会"开始组织一系列年度活动,她作为三江会馆理事兼历史小组负责人组织秋祭,开办"名家讲坛"。她到北京去看"青瓷故事馆",在新加坡组织"古琴音乐讲座",在"星洲艺文堂"发表一系列读书笔记,举办了一系列的新书推介会。她为艺术家制作纪录片,为跨国画展举办发布会。当然,旅行也没有停止。2014年底,她又是一个人出发,这一次去西亚,去探寻波斯帝国千年的秘密,准备采访不同族裔的新朋友,把他们

---

① 邹璐:《那年春天,那年秋天》,新华文化事业有限公司2011年版,第8页。
② 蔡志礼:《多年漂泊落成墨》,《新华文学》2012年第76期。

的族谱、事迹、文物展示给更多的人。

有了对她创作道路的回顾，我意识到，邹璐之路对女性生命的启示在于：经过了春池、夏湖、秋河，终为冬海，即使到了冬天，坑洼或会干涸，但大海还是大海，永不会枯竭，萧瑟的风，飘逸的雪，或许更增加了其壮怀激烈的美，况有"阳光之于海上"，"一切过后，我已经对一切都学会了淡淡的微笑"，"无论心中已经是暗潮涌动或者心灵的天空大雨滂沱。"邹璐见证了当代许多华族女性的多元人生，那位自称是"家庭主妇"的女画家的浓笔墨、大气象与奇幻想，那位淳朴美丽的姑娘"有一个农场"，是生态农业的实践人。

宏阔的人生与宽阔的创作道路，是当代华人女作家，中华女性的必归之处吧！

论海外华人写作的六个对立与统一

20世纪以来,海外华人写作呈现出复杂与多元的美学风貌,其"东方性"与"人类性"、"感伤"性与"乐感"性、名利性与非功利性、浅白性与深刻性、真挚性与虚假性、继承性与创新性等诸多矛盾现象在历史的时空下对立并存。随着全球化文化演进与文学理念不断变革,矛盾的双方不断发生种种质或量的变化,并在一定的时期或某种层面上达到了统一。

一 "东方性"与"人类性"

爱德华·赛义德(Edward W. Said, 1935—2003)指出,西方眼中的"东方"并非自然的存在,而含有极大的想象与虚构成分。"西方中心主义"既被定义为普世的标准,对所有文化的评价以此为参照,"东方"形象被对象化为"他者"(other)与"劣者"(inferior)[①] 就在所难免。论者发现,除了西方学者与作家以"东方主义"有色眼镜看中国,以西方标准阐释中国境遇以外,华人作家以"自我东方化"(self-orientalism)为写作策略的现象也是一个方面,并在很大程度上达到了与西方"他者化""对象化"中国行为的契合。

---

① [美]爱德华·W. 萨义德:《东方学》,王宇根译,生活·读书·新知三联书店1999年版,第4页。

在 http：//www.amazon.com/ "books" 栏中查找 Chinese Autobiography 可得出 3 千条左右的 Results，其中，中国女性"受难"题材、西藏题材、佛教题材与在华基督教题材居高不下，出版社的简介与所选择的读者评论大多可归结为"中国女性长期受虐""在中国信仰不能自由"等。郑念的《上海生死劫》（Nien Cheng：*Life and Death in Shanghai*，London：Grafton，1986.）、闵安琪的《红杜鹃》（Anchee Min：*Red Azalea*，New York：Pantheon Books，1994.）、徐美红的《中华女儿》（Meihong Xu，Larry Engelmann：*Daughter of China：A True Story of Love and Betrayal*，London：Headline Book Publishing Ltd，2000）等"自传"中，"受难"的"东方性"屡屡被强调。

当然，海外华人写作的另一种趋势也不可否认：有些作品虽同涉"受难"题材，却更多地在生命本体的意义上发掘个体的人在各种意识形态、体制下遭受挤压并挣扎反抗的普遍形态。高行健的《一个人的圣经》（Gao Xingjian，*One Man's Bible*. London：Flamingo，2003）中掏空灵魂的人与出卖自由的人在东西方游走；周采芹、严君玲不仅在个人心灵史中带出封建家族史与"半殖民地半封建"中国史，暴露出懦弱、自保等中华民族劣根性，而且揭露了西方殖民者为虎作伥的种种劣行。这些作品均通过对个体生命的探索达到对整个人类文化的历史性开掘。

"民族的就是世界的"是一条不灭的定律，但表达什么样的"中国性"是被长期争议的一个论题。郑念、闵安琪的书写固然不能全面准确揭示中国面貌，把中国女性都描绘成《花木兰》则是另一种扭曲的"中国镜像"，至少是一种夸大与"戏构"。个别华人作品特地遵从欧美畅销书"个人奋斗"与《女勇士》范式，过分夸大中国移民"从妓女到地母"[1]、从异乡"崎零人"到"国际自由人"的身份转变，或以烦冗的婚礼、葬礼等场面强调中华民族礼仪的"奇异"与"厚重"。在论者看来，是对西方视野中中国古老神秘（mysterious）又缺乏现代化（incapable of modernization）元素之"东方镜像"的另一种印证。

---

[1] 龚高叶：《扶桑：从妓女到地母：浅论严歌苓对妓女形象的另一种书写》，《科技信息》（学术版）2006 年第 6 期。

霍米·巴巴（Bhabha, Homi K., 1949— ）在《文化定位》（*The Location of Culture*. London: Routledge, 1994）一书中指出，从某种意义上说，所有文化都是不纯粹的与混杂的。因此，新的时空下，拆解东/西、自我/他者等文化对立的简单划分，成就全新的"第三空间"（The Third Space）①成为必要。在21世纪华人写作中，以东西方文化碰撞为契机构建文化的"第三空间"，向西方主流文化输送"新颖"的异质元素，同时对母体文学实行话语变革的作品屡屡出现。2003年旅法华人戴思杰的《狄先生的情结》问鼎"费米娜"文学奖，被评论界称为以"外国人"式"异国情调"为法语注入新鲜血液的典型；华人作家哈金在美国文坛屡次获奖，被列入美国文学史亚裔部分②，均代表了边缘文化对西方主流文化的渗透或消解。虹影、严歌苓等的华文写作也为中华母体文化加入了挑战性与多元性的元素，完成对传统文学话语的解构与重构。这些华人的创作不仅含有东方哲学与美学因素，还在整个人类文明的立场上审视人性，其写作在"民族的就是世界的"这一概念上达到了矛盾的统一。

二 "感伤"性与"乐感"性

海外华人写作包含了大量的"怀旧"内容，往事回溯式视角为其增加了强烈的抒情色彩，对现代人身份无根、精神飘零的描述有时达到歌哭的程度，具有典型的"感伤"性。

此处所谓"乐感"性特指中国文化中"乐天知命"的哲学与态度。区别于西方基督教义为基础的"罪感文化"，"彼岸"与"来世"观，"乐感"文化立足于人的生存本体（此岸世界），注重"当下"与"活着"的幸福，强调"庆生""乐生"，对人生现实层面的关注超过对终极价值的追寻。

海外华人写作中"感伤"性与"乐感"性是对立统一的。这种统一体现在他们笔下之情感的因素倾向于过去，理性的因素着眼于"现世"

---

① Bhabha, H., *The Location of Culture*, London and New York: Routledge, 1994, p. 20.
② Kin-Kock Cheung and Stan Yogi, *Asian American Literature*, New York: Modern Language Association, 1988, p. 2.

与未来。特别是 60 年代以后出生的李翊云、郭小橹、瞎子等"移民与奋斗"类作家的文本中。他们一方面为寄托乡愁"独抒性灵",另一方面表现"国际自由人"或现代社会"漂泊一族"的身份纠结。对某些华人说,去国离乡是一种别无选择的流亡与逃避,他们的文本突出"背负着来自弱势文化这个沉重的十字架"在强势文化下讨生活的罹难经历。还表达了欲与母国文化沉痛告别与"疏离",但融入异国主流又异常艰难,"过去"与"现在"时空巨变形成的大的情感空洞与身份"无根"感。其文字充满了"大时代"人的命运如落叶般飘零的悲怆。但大量的文本又表明,华人移民作家之"何处是归程"的感伤与"反认他乡是故乡"的乐感是相辅相成的。远走他乡,"生活在别处"是他们主体性的自为选择,文化夹缝中的挣扎与灵魂无依被夸大是为了反衬"在一个自由而开放的世界里脚踏实地度过的人生岁月,意外地使人的心灵也有了更大的容量"[①] 的充实与自豪。其作品中津津乐道着成功跨越种族、文化、语言藩篱,从"生命移植"到"落地生根",从"曼哈顿"打工到在寄居国成功着陆,成为"模范少数民族"的一路风尘一路歌,是一种"到什么山上唱什么歌"的放达情怀,傍水而居、向阳而生,是"痛并快乐着"的"乐感"文字。

三 名利性和非功利性

作为"海外华人"而写作,是某些作者谋生的主要手段之一,也是一种迎合读者猎奇心理的消费文化现象。50 年代出生的华人作家张戎等延续了郑念对"伤痕与反思"式 nonfiction 的写作传统,借此赢得西方读者。旅英作家欣然的《中国的好女人们》被命名为 The Good Women of China: Hidden Voices (New York: Anchor, 2003),《天葬》被命名为 Sky Burial: An Epic Love Story of Tibet, (New York: Anchor, 2006)。其中,Hidden Voices, Story of Tibet, 题目暗合了"亚马逊书店"上英文读者评论中"中国西藏神秘而充满死亡""在中国言论不能自由"等评价。如果

---

① 啸尘:《他乡变故乡》,《亚美时报》2005 年 3 月 25 日第 4 版。

这些获得了巨大的出版效应尚属偶合，那 2008 年其第 3 部中国题材访谈录《见证中国——沉默一代的声音》（Xinran: China Witness: Voices from a Silent Generation, New York: Pantheon, 2009）中的德文版以《被拯救的话语：走近中国迷惘的一代人》（Xinran: China Witness: Stimmen einer schweigenden Generation, München: Droemer/Knaur, 2009）为题目，其"拯救""迷惘"，a Silent Generation 等词语明显把西方受众当作"听者"，带有较强的"名利"目的与"说话"策略。当然，就论者所了解的情况，华人作家的写作初衷往往是对祖国生活的缅怀或一种人文情怀，但到了书商的手里，创作的商业价值是第一位的，华人作家的英文版本被要求一改再改，像英国女作家 J. K. 罗琳的《哈利·波特》美国版被要求一改再改一样，是商品时代的一般现象。

名与利的追求不单只存于华人的西文写作中，一些在中国发行，提供作者在西方"游学"或联姻经历的汉语出版物同样具有强烈的市场效应——充分迎合疲弱困厄已久的中国受众对西方"冒险家乐园"式童话世界的错觉与向往，以此获得巨大的商业利益。

不可否定的是，更多的华人写作非关"名"与"利"。面临巨大的语言或文化障碍，西文写作不可行，海外中文写作"无名可图，无利可得……出版困难，即使出了，批评界没有什么反应"。[①] 在中国大陆出书，稿酬的低廉与国外高昂的消费成不了比例。

当然，名利性与非功利性也非永远不变，在一定条件下可以相互转化。许多华人写作的初衷是"为稻粱谋"，其"名利"性追求显著，饱腹后则马上转变为非功利心态，很多放弃版权，或在互联网上免费展示自己的作品。反之亦然，一些网络写手最初因非功利性写作而得名，转而成为"专业作家"，保护版权的同时其文化反思、解构与建构力度反而减弱，回归"大合唱"式话语表达，或成为沽名钓誉的市场弄潮儿的现象也是可见的。

---

① 虹影主编：《华人女作家海外小说选》，珠海出版社 1996 年版，第 122 页。

四 浅白性和深刻性

有些华人作者艺术修养与理论根底薄弱,其写作难免出现内容浅白、主题单一状态。近年来中国图书市场上"嫁到法兰西做老外""一个留学生的现代淘金故事"类"文学"出版物仍在泛滥,其成功=事业=财富的物质主义推论误解了西方价值观的核心,无论其牟利的创作主观还是"开药方"式的"问题"模式都违反了文学最基本的精神建构与审美原则。《在美国,别谈爱情》《找一根拐杖,因为行路难》《女人到底要什么》式的浅白性表达违反了含蓄与蕴藉的原理,剥夺了读者在文学接受中"再创作"的权利。

要创造出具有深刻精神内涵与艺术新质的文本,需要深厚的文化、理论、生活积淀与精神努力。无论是第一类学贯中西的老作家巫宁坤,还是50年代出生的高行健,还是60年代出生的虹影,均站在整个人类文明进程的立场上审视整个世界,从而无论是对中华文化桎梏之残余,还是对西方文化之霸权面目达到了揭示上的深刻与犀利。

这种深刻、犀利与其审美"距离感"有关。爱德华·布洛(Edwatd Bullough,1880—1934)的"心理距离说"阐释了对事物的鉴别与对历史的定性有时候因时空疏离而更加准确、客观的原理。[①] 严歌苓、张辛欣等出国后的书写体现了在现实处境与文化语境突变后视野与风格上的超越。诗人施玮、《橄榄树》主编马兰等"先锋女作家"等出国后不再急于为意识形态或反意识形态立言,从而摒弃了浮躁与功利。前者出国后的文字对人物成长与历史事件的透视愈加深邃凝练,后者之处理流产、死亡、欲望、革命、叛逃等生命分裂与历史断裂的题材得心应手,表达"思想不在家、精神不在家、情绪不在家、个体存在不在家"的人类精神状态更为到位。

---

① Edward Bullough, "'Psychical Distance' as a Factor in Art and an Aesthetic Principle", *British Journal of Psychology*, Vol. 5, No. 2, 1912, p. 89.

五 真挚性与虚假性

　　以华人 nonfiction 写作与大陆"纪实性"出版物相比，后者一般"为尊者讳"，为家族名誉、群体利益和意识形态所限，难以真正达到写作的"真"与"挚"，甚至出现以偏概全、以讹传讹现象。西方出版界对 nonfiction 写作则有着相对程式化的监督程序，标明"非虚构"字样的不能有大的史实与人物纰漏。因"造假"后无大功可得，无大利可图，大部分西文"纪实性"文字不得不体现写作的"真"。论者在此探讨的是：华人写作中的"真实性"与内容的深刻性间是否存有一定的矛盾？其程式化"真实"的背后是否因对历史史实择取的片面而客观造成"虚假"或"夸大"呢？

　　旅英作家张戎强调《毛：鲜为人知的故事》（*Jung Chang, Jon Halliday: Mao: The Unknown Story*. London: Jonathan Cape, 2005）的出版"历经 13 年"，自己"走遍了世界各地收藏毛泽东相关档案的资料馆、图书馆"，"采访过七百多人"寻找"真实性"依据。我们把此书与中国大陆作者高华的《红太阳是怎样升起的：延安整风运动的来龙去脉》（香港中文大学出版社 2000 年版）相比，可以看到由于西文出版的清规戒律，张戎在书中只能引证自己亲自查找和亲口访谈的资料，较少转述别人的文章，而且以事实与数据陈述为主，力避主观分析；而高华的材料则大多转述于大陆刊物、历史文献、访谈文字等。张戎在选材上虽不能间接引证，其西方价值观却主导她把传主毛泽东写成一个十恶不赦的"单向度的人"。而《红太阳是怎样升起的：延安整风运动的来龙去脉》则对其转述的各个历史时期之"纪实性"文章背景，写作者身份、心态及其变化均做详尽的分析。对比读之，正是这些分析呈现出该书内容的厚重，文献与思想价值，也体现了撰述人写作意图之"真挚"，一种令读者感悟的精神力量。张戎的例子证明西方对 nonfiction 写作的程式化"真实"不但不能避免选材上的片面，还有可能与写作的深刻性、丰富性相矛盾，从而在一定程度上片面地反映历史。华人 nonfiction 西文写作中的史证性与文学性到底如何呢？形态几种，发展成何种轨迹呢？也待研究者细究。

六　继承性与创新性

从比较文学学科的基本原理去看，西方文学特别是西方女作家杜拉斯等的创作与华人女作家写作有着显性或隐性的传承关系。在"饥饿的女儿"与"犹太情结"，"情人"情结与"生活在别处"等意义上，严君玲、周采芹、郭小橹、虹影、严歌苓等的写作与杜拉斯作品有"影响研究"意义上的传承与"平行研究"意义上的"遇合"意趣。以虹影、严歌苓为例证探讨：华人女作家受杜拉斯影响并继承的因素居多，还是历史的偶合与人性的普遍促其"互证"？其"承继"与"创新"，"趋同"与"存异"各占多少？且一一证之。

继承与趋同。以虹影例，从其文本分析，《饥饿的女儿》《K》等有着浓重的杜拉斯痕迹。第一，情节、主题、人物设置类同。虹影写作中父爱缺位、母爱丧失、亲情荒芜与人生绝望已经被杜拉斯做过"无父""弑兄"与"弑母"等多重阐发，从"饥饿的女儿"至"堕落作为反抗"至"逃家意识"设置相似的地方非常多。如杜拉斯的《情人》（王东亮译，四川人民出版社 1985 年版）中男子把少女带到嫖客与妓女约会的房子；虹影《饥饿的女儿》（漓江出版社 2001 年版），历史老师送到少女家的礼物是一本生理学课本；《K》（花山文艺出版社 2002 年版）中女主人公"林"把"房中术"作为"中华文化"的一部分介绍给"英国情人"，二人双双出入中国鸦片馆等。书中几乎没有对"林"的情感与身体出轨做时代、家庭、文化背景上的铺垫与心理阐释，主人公"性"的交流被抽空与隔离在中国半封建半殖民地历史场景外，读者从中看到的异性相吸、异族猎奇，与"杜拉斯式"只求末世狂欢，不问出处与未来的异国情人关系极其相似。《K》与《情人》文化阐释的结论也无以二至：情爱关系跨越不了种族藩篱。第二，"私生女"情结与"犹太情结"趋同。"犹太情结"源于杜拉斯文化身份上自觉的"被镇压""被剥夺"并替"犹太人"代言的立场。她相信叔本华"人是欲望和需求的化身，是无数欲求的凝结"的理念，其反叛在于揭穿人在本质上是一种极度重视利欲的动物，而道德伦理的高调下利欲分配极不合理这种状况。而反抗命运、拒绝对"生而卑贱"的文化安排的服从也是虹影塑造"饥饿的女儿"的终极目标。其整个创作行为与思想体系同样建构在打破特权、争取绝对平等的观念之上。从作家出身与命运的偶合上看，可以说虹影与杜拉斯各有特点，后者并没有拷贝前者，而是一种普遍的人性与人类命运的文化"互证"关系。但寻找双方文本中从"饥饿的女儿"式反抗，到寻找"情人"，到"生活在别处"的轨迹，发现虹影对杜拉斯继承的因素较多。

"饥饿的女儿"们本能的行为是"出逃"。她们从这个国家到另一个国家，这个城市到那个城市，最终，流浪世界的两位女作家与她们的女主人公似乎都在"别处"找到了"情人"。但中西"女儿"真正的精神归属、身份归属，其在异国"生命再生"的梦想最终都实现了么？

创新与相异。尽管杜拉斯把自己定位为阿尔贝·加缪（Albert Camus，1913—1960）所定义的"异乡人"或"局外人"，"被放逐"的边缘身份却成了她向西方主流社会要求"发言"并投机争利的资本。她利用作品、活动、政治言说"摧毁"一切。而华人女作家无论是在本土还是在他国——族裔国还是寄居国，"异乡人"与"局外人"的身份都更加名副其实：严歌苓"扶桑"式的"地母"与"少女小渔"似乎以柔弱无骨的坚韧解构了殖民/被殖民者之间，支配/被支配、颠覆/被颠覆的关系。但那种身处性别与种族文化最底层，被强暴的地位与物质之困苦逼之绝望的经历，都是杜拉斯式的西方白人女作家所未能亲历的。这种从被强暴的地位与物质上的"无立锥之地"走向"精神家园"的漫漫长途正是虹影在《阿难》（知识出版社2003年版），《康乃馨俱乐部》（江苏文艺出版社2005年版），严歌苓在《失眠人的艳遇》（四川文艺出版社1996年版）与《无出路咖啡馆》（百花文艺出版社2001年版）中所努力揭示的。其生存罹难史与精神"涅槃史"成为独特的历史反思与全新的艺术阐释，文化与创作上"继承"与"参照"的因素不大，其"创新"与"重构"的意义较为丰富。

杜拉斯与她的华人女作家追随者有两个共同的"心因性需求"：一是"情人"，二是"生活在别处"。在杜拉斯那里，"情人"是"生活在别处"的伴随状态，代表海德格尔（Heidegger Martin，1889—1976）所命名的"无家可归"。这种"无家可归"不是现实层面的,而是精神层面的,所揭示的不只是"母亲"怎样一次次被希望与梦想所出卖,更是人类的必然命运——绝望与荒诞。其笔下的城市浪子不断地从已有的空间走出去,从一个城市到另一个城市,从一具躯体沦落到另一具躯体,男女主人公邂逅同居,不问对方名字,不涉及任何物质与精神的"家园",因为那仅仅是濒临精神灭顶的存在的人们最后的游戏狂欢而已。

杜拉斯的白人女主人公早已脱离了生存危机与道德藩篱,拥有了一种在世界"来去自由"的游离身份。她"弑父","弑兄",不需要依附任何一个男人。而中国"饥饿的女儿"们在"逃离"途中一路"寻父","寻兄"以对抗生存的一无所有与身份的一无所依:"六六"爱上"历史老师","是在寻找我生命中缺失的父亲,一个情人般的父亲"。[①] 严歌苓小说中,无论在血缘上,还是精神上,"父亲"形象无处不在,无处可躲:《人寰》在否定生父后找到了"贺叔叔",在异国土地上抓住了"系主任"舒兹教授。在关注整个文明的毁灭与否之前,华人女作家不得不首先关注个体的人物质与地理的生存,人类总体的终极存在意义是其后的事情。但,通过这一个个"父兄"式的"情人",中国"饥饿的女儿"们真的终于摆脱了个体的被抛弃感了吗?"女儿"成长为"女人"或"知识分子"后,她们的认识又有了怎样的变化了呢?

喘息未定的中国"女儿"发现,恰因"生活在别处"(物理的异托邦),"家园"实现的表象下,人类"无处可逃"与"无家可归"的精神境遇才不可避免——从一座监狱逃离到一个城堡,或从一个乡村逃离到一片荒漠的过程中,性别或种族的铜墙铁壁终于打破了吗?无论是本族的"洪常青",还是异族的"系主任""外交官",他们在"施恩"的过程中有没有更加明确地唤醒与强化更加巨大的性别、种族、阶层对立呢?她们的被压迫感、受虐感与孤独意识有没有更被加强呢?多年之后,旧的伤痛淡了吗?新的隔绝产生了吗?族裔、性别、阶层的种种对立被表象的平等口号甚至法律条文所取代了,但《排华法案》历史阴

[①] 虹影:《饥饿的女儿》,漓江出版社2001年版,第121页。

影下西方白人眼中"黄色工蚁"① 与"东方""地母"式华人形象是不是仍然存在？严君玲与李逸云，特别是张纯如的文字均在证明着历史的痕迹没有泯灭，现实的遭遇也仍在发生。虹影、严歌苓对人的种种"被看"与"被用"的历史性细察与现场式揭露彰显着比杜拉斯更加清醒的觉悟意识。其"最具个人隐秘性的身体叙事蕴含着当代知识分子对自身社会位置的认定与建构。"②

　　对海外华人写作的各种状态加以梳理，对其未来态势加以预测是非常必要的，但对其形态、根源与性质作出阐释，发掘其对中西现代文学的传承和突破，定位其在文学史上的地位，需要时间的沉淀与学理上的进一步考证，论者将参与其中，作出更多的努力，也热切期盼更多更好的研究论著的出现。

---

① 严歌苓：《扶桑》，春风文艺出版社1998年版，第58页。
② 刘传霞：《中国当代文学身体政治研究》，中国社会科学出版社2014年版，第14页。

后　记

  2007 年 10 月，偶然的机会，我陪着《遗传伦理学必读》（*A Companion to Genethics*）的作者贾斯婷·伯利（Dr. Justine Burley）在山东大学及威海分校招生。这不是我第一次见到英美著名学者，但我俩年纪接近，非正式场合我必须做她的翻译，让我得机会认知欧美女性的职业精神与人文体恤。白天在大学讲堂，她孜孜不倦、神采奕奕，代表国外大学招募中国最优秀的理工科博士生，以她克隆羊多莉创造人夫人的身份与感召力。酒桌上与各界人士交谈，她总是对一个个问题深挖细究。任务完成后她休闲放松又贪玩，穿着皮凉拖，与威海人拼酒，还不顾我的阻拦到冰寒的海里去游了一阵儿。我惊奇她对我的生活、事业纠结的观察入微，即使我什么也没说。在海边沙滩上，她过完深海玩水的瘾，突然问，你的下一本书叫什么呢？我说我还没想要写下一本书呢，我们中国女性以家为本，或者我的功底根本就不够再写理论专著。她就问你现在的研究对象是谁呢？我说主要是中西女作家，她们的"主体写作"与"客体写作"，还解释说中国职业女性一般都在"主我"与"客我"间徘徊。她说那就这样吧，你的下一本书就叫"客我"还是"主我"：女性两难的选择。我们西方人有个风俗，要把意愿记录下来，敦促自己，友朋见证。我还没反应过来，就见她到远处找了一个破罐子，舀了一大罐水，在沙滩上写了大字"Women: In or Out"。我们一次次下海舀水，字个个浸湿，她的相机咔咔咔拍下来，突突突打出来，照片递给我说"呶，你的下一本书！"

在"主我"与"客我"间摇摆的我出于职业,不得不教课,写字两头忙。写的字主要基于对中西女作家特别是华人女作家的访谈与细读。百思不得其解时我就跳出闺帷向男性学者求教。参加"比较文学""美国文学""中国现当代文学""女性文学"各种会议时我必交一篇论文,又提出另一篇大纲供小组争议。2013年访美前我的英文研究报告得到了好几位美国大学教授的指正,有些批评非常犀利。如此我学会了跨性别、跨语言、跨文化看问题。为了不辜负导师朱德发先生、中国社会科学院张炯先生等的鼓励与教导,我一次次想要放弃写作,专心家务与教书,又一次次提起笔来。读了原北大中文系主任温儒敏先生的"克服'汉学心态'说",我知道自己要坚持独立的学术立场。才疏学浅如我,即使自以为努力了,说不定也囿于识见,达不到"独立反思的学术立场"。我力所能及的,就是在撰写思潮批评等之前对文学形态、研究对象及文学运动史等反复阅读,尽量吸收他人成果;但作家作品访谈前我努力查找背景资料,读能找到的全部作品,而少读既有成果免干扰自己的思路。学术会议上的串屋"座谈",住在作家家里,让我熟知了研究对象的苦与乐、痛与快,同行间相互激发的深思与灵感打破了双方写作的"天花板"。课堂上不同族裔学生的讨论与问答让我获得了多元的立场,长出了"第三只眼"。前辈给我取历史启迪,青年学者的发言又让我深感后生可畏,不学习不进步则事业上岌岌可危;夜半的静读有几多知音感喟,相见恨晚。

真的是相见恨晚!我叹息自己所获启蒙晚了许多年,我回味自己是如此幸运,如此蒙恩,获国家项目,被单位派出国,同事与同行,亲人与友人,给予我的如此之多,而我的浅浅的努力远不足以回报。

无论怎样说,我的这本书将付梓出版了。感谢中国社会科学出版社郭晓鸿老师、武兴芳老师对我的严格要求与敦促,感谢生活!我期望下一本书的出版不再隔这么久,我会对国家、单位、师友及亲人有更多回报,更多贡献!

谨以此书赠予我们的新生代 Edison!